ro
ro
ro

Ines Thorn ist in Leipzig aufgewachsen und lebt seit 1990 in Frankfurt. Seit Jahren begeistert sie zahlreiche Leserinnen und Leser mit ihren historischen Romanen. Bei rororo sind bereits von ihr erschienen: «Die Silberschmiedin» (rororo 23857), «Die Pelzhändlerin» (rororo 23762), «Die Wunderheilerin» (rororo 24264) und «Unter dem Teebaum» (rororo 24484).

Ines Thorn

Die Verbrechen von Frankfurt

GALGENTOCHTER

HISTORISCHER ROMAN

ROWOHLT TASCHENBUCH VERLAG

2. Auflage Mai 2008

Originalausgabe
Veröffentlicht im Rowohlt Taschenbuch Verlag,
Reinbek bei Hamburg, April 2008

Umschlaggestaltung any.way, Wiebke Jakobs
(Fotos: akg-images; British Library/brigdemanart.com)
Satz New Baskerville PostScript bei
Pinkuin Satz und Datentechnik, Berlin
Druck und Bindung CPI – Clausen & Bosse, Leck
Printed in Germany
ISBN 978 3 499 24603 6

INES THORN • GALGENTOCHTER

Frankfurter Grüne Soße

4 Eigelb
¼ l saure Sahne
100 g Quark
400 ml Öl
2 bis 3 Esslöffel Zitronensaft
Salz
Pfeffer
1 Esslöffel Senf
Kerbel, Petersilie, Kresse, Pimpernelle, Schnittlauch, Dill, Sauerampfer

Die Eigelb mit dem Öl zu einer sämigen Masse verrühren. Mit Sahne, Quark, Zitronensaft und Senf vermischen. Gehackte Kräuter dazugeben.

Zu Brot, Tafelspitz oder gekochten Eiern reichen.

Kapitel 1

Frankfurt, im Jahr 1532

Hella schreckte von ihrem Kissen hoch, sah verstört um sich und schüttelte den Schlaf ab. Durch die Holzläden drang die Morgendämmerung und holte die Gegenstände des Schlafzimmers langsam aus dem Dunkel der Nacht.

Unten wurde laut gegen die Tür gehämmert.

«Heinz! Heinz, wach auf! Da unten ist jemand!»

Richter Heinz Blettner brummte und drehte sich auf die andere Seite des Bettes. Dabei stieß er den silbernen Leuchter vom Nachtkästchen, der krachend zu Boden fiel, doch das störte ihn nicht. Er umklammerte einen Kissenzipfel und schnarchte mit geöffneten Lippen weiter.

Das Klopfen wurde drängender.

«Heinz! Jetzt wach auf, verflixt. Der da draußen drischt uns noch die Tür ein!»

Heinz Blettner rührte sich nicht, versah stattdessen jeden einzelnen Schnarchlaut mit einem kleinen Triller.

Seufzend stand Hella auf, warf sich einen Umhang über ihr Nachtkleid, glitt in die Lederpantoffeln und eilte die Treppe hinunter. Im Vorübergehen sah sie in die Küche, in der das Herdfeuer erloschen und die Wassereimer noch nicht gefüllt waren. Auch sonst lag das Haus ruhig da. Nur das Klopfen durchbrach die Stille des gottfrühen Morgens.

Hella riss die Haustür auf und wich mit einer raschen Kopfbewegung der Faust eines Torwächters aus.

«Was ist los? Was soll der Spektakel?»

«Gelobt sei Jesus Christus, Blettnerin.»

«In Ewigkeit, amen. Also? Was ist?»

Der Torwächter wischte sich den Schweiß von der Stirn, schluckte, holte tief Luft und sagte: «Den Herrn Richter müsst' ich sprechen.»

«In welcher Angelegenheit?»

«Das kann ich nur ihm mitteilen. Eine Amtsangelegenheit.»

Hella rückte ihren Umhang zurecht und sah den Torwächter streng an. «Ein Toter?»

«Das darf ich nur dem Richter sagen.»

Hella stemmte die Hände in die Hüften. «So? Nur dem Richter, was? Da hämmerst du gegen die Tür, als wolltest du durch das Holz schlagen, reißt alles und jeden aus dem Schlaf, und dann verwehrst du mir noch Auskunft darüber, warum ich zur Dämmerstunde aus dem Bett gestiegen bin? Bist du von Sinnen, Mann?»

Der Torwächter nahm sein Barett ab und knüllte es zwischen den Fingern. «Ihr wisst doch, Blettnerin, was der Rat verordnet hat. Niemand von uns darf Euch Auskunft erteilen. Euer Mann selbst hat dies so gewünscht. Ich verliere meine Stellung, wenn ich Euch sage, was Ihr wissen wollt. Wovon soll ich dann Frau und Kinder ernähren?»

«Ach, Mumpitz!», schnaubte Hella. Sie hätte dem Kerl gern eine geharnischte Antwort gegeben, aber es war, wie er sagte: Der Rat hatte allen Bediensteten Verbot erteilt, mit ihr und ihrer Mutter Gustelies zu sprechen. Und das nur, weil Hella hin und wieder ein wenig in den Akten ihres Mannes geblättert und die darin enthaltenen Criminalia mit ihrer Mutter besprochen hatte. Niemand war dabei zu Schaden gekommen, im Gegenteil. Schon zwei Mal waren es die Hinweise von Hella und Gustelies gewesen, die den Richter auf die Fährte des Taugenichts gebracht hatten. Aber Undank war der Welt Lohn!

Wortlos gab sie den Weg ins Haus frei.

«Wenn du den Richter sprechen willst, so musst du ihn wecken», sagte Hella knapp. «Ich werde derweil in der Küche die Grütze kochen. Die Magd hat nämlich heute frei.»

Der Torwächter sah, wie sie in der Küche verschwand und ungeschickt mit einigen Holzscheiten hantierte. Er lächelte, dann stieg er die Treppe zur Schlafkammer hinauf.

Der Richter war inzwischen wach, hatte sich notdürftig bekleidet und war gerade dabei, sich das Haar zu kämmen, als der Torwächter an die offene Tür klopfte.

«Komm herein», rief Blettner, legte den Kamm auf ein kleines Tischchen und dann den Finger auf den Mund. «Kein Wort, Torwächter. Ich wette, sie lauscht. Hat sie versucht, dich auszufragen?»

Der Torwächter nickte.

«Ha! Wusst' ich's doch. Wir gehen in mein Arbeitszimmer, um ganz ungestört zu sein.»

Richter Blettner winkte mit der Hand, schlich dann auf Strümpfen durch den Korridor, der Torwächter hinterdrein, bis zum Arbeitszimmer. Erst als die beiden Männer drin waren, sich auf dem Gang nichts regte und aus der Küche das Prasseln des Herdfeuers zu hören war, fragte der Richter: «Was gibt es?»

«Eine Tote, Herr. Auf dem Galgenberg vor dem Mainzer Tor.»

«Mach dich nicht lächerlich, Torwächter. Ein Toter auf dem Galgenberg! Wo, wenn nicht dort, soll es sonst Tote geben?»

«Ihr versteht nicht, Herr. Der Tote ist eine Frau, liegt unter dem Galgen, und am Balken selbst hängt ein Hund.»

«Ist die Tote eine Jüdin?»

«Nein, Herr, das ist es ja. Eine alte Hure scheint sie zu sein.»

«Hmm!» Der Richter kratzte sich am Kinn. «Was soll der Hund am Galgen? Kennzeichen der Juden ist er. Nur wenn ein Jude gehängt wird, hängt man einen Hund daneben. Merkwürdig.»

«Das sage ich ja. Deshalb bin ich gleich zu Euch gekommen. Allerdings gilt woanders der Hund als Zeichen des größten Ehrverlustes. Mancher Unhold, der seine Ehre verloren hatte, wurde neben einem Hund gehängt.»

«Ja, ja. Woher weißt du von der Toten?»

«Ein Beisasse ist auf dem Weg zur Arbeit am Galgenberg vorbeigekommen, hat die Leiche gefunden und es sogleich am Tor gemeldet. Und ich bin zu Euch gekommen.»

«Woher weißt du, dass es eine Hure ist, die da liegt?»

«Der Beisasse sagt, sie trägt einen gelben Schleier, das Hurenzeichen.»

Der Richter klopfte dem Torwächter auf die Schulter. «Du bist ein braver Kerl, hast alles richtig gemacht. Ich werde es im Rat erwähnen. Komm heute Nachmittag ins Malefizamt, damit der Schreiber deine Aussage, den Fund betreffend, zu Protokoll nehmen kann. Sieh zu, dass du den Beisassen an deiner Seite hast.»

Er seufzte, rieb sich das Kinn, dann fügte er hinzu: «Ach ja, Torwächter, noch was. Sag dem Scharfrichter und dem Stadtmedicus Bescheid. Sie sollen sich hier einfinden. Aber um Gottes willen nicht sogleich. Wenigstens frühstücken will ich in Ruhe.»

Der Torwächter nickte eifrig. «Eure Frau macht schon die Morgengrütze. Die Magd hat heute frei, meinte sie.»

«So, meinte sie das.» Richter Blettner öffnete die Tür und lauschte in den Gang. «War da was? Hast du was gehört?», fragte er.

Der Torwächter nickte. «Das Rascheln einer Maus hörte ich.»

«Oder das Rascheln von Kleidern», überlegte der Richter und seufzte. «Dieses Weib!»

Dann brachte er den Torwächter zur Haustür und ging in die Küche. Die Magd stand am Herd und rührte in einem Kessel. Hella saß wie die Unschuld selbst auf der Küchenbank und wischte mit einem Tuch die Tonbecher trocken. Es roch nach Grütze und heißer Milch, nach Scheuersand und ganz zart nach den Kräutern, die in einem Fensterbeet wuchsen. Der Richter sah sich um, reckte sich noch einmal. Er liebte diese Morgenstunde, in der das Haus noch blitzsauber war, die Töpfe und Pfannen glänzend an einem Gestell hingen, der Küchentisch frisch gescheuert, die Borde voll sauberen Geschirrs und die Vorratskammer wohlgefüllt war.

«Nun?», fragte Hella. «Ist alles in Ordnung? Hast du gut geschlafen?»

Der Richter brummte. «Hast du dem Torwächter nicht erzählt, die Magd hätte heute frei?»

Noch bevor Hella antworten konnte, fiel ihr die Magd ins Wort. «Frei? Ich? Mitten in der Woche? Das ist noch nie vorgekommen, solange die Welt sich dreht!»

«Ja, dann muss ich mich wohl getäuscht haben», erwiderte Hella und bearbeitete den Becher, als wollte sie ihn aufreiben. Dann nahm sie das Buttergefäß und rückte es hin und her.

Der Richter wandte sich an die Magd. «War meine Frau die ganze Zeit in der Küche?»

Hinter seinem Rücken legte Hella einen Finger an die Lippen und schüttelte den Kopf.

«Wie? Da?», fragte die Magd töricht und blickte von einer Ecke in die andere.

«Hier in der Küche.»

Die Magd sah zwischen Hella und dem Richter hin und her, dann sagte sie ein bisschen zögernd: «Nun, fort war sie nicht gerade.»

«Aber so richtig da auch nicht, wie?»

«Eine gute Hausfrau muss immer und überall zugleich sein», fiel Hella der Magd ins Wort.

«Ach was?» Der Richter setzte sich und drohte ihr mit dem Finger.

«Ich habe überhaupt nichts getan», verteidigte sich die junge Frau, senkte dann aber doch den Blick.

Die Magd brachte die Grütze und Honigmilch, und kaum hatten sie das Frühstück hinter sich gebracht, klopften der Stadtmedicus und der Scharfrichter an die Tür.

Der Richter sprang auf. «Ich muss weg. Wartet mit dem Essen nicht auf mich.»

«Willst du nicht deine Amtsrobe anziehen?», fragte Hella. «Schließlich bist du amtlich unterwegs.»

«Du hast also doch gelauscht!», stellte der Richter fest und zog die Stirn in Falten. Aber dann ging er zu ihr, küsste sie herzhaft und verschwand.

Der Knecht hatte des Richters Pferd schon aus dem Stall geholt und hielt es am Zügel. Blettner wünschte Gott zum

Gruße, vermied es aber, dem Scharfrichter die Hand zu geben. Niemand gab dem Henker jemals die Hand, um nicht, wie der Mann selbst, ein Unehrlicher, Ehrloser zu werden. Scharfrichter – Abschaum der Menschheit, so sagte man über diesen Mann und hielt es für ein Unglück, von ihm angerührt oder betrachtet zu werden. Selbst die Verbrecher, die zum Tode verurteilt waren, wollten lieber mit dem Schwert gerichtet werden, um nicht von der Henkershand berührt zu werden. Er wohnte natürlich vor den Toren der Stadt. Dort, wo die anderen Unehrlichen, die Abdecker, Schinder, Stöcker, Huren, Abortkehrer, Wahrsager, Gaukler, Musikanten und Schlitzohren hausten. Aber selbst in der Vorstadt wollte niemand mit dem Henker zu tun haben. Mindestens drei Generationen brauchte es, damit die Nachkommen eines Scharfrichters Zulassung in einer Frankfurter Zunft erhielten. Richter Blettner sah zu, dass sein Pferd zwischen dem Henker und ihm stand.

«Wir müssen zum Galgenberg. Eine Tote liegt dort», sagte er.

Der Scharfrichter verzog den Mund, erwiderte aber nichts. Dann ritten die drei Männer durch die morgendlich belebten Gassen der Stadt. Sie wichen einem Karren mit Kohlköpfen aus, der von einem Bauern zum Markt gezogen wurde, trieben mit der Peitsche die umherlaufenden Schweine aus dem Weg, wurden von links und rechts gegrüßt, kamen am Brunnen vorbei, an dem die Mägde schwatzten, machten einer Wäscherin mit einem riesigen Korb Platz und waren endlich am Mainzer Tor angelangt. Der Galgenberg, die Hinrichtungsstätte der Stadt Frankfurt, lag kurz hinter dem Tor. Schon von weitem sah man den Galgen aufragen. Jetzt kreisten Raben darüber.

«Dieses Viehzeug ist immer schon vor der Stadtmacht da», brummte der Richter.

Der Scharfrichter lachte. «Sie sind dort, wo ich bin.»

Als sie den Berg erreicht hatten, stiegen sie von den Pferden. Der Scharfrichter holte einen großen Messingschlüssel hervor und öffnete das Törchen in der Mauer, die die Hinrichtungsstätte umgab, aber gerade kniehoch war.

Richter Blettner trat zu der Toten. Sie lag am Fuße des Galgens, den Kopf im Schatten des Querbalkens. Das Gesicht war wie im Krampf verzerrt, die Glieder seitlich ausgebreitet, als sei sie bereit, auf das Rad geflochten zu werden.

«Hm, sieht wirklich wie eine Hure aus, die ihre besten Tage lange hinter sich hat. Medicus, sagt mir, woran das Weib gestorben ist», befahl der Richter.

Der Stadtmedicus kniete sich neben die Tote, betrachtete ihre Haut, roch an ihrem Mund, drehte den Körper, zog das Hemd hoch, fuhr mit der Hand über Bauch und Rücken, sah in die Nase, in die Ohren, wühlte im Haar, zog die Lider von den Augen.

«Kein Zeichen von Gewaltanwendung, kein sonderbarer Geruch, keine Knochenbrüche, Einblutungen oder sonstige Merkwürdigkeiten. Die Leichenstarre ist schon weg, also ist die Frau seit über zwei Tagen tot.»

«Hmm», brummte der Richter, kratzte sich am Kinn und wandte sich an den Scharfrichter.

«Ist dir etwas aufgefallen?»

Der Scharfrichter schüttelte den Kopf. «Sie ist keine von unseren Huren. Eine Auswärtige muss sie sein. Eine Wanderhure vielleicht. Reichlich bräunliche Flecke hat sie allerdings. Und ihr Haar ist im Nacken nass. Auch die Säume des Kleides sind noch feucht.»

«Das kann vom Morgentau kommen. Aber was meinst du mit bräunlichen Flecken?», fragte der Richter, trat näher an die Tote heran und wies mit dem Finger auf ihr Gesicht. «Da? Die Flecken um Mund und Nase meinst du?»

Der Scharfrichter nickte.

«Medicus, was sagt Ihr dazu?», wollte der Richter wissen.

Der Stadtmedicus zuckte die Achseln. «Nun, welche Hure hat keine Flecke? Wer weiß schon, wo sich diese Weiber so herumtreiben und welches Viehzeug sie mit sich tragen? Vielleicht sind das Wanzenbisse.»

Der Richter zog die Stirn in Falten, wich zehn Schritte zurück, betrachtete zuerst kopfschüttelnd den Arzt, dann die Umgebung. «Das Gras ist ein bisschen heruntergetreten. Das kann die Hübschlerin selbst gewesen sein. Keine Abdrücke von Pferdehufen, keine Karrenspuren. Die Frau könnte sich selbst gerichtet haben. Mit Gift vielleicht.»

«Und der Hund?», fragte der Scharfrichter.

Blettner winkte ab. «Selbstmord ist ein Verbrechen wider Gott, die Kirche und die Menschen. Der Täter ist vor der Welt entehrt. Sie selbst wird den Hund dorthin gehängt haben; weil sie schon wusste, dass sie noch den letzten Rest ihrer Ehre verliert, legt sie Hand an sich.»

«Selbstmord also?», fragte der Scharfrichter. «Dann steht mir der Nachlass der Toten zu.»

«Mach langsam, Henker. Zuerst muss ich die Zeugen befragen. Kriegst die Sachen der Hure noch rechtzeitig zwischen die Finger. Viel wird's ohnehin nicht sein. Nimm die Leiche einstweilen mit.»

«Soll ich sie in ein Fass stecken und in den Main werfen, wie man es gemeinhin mit Selbstmördern hält, oder hier am Galgen verscharren?», fragte er weiter, stieß mit der

Stiefelspitze gegen die Tote und musterte sie, als wollte er schon die Größe des Fasses abschätzen.

«Der Stadtmedicus muss ein Protokoll schreiben. Zeugen sind zu befragen, dann nehme ich schriftlich Stellung. Am Donnerstag werden dem Rat die Criminalia der Stadt vorgelegt. Stimmt der Rat dem von mir vorgeschlagenen Urteil zu, kannst du mit der Leiche verfahren, wie es einem Selbstmörder gebührt. Jetzt aber nimmst du das tote Weib mit und wartest ab. Und am Nachmittag kommst du ins Malefizamt.»

Mit diesen Worten bestieg der Richter sein Pferd, schnalzte mit der Zunge und ritt, begleitet vom Stadtmedicus, zurück nach Frankfurt. Dort begab er sich an seinen Arbeitsplatz im Malefizamt und ließ einen Schreiber rufen.

«Eine Hure ist tot aufgefunden worden. Schreib eine Ladung an die Hübschlerinnen. Sie sollen sich sogleich hier einfinden, damit sie befragt werden können.»

Der Schreiber tat wie geheißen, schickte einen Boten, und kaum, dass der Richter in der Ratsschenke einen Krug Wein geleert hatte, waren die Zeuginnen da. Acht grellgeschminkte Frauen mit dem gelben Schleier der Huren standen im Gang, füllten das Haus mit ihrem Geschnatter und verbreiteten den Geruch billiger Duftwässer, sodass der Richter befürchtete, Kopfschmerzen zu bekommen.

Nacheinander ließ er die Frauen eintreten, doch keine von ihnen wusste etwas über eine Frau, auf welche die Beschreibung des Richters passte. Stattdessen kitzelte ihn eine am Kinn, eine andere leckte sich über die Lippen und schob die Brüste vor, eine Dritte nannte ihn sogar «mein Kleiner», und der Richter hatte alle Mühe, dafür zu sorgen, dass der Schreiber nur die bloßen Aussagen der Frauen ins Protokoll nahm. Die Letzte aber brummte: «Keine Ahnung, warum Ihr uns von der Arbeit holt. Euer Weib war schon da und hat uns ausgefragt.»

Dem Richter blieb der Mund offen stehen. Er scheuchte die Frauen hinaus und wedelte dabei mit den Händen, als wolle er eine Schar Gänse verjagen.

Als die Letzte gegangen war, war er kein bisschen klüger, dafür brummte ihm der Schädel.

Blettner strich sich über seinen Bauch, der sich erst wenig über den Gürtel wölbte, gähnte und streckte sich ausgiebig und tat kund, dass er nun zum Mittagessen und danach in die Ratsschenke gehe. «Ein harter Tag. Ich muss den Fall in aller Ruhe bedenken. Schreiber, sorge dafür, dass der Scharfrichter und der Stadtmedicus die Protokolle zu mir in die Fahrgasse bringen.»

Das Essen stand schon auf dem Tisch, als der Richter nach Hause kam. In einer Schüssel dampfte das Fleisch, das frische Brot duftete, und die Bohnen waren weder zu hart noch verkocht.

Er ließ sich reichlich auftun, aß mit Genuss. Erst als die Magd das Geschirr in den Spülstein stellte, sagte er mit strenger Stimme: «Hella, du warst also bei den Huren.»

Seine Frau blickte ihn gerade an. «Ja, das war ich. Es ist meine Christenpflicht, den Beladenen in schwerer Zeit zur Seite zu stehen.»

«Ah! Wie gut du doch bist. Du kannst dir deine Nächstenliebe wieder für mich aufheben, der Fall ist gelöst. Ich werde heute die Akten schließen und mich, was das Urteil betrifft, für Selbstmord aussprechen.»

Hella fuhr auf.

«Selbstmord? Niemals!»

«So? Und warum nicht?»

«Weil sich eine Selbstmörderin nicht *unter* den Galgen legt und einen Hund an den Balken hängt, deshalb!»

«Ach, Hella, das habe ich alles schon bedacht. Mein Gott, wer kann schon in das Innere eines anderen Menschen blicken? Vielleicht hat sich die Hure vor sich selbst als ehrlos bekannt, damit Gott ein Einsehen hat und ihr ein paar Jahrzehnte Fegefeuer erspart. Seit es die lutherische Lehre gibt, weiß doch niemand mehr so genau, wie Gott uns gern hätte.»

Er stand auf, gähnte: «Ich werde mich ein Weilchen hinlegen, weil ich nachdenken muss. Sieh zu, dass niemand meine Gedanken stört.»

«Trotzdem: Es war kein Selbstmord», beharrte Hella, doch der Richter war schon auf dem Weg ins Schlafzimmer.

Wenig später drang sein Schnarchen bis hinunter ins Untergeschoss. Als der Schreiber die versiegelten Protokolle des Scharfrichters und des Stadtmedicus brachte, wusste Hella vor Verlegenheit nicht, wie sie die Schnarchtöne aus der oberen Kammer erklären sollte. Der Schreiber aber hörte höflich darüber hinweg.

Wenig später erwachte der Richter, nahm die Protokolle von Hella in Empfang, prüfte die Siegel, drohte seiner Frau vorsorglich noch einmal mit dem Finger und schloss sich in seinem Arbeitszimmer ein. Die Glocke der Kirche hatte kaum die nächste Viertelstunde geschlagen, als er im Umhang herunterkam: «Ich habe noch zu tun», teilte er mit und rieb sich die Hände. «Zum Abendessen bin ich wieder zurück.»

Hella nickte brav, ließ sich küssen und wartete am Fenster, bis ihr Mann um die nächste Ecke verschwunden war. Dann ging sie ins Schlafzimmer, wühlte in ihren Unterkleidern, bis sie den nagelneu glänzenden Schlüssel gefunden hatte, und schlich in des Richters Arbeitszimmer. Die Protokolle lagen allesamt auf dem Schreibtisch. Hella nahm Platz, las, was die Zeugen gesagt und der Scharfrichter erklärt hatte. «Keine Auffälligkeiten in der Umgebung. Kein Anzeichen von Gewalt. Selbstmord wahrscheinlich. Erbitte Freigabe der Leiche und ihres Nachlasses», hatte der Henker geschrieben. Auch der Stadtmedicus war der Ansicht, dass es keine Anzeichen von Fremdeinwirkung gegeben hatte. Ja, er verstieg sich sogar zu der Aussage, dass der Hund womöglich deshalb am Galgen hing, weil die Selbstmörderin sich ihrer Tat im Vorfeld zu sehr geschämt hatte.

Hella las jedes Papier zweimal, dann legte sie alles wieder so hin, wie es der Richter hinterlassen hatte, und machte sich auf den Weg zu ihrer Mutter.

Kapitel 2

Das Mädchen hielt den Blick gesenkt. Den ganzen langen Weg sah sie nicht auf. Sie hing an der Hand ihrer Mutter, wurde von ihr vorwärtsgezerrt, manchmal von hinten gestoßen.

«Verstocktes Balg, willst du wohl laufen? Soll ich dir Beine machen, oder was?»

Schon traf sie ein Schlag hinter dem Ohr, dass sie aufheulte. Ihr Arm tat weh, doch die Mutter zerrte weiter daran, zerrte so kräftig, dass das Mädchen stolperte und hinfiel. Sie lag auf dem Boden, ihre Hand hing noch immer am Mutterarm. Da traf sie ein Tritt in die Seite. «Los, steh auf, Hurenkind, verfluchter Bastard. Erheb dich, sonst trete ich dir in den Arsch!»

Das Mädchen rappelte sich hoch. Es hätte gern geweint, verbiss sich aber die Tränen. Ganz starr war sein Gesicht, zugesperrt wie die Türen an den Bürgerhäusern in der Stadt.

Die Mutter fluchte, spuckte aus, zog den Rotz hoch und spuckte noch einmal, dann zerrte sie das Kind weiter.

Als sie das Stadttor erreicht hatten, öffnete die Mutter ihr Mieder so weit, dass die Brüste darin lagen wie Äpfel in der Auslage. Sie griff in die Tasche ihres billigen Kleides, das nach Dingen roch, die das Mädchen nicht benennen konnte, aber kannte, seit es lebte, und schmierte sich eine rote Paste auf die Lippen.

«He, ihr!», rief die Mutter den Torwächtern zu und bleckte die Zähne. «Macht das Brett auf, wenn eine Frau kommt, um in die Stadt auf den Markt zu gehen.»

Sie ließ das Kind los und drängte ihren Körper gegen einen der Torwächter. Der griff in das Mieder und knetete die Brüste der Frau, dass sie quiekte.

«Lass das, du Flegel!», schrie die Frau und kicherte.

Der andere Torwächter griff ihr unter den Rock und grölte: «Du musst Torpfand bezahlen, sonst bleibst du, wo du hingehörst.»

«Torpfand, soso!», lachte die Mutter, strich dem einen über die Schenkel, dem anderen über die Brust. «Was stellt ihr euch da vor, he?»

«Ich wüsst' schon was», rief der eine, doch der andere hatte sich losgemacht.

«Ach, komm, lass sie durch», sagte er. «Wer weiß, welche Krankheiten sie an sich hat. Besser ist's, sie nicht anzurühren.»

«Oho!», lachte die Mutter. «Bist du noch unschuldig? Kennst du die Liebe noch nicht? Und hast deshalb Angst, wie?»

Das Mädchen sah, dass der Torwächter rot wurde. Die Mutter kreischte auf: «Eine Jungfrau, ich wusste es doch. Komm zu mir, mein Schöner, komm zu mir in der Nacht, dann reite ich dich zu, dass du die Englein im Himmel singen hörst.»

«Geh weiter, Weib. Mach, dass du hier wegkommst», sagte nun auch der andere, stieß die Mutter von sich, dass sie ins Taumeln geriet. Sie fiel, im Fallen verschob sich der Rock, zeigte die nackten Schenkel, den offenen Schoß.

Das Mädchen senkte den Kopf, hörte die Torwächter grölen, sah sie den Mund aufreißen, die Köpfe nach hinten werfen und sich auf die Schenkel schlagen. Die Mutter rappelte sich hoch und griff nach dem Mädchen.

«Komm!», sagte sie barsch und zog das Kind weiter.

Kaum hatten sie das Tor hinter sich gelassen, drehte sich die Mutter um und drohte den Torwächtern mit der Faust: «Hurensöhne seid ihr!», schrie sie so laut, dass die Leute in der engen Gasse stehenblieben und zu ihr schauten. «Verdammte Hurensöhne!»

«Komm weiter, Mutter», piepste das Kind, senkte wieder den Blick, um der Neugier der Leute zu entgehen.

Eine Frau, die vorüberging, sah auf das kleine Mädchen und sagte: «Armes Ding.»

«Dir werd' ich von wegen ‹armes Ding›. Mit Lust ist sie gemacht, mit feuchtem Schoß. Ich wette, du, Bürgersfrau, weißt gar nicht, was das ist.»

Ein Handwerker lachte, bevor er rasch weiterging. Zwei Frauen wandten sich kopfschüttelnd ab.

«Komm weiter!», flüsterte das Kind noch einmal, und diesmal tätschelte die Mutter ihm den Kopf.

«Bist die einzig Vernünftige weit und breit.»

Dann warf sie den Kopf in den Nacken und ging hüftenschwingend weiter, das Kind hinter sich herziehend.

Als sie den Markt erreicht hatten, wurde die Mutter fröhlicher. «Weißt du was? Ich kauf dir ein Band für deine Haare. Musst beizeiten lernen, dich hübsch zu machen, nicht wahr?»

Sie trat an den Stand einer Krämerin, wo sie die Bänder betrachtete. Auch das Mädchen staunte. Ein blaues Band, dachte sie. Ein blaues Band hätte ich gern. Das dort, dahinten, neben dem grünen. Das, sonst keines.

Sie zog am Arm der Mutter, deutete mit dem Finger auf das blaue Band.

«Ach, geh mir weg mit dem blauen Zeug. Ein rotes Band sollst du haben. Rot wie Blut, rot wie die Liebe.»

Das Mädchen schwieg. Ihre Augen füllten sich mit Tränen. Sie wollte doch das blaue Band, nichts sonst. Die Mutter hatte inzwischen nach dem roten Band gegriffen, wollte es gerade hochheben.

«Pfoten weg!», donnerte die Krämerin und drohte mit der Faust. «Ich verkaufe nicht an Kebsweiber. Nimm deine dreckigen Griffel hier weg und scher dich. Vergraulst mir die ganzen Kunden.»

Die Mutter öffnete den Mund, holte tief Luft.

«Nicht, Mutter», bat das Kind, doch niemand hörte es.

«Du dumme Schlampe», höhnte die Mutter. «Glaubst vielleicht, weil du nur für den Deinen die Beine breit machst, bist du was Besseres, he?»

Sie wischte mit der Hand über den Verkaufsstand, dass die Bänder und Spangen, Kämme und Gürtel durcheinanderflogen.

«Scher dich fort, Kebse, ehe ich die Büttel rufe!», keifte die Krämerin zurück.

Die Mutter hatte das Kind losgelassen, stemmte die Arme in die Hüften und spuckte der Krämerin vor die Füße. «Dreck sind deine Waren. Rotz und Unrat. Nie im Leben hätte ich bei dir gekauft. Soll ich mir etwa die Krätze holen bei deinem Zeug?»

Sie wandte sich um, sprach nun zu der Menschenmenge, die sich versammelt hatte. «Eine ehrliche Krämerin will die sein. Ehrlich, entbehrlich. Vom Tuchhändler wird sie sich an die Wand drücken lassen. Auf ihren Stoffballen wird sie es treiben und euch braven Leuten den Samen der Unzucht mitverkaufen. Seht euch die Bänder an! Könnt ihr die Flecken erkennen?»

«Also, das ist doch allerhand! Die Büttel ruf ich. Einsperren sollen sie dich. Mit Ruten ausstreichen, weil du meinen Ruf beschmutzt hast. Büttel! BÜÜÜÜÜÜTTEL!»

Das Mädchen hatte sich eng an die Seite der Verkaufsbude gepresst. Nun sah es, wie sich wahrhaftig die Stadtknechte mit umgehängten Hakenbüchsen näherten.

«Mutter!», rief sie, so laut sie konnte. «Mutter, die Büttel!»

Der Ruf hatte das Keifen der Mutter unterbrochen. Gehetzt sah sie sich um. Dann raffte sie mit beiden Händen die Röcke und hetzte davon, ohne auf das Mädchen zu warten. Ein faules Ei traf sie am Hinterkopf, jemand schleuderte eine Kohlrübe nach ihr.

Das Mädchen rannte, so schnell es konnte, hinter ihr her, doch seine Beine waren zu kurz. Sie konnte der Mutter nicht folgen. Also blieb sie am Rande des Marktes stehen, schöpfte Atem, keuchte. Ihre Seiten schmerzten. Sie spürte die mitleidigen Blicke der Marktbesucher im Rücken. Die brannten heißer als Feuer, versengten ihren zarten Nacken.

Da ging sie schnell zurück zum Stadttor, ging blicklos an den Wächtern vorbei, setzte sich dahinter an den Wegrand und wartete.

Lange saß sie so. So lange, dass der Hunger in ihrem Innern rumorte und der Durst ihre Lippen spröde machte. Die Sonne brannte und machte sie schläfrig. Als die Glocken zur Vesper läuteten und die Fahne, die das Marktrecht verkündete, eingeholt war, schlief das Mädchen ein.

Ein Tritt in die Seite weckte sie auf. Die Mutter stand über ihr und zerrte sie hoch. Das Mädchen roch ihren Atem, der sauer nach Branntwein und faulig nach abgestorbenen Zähnen stank.

«Faul wie die Sünde bist du», schimpfte die Mutter und versetzte ihr einen Schlag auf den Hinterkopf. «Schlafen, den ganzen Tag im Gras liegen und schlafen, als wärst du eine Prinzessin, während ich mir die Haut vom Leib arbeite.»

Sie stieß das Mädchen vorwärts, immer wieder, bis sie das Haus, in dem sie wohnten und das von den anderen das Hurenhaus genannt wurde, erreichten.

Dort stieß die Mutter sie in die Küche. Mit dem Finger zeigte sie auf einen riesigen Berg schmutziges Geschirr. «Spül das. Vorher bekommst du nichts zum Abendbrot.»

Wortlos machte sich das Mädchen an die Arbeit, hörte von drinnen, aus der Gaststube, die sich unter den Kammern der Frauen befand, Gelächter und zotige Scherze.

Als sie das Geschirr gespült hatte, warf die Mutter ihr einen Kanten Brot hin, ein Stück Speck dazu. «Iss und dann scher dich ins Bett. Ich komme gleich hoch und wehe, du schläfst dann nicht.» Dann setzte sie sich auf den Schoß eines Mannes, der gierige Augen hatte.

Hastig schlang die Tochter ihr Essen hinunter, kletterte über eine schmale Stiege hinauf in die Kammer der Mutter und legte sich auf einen Strohsack, der unter dem Fenster lag. Bevor sie die Augen schloss, sah sie wehmütig zur Bettstatt mit den weichen Kissen und Fellen. Doch sie wusste, dass sie dort nicht liegen durfte. Nie! Niemals! Eher sollte der Blitz vom Himmel sie treffen, hatte die Mutter gesagt, als dass sie in das Bett durfte.

Sie versuchte, ganz schnell einzuschlafen. Eine der Frauen hier hatte ihr erzählt, man brauche nur Schäfchen zu zählen, doch das Mädchen konnte nicht zählen. Es lag, presste die Augen fest zusammen, doch schon hörte es die Mutter die Stiege heraufkommen.

Die Tür wurde aufgestoßen, und das Mädchen sah die Mutter hereinkommen und einen Mann hinter sich herzerren. Die Mutter war sichtlich unlustig. Müde, die Augen von tiefen Ringen umrahmt, die rote Paste rings um den Mund verschmiert.

Der Mann torkelte ein wenig, hob an, ein Lied zu singen.

«Pscht!», fauchte ihn die Mutter an. «Das Kind schläft. Sei leise, habe ich dir gesagt, sonst kannst du deine Lust woanders stillen.»

Mit mürrischem Blick ließ sie sich auf das Bett fallen, während der Mann an seinen Beinkleidern hantierte. Als es ihm gelungen war, sich aus dem Stoff zu pellen, kniff er der Mutter ein wenig in die Wange. «Pass auf, mein Hürchen, gleich werden wir uns vergnügen.»

Das Mädchen wollte die Augen zukneifen. Sie hatte diese Dinge schon zu oft gesehen, hatte das Stöhnen gehört, das Keuchen, den Aufschrei zuletzt. Sie kannte den Geruch nach warmer Haut, schalem Bier, Urin und Schweiß. Ganz fest drückte sie ihre Nase in die kratzende Pferdedecke, doch vergeblich.

Als die Mutter zum ersten Mal stöhnte, öffnete sie doch die Augen. Der Mond schien durch das Fenster, welches keine Scheibe hatte, sondern nur im Winter mit in Öl getränktem Stoff verhangen war, um die Kälte abzuhalten. Beim letzten Sturm war der Stoff gerissen und fortgeweht. Seither schien der Mond herein. Das Mädchen blinzelte zum Bett der Mutter hinüber und sah im Licht die weißen, massigen Schenkel links und rechts neben dem Mann aufragen. Der saugte an den Brüsten der Mutter, dann richtete er sich auf, nahm das Ding, welches die Frauen Schwanz nannten, in die Hand und stieß damit in die Mutter. Das

Mädchen konnte seinen weißen Hintern auf und ab tanzen sehen, und sie wusste, dass nun das nächste Stöhnen kommen würde.

«Mach, mein Schöner. Mach schneller, du Bock. Komm, gib's mir!», stöhnte die Mutter, und der weiße Hintern tanzte noch schneller zwischen den weißen Schenkeln. Sie hatte den Kopf in den Nacken geworfen, stierte an die Decke und feuerte den Mann gelangweilt an: «Ja, so ist es gut, du weißt, was eine Frau braucht!»

Und der Mann stierte dumpf nach unten, der Schweiß von seiner Stirn tropfte auf den Bauch der Mutter, während er sich auf ihr abmühte.

Jetzt, dachte das Mädchen, wird er gleich schreien. Als der Mann es tatsächlich tat, seufzte sie auf, zog sich die Decke über den Kopf und war schon bald eingeschlafen.

Kapitel 3

Hella verließ das Haus in der Fahrgasse, blinzelte in die Sonne und reckte sich ein wenig. Der Frühling hatte ein blaues Tuch über die Stadt gespannt und die Sonne in die Mitte gehängt. Ihre Strahlen wärmten nur wenig, doch das war Hella gleich. Endlich, dachte sie, endlich bekommt die Stadt ihre Farben zurück. Schluss mit all dem Grau und Braun und Schwarz. Sie bückte sich nach einem Veilchen und strich zärtlich lächelnd über die Blütenblätter. Durch die Töngesgasse gelangte sie zum Liebfrauenberg und klopfte an die Tür des Pfarrhauses.

Ihre Mutter Gustelies öffnete ihr, die Arme bis zu den Ellbogen nass, ein Messer in der einen, ein Kräuterbund in der anderen Hand.

Hella küsste ihre Mutter auf beide Wangen, dann schlüpfte sie ins Haus und folgte ihr in die Küche.

«Sag nichts», bat Gustelies. «Ich muss überlegen! Die Kräuterfrau hat mir heute zum ersten Mal in diesem Jahr die Kräuter für die Grüne Soße gebracht. Aber es sind nur sechs. Eines fehlt. Hmm. Ich habe Petersilie, Schnittlauch, Sauerampfer, Borretsch, Kresse und Estragon. Was, in Gottes Namen, fehlt hier? Ich komme einfach nicht drauf.»

«Kerbel», erwiderte Hella und ließ sich auf der Küchenbank nieder. Sie nahm einen Becher und goss sich Wasser aus dem Krug ein.

«Kerbel!» Gustelies schlug sich leicht mit der Hand vor

die Stirn und verteilte dabei Kräuterschnipsel auf Gesicht und Kleidern. «Kerbel! Natürlich!»

Stolz betrachtete sie ihre Tochter. «Du hast das Talent zum Kochen von mir.»

Hella lachte. «Ich kann gar nicht kochen.»

Gustelies winkte ab. «Du hast es noch nicht versucht, weil ich dir viel zu oft die Mahlzeiten für dich und deinen Mann mitgebe. Aber wenn du musst, dann kannst du. Das steht fest!»

Sie nahm eine Schüssel vom Bord und holte einen Holzlöffel aus einer Lade. «Die Soße muss schön langsam gerührt werden», erklärte sie. «Man nimmt dazu Sahne, ein wenig Öl und ein paar rohe Eigelb. Immer schön rühren, dann wird sie sämig und ist gut für die Körpersäfte. Für die Grüne Soße brauche ich nur die Petersilienblätter. Aus den Stängeln werde ich einen Petersilientrank nach einem Rezept der Hildegard von Bingen bereiten. Der Trank stärkt das Herz, und ich hoffe, Pater Nau weiß meine Bemühungen zu schätzen.»

«Pater Nau und Hildegard von Bingen!» Hella kicherte leise. «Du weißt schon, dass der Pater die Heilige vom Rupertsberg nicht ausstehen kann!»

Gustelies zuckte mit den Achseln.

«Was willst du? Er ist ein Mann! Männer mögen keine klugen Frauen.»

«Ich weiß», erklärte Hella. «Und auf die Hildegard reagieren sie wirklich empfindlich. Ich werde nie vergessen, wie es war, als du den Pater mit den Erscheinungen der Hildegard vertraut machen wolltest. ‹Wenn einer Erscheinungen hat, muss er sich vom Stadtmedicus behandeln lassen. Besonders, wenn ihm der Herrgott selbst erscheint. So weit kommt es noch, dass die Weiber sich daranmachen, Gottes

Wort auszulegen. Da könnte man ja gleich ein Orakel aus dem Hühnerdreck lesen›, hat er gewettert.»

«Und ich habe geantwortet, was ich schon deinem Vater – Gott hab ihn selig – zu Lebzeiten zu diesem Thema gesagt habe: Gott, so sagt auch Hildegard, zeigt sich in den Schwachen, nicht in den Starken. Selbst der Papst hatte das damals begriffen, und der große Kreuzzugsprediger und Zisterzienser Bernhard von Clairvaux hat ihm zugestimmt. Beide haben Hildegard als Prophetin bestätigt. Du, da wurde dein Vater plötzlich recht still. Genau wie mein Bruder, Pater Nau.»

«Weshalb du, Mutter, alles, was du durchsetzen willst, der heiligen Hildegard in die Schuhe schiebst. Ich kann mich noch genau erinnern, wie es war, als du damals diesen schön geschnitzten Eichenschrank haben wolltest. ‹Im Schnitzwerk eines Schrankes›, hast du Hildegard angeblich zitiert, ‹offenbaren sich die Aufträge Gottes an den Menschen. Wo sonst als in seinem Heim können diese sich offenbaren?› Du hast den Schrank bekommen, aber ich glaube, Vater hat an dieser Stelle deinen Schwindel durchschaut.»

«Aber natürlich hat er das», gab Gustelies stolz zu und schwenkte den Kochlöffel. «Schließlich bin ich nicht die Witwe eines Dummkopfes. Trotzdem hat mir Hildegard schon manchmal im Leben geholfen. Sie ist eben meine ganz persönliche Schutzheilige. Was soll ich da machen?»

Gustelies riss die Tür zur Vorratskammer auf, um die Eier zu holen, doch Hella unterbrach sie: «Wir haben einen neuen Fall, Mutter. Eine tote Hübschlerin. Mein Heinz denkt, es wäre Selbstmord, aber ich schwöre dir, die Frau hat sich nicht selbst gerichtet. Wir müssen zum Galgenberg.»

Enttäuscht ließ Gustelies die Eier sinken. «Heilige Hildegard! Jetzt gleich?», fragte sie. «Und was wird aus meiner Soße?»

«Die muss warten.»

Gustelies wusch sich seufzend Hände und Arme in einer Schüssel. «Wenn mir bloß die Katze nicht an die Sahne geht!»

«Mord geht vor», erklärte Hella und steckte den Finger in die Sahneschüssel. Sie erhielt von ihrer Mutter einen Klaps dafür.

Gustelies atmete hörbar ein und aus. «Selbstmord unter dem Galgen! Was sind denn das für neue Moden? Hat sich die Frau nicht umbringen können wie jeder andere anständige Mensch auch? Warum ist sie nicht ins Wasser gegangen, frage ich?»

«Siehst du, Mutter, ich finde das auch merkwürdig. Einen Selbstmord unter dem Galgen! Und genau deshalb müssen wir dorthin.»

Gustelies nahm ihren Umhang vom Haken, doch im selben Augenblick kam ihr Bruder, der Pater Nau, zur Tür herein.

«Oh, Grüne Soße! Die Freude meiner späten Tage!»

Er machte runde Augen, begrüßte dann seine Nichte. «Gustelies ist mir ein wahres Glück», beteuerte er. «Ansonsten ist das Leben ein Graus.»

Hella lächelte und küsste den Onkel, einen kleinen Mann, auf die Tonsur. «Ich weiß, Onkel Bernhard. Seit Vater tot ist und Gustelies dir den Haushalt führt, bist du längst nicht mehr so griesgrämig. Das sagen alle.»

Sofort verdüsterte sich Pater Naus Gesicht. «Die Welt ist ein Jammertal. Dabei bleibe ich. Aber das Essen deiner Mutter macht es erträglicher.»

Er segnete die beiden Frauen, dann verschwand er.

«Wahrscheinlich arbeitet er jetzt wieder an seinen theologischen Traktaten, die er mit dem Antoniterbruder Göck dann lautstark bespricht. Na, so nascht er wenigstens nicht von der Sahne.»

Es dauerte noch eine kleine Weile, ehe Gustelies so weit war, das Haus verlassen zu können. Die kleine Frau, an der alles rund war – der Kopf, die Augen, der Mund, der Busen, der Hintern, sogar die Hände – trug einen Henkelkorb über dem Arm, darin ein Kneifchen, ein kleines Messer. «Falls wir unterwegs irgendwo Kerbel für die Grüne Soße sehen.»

Als die beiden Frauen nebeneinander die Straße hinabgingen, hätte wohl niemand geglaubt, dass sie Mutter und Tochter waren. Hella war groß, bald einen halben Kopf größer als Gustelies. Während sich unter ihrer Haube hüftlange Zöpfe von der Farbe des Hafers verbargen, hatte Gustelies rötlich braunes Haar, das mit den Jahren schon dünner und blasser geworden war.

Hella schaute mit großen Augen in die Welt, die sich – je nach Wetter – mal grün, mal grau, mal blau ausnahmen. Gustelies hingegen bedachte alles mit durchdringenden Blicken aus schiefergrauen Augen.

Hellas Mund war schön geschwungen, mit voller Unter- und etwas schmalerer Oberlippe. Gustelies' Lippen dagegen sah man an, dass diese stets bereit waren, ein Stück Kuchen, einen Batzen Braten oder einen roten Apfel festzuhalten.

Mit langen Beinen schritt Hella die Straße hinab, und Gustelies folgte ihr mit kurzen Schrittchen.

Am Mainzer Tor stand der Wächter, dessen Klopfen Hella am Morgen geweckt hatte.

«Blettnerin, Ihr seid doch nicht etwa unterwegs zum Galgenberg?», fragte er.

Sogleich entrüstete sich Gustelies, stellte sich vor ihre Tochter und hielt dem Torwächter das Kneifchen unter die Nase. «Was sollen wir am Galgenberg? Gibt es dort vielleicht Kerbel für meine Grüne Soße, he? Und hast du schon einmal Grüne Soße essen müssen, in welcher der Kerbel fehlt, wie? Da ist es einer Hausfrau wohl erlaubt, ein wenig nach Kräutern zu schauen, was?»

Der Torwächter wich zurück, weil Gustelies noch immer mit dem Kneifchen vor seinem Gesicht herumfuchtelte.

«Richter Blettner hat gesagt, ich dürfe Euch nicht zum Galgenberg lassen.»

«Richter Blettner, na so was! Auch der Richter will Kerbel in der Grünen Soße, merk dir das, Wächter. Und überhaupt: Der Richter hat mir gar nichts zu verbieten. Habe ich ein Verbrechen begangen, frage ich dich?»

«Nein, gewiss nicht.»

«Na also! Mach den Weg frei und stiehl dem lieben Gott nicht den Tag.»

Energisch schob Gustelies den Mann zur Seite und eilte mit kurzen Schrittchen durch das Tor. Hella war versucht, dem Torwächter die Zunge herauszustrecken, doch im letzten Augenblick konnte sie sich bremsen.

Dann waren sie am Galgenberg. Behände raffte Hella die Röcke und sprang über das Törchen. Gustelies aber stand ratlos davor.

«Du kannst hier auf mich warten», sagte Hella, aber Gustelies schüttelte den Kopf. Dann reichte sie ihrer Tochter den Korb, schürzte ebenfalls die Röcke und kletterte umständlich über das Törchen. Als beide Beine den Boden der Hinrichtungsstätte berührten, atmete sie erleichtert auf.

«Sieh dich jetzt schon um. Eine Frage ist es nämlich, wie der Mörder die Tote über das Törchen gebracht hat», bemerkte Hella überflüssigerweise, denn Gustelies hockte schon am Boden und betrachtete mit Argusaugen das Gras ringsum.

Hella dagegen untersuchte jede einzelne Strebe des Tores. «Hier!», sagte sie und pflückte ein winziges Stückchen von rotem Stoff ab, das sie ordentlich in ihrem Korb verstaute. «Das kann vom Kleid der Hure stammen.»

«Stimmt. Aber das könnte sie auch verloren haben, als sie selbst und lebend über das Törchen gestiegen ist.»

Jetzt betrachteten beiden Frauen aufmerksam den Boden. Gustelies roch an der Erde, während Hella jeden liegenden Grashalm aufrichtete und darunter schaute.

«Es gibt keine Hinweise, dass hier jemand eine Tote entlanggeschleift hat», stellte Hella mutlos fest.

«Würdest du eine Tote hinter dir herschleifen? Das macht niemand. Denk an die Arbeiter unten im Mainhafen. Die laden sich die Säcke auf den Rücken. Also wird der Mörder sich die Tote auch auf den Rücken geladen haben. Oder ...» Sie brach ab.

«Was oder?», wollte Hella von ihrer Mutter wissen.

«Oder es ist, wie dein Mann sagt, Selbstmord.»

Hella schüttelte zwar den Kopf und presste die Lippen aufeinander, aber auch sie hatte leise Zweifel bekommen. «Der Hund. Was ist mit dem Hund, he?»

Gustelies zuckte mit den Achseln. «Ein Dummejungenstreich vielleicht, der nicht das Geringste zu bedeuten hat. Lass uns gehen. Ich muss noch Kerbel für die Soße finden.»

Hella war noch immer missmutig, als sie am Abend nach Hause kam. Der Richter war schon da und saß, die Hände auf dem Bauch verschränkt und die Augen fest geschlossen, in der Wohnstube in einem Lehnstuhl. Er hatte die Beine weit von sich gestreckt. Im Kamin knisterten ein paar Holzscheite, auf einem Tischlein standen griffbereit Weinkrug und Becher.

Ein paar Augenblicke lang betrachtete Hella ihren schlafenden Mann. Seine buschigen Brauen, die von derselben Farbe waren wie das Haar, welches bis auf den Kragen hing, und der Bart, der ordentlich gestutzt war. Am Kinn hatte Blettner ein Grübchen, und an der linken Schläfe sah man, wenn man genau hinblickte, eine blaue Ader, die anschwoll, wenn Blettner sich ereiferte. Doch das hatte Hella erst einmal erlebt.

Sachte trat sie neben ihn und streichelte seine Wange. «Lieber, ich bin da. Wir wollen zu Abend essen.»

Der Richter schlug die Augen auf, lächelte, als er seine Frau sah, zog sie zu sich auf den Schoß und streichelte ihr Haar. Hella kuschelte sich an seine breite Brust und ließ sich herzen. Keiner von beiden sprach ein Wort dabei, doch die Blicke, die sie wechselten, waren warm und voller Freundlichkeit. Zwei Jahre waren sie nun schon miteinander verheiratet. Zwei Jahre, von denen Hella befürchtet hatte, sie würden nie vergehen. Es war ihr Vater gewesen, der unterdessen verstorbene Richter Kurzweg, der ihr den Mann ausgesucht und sie verheiratet hatte. Sosehr sie auch gebeten hatte, der Vater war unerbittlich geblieben. «Du heiratest Heinz Blettner, oder du gehst ins Kloster. Du hast die Wahl.»

Hella aber hätte gern noch ein wenig gewartet mit dem Heiraten. Sie wollte die Liebe kennenlernen. Sie wollte so vieles noch kennenlernen. Ihr Vater hatte ihr stets erlaubt, Bücher zu lesen, hatte sie zuerst selbst unterrichtet, hernach in eine Nonnenschule gegeben. Dort erst hatte sie gelernt, dass die Frau weniger wert war als der Mann, dass die Frau, wie der Apostel Paulus sagte, dem Manne untertan sei. Vor allem aber wollte sie Menschen kennenlernen. Auch Männer. Und eben die Liebe. Es gab da einen jungen Mann, der sie verwirrte, wann immer sie ihn sah. Der Sohn eines Kaufmanns war er und wohnte gerade eine Straße weiter. Auch er hatte sie bemerkt, hatte ihr so manches Lächeln geschenkt, einmal sogar eine Blume. Er war schön, dieser Kaufmannssohn, und jung. Heinz Blettner war ein Mann, dessen Aussehen nicht durchschnittlicher hätte sein können. Und er war zehn Jahre älter als sie.

«Ich werde Richter Blettner nicht heiraten. Niemals. Da könnte ich mich gleich lebendig begraben lassen.»

«Aber Kind, Richter Blettner ist ein angesehener Mann!», hatte ihr Vater eingeworfen.

«Ja, und so langweilig wie ein verregneter Nachmittag im November. Würde ich ihn heiraten, so wäre schon bald ein Tag meines Lebens wie der andere. Voll unterträglicher Banalität und Langeweile. Wahrscheinlich würde er mich nicht einmal lesen lassen, sondern in die Küche verbannen, damit ich der Köchin Anweisungen gebe. Ausgehen dürfte ich höchstens in die Kirche, und als Freundinnen hätte ich nur die anderen ehrbaren Richtersgattinnen.»

Ihre Mutter hatte gelacht. «Was findest du an meinen Freundinnen, den ehrbaren Richtersgattinnen, so schlecht?»

«Dass sie deine Freundinnen sind, Mutter. Deine, nicht meine.»

Schließlich war Hella sogar in Tränen ausgebrochen, hatte des Nachts von heimlicher Flucht mit dem Kaufmannssohn geträumt, aber ihr Vater ließ nicht locker. Dann hatte sie eines Tages auf dem Markt erfahren, dass der Kaufmannssohn heiraten würde. Eine Kaufmannstochter selbstverständlich. Reich, verwöhnt und dumm wie die Nacht dunkel. Da war Hellas Eigenwille geschmolzen wie der Schnee im Frühling. Vier Wochen später war sie die Ehefrau von Richter Heinz Blettner geworden.

In den ersten Tagen nach ihrer Verlobung hatte sie sich geweigert, mit ihm zu sprechen, und der Hochzeitsnacht mit Grauen entgegengesehen. Aber als der Richter ihr zur Hochzeit eine in rotes Saffianleder gebundene Ausgabe von Dantes «Göttlicher Komödie» geschenkt und ihr die ganze lange Hochzeitsnacht daraus vorgelesen hatte, war Hella ein wenig friedfertiger geworden. Zuerst wurde ihr seine Gegenwart, wie sie sagte, «erträglich», dann hatte sie begonnen, ihn zu mögen. Ganz allmählich aber hatte sie ihn liebgewonnen. Und heute liebte sie ihn mit einer Mischung aus Schwestern- und Eheliebe.

Sie ertrug die Nächte mit Heinz immer besser, aber das Begehren hatte sich bei ihr bisher noch nicht eingestellt. Wenn Hella ganz ehrlich zu sich war – und das war sie nicht eben häufig –, so musste sie zugeben, dass ihre Kinderlosigkeit womöglich damit zu tun hatte, dass sie den geschlechtlichen Akt immer recht hastig hinter sich zu bringen gedachte. So hastig, dass Heinz Blettner nur sehr wenig Zeit blieb, seinen Samen in ihrem Schoß zu versenken.

«Was hast du gemacht am Nachmittag?», fragte der Richter.

«Oh, ich war bei meiner Mutter. Gemeinsam waren wir vor den Stadttoren, um Kerbel für die Grüne Soße zu suchen.»

«Und ihr habt nicht zufällig in der Nähe des Galgenberges gesucht?», fragte Blettner und drückte seiner Frau einen Kuss auf das Haar.

Hella machte sich ein wenig los. «Was kann ich dafür, dass gerade dort der beste Kerbel wächst? Hättest du deine Leiche in Bornheim gefunden, wären wir aus dem Schneider. So aber denkst du sofort, wir hätten wieder geschnüffelt.»

«Ja! Genau das denke ich. Und? Was habt ihr gefunden?»

Hella seufzte. «Nichts. Nichts außer einem Stofffetzen auf einer Strebe des Törchens.»

«Aha! Und zu welchem Urteil habt ihr euch durchgerungen?»

«Nun, ich glaube noch immer nicht an Selbstmord. Der Hund am Galgen stört mich. So etwas macht keine Selbstmörderin. Aber Mutter meinte auch, dass es sich vielleicht tatsächlich um Selbstmord handeln könnte.»

«Nun, ich werde morgen, am Donnerstag, dem Rat diesen Fall und mein Ergebnis vortragen. Für mich steht fest: Selbstmord. Dann wird der Scharfrichter die Dirne in ein Fass stecken und in den Main werfen. Am Abend ist die ganze Sache vergessen. Ich bin froh, Hella, dass wir diesmal, wenn schon nicht zu einem einhelligen Ergebnis, so doch wenigstens ein wenig mit unseren Urteilen übereinstimmen.»

«Ist das nicht furchtbar?», fragte Hella.

«Dass wir uns einig sind?»

«Nein, dass ein Mensch stirbt und nichts von ihm bleibt. Es ist, als hätte sie nie gelebt, diese Frau. Oder so, als wäre sie schon sehr lange tot.»

Der Richter zog die Stirn in Falten. «Welchen Sinn das Leben hat und ob etwas davon bleibt, wenn man selbst das

Zeitliche gesegnet hat, liegt in der eigenen Verantwortung. Du irrst vielleicht, Hella. Es kann gut sein, dass auch die Hure irgendwo jemanden hat, der sie jetzt vermisst.»

«Ja», stimmte Hella zu. «Aber ich kann es mir bei Gott nicht vorstellen.»

Kapitel 4

Das Mädchen war gewachsen, sodass es nicht mehr in das verwaschene Tuch passte. Sie reichte der Mutter schon bis zum Kinn.

Die Mutter kam mit einem alten Kleid von ihr selbst. Einem Kleid, vor dem das Mädchen sich ekelte. Die Mutter hatte es meist getragen, wenn sie mit den Männern in die Kammer ging. Wie oft hatten Männerhände daran gezerrt, den Stoff einfach über die Schenkel geschoben, darauf gekeucht, gestöhnt, gesabbert und gesamt?

«Zieh dich aus», befahl die Mutter. «Nackt will ich dich sehen. Muss schauen, ob bald etwas mit dir anzufangen ist. Ich werde auch nicht jünger.»

Das Mädchen gehorchte und ließ sich begaffen, befühlen.

«Sieh an, bei dir sprießt es ja bald.» Sie lachte keckernd, fingerte an den Brustknospen des Mädchens herum, die seit einiger Zeit zu schwellen begonnen hatten.

Das Mädchen drehte sich weg. Die Mutter lachte nur noch lauter. «Brauchst gar nicht erst anfangen, dich zu schämen. Scham ist ein unnützes Gefühl und macht nicht satt.» Sie nahm das alte Kleid, hielt es an den Körper des Mädchens. «Mal sehen, was wir dir daraus machen.»

«Ich will das Kleid nicht», flüsterte das Mädchen. «Nicht dieses.»

«Nicht dieses», äffte die Mutter es nach. «Welches darf es

denn dann sein? Eins aus Brokat vielleicht? Oder wäre der Prinzessin englisches Tuch lieber?»

Mit gesenktem Blick schwieg das Mädchen.

«Ich habe dich etwas gefragt», brüllte die Mutter und rüttelte an den Schultern des Mädchens.

«Nicht dieses Kleid», wiederholte das Kind. «Es stinkt!»

Obwohl die letzten beiden Worte nur ein Hauch waren, hatte die Mutter sie trotzdem gehört.

Sie stemmte die Arme in die Hüften, holte ganz tief Luft, dann begann sie zu schreien, während sie gleichzeitig auf das Mädchen einschlug. «Bastard, verhurter, du sagst mir, dass ich stinke, was? Du? Ich bringe dich um, ich bringe dich um.»

Die Fäuste der Mutter trommelten auf den Kopf des Mädchens. «Ich werde dich Achtung lehren, gottloses Balg!»

Die Fäuste trafen nun die Brüste des Mädchens, das ganz eng die Schultern zusammenzog und das Kinn senkte, so weit sie es vermochte. Die Arme hielt sie schützend über ihren Kopf.

Plötzlich hörte die Mutter auf. «Du sollst die Mutter ehren, steht in der Bibel», sprach sie, und ihre Stimme war ruhig.

Das Mädchen bekam Angst. Wenn die Mutter schrie und schlug, so war das nicht angenehm, aber wohlbekannt. Diese ruhige Stimme aber, dieses merkwürdige kleine Lächeln, welches über das Muttergesicht huschte, machte sie bange.

Jetzt nahm die Mutter das nackte Kind, hielt es mit einem festen Griff im Nacken, schob es aus der Kammer und schleifte es die Stiege hinunter in die Gaststube. Dort saßen die anderen Weiber hinter ihren Bierkrügen, obwohl es noch nicht einmal Frühstück gegeben hatte. Bei einer war das ganze Gesicht rot verschmiert, eine andere hatte rissige Lippen und eine Stimme, die ganz dunkel war. Manche waren noch nicht im Bett gewesen, standen auch jetzt nicht auf, sondern lehnten sich mit verschränkten Armen zurück, gespannt auf das Schauspiel.

«Guck dir einer unsere Kleine an. Ihre Zeit kommt bald. Oh, das wird ein Fest», rief eine gackernd.

Eine andere ließ den Blick am nackten Körper des Mädchens auf und ab wandern. «Lasst sie gehen. Sie ist noch nicht so weit. Und ich hoffe, sie wird es niemals werden. Wäre sie meine, ich würde sie weggeben, damit was Rechtes aus ihr wird.»

Die Mutter schnaubte, widersprach aber nicht. Noch immer hielt sie den Nacken des Mädchens umklammert und zerrte es zu einem gefüllten Eimer, der neben dem Herd stand. Fettaugen schwammen auf der trüben Brühe, einzelne Bröckchen und brauner Schaum. Ein säuerlicher Gestank stieg davon empor, und das Mädchen wusste, dass mit diesem Eimer das ganze Haus gewischt worden war.

Die Mutter packte noch fester zu, trat der Tochter von hinten in die Knie, dass sie einknickte, und drückte ihren Kopf in die Brühe. Ihr Körper zuckte, wand sich, doch die Mutter hielt sie in einer Klammer. Lange, sehr lange. Sie bekam keine Luft, das Wasser brannte ihr in den Augen, drang in den Mund. Sie musste husten, doch unter Wasser ging das nicht. Sie hätte gern geschrien, doch auch das war nicht möglich. So schloss sie endlich die Augen und wartete darauf, dass Gott käme, um sie zu holen.

Doch Gott kam nicht.

Endlich zog die Mutter das Mädchen hoch. Das Mädchen spuckte, schluckte, hustete, war kaum zu Atem gekommen, da drückte die Mutter es wieder in die trübe, stinkende

Brühe. Und wieder ließ Gott auf sich warten. Auch beim dritten Mal kam er nicht.

Dann erst ließ die Mutter von ihr ab.

«Jetzt sag mir, wer hier stinkt», forderte sie.

Das Mädchen stand nackt und besudelt unter den Blicken der anderen, sah das trübe Wasser über ihre Brüste rinnen. Sie spürte den sauren und zugleich beißenden Geschmack in ihrem Mund und würgte. Aus ihren Haaren rann das Wasser. Die Nase des Mädchens war ganz voll von diesem Geruch. Der ganze Körper war überzogen von der Jauche. Ihre Seele aber war leer und schwieg still. Hier war sie beinahe ertränkt worden. Und keiner hatte ihr geholfen. Niemand.

«Also: Wer stinkt?»

«Ich bin es, die stinkt», flüsterte das Mädchen. Die Worte quollen in seinem Mund auf, verstopften die Kehle, dass es glaubte zu ersticken.

«So ist es!» Die Mutter stand da, das Mieder nachlässig geschnürt, das lange Haar strähnig, die Augen noch verschmiert vom Rußstift, den sie am Vorabend aufgetragen hatte, die Haut fleckig, der Mund mit den schwarzen Zahnstümpfen halb offen. Nur in den Augen der Mutter erblickte das Mädchen Leben. Die Augen der Mutter sahen voller Befriedigung auf ihre einzige Tochter.

«Bist ein Hurenmädchen und wirst es immer bleiben.» Die Stimme der Mutter war ohne Schärfe, beinahe schon weich, müde und gleichgültig. Sie hob die Hand, wischte sich über das Gesicht, als wolle sie die Müdigkeit fortwischen, dann wandte sie sich um und setzte sich zu den anderen Frauen an den Tisch. Die hatten bisher geschwiegen. Jetzt aber begannen sie zu reden, sprachen belanglos vom Wetter und vermieden es, das nackte Kind anzusehen.

Das Mädchen stand einsam da und fror. Hurenmädchen. Sie wartete auf einen Blick, der sie wärmte, auf ein Wort, das die Scham abwusch, aber es war, als wäre sie gar nicht vorhanden. Ein Hurenmädchen. Gut genug für die stinkende Brühe. Zu schlecht für ein anständiges Leben.

Da wankte sie die Stiege hinauf in die Kammer. Gern hätte sie sich auf ihren Strohsack gelegt, geweint und sich gewärmt, doch das durfte sie nicht. Hurenmädchen. Das Wort der Mutter bohrte sich in ihren Kopf. Bis jetzt hatte sie, wie alle Mädchen, geträumt von einer Hochzeit, von einem Prinzen auf einem Pferd, von Kindern, dem eigenen Herd. Das Wort – Hurenmädchen – hatte alles weggewischt. Mit einem Wort hatte die Mutter dem Mädchen die Zukunft geraubt, die Träume, die Hoffnung und die Zuversicht.

Also blieb das Mädchen am Fenster stehen und ließ sich trocknen vom kalten Märzmorgenwind.

«Ich bin tot», flüsterte sie dabei und hielt sich selbst in den Armen. «Ich bin tot, tot, tot.»

Kapitel 5

Donnerstag war Gerichtstag. Das war immer so gewesen, war jetzt so, würde auch in Zukunft so sein. Am Donnerstag legte der Richter Heinz Blettner dem versammelten Rat seine Criminalia samt Protokollen vor, fügte an, welches Urteil seiner Meinung nach gesprochen werden musste, und der Rat, auf Lebenszeit von zweiundvierzig Mitgliedern gebildet und aus drei Bänken zu je vierzehn Mitgliedern bestehend, entschied.

Manchmal war man sich nicht einig im Rat. Es kam vor, dass die erste Bank, die ausschließlich den Patriziern vorbehalten war, zu einem anderen Schluss kam als die dritte Bank, auf der die Mitglieder der Zünfte ihre Plätze hatten.

Manchmal kam der Richter nicht zu einem eindeutigen Urteil. Dann mussten die Syndici, Rechtsgelehrte im Dienste der Stadt, heran, um Gutachten zu erstellen.

Heute lag der Fall jedoch klar, und die Syndici würden nicht gebraucht werden.

Richter Heinz Blettner trug seine Amtsrobe: einen schwarzen Anzug mit Stiefeln und Sporen, einen roten Mantel, verziert mit dem Stadtwappen samt weißem Adler, und ein Gerichtszepter.

Bevor er mit seinen Ausführungen begann, ließ er seinen Blick über die Ratsbänke huschen. Als er den Patrizier Hollenhaus erblickte, seufzte Blettner leise. Hollenhaus war ein Rechthaber, der es genoss, an jedem Gerichtstag seine ureigene Meinung zum Fall lang und salbungsvoll auszubreiten. Blettner hatte im Grunde nichts gegen Schwätzer, er ärgerte sich nur, wenn sich das Gefasel bis in die Mittagszeit hineinzog und er zu spät zum Essen nach Hause kam.

Vorsorglich hatte sich Blettner heute eine Strategie zurechtgelegt, um Hollenhaus das Wort abzuschneiden, aber am liebsten hätte er sie nicht angewendet.

Nachdem der Gerichtsdiener mit der Glocke geläutet hatte, eröffnete der jüngere Bürgermeister, Blettners Vorgesetzter und zuständig für die Rechtsgeschäfte der Stadt, die Gerichtssitzung.

Blettner legte sich seine Papiere zurecht und begann. Er berichtete von der unbekannten Hure, vom Hund am Galgen und endete mit seinem Urteilsvorschlag: Selbstmord.

Schon meldete sich Hollenhaus: «Wie kommt Ihr, Hoher Richter, denn auf so einen Blödsinn? Selbstmord mit Hund? Das habe ich ja noch nie gehört!»

Blettner lächelte und verneigte sich ein wenig: «Ihr habt auch noch nicht alle Vöglein singen hören, und doch gibt es sie.»

Auf der Handwerkerbank brach Gelächter aus.

«Ich beantrage ein Gutachten der Syndici», rief Hollenhaus. Ein anderer Zunftmeister widersprach: «Der Fall ist klar, der Richter hat es gesagt. Gutachten kosten Geld, und davon hat die Stadt nicht genug. Ende.»

«Ich muss mich im Sinne der Gerechtigkeit aber doch fragen, ob der Hohe Richter nur zu seinem Schluss gekommen ist, weil es sich bei der Toten um eine Hure handelt. Woher kennt der Richter die Gepflogenheiten einer solchen? Ich habe Zweifel an seinem Urteil.»

Darauf hatte Blettner nur gewartet. «Ihr habt recht, Patrizier Hollenhaus. Die Gepflogenheiten der Hübschlerinnen kenne ich nicht. Auch ist mir nicht bekannt, dass in ihren Reihen Selbstmord ausgeschlossen ist. Da Ihr, edler Herr, mehr darüber zu wissen scheint, erbitte ich Aufklärung.»

Jetzt lachten auch die Patrizier, denn es war stadtbekannt, dass Hollenhaus ein Freund der leichten Mädchen war. Der aber wurde über und über rot, hieb ein wenig mit der flachen Hand auf den Tisch und brüllte: «Nichts weiß ich, gar nichts! Macht doch, was Ihr wollt.»

«Heißt das, Patrizier, dass Ihr meinem Urteil zustimmt?», fragte Blettner liebenswürdig.

Hollenhaus nickte knapp. Auch die anderen Ratsmitglieder stimmten dem Urteil zu, der Gerichtsschreiber notierte, und Blettner gab Anweisung für den Scharfrichter, er möge die Leiche im Main versenken.

«Der Fall ist ad acta gelegt», verkündete Heinz Blettner wenig später zu Hause und rieb sich die Hände.

Doch dann fiel ihm ein, dass seine Frau heute Geburtstag hatte. Er kam zu ihr, nahm sie in den Arm, schwenkte sie ein bisschen herum und ließ links und rechts auf ihre Wange Küsse knallen. «Alles Gute, mein Herz!», wünschte er. «Gottes Segen auf allen Wegen.»

«Lass mich runter!», verlangte Hella, lächelte aber und strich Heinz sanft über die Wange. «Was ist schon ein Geburtstag? So etwas feiert man nicht! Am Namenstag gibt es Glückwünsche und Geschenke, aber doch nicht heute.»

«Das ist mir gleich», verkündete Blettner. «Jedes Mal, wenn sich dein Geburstag jährt, möchte ich mich bei deiner Mutter dafür bedanken, dass es dich gibt.»

Hellas Gesicht wurde weich. Jetzt war es an ihr, ihn zu küssen. «Das kannst du heute Abend machen. Gustelies und Pater Nau werden kommen und Grüne Soße mitbringen.»

Blettners Gesicht leuchtete auf. «Grüne Soße! Etwa mit Tafelspitz?»

«Natürlich! Was dachtest du denn? Glaubst du etwa, meine Mutter würde mit Eiern vorliebnehmen wie die Häusler vor der Stadt? Schüsselweise wird sie Rindfleisch anschleppen, und ich bin ganz sicher, dass auch ein Kuchen dabei sein wird.»

«Und Bier-Eier-Punsch!»

Die Augen des Richters bekamen einen sehnsüchtigen Glanz, dann aber fiel ihm etwas ein. Er eilte die Treppe hinauf in sein Arbeitszimmer und kam wenig später mit einem kleinen Holzkästchen zurück. «Da, für dich, Liebes.»

«Du sollst doch nicht am Geburtstag …», setzte Hella an, doch Heinz unterbrach sie.

«Du wirst heute einundzwanzig Jahre. In dem Alter gilt man für gewöhnlich als erwachsen. Auch wenn man das bei dir nicht unbedingt merkt: Das ist schon ein besonderer Tag.»

Hella öffnete das Kästchen. Darin lag eine kleine Glasphiole. Sie nahm sie heraus, öffnete sie – und schon war die ganze Küche von Rosenduft erfüllt.

«Rosenöl?», fragte Hella. «Riecht meine Nase richtig? Ist das wirklich das gute, teure Rosenöl, welches die Händler vom Balkan mitbringen?»

Richter Blettner nickte stolz. Da fiel sie ihm um den Hals und herzte ihn und verzärtelte ihn, bis die Magd mit den Töpfen klapperte.

Am Abend saßen Gustelies, Pater Nau, Hella und Heinz um den großen Tisch im Wohnzimmer, der sich unter Schüsseln und Kannen förmlich bog.

Pater Nau hatte sich von Gustelies das Randstück des

Tafelspitzes auf den Teller legen lassen und betrachtete es liebevoll. «Oh, gekochtes Rindfleisch in Grüner Soße! Die Freude meiner späten Tage!»

Hella lachte. «Onkel Bernhard, wenn dir nur das Essen Freude macht, dann ist dein Leben nicht besonders aufregend.»

«An Aufregung habe ich mit deiner Mutter genug. Ansonsten muss ich nichts erleben. Die Erde ist ein Jammertal und das Leben ein Graus. Alles, was Menschen ersinnen können, kenne ich bereits aus der Bibel.»

Dann nahm er sich einen Kanten Brot, tunkte ihn in die Soße und biss herzhaft ab. Plötzlich hielt er inne, kniff die Augen zusammen und sah seine Schwester und Haushälterin misstrauisch an. «Irgendwas fehlt an der Soße. Irgendwas ist anders.»

«Ach was!», winkte Gustelies ab. «Ein bisschen Kerbel fehlt, aber das merkt man gar nicht.»

«So, Kerbel fehlt also», mischte sich Blettner ein. «Wart ihr nicht gestern erst nach Kerbel unterwegs? Habe ich nicht gehört, dass rund um den Galgenberg alles voller Kerbel steht?»

«Seit wann interessierst du dich für Kräuter?», wollte Hella wissen. «Es ist April, die beste Zeit für die Grüne Soße. Da geht jede gute Hausfrau nach Kerbel aus. Wir waren wohl zu spät.»

Gustelies hatte ihren Fehler sogleich bemerkt und versuchte nun abzulenken. «Ich hörte, der Rat hat im Falle der toten Hübschlerin auf Selbstmord entschieden. Hat man sie schon in den Main geworfen?»

Blettner wischte sich mit einem Tuch den Mund sauber. «Morgen früh steckt sie der Henker in ein Fass und wirft sie von der Brücke, direkt über dem zweiten Bogen.»

Hella wusste selbst nicht, was sie plötzlich ritt. Die Worte lagen ihr im Mund. Sie versuchte, sie hinunterzuschlucken, doch vergebens. «Und wenn es doch kein Selbstmord war?»

Richter Blettner ließ das Messer sinken und sah seine Frau streng an. So streng, dass Hella den Kopf senkte. Dann aßen alle weiter, bis Pater Nau sich zu Wort meldete: «Nun, Selbstmord ist eine Todsünde. Die Seele der Armen landet auf ewig im Fegefeuer. Schlimm ist so was. Nicht wiedergutzumachen. Wenn du sie als Selbstmörderin verurteilt hast, und das zu Unrecht, hast auch du dein Seelenheil verspielt.»

«Und obendrein wird er nie im Leben ein angesehener Syndikus, der in der warmen Stube arbeitet und von allen hoch geachtet ist. So mancher Syndikus hat es schon auf die Ratsbank geschafft. Du aber wirst wohl immer nur Richter bleiben!» Hellas Stimme war ein wenig dunkel, als sie dies sagte. «Ein Fehlurteil, das wäre wirklich schlimm.»

Heinz Blettner ließ sich nicht aus der Ruhe bringen. «Ich bin gern Richter. Habe meine Freiheit. Fehler gehören dazu.»

«Ach was! In der Ratsschenke willst du sitzen, das ist es. Die anderen arbeiten lassen. Scharfrichter tu dies, Stöcker tu das, Schreiber mach dies, Bote hol das. Und wenn du nicht weiterweißt, läufst du zu den Syndici, damit sie dir Rechtsrat erteilen.»

«Was ist daran so schlimm?», fragte Blettner.

Hella holte tief Luft: «Dass du es nie zur Mitgliedschaft im Rat bringen wirst wie die angesehenen Kaufleute, das ist schlimm.»

Jetzt ließ Heinz Blettner das Messer fallen. «Es ist genug, Hella.»

Pater Nau nickte dazu: «Die Welt ist schlecht. Wohin soll das alles noch führen, wenn schon die Hausfrau Widerworte gibt? Das Weib ist ein Hort der Wollust und Sünde. Das wussten schon die großen Kirchenväter und mahnen deshalb seit Jahrhunderten, dass das Weib dem Manne untertan zu sein habe, will es die ewige Seligkeit.» Er sah betrübt über die Tafel. «Ein Jammertal, ich sage es ja.»

Gustelies stieß ihren Bruder in die Seite: «Sei jetzt still! Misch dich nicht ein.»

Hella saß ganz zusammengesunken, den Blick auf den Teller gerichtet.

«Ich wünsche nicht, dass meine Frau sich in meine Angelegenheiten mischt. Pater Nau hat recht: Dem Ehemann obliegt es, dafür zu sorgen, dass das Weib am Ende das ewige Leben erhält. Ich bin dein Mann, bin dein Führer, sorge für deinen Unterhalt, verteidige dich und achte darauf, was rechtens ist. Deine Aufgabe, meine Liebe, ist es, mir in Ergebenheit zu dienen, bescheiden in der Rede und der Kleidung zu sein. Deine Rede sei vorsichtig, Klatsch sollst du vermeiden und schweigen, wo es nottut. So steht es geschrieben, so rufen die Priester von der Kanzel. So war es, so wird es bleiben. Du, Hella, wirst dich daran gewöhnen müssen. Nicht ich bin es, der den Ruf ruiniert. Eine Frau, die sich nicht ergibt, macht dem Manne Schande.»

Hella kroch noch weiter in sich zusammen. Er hat recht, dachte sie. Ich will ihm doch ein gutes Weib sein, will doch gehorsam sein. Warum ist das nur so schwer?

Sie sah ihren Mann unter gesenkten Lidern an. «Entschuldige bitte», sagte sie leise. Richter Blettner nickte, dann lächelte er schon wieder und strich ihr über das Haar.

«Nun, morgen kommen die Frauen aus dem Hurenhaus zur Beichte», erklärte Pater Nau, der ein Schweigen nur schwer aushalten konnte. «Gäbe es das Beichtgeheimnis nicht, so wüsstest du recht bald, ob du recht geurteilt hast. So aber …!»

«Ich habe nach bestem Wissen und Gewissen entschieden», teilte der Richter mit. «Wenn ihr alles besser wisst und könnt, nur zu!»

Gustelies trat unter dem Tisch nach Hellas Schienbein. Die junge Frau verstand und zwinkerte ihrer Mutter zu.

Am nächsten Morgen, Hella wollte sich gerade auf den Weg zu ihrer Mutter machen, klopfte es an der Tür. Ein junges Mädchen stand vor der Tür. «Kerbel bringe ich Euch», sagte sie. «Habe gehört, dass Ihr welchen braucht.»

«Woher weißt du das?», fragte Hella. «Wer bist du überhaupt? Ich habe dich noch nie gesehen.»

«Aus der Vorstadt komme ich», erklärte das Mädchen. «Ich verkaufe Kräuter, um Brot zu kaufen und ein bisschen Speck. Der Torwächter sagte mir, dass Ihr Kerbel braucht. Deshalb bin ich hier.»

Sie hatte bisher den Blick zu Boden gerichtet, doch jetzt sah sie auf und schaute Hella direkt an: «Ich kann Euch immer frische Kräuter bringen. Sagt mir nur, was Ihr wollt.»

Hella seufzte. Das Mädchen tat ihr leid, wie es da stand mit den eingezogenen Schultern, den schmalen Lippen in einem blassen Gesicht und dem glanzlosen Haar.

«Ich nehme den Kerbel», sagte sie. «Und hätte gern in der nächsten Woche reichlich Bärlauch. Waldmeister brauche ich, sobald es welchen gibt. Ach, und vielleicht hast du noch getrocknete Kamille für einen Aufguss?»

Das Mädchen nickte. «Ich werde Euch alles bringen. Ihr werdet zufrieden sein mit mir.»

Hella lächelte. «Wie heißt du?»

«Agnes.»

«Und wie noch?»

«Nichts weiter. Nur Agnes.»

Das Mädchen nahm die Geldstücke aus Hellas Hand und wünschte Gottes Segen, bevor sie davonstürzte. Hella sah ihr nach, raffte den Umhang zusammen und ging zu ihrer Mutter.

«Ich habe Heinz verärgert», sagte sie bedrückt. «Er hat ja recht. Aber ich bin fürs Gehorchen nicht gemacht. Wie weit könnte er es bringen, wenn er nicht die Hälfte seiner Zeit in der Schenke säße und den Schnurren der anderen lauschte. Sein Hang zu Geschichten bringt ihn noch um jeden Aufstieg.»

«Er ist, wie er ist», erklärte Gustelies und rührte dabei in einem großen Topf, aus dem verlockende Gerüche emporstiegen. «Ändern kannst du ihn nicht. Geschichten sind wichtig für die Menschen. Man kann viel daraus lernen.»

«Ach was! Wein trinkt er dort und hört allen und jedem zu, ganz gleich, welchen Unsinn sie reden.»

Gustelies lächelte fein, ein Zeichen dafür, dass sie anderer Meinung war, aber Hella sah es nicht, sondern sprach schon weiter: «Oh, ich will ihn gar nicht ändern. Das meiste an ihm kann bleiben, wie es ist. Aber das, was ihm fehlt, kann ich ja beisteuern, oder? Und nun sagt Pater Nau, mit einem Fehlurteil hätte er sein Seelenheil verspielt, vielleicht sogar das ewige Leben verloren. Wenn die Hübschlerin sich nicht selbst gerichtet hat, muss er in der Hölle schmoren. Das kann ich doch nicht zulassen, Mutter!»

«Nein!», bestätigte Gustelies. «Mit dem Seelenheil und dem ewigen Leben ist nicht zu spaßen. Wir werden sehen, was wir tun können, und mir kommt da gerade ein Einfall.»

Sie setzte sich Hella gegenüber an den sauber gescheuerten Küchentisch, rückte ein Töpfchen beiseite, in dem sich Kräutersprösslinge langsam aus der Erde drückten, und stützte die Unterarme auf das Holz.

Sie wandte den Kopf und lauschte ins Hausinnere, doch alles war ruhig. Trotzdem flüsterte sie: «Heute Nachmittag, vor der Vesper, nimmt Pater Nau den Frauen aus dem Hurenhaus die Beichte ab. Wenn es etwas zu erfahren gibt, dann von ihnen.»

«Ist der Hurenmeister auch dabei?»

Gustelies nickte.

«Aber Onkel Bernhard wird uns niemals verraten, was Huren und Hurenmeister ausgeplaudert haben. Nie!»

«Ich weiß. Und deshalb wird sich eine von uns hinter dem Beichtstuhl verbergen müssen, um alles mit anzuhören.»

Kaum hatte Gustelies dies ausgesprochen, überfiel Hella ein Hustenanfall. Gustelies sprang auf, holte einen Becher mit Wasser, doch Hella hustete sich noch eine ganze Weile förmlich die Lunge aus dem Hals. Als sie sich endlich beruhigt hatte, sah sie ihre Mutter voller Freude an.

«Das ist es. Hinter dem Beichtstuhl. Vielleicht können wir so Heinzens Seele wirklich retten!»

Gustelies lächelte ein wenig und fuhr sich mit der Hand über das Haar. Dann betrachtete sie ihre Tochter. «Du hast dich verkühlt», stellte sie fest. «Du kannst nicht hinter den Beichtstuhl. Dein Husten würde dich verraten! Außerdem: Die Beichten der Huren sind nichts für so junge Ohren.»

«Ich habe gar keinen Husten», warf Hella ein, die sich jetzt schon darauf freute, am Nachmittag ganz Unerhörtes zu erfahren, aber Gustelies ließ nicht mit sich reden.

«Ich gehe hinter den Beichtstuhl, und du kurierst dich aus.»

Dann sprang sie auf, lief in ihre Vorratskammer und kam mit zwei Leinensäckchen wieder. «Da! Thymian. Mach dir heute Abend einen Zuber mit heißem Wasser, streu Thymian hinein und atme tief.»

Und dann legte sie das andere Säckchen auf den Tisch. «Getrocknete Lindenblüten, gemischt mit Salbei. Daraus mach dir einen Sud und trink ihn so heiß wie möglich. Wirst sehen, morgen ist dein Husten schon besser.»

«Rezepte der heiligen Hildegard?», fragte Hella und zwinkerte ihrer Mutter zu.

«Als ob die Äbtissin Hildegard Zeit gehabt hätte, sich selbst um die Zubereitung von Heilmitteln zu kümmern! Sie war eine große Gelehrte, meine Liebe. Mag der Bäckermeister Laue auch damit prahlen, Apfelkuchen nach einem Hildegard-Rezept backen zu können, das ist alles Unfug. Hildegard von Bingen hat niemals in ihrem Leben das Rezept für einen Apfelkuchen ersonnen! Das wird ihr nur angedichtet, weil es sich für eine Frau halt so ziemt. Gelehrt zu sein wie ein Mann ist dagegen eine Schande.» Sie hob den Zeigefinger und fuchtelte damit vor Hellas Nase herum. «Die Männer sind es, welche Hildegard von einer berühmten Theologin zu einer Heldin am Herd degradieren. Männer sind und waren es, die ihren Erscheinungen erst dann Glauben schenkten, als sie vom Papst als direkte Gottesworte, und somit nicht von Hildegard erdacht, erklärt wurden.»

«Ich weiß, Mutter, ich weiß», warf Hella eilig ein, um einem Vortrag über die Gelehrsamkeit und Klugheit der Hildegard zu entgehen. Sie hatte diesen Vortrag schon so oft gehört, dass sie ihn lautlos mitsprechen konnte. Aber alles in allem imponierte Hella doch, wie eifrig Gustelies ihr großes Vorbild verehrte und wie viel sie von ihr gelernt hatte. Dass es sich dabei keineswegs um Heilmittelchen und Kochrezepte handelte, war jedem klar, der Gustelies kannte.

Hella steckte beide Säckchen ein. Im selben Augenblick zeigte die Glocke der Liebfrauenkirche durch kräftige Schläge an, dass die Mittagszeit angebrochen war.

Gustelies sprang auf. «Ich muss mich eilen, der Pater kommt gleich und möchte seinen Freitagsfisch.»

Auch Hella stand auf: «Der Meine kommt bestimmt auch bald aus dem Malefizamt. Obwohl er sich freitags nicht sonderlich eilt, denn er mag keinen Fisch.»

Gustelies fuhr herum, stand mit erhobenem Kochlöffel. «Keinen Fisch? Das liegt nur an der Zubereitung. Hast du ihm schon einmal Hecht gemacht?»

Hella schüttelte den Kopf und setzte sich wieder, denn denn nun würde eine Vorlesung über Hechte folgen.

«Du nimmst eine Zwiebel und schneidest sie schön klein. Später im Jahr nimmst du Schalotten. Dann erhitzt du ein Viertelpfund Butter in der Pfanne und brätst die Zwiebeln darin schön glasig. Nimm einen Rest Weißwein vom Vortag und einen Becher Wasser und lass die Soße aufkochen. Dann gibst du einen Löffel Mehl hinzu und rührst alles schön glatt. Aber pass auf, dass dir die Schwitze nicht anbrennt. Würze mit Salz und, wenn du hast, mit Pfeffer, gib einen kräftigen Schluck ungesüßte Sahne hinzu und gehackte Petersilie, dann nimm die Soße vom Ofen.

Jetzt schneidest du dem Hecht Kopf und Schwanz ab, nimmst ihn schön aus, entgrätest ihn und salzt ihn tüchtig. Nimm eine Pfanne, gib reichlich Butter dazu und brate den Hecht von allen Seiten. Dann gieß die Soße darüber, geize nicht mit Butterflöckchen, und fertig ist das Freitagsfastenmahl. Hast du dir alles gemerkt?»

Hella nickte. «Hecht, Butter, Mehl, Wasser, Wein, Salz, Pfeffer, Petersilie.»

«Richtig. Kauf die Sachen auf dem Markt. Jetzt gleich, dann schaffst du es noch, bis Heinz aus dem Malefizamt kommt. Sieh zu, dass es ein junger Hecht ist, höchstens ein zweijähriger, dann ist er besonders zart.»

Hella rümpfte ein wenig die Nase. «Und wenn ich den jüngsten aller Hechte bekomme, so gut wie du bekomme ich das nie hin!»

Sie legte den Kopf ein wenig schief, zog einen Schmollmund und schmiegte sich an ihre Mutter.

«Aha!» Gustelies verstand. «Mitnehmen willst du, was ich gekocht habe, nicht wahr? Weil du genau weißt, dass ich wieder viel zu viel gemacht habe!»

Hella nickte und schmiegte sich noch enger an ihre Mutter, die noch immer den Kochlöffel in der Hand hielt.

«Also gut. Zum letzten Mal. Sonst lernst du ja nie richtig kochen!»

Sie holte ein Tongefäß, füllte Hecht und Soße ab, bedeckte das Gefäß mit einem Leinentuch und stellte es in einen Korb. «Um das Brot dazu kümmerst du dich aber selbst!»

«Du bist die Beste!», jubelte Hella, umarmte die Mutter, küsste sie auf die Wangen und wirbelte davon. «Bis heute Nachmittag!», rief sie im Gehen. «Ich werde in der Seitenkapelle auf dich warten!»

Am Nachmittag versuchte Hella, ihre Mutter noch einmal zu überreden: «Dein Lindenblüten-Salbei-Sud hat geholfen. Ich habe keinen Husten mehr. Denk an deine Knie, Mama.»

Gustelies drohte ihrer Tochter mit dem Finger. «Hurenbeichten sind nichts für eine anständige junge Frau. Du bleibst in der Seitenkapelle.»

Dann schritt Gustelies hoch erhobenen Hauptes durch die noch leere Kirche, hockte sich in eine kleine Nische direkt hinter den Beichtstuhl, und Hella rückte den riesigen geschmiedeten Leuchter so, dass niemand ihre Mutter sehen konnte.

Gustelies spürte schon ein wenig das Reißen in den Knien, als Pater Nau schließlich, angetan mit der schwarzen Soutane, in den Beichtstuhl schlüpfte. Von draußen konnte man das Geschnatter der Huren hören.

Na endlich!, dachte Gustelies. Hoffentlich haben sie in dieser Woche nicht zu viel erlebt. Meine Knie halten das nicht aus.

Die erste Hübschlerin betrat den Beichtstuhl, machte zuvor das Kreuzzeichen. «Im Namen des Vaters und des Sohnes und des Heiligen Geistes. Amen», sagte sie leise.

«Gott, der unser Herz erleuchtet, schenke dir wahre Erkenntnis deiner Sünden und seiner Barmherzigkeit», erwiderte der Pater.

«Pater, ich habe gesündigt. Mit Männern habe ich Wollust getrieben und dafür Geld bekommen. Den Hurenmeister habe ich belogen und ihn um zwei Heller geprellt. Der Uta habe ich einen Gürtel gestohlen und falsche Rede gegen Sibylla geführt.»

«Und sonst?»

«Nichts sonst. Reicht Euch das nicht, Pater?»

Hinter dem Beichtstuhl rieb Gustelies sich die Knie und beschwor den Priester lautlos: «Frag sie nach der fremden Hure. Los, Bruder, mach schon!»

Doch Pater Nau hatte andere Sorgen. «Hast du ein Kindlein empfangen?»

Die Hure verneinte und sprach das Reuegebet: «Ich bereue, dass ich Böses getan und Gutes unterlassen habe. Erbarme dich meiner, o Herr.»

«Gott, der barmherzige Vater, hat durch den Tod und die Auferstehung seines Sohnes die Welt mit sich versöhnt und den Heiligen Geist gesandt zur Vergebung der Sünden. Durch den Dienst der Kirche schenke er dir Verzeihung und Frieden. So spreche ich dich los von deinen Sünden im Namen des Vaters und des Sohnes und des Heiligen Geistes», erwiderte Pater Nau, erlegte der Hure einen Fastentag und zehn Rosenkränze auf und verabschiedete sie mit den Worten: «Gehe hin in Frieden.»

Die zweite Hure klagte sich ebenfalls der Unzucht an, gab an, die erste Hure belogen und eine Krämerin beleidigt zu haben. Die dritte Hure wollte sich in Details ihrer Unkeuschheit ergehen, doch Pater Nau gebot ihr rechtzeitig Einhalt.

Nach der vierten Hübschlerin begann sich Gustelies zu langweilen. Auch die Sünde ermüdet, wenn sie gehäuft auftritt, dachte sie. Und noch immer kein Wort von der Wanderhure.

Gustelies hockte sich auf die Fersen, umschlang die Knie mit den Armen und schloss die Augen. Sie war müde.

Doch plötzlich schrak sie aus ihrem Halbdämmer. Sie hatte die Stimme des Hurenmeisters erkannt und legte eine Hand hinter das linke Ohr, um besser zu hören.

«Weggeschickt habe ich sie, die fremde Hure, auf dass sie meinen Mädchen nicht das Geschäft versaut oder sie gar mit irgendwelchen Krankheiten ansteckt. Sie war nicht mehr jung, die Fremde, war in Nöten, vielleicht sogar verrückt, ich weiß es ja nicht. Hätte sie nicht gehen lassen sollen. Gejammert hat sie, geweint und gefleht, ich möge sie bleiben lassen. Der Teufel sei ihr auf den Fersen, hat sie gebarmt, doch ich habe nur gelacht. Gewundert hat's mich nicht, als sie tot gefunden wurde, denn da erst habe ich begriffen, dass das Weib nicht krank oder verrückt war, sondern Todesangst gehabt haben muss.»

Gustelies hörte Pater Nau etwas murmeln. Sie musste sich zusammennehmen, um nicht «Ruhe jetzt!» zu rufen.

Doch es war schon alles vorbei. Der Hurenmeister bekannte nun noch ein paar weitere Sünden, die Gustelies ganz und gar nicht interessierten. Doch sie musste ausharren, bis auch die Letzte aus dem Hurenhaus ihr erbärmliches Leben bekannt hatte.

Als die Kirche endlich leer war, kroch sie auf allen vieren aus der Nische, stöhnte, hielt sich das Kreuz und zog sich endlich seufzend an dem eisernen Leuchter nach oben. Hella kam aus der Seitenkapelle geeilt.

«Und?», fragte sie aufgeregt.

«Du hattest recht», erwiderte Gustelies. «Die Hure ist ermordet worden.»

«Bist du sicher? Wusste der Hurenmeister mehr?»

Gustelies rieb sich die Knie und schüttelte den Kopf. «Nichts wusste er, der Trottel. Er hat nur gesagt, dass die Hure bei ihm war und um Obdach gebeten habe. Der Teufel sei hinter ihr her, hat sie gejammert, doch der herzlose Hurenknecht hat sie weggescheucht. Jetzt jammert er über seine Schuld und konnte sich gar nicht genug anklagen. Pater Nau hat ihm regelrecht den Mund verbieten müssen. Fest steht aber, dass der armen Hure jemand auf den Fersen war. Jemand, vor dem sie Todesangst hatte.»

Kapitel 6

Du bist zu alt!»

Das Mädchen hörte die Stimme der Hurenmeisterin, sah, wie sich die Mutter unter diesen Worten duckte, als wären es Schläge.

«Noch habe ich Freier», erwiderte die Mutter.

«Ha! Schöne Freier hast du! Dem einen guckt die Franzosenkrankheit schon aus den Augen, der andere hat nur noch ein Ohr, den will sonst keine.»

«Aber ich bringe mein Geld.»

«Viel zu wenig, meine Liebe. Die anderen füttern dich mit durch. Damit ist Schluss. Ich gebe dir noch zwei Wochen, dann bekommt eine andere deine Kammer. Es sei denn, du denkst dir etwas aus.»

«Wo soll ich denn hin?», fragte die Mutter weinerlich. «Soll ich etwa auf der Straße verhungern? Im Winter erfrieren?»

«Ist mir gleichgültig.»

«Ich könnte mich in der Küche nützlich machen, wenn du mich bleiben ließt. Das Haus könnte ich scheuern, den jungen Huren Hilfe leisten, am Abend bedienen.»

«Zu alt bist du, zu verbraucht, zu dreckig. Junges Blut wollen die Männer. Unverdorbene, reine Ware.»

Die Mutter griff nach der Hand der Hurenmeisterin. «Bitte, du kannst mich doch nicht einfach so verrecken lassen.»

«Kannst dich ja als Magd verdingen.»

«Als Magd? Niemand nimmt eine wie mich. Als Wanderhure werde ich enden. Auf der Straße. Geprügelt, vergewaltigt, halb verhungert, verdurstet, erfroren.»

«Hättest dich beizeiten kümmern müssen. Junges Blut, sagte ich. Hast ja gewusst, dass du alt wirst.»

Die Hurenwirtin riss ihre Hand aus der der Mutter und wischte sie am Kleid sauber.

«Das Mädchen», flüsterte die Mutter. «Sie ist jetzt dreizehn Jahre alt. Du könntest sie nehmen. Eine Jungfrau bringt viel Geld. Genug, um die Kammer für Monate bezahlen zu können. Wir arbeiten zusammen. Mutter und Tochter. Das wäre doch was. Das bringt doch Geld ein.»

Das Mädchen erschrak. Ihr Inneres wurde kalt wie Eis. Seit damals, als die Mutter ihren Kopf in den stinkenden Zuber getaucht hatte, hatte sie niemals mehr Angst gespürt. Sie erstarrte seither einfach, unfähig, zu denken, zu sprechen, sich zu regen. So wie jetzt.

Die Hurenwirtin kam näher, griff dem Mädchen unters Kinn und zwang ihren Kopf nach oben. «Hübsch ist sie nicht. Und viel dran ist auch nicht an ihr», bemerkte sie.

«Man kann sie zurechtmachen. Die Brüste zusammenschnüren, sodass sie nach oben rausdrücken. Ihre Haut ist sehr zart, und sie ist gehorsam.»

Die Hurenwirtin stieß das Mädchen aufs Bett, schlug ihm die Röcke hoch. «Mach die Beine breit!»

Das Mädchen biss sich auf die Lippen. Sie konnte sich noch immer nicht bewegen. Da griff die Hurenwirtin nach ihren Schenkeln und drückte sie auseinander.

«Hmm. Bist du sicher, dass sie noch Jungfrau ist?»

«Natürlich», erwiderte die Mutter. «Ich habe sie gehütet wie meinen Augapfel. Einen ganzen Gulden wirst du für ihre Unschuld kriegen können.»

«Gut», erklärte die Hurenwirtin und besah noch einmal gründlich den Schoß des Kindes. «Mach sie bereit. Übermorgen ist es so weit.»

Die Mutter nickte und geleitete die Hurenwirtin unter allerlei Artigkeiten zur Tür.

«Lass die Sprüche», fuhr die Hurenmeisterin sie an. «Sieh zu, dass der Mann auf seine Kosten kommt, der sie nimmt. Wenn sie sich anstellt, fliegt ihr beide.»

Das Mädchen lag noch immer mit gespreizten Beinen auf dem Bett, als die Mutter die Tür hinter der Meisterin schloss und ans Bett trat.

«Wird Zeit, dass du auch für unseren Unterhalt arbeitest», sagte sie. «Hab dich schließlich jahrelang mit durchgefüttert. Hattest ein gutes Leben hier.»

Sie schlug dem Mädchen die Röcke hinunter und zerrte sie vom Bett. «Zeig deine Haare her.»

Sie fuhr dem Mädchen mit den Fingern durch das Haar, das von einem stumpfen Braun war und ihr bis zu den Hüften reichte, schnickte einige Läuse weg. «Dein Haar muss glänzen und gesund aussehen.»

Die Mutter ging mit dem Mädchen zum Fluss, wusch ihr das Haar mit eiskaltem Märzwasser, goss Essig nach, zerrte einen grobzinkigen Kamm über den Mädchenkopf. Dann, zurück in der Kammer, betrachtete sie den nackten Leib des Kindes. «Mager bist du. Wird Zeit, dass dich ein Mann nimmt, dann werden die Hüften schon von ganz allein breiter.»

Sie schmierte Fett auf ein paar entzündete Wanzenstiche, sagte dann: «Das Schamhaar muss ab. Die Männer wollen eine richtige Jungfrau mit nacktem Schoß.»

Wenig später stand die Mutter mit einem Rasiermesser in der Hand über dem Mädchen, das auf dem Strohsack lag.

Das Mädchen starrte an die Decke und wagte kaum zu atmen. Die Mutter war grob, riss an den Haaren, fuhr achtlos mit dem Rasiermesser über die Haut, wischte das Blut nachlässig mit dem Finger breit. Das Mädchen bewegte sich nicht.

Als die Mutter fertig war, blieb sie einfach liegen.

«Hat es dir die Sprache verschlagen? Ich dachte, du freust dich, dass du nun bald zur Frau gemacht wirst.»

«Nicht zur Frau, zur Hure», erwiderte das Mädchen. Sie sah die Faust kommen, doch sie wich ihr nicht aus. Die Mutter schlug sie auf die Brüste und die Schenkel. Wieder und immer wieder. Das Mädchen bewegte sich nicht, starrte nur in das Muttergesicht, sagte kein Wort mehr.

Da ließ die Mutter von ihr ab.

Zwei Abende später war die Gaststube im Erdgeschoss des Hurenhauses zum Bersten voll. Die Frauen hatten sich besonders hübsch gemacht, die Mieder weiter als sonst geöffnet, reichlich von der roten Paste aus Schweinefett und dem Saft roter Rüben auf Lippen und Wangen verteilt. Handwerksburschen, Meister, Männer jeden Alters, jeden Standes, jeder Statur drängten sich auf den Holzbänken. Die Tische bogen sich unter Weinkannen, ein Musikant kratzte auf seiner Fiedel.

Die Hurenwirtin hatte sich ein rotes Band ins Haar gebunden, die Mutter eine neue Borte an ihr Kleid genäht. Ihre Augen glänzten, aber das Mädchen fand, dass der Glanz nichts Schönes hatte, sondern fiebrig, gierig und krank aussah.

Sie wusste, warum das Haus so voll war: Die Hurenwirtin hatte in der Stadt verbreiten lassen, dass an diesem Abend eine Jungfrau versteigert würde. Die Jungfrau war sie selbst.

Sie saß auf einem Schemel, spürte die Blicke der Männer auf ihrer Haut brennen, spürte, wie die Blicke an ihr hinauf- und herabglitten, wie sie gemustert, geschätzt und beurteilt wurde. Die Mutter hatte ihr einen Kranz aus Gänseblümchen aufs Haar gesteckt. Sie trug ein Kleid, welches ehemals weiß gewesen war und nun der Hurenwirtin als Nachtgewand diente. Auch die Mädchenwangen waren mit der Paste bestrichen, die Augen mit Herdruß bemalt, die Füße aber nackt und von der Kälte des Steinbodens blau angelaufen.

Einer war gekommen, hatte ihre Wange getätschelt und sie «Täubchen» genannt. Ein anderer hatte ihr die Hand auf den Arm gelegt. Eine Hand mit vergilbten Nägeln unter einem schwarzen Rand. Eine Hand mit dicken blauen Adern und bleichbraunen Flecken. Eine Hand mit gekrümmten Fingern, die wie Würmer über ihren Arm krochen.

Das Mädchen saß starr und summte tonlos ein Lied. Immer wieder und wieder und noch einmal. Sie hörte das Toben und Singen, das Lachen und Kreischen ringsum wie durch eine dicke Stoffschicht. Sie sah die Männer und Frauen so scharf, als wären sie in Mondlicht getaucht, und sah doch nichts. Sie hatte weder Hunger noch Durst, war nicht wach und nicht müde, fühlte nichts, dachte nichts. Sie saß da, und das Einzige, was war, war das Atmen. Ein und aus und ein und aus und ein und aus.

Als die Hurenwirtin auf eine der Holzbänke stieg und laut nach Ruhe rief, schrak sie kurz auf, zog dann die Schultern zusammen, ließ das Kinn auf die Brust sinken, presste die Knie zusammen.

«Heute gibt es eine Jungfrau», schrie die Wirtin. «Ein Gottesgeschenk von einem Mädchen. Sanft wie ein Lämmchen, mit einer Haut von Milch und Honig, Brüsten wie

Rosenknospen und einem Schoß, so rein und unschuldig wie frisch gefallener Schnee.»

Das Mädchen hörte die Worte, sie wusste, dass sie gemeint war, aber die Sätze waren ihr fremd. Alles war ihr plötzlich fremd. Sie sah zur Tür, als wartete sie, dass einer käme und sie hier wegholte. Doch da kam keiner. Nur die Mutter, die sie vom Schemel hochzog und ihr derb in beide Wangen kniff. «Los, zier dich nicht», zischte sie ihr ins Ohr. «Wenn du nicht spurst, sind wir beide verloren.»

Sie packte sie unterm Kinn. «Lächle! Los, lächle, sage ich.»

Das Mädchen verzog die Lippen, ließ sich durch den Raum stoßen. «Lächle!»

Als sie vor der Hurenwirtin standen, johlten die Männer. Hände griffen nach ihr, Münder näherten sich. Sie wollte zurückweichen, doch die Mutter hielt sie im Nacken. «Lächle!»

«Hier habt ihr sie, unsere Prinzessin, unser Engelchen. Na, ist sie nicht schön? Ist sie nicht die Tugend in Person? Wie viel ist sie euch wert?»

«Bevor ich Geld ausgebe, will ich sehen, was ich da kaufe», schrie einer, und die anderen grölten vor Erregung. «Zeig uns ihre Titten. Sehen wollen wir, was wir kaufen.»

Die Hurenwirtin lachte und nickte, fauchte zwischen den Zähnen vom Schemel herab zur Mutter: «Los, mach, was die Kundschaft verlangt.»

Die Mutter ließ das Mädchen los. Es schlug die Arme um den Körper, um die Brüste zu schützen. Da kam die Mutter herum und zischte: «Lass das, oder ich schlage dich windelweich!»

Sie zog ihr mit einem kräftigen Ruck die Arme herunter, nestelte am Mieder, griff hinein und hob die Brüste heraus.

Das Mädchen erstarrte. Stand steif wie ein Baum, den Blick gesenkt, die Wangen hochrot. Ihr Atem ging heftig.

«Schaut, sie schnauft schon. O Mann, die ist so weit. Die sitzt schon lange mit geschürzten Röcken auf der Herdplatte.»

Einer kam, griff nach der Brust, drückte, bohrte einen schwarzen, spitzen Fingernagel in das weiße Fleisch.

«Na, ich warte auf Gebote!», schrie die Hurenwirtin.

Einer warf einen Heller auf den Tisch. «Zwei Heller», schrie der Nächste.

«Einen Groschen!»

«Drei Groschen!»

«Einen Viertelgulden!»

Die Hurenwirtin beugte sich zu dem Mädchen herunter. «Dreh dich, Püppchen, zeig dich. Lächle, leck dir die Lippen.»

«Einen Viertelgulden und einen Groschen obendrauf!»

«Einen Viertelgulden und zwei Groschen!»

«Einen halben Gulden!»

«Lächle!», zischte die Mutter und drehte das steife Kind mit dem gesenkten Kopf.

«Streich dir über die Brüste, los!», flüsterte die Hurenwirtin.

Das Mädchen bewegte sich unter den Püffen der Mutter wie eine Holzpuppe an Fäden.

«Wenn sie nicht will, dann mach du sie heiß», zischte die Hurenwirtin der Mutter zu.

Die Mutter lachte scheppernd, strich vor aller Augen mit ihren Daumen über die Brüste des Mädchens, rieb die Knospen, bis sie prall standen, holte die rote Paste aus der Kleidtasche, schmierte damit die Knospen ein.

«Einen Dreiviertelgulden!»

«Das und fünf Heller dazu!»

«Lächle! Los, verdammt!»

«Einen Dreiviertelgulden und zehn Heller!»

«Zwanzig Heller!»

«Na, meine Herren, seid ihr schon müde? Gerade einen Dreiviertelgulden und zwanzig Heller für unsere Schönheit?»

«Schon zu viel für eine Spröde wie die da!», rief einer, winkte ab und holte sich eine der anderen Huren auf den Schoß. Das Mädchen sah, wie seine Hand unter ihren Röcken verschwand, sah die dreckige, fleckige Hand über das weiße Fleisch kriechen wie ein bissiges Tier.

Die Hurenwirtin stieß sie. «Wenn du nicht gleich ein bisschen mitmachst, fliegt ihr noch heute!»

Die Mutter kniff sie, stieß sie, schob sie. «Lächle! Dreh dich!» Sie hob die Hand und fuhr dem Mädchen mit dem Daumen über die Lippen, drückte sie auseinander, steckte ihr den Daumen in den Mund.

«Sie saugt wie der Teufel höchstselbst!», rief sie. Die Hurenwirtin keckerte. «Na, meine Herren! Sind das nicht göttliche Aussichten? Ran an den Speck, bevor ihn ein anderer holt.»

«Einen Dreiviertelgulden und dreißig Heller!»

«Dreißig Heller und einen Groschen!»

Die Mutter öffnete das Mieder noch weiter, nahm das Haar des Mädchens hoch, zeigte Nacken und Hals.

«Seht nur, seht! Ist sie nicht eine wahrhaftige Prinzessin? Eine Unschuld, eine vollkommene Schöpfung des Herrn?»

Die Hurenwirtin schrie, und die Mutter schlug dem Mädchen die Röcke nach oben. Waden, Knie und Schenkel waren den gierigen Blicken der Männer preisgegeben.

«Lächle!»

Einer war da, der rührte sich nicht. Saß nur vor seinem Weinkrug und schaute, die Arme auf die Tischplatte gestützt. Seine Augen blickten, als hätten sie schon alles von der Welt gesehen. Sein Mund lag gerade, als hätte er schon alle Worte gesprochen. Das Haar hatte er hinter die Ohren zurückgestrichen, als hätten diese noch nicht alles gehört. Seine schmalen Hände mit den gepflegten Nägeln hielten den Weinbecher umklammert, als wollten sie ihn nie wieder hergeben.

«Na, Männer? Wer will nochmal, wer hat noch nicht? Unsere Süße ist eine kräftige Stute, aber noch nicht zugeritten! Für einen Gulden könnt ihr sie die ganze Nacht lang haben.»

Der Mann hob die Hand. «Einen Gulden», sagte er.

Die anderen Männer und die Huren sahen sich nach ihm um, wurden plötzlich still, bis ein anderer schrie: «Einen Gulden und zwanzig Heller.»

Da stand der Mann auf, nestelte die Geldkatze vom Gürtel, warf einen Gulden und einen halben auf den Tisch und sagte: «Schluss jetzt. Ich kaufe das Kind.»

Die Hurenwirtin musterte rasch die übrige Kundschaft, sah in zugesperrte Gesichter, sah, wie die anderen Huren sich schon verteilt hatten. Sie stieg eilig vom Schemel, nahm das Mädchen im Nacken und führte sie dem Mann zu: «Da habt Ihr sie. Ihr werdet sehen, ein gutes Geschäft.»

Das Mädchen sah sich um, suchte die Mutter. Die stand ganz hinten, mit blassem Gesicht, knetete das Kleid zwischen ihren Fingern. Als der Blick des Mädchens auf sie fiel, drehte sie sich um und lief in die Küche.

Das Mädchen bedeckte die bloßen Brüste mit den Armen, stand mit gesenktem Kopf vor dem Mann. Der griff nach ihrer Hand. «Welche Kammer?», fragte er.

Die Hurenwirtin wies mit dem Daumen nach oben. «Gleich links neben der Treppe.»

«Ist die Kammer gefegt, das Laken sauber, ein Zuber mit Wasser darinnen?»

«Alles, wie Ihr es wünscht.»

«Gut. Dann komm!» Der Mann sprach freundlich zu dem Mädchen, das sich noch immer nicht rührte.

Die Hurenmeisterin gab ihr einen Schubs, sodass sie über ihre hölzernen Beine stolperte, doch die Hand des Mannes hielt sie fest. «Komm!»

Sie ließ sich die Stiege emporziehen, in die Kammer schieben und auf das Bett stoßen. Da lag sie, die Blicke zur Decke gerichtet, und bewegte lautlos die Lippen.

Der Mann lachte. «Betest du?», fragte er und kam näher heran, las von ihren Lippen. «Du singst ja. Ein Kinderlied, wenn ich mich nicht irre.»

Das Mädchen sang lautlos weiter, ohne sich zu bewegen.

Der Mann öffnete ihr Kleid, bekam es nicht von der steifen Gestalt, zog schließlich seinen Dolch aus dem Stiefel und zerschnitt den Stoff. Eine Hand legte er ihr unters Kinn, mit der anderen strich er ihr über die Wange.

«Zeig deine Zähne!»

Sein Daumen drang zwischen ihre Lippen, fuhr über die Zahnreihen, glitt dann mit leichtem Druck über ihren Hals, die Brüste, verrieb die rote Paste auf den Knospen, die die Mutter daraufgeschmiert hatte.

«Ekelhaft!», sagte der Mann und schüttelte den Kopf. Das Mädchen wusste nicht, was er meinte, hörte ihn kaum, stierte an die Decke und sang.

Als der Mann ihre Brüste liebkoste, drückte, presste,

quetschte, sang sie ein kleines bisschen lauter. Der Mann verzog das Gesicht, doch er sagte nichts.

Jetzt begann das Mädchen plötzlich etwas zu fühlen. Seine Hände. Hart waren sie und rau. Kalt wie Brunnenwasser. Sie glaubte, ihre Haut würde aufgerissen von diesen Händen, glaubte, er streiche mit groben Brettern über ihren Bauch. Sie drehte sich, wollte weg von dieser Kälte und Härte, doch er hielt sie fest.

«Bist nicht so willig wie die anderen, mein Täubchen», sagte er. «Gefällst mir umso besser. Bezwingen werd ich dich doch.»

Das Mädchen sang ein bisschen lauter, den Blick an die Decke gerichtet. Sie wünschte sich zurück in ihre Starre, doch es gelang nicht.

Nun drang das Kalte und Harte zwischen ihre Schenkel, drückte sie auseinander, ein Daumen fuhr über ihre Scham. Sie begann zu zittern. Ihr war so kalt.

Der Mann lachte. «Kannst es wohl nicht erwarten, was? Zitterst ja schon.»

Da verstummte sie, ließ das Kinderlied sterben in sich und wurde zu Eis.

Der Mann ließ ab von ihr, löste den Gürtel, zerrte an seiner Hose, zog sie aus und warf sie in eine Ecke, die Bruche hinterher.

«Schau her!», forderte der Mann, doch sie hörte nichts. Unter dem Eis war nichts zu hören. Da griff er nach ihrem Kinn und drehte ihren Kopf. Sie sah das, was die Huren «Schwanz» nannten. Sie hatte solche Schwänze schon gesehen. Hatte gesehen, wie sie sich im Mondlicht in die Mutter bohrten.

Der Mann führte seinen Schwanz an ihren Mund, fuhr damit über ihre Lippen, die sie fest zusammenpresste.

Dann drückte er ihre Schenkel auseinander. So weit, dass es wehgetan hätte, wäre sie nicht aus Eis.

Er kroch dazwischen, nahm den Schwanz in eine Hand, rieb ihn, bis er wie ein Ast aus seinen Händen ragte. Ein starker Ast, den er zu ihrem Schoß führte, hineinstieß.

Das spürte sie unter dem Eis, da stieß jemand gegen ihr Inneres und wollte durch ein Tor, wo keines war. Weh tat das. Sie keuchte und fühlte das Eis schmelzen, bis es in feinen Tröpfchen auf ihre Stirn und ihre Oberlippe trat.

«Stell dich nicht so an!», schrie der Mann, doch sie tat gar nichts. Lag einfach da und betete, dass ihr Tor seinem Ansturm standhielt. Sie wollte nicht, dass der Ast sich in sie bohrte.

Regungslos lag sie, die Hände in das Laken gekrallt, das Gesicht verzerrt, die Augen ganz dunkel.

«Los jetzt!», schrie der Mann, stützte sich nur auf eine Hand, holte aus mit der anderen und gab ihr eine Maulschelle. Ihr wurde heiß unter dem Schlag. Doch ihr Schoß war noch immer kalt. Heiß und kalt. Hell und dunkel. Laut und leise. Alles und nichts.

Der Mann stieß in sie und stieß und stieß, und einmal durchbrach er fast das Tor, und sie begann zu schreien. Da presste sich etwas in ihr zusammen, wurde hart und fest und verwehrte sich.

Er holte wieder aus und schlug nach ihr, traf sie auf der anderen Wange, die so heiß wurde, dass sie aufkeuchte.

«Aas, verfluchtes», schrie er. «Bezahlt habe ich für dich!», und stieß und stieß und stieß, aber jetzt wusste sie, wie sie das Tor verschließen musste.

Da ließ er ab von ihr, zog den Ast heraus, griff mit dem Finger in sie hinein, und sie brüllte auf. Sein Finger bohrte und tat ihr weh und machte sie kalt und heiß zugleich. Da holte sie das Lied aus sich heraus, brüllte es ihm in die Ohren, sodass sein Finger herausgesungen wurde aus ihr.

Er stand und holte aus und wollte sie wieder schlagen, doch dann ließ er den Arm sinken, schüttelte sich, riss die Kammertür auf und rief nach der Hurenmeisterin.

Die kam gestürzt mit wildem Haar und funkelnden Augen, die Mutter hinterdrein.

«Will sie nicht?», fragte die Wirtin.

«Sie sperrt sich», rief der Mann. «Meine anderthalb Gulden will ich zurück.»

«Sie ist noch nicht so weit, ist noch zu jung», jammerte die Mutter.

Die Hurenwirtin fauchte: «Dann gib du ihm sein Geld und pack dich. Jetzt gleich.»

Und die Mutter knickte ein und sagte leise: «Einmal können wir's ja noch versuchen.» Sie langte nach dem Bein des Mädchens und bog es nach hinten, dass das Knie über den Bauch ragte und drückte es zur Seite. Die Hurenmeisterin nahm das andere Bein, drückte dabei ihren Oberkörper auf das Kind, das unter dem dumpfen Kleid fast erstickte.

«Nun los!», sagte die Hurenmeisterin, und der Mann holte seinen Ast und nahm Anlauf. Dem Mädchen wurde heiß, so heiß wie in der Hölle, und es wollte schreien, doch das Kleid der Meisterin war in ihrem Mund, erstickte alles. Sie spürte, wie sie riss, wie etwas in ihr zerriss. Da starb sie zum zweiten Mal.

Kapitel 7

Hella war mit dem Abendbrot früher fertig als ihr Mann. Sie hatte die Schüssel von sich geschoben und betrachtete Heinz Blettner.

Seine hellen Augen blickten meist aufmerksam in die Welt, jetzt betrachteten sie wohlgefällig ein Stück Braten. Die Nase kräuselte sich leicht, die Augen schlossen sich, der Mund mit den Lippen, die ihr manchmal scharf begrenzt, ein anderes Mal fast konturenlos schienen, stülpte sich leicht nach vorn.

«Hmmmm!», brummte Heinz. «Köstlich!»

Er fasste das Messer und die zweizinkige Gabel, eine neue Mode aus Italien, ganz fest und begann, am Fleisch zu säbeln. Heinz spießte ein Stück auf den Zweizinker, hob ihn zum Mund, öffnete die Lippen gerade so weit, dass das Fleisch gut hineinpasste, dann schloss er den Mund, kaute, blickte dabei in Welten, die Hella nicht kannte, die aber dem gepriesenen Schlaraffenland nahe zu kommen schienen, dann schluckte er, ließ das Messer sinken, griff nach dem Weinbecher und trank einen kräftigen Schluck. «Köstlich!»

«Du siehst so zufrieden aus», stellte Hella fest.

«Das bin ich auch, mein Herz», verkündete der Richter lächelnd. «Ich habe allen Grund zur Freude: Der Fall ist abgeschlossen, du sitzt mir gegenüber, das Essen schmeckt hervorragend.»

«Und wenn es doch Mord war?», fragte Hella und griff über den Tisch nach seiner Hand, die das Messer hielt. «Ich habe Angst, Heinz. Was ist, wenn du dich getäuscht hast? Was, wenn du jemanden als Selbstmörder verurteilt hast und ihn in den Fluss werfen ließest, obwohl es Mord war? Es geht um dich, Heinz. Und dein Seelenheil. Jemandem den gerechten Tod, das Begräbnis in geweihter Erde zu versagen ist eine große Sünde. Der Seligkeit gehst du verlustig.»

Heinz Blettner sah seine Frau aus zusammengekniffenen Augen an. «Weißt du etwas, das ich nicht weiß?»

Hella wiegte den Kopf hin und her. «Eine Wanderhure war sie», sagte sie. «Dem Hurenmeister hat sie erzählt, sie fühle sich bedroht. Weggeschickt hat er sie trotzdem, und am nächsten Morgen war sie tot.»

«Dann ist es offensichtlich. Wenn der Hurenmeister sie weggeschickt und sie so gar kein Auskommen hatte, wird sie sich umgebracht haben, um dem Erdendasein, dem schrecklichen, zu entgehen.»

«Aber Heinz, dein Seelenheil!»

Der Richter hatte aufgegessen, schob seinen Teller von sich. «Du machst dir wirklich Sorgen, nicht wahr?»

Hella nickte. Da streckte er die Arme nach ihr aus. Hella kam auf seinen Schoß und schlang die Arme um ihn. «Sorge dich nicht. Es hat alles seine Richtigkeit. Wenn du magst, dann geh morgen in die Kirche und spende eine Kerze. Pater Nau wird es freuen. Aber dann, liebes Kind, ist Schluss mit dem Ermitteln. Hast du mich gehört?»

Hella nickte.

«Ein Kind sollten wir haben, das brächte dich auf andere Gedanken», stellte der Richter fest. «Komm, lass es uns gleich versuchen. Jetzt gleich.»

Am nächsten Vormittag, Heinz Blettner war bereits im Malefizamt, klopfte es an der Tür. Hella, die in der Wohnstube saß und sich Gedanken darüber machte, wie eine Kammer für ein Kind einzurichten wäre, schrak hoch. Die Magd war mit der Wäsche unten am Fluss, der Knecht hackte Holz, sodass Hella allein im Haus war.

Sie erwartete niemanden. Der Kesselflicker kam am Mittwoch, der Scherenschleifer jeden dritten Montag. Heute aber war Samstag.

Sie sprang auf, ging zum Fenster und sah hinunter zur Haustür. Unten stand eine Frau in mittleren Jahren, die Hella bekannt vorkam.

«Wollt Ihr zu mir?», rief sie.

Die Frau zuckte zusammen und sah zu ihr hoch. «Zum Richter oder aber zu Euch, wenn er nicht da ist.»

Hella schloss das Fenster und stieg die Treppe hinunter. «Gelobt sei Jesus Christus.»

«In Ewigkeit. Amen.»

«Nun, was kann ich für Euch tun?», fragte Hella und führte die Frau in die Küche.

«Die Vossin bin ich. Das Weib vom Gewandschneider aus dem Hirschgraben. Mein Mann ist weg. Seit gestern Mittag schon.»

Hella schob der Frau einen Becher mit verdünntem Wein über den Tisch. «Da, trinkt und beruhigt Euch. Und dann erzählt.»

Die Vossin leerte den Becher in einem Zug. «Mein Mann. Gestern ist er nach dem Mittagsmahl in die Zunftstube gegangen. Am Nachmittag wollte er wieder zurück sein, weil der Patrizier Schön sich ein neues Wams anpassen lassen wollte. Nun, Schön kam, nicht aber der Meine. Das ist noch nie da gewesen. Die Kundschaft hinten, die Kundschaft vorn. Selbst als seine Mutter im Sterben lag, hat er erst noch ein Beinkleid angemessen, bevor er an ihr Lager eilte.»

«Nicht wiedergekommen», wiederholte Hella, um die Frau auf den rechten Pfad ihrer Rede zurückzubringen.

«Ja. Und auch am Abend nicht. Da habe ich den Knecht in die Schenken geschickt, um nach ihm zu suchen. Nichts. Niemand hatte ihn gesehen. Auch in den Würfelstuben war er nicht, nicht im Zunfthaus. Sogar bei den Huren war der Knecht vergeblich.»

Die Augen der Frau füllten sich mit Tränen. «Versteht mich recht», flüsterte sie. «Er hat sich bemüht, ein guter Mann zu sein. Aber die schlechten Säfte.»

«Aha, verstehe», sagte Hella leise und betrachtete das Gesicht und den Hals der Frau. Um das linke Auge der Vossin schimmerte es blau, ein schon fast verblühtes Veilchen.

«Warum kommt Ihr damit zu mir?», fragte sie leise.

«Ich wollte erst zum Richter. Im Malefizamt war er nicht.»

«Ihr hättet gleich in der Ratsschenke suchen sollen.»

«Das geht nicht, Blettnerin. Zum Gespött hätte ich den Euren gemacht. Eine Frau, die einem Mann in die Schenke nachrennt, o weh.»

«Euer Mann hätte Euch dafür verprügelt, nicht wahr?»

Die Vossin nickte. Sie senkte den Blick, Tränen tropften auf ihr Kleid. «Nicht nur der Meine, die meisten hätten wohl so gehandelt.»

«Das stimmt», gab Hella zu, stand auf, goss der Gewandschneiderin einen neuen Becher Wein ein, gab nur wenig Wasser hinzu.

«Da, trinkt. Und dann erzählt weiter.»

«Versteht mich nicht falsch, junge Frau. Er ist kein schlechter Mann, sorgt für die Seinen.»

«Aber geschlagen hat er Euch doch.»

Die Vossin nickte mit gesenktem Kopf.

«Und doch sucht Ihr ihn? Seid nicht froh, dass er weg ist und der Ochsenziemer in der Ecke bleibt?»

«Was soll ich tun, Blettnerin? Ich bin eine Frau wie Ihr. Die Werkstatt kann ich nicht weiterführen, das ist einer Frau nicht erlaubt. Selbst dann nicht, wenn meine Nähte gerader und fester sind als die meines Mannes. Eine Frau ohne Mann ist nichts wert. Deshalb suche ich ihn. Lieber einen Mann, der prügelt, als ohne Mann sein.»

«Hmmm», machte Hella und wusste sonst nichts zu sagen.

Ihr verstorbener Vater, einst Richter, dann zweiter Bürgermeister, hatte nie die Hand gegen ihre Mutter erhoben. Und Heinz? Der drohte mit dem Finger, doch gleich darauf herzte er sie wieder. Nie würde sie ihren Heinz los sein wollen. Ohne Heinz, nein, das wäre kein Leben. Da war sich Hella beinahe ganz sicher.

«Was soll ich jetzt tun?», fragte die Gewandschneiderin.

«Zuerst einmal muss ich Euch noch ein paar Fragen stellen. Hatte der Eure Feinde? Hatte er Händel oder Streit mit irgendwem?»

«Gott, ja. Feinde! Wer hat die nicht? Zunftmeister wäre er gern geworden, aber der Meister Amedick ist es nun, weil er mehr Geld in die Lade tun konnte. Die beiden können sich nicht riechen seither.»

«Und sonst?»

Die Vossin zuckte mit den Achseln. «Die Geschäfte laufen nicht mehr so gut, seit Amedick Zunftoberer ist. Wenn große Aufträge kommen, dann teilt Amedick sie unter seinen Getreuen auf, und der Meine geht leer aus. Früher, ja, da hatten wir reiche Kundschaft, da kamen die Patrizier und ihre Frauen. Jetzt gehen sie zu Amedick. Zu uns kommen die Handwerker, aber es ist immer das Gleiche: Statt eines Kleides von Brokat wollen sie nur einfaches Tuch mit Brokatborten, statt seidener Unterkleider bestellen sie Unterkleider aus Leinen. Statt Mailänder Samt den billigeren aus dem Osten.»

«Hat der Eure Schulden?»

«Was weiß ich? Der Mann lässt sich nicht in die Bücher sehen. Früher, ja, da habe ich die Bücher geführt. Seit Amedick Zunftoberer ist, macht er es selbst. Nicht einmal hineinschauen darf ich.»

«Hat Amedick den Euren bedroht oder der Eure den Amedick?»

Die Gewandschneiderin schüttelte den Kopf. «Der Amedick interessiert sich nicht für uns. Ginge der Meine nicht immer in die Zunftstube, hätte er wohl schon vergessen, dass es ihn gibt. So ist das.»

«Hmm», machte Hella wieder. «Was ist mit Frauen? Hat er ein Liebchen?»

Das Blut schoss der Vossin in die Wangen. «Ich weiß von nichts», sagte sie leise.

Hella verstand. «Die Leute reden, nicht wahr?»

Die andere nickte.

«Wenn ich dem Richter vom Verschwinden Eures Mannes erzähle, müsst Ihr aufs Malefizamt und ein Protokoll unterschreiben. Oder, wenn Ihr nicht schreiben könnt, Kreuze machen.»

«Nein, Blettnerin, wartet damit. Vielleicht ist er über Land gefahren, nach Mainz vielleicht, um neue Stoffe zu kaufen.»

«Das glaubt Ihr doch selbst nicht», widersprach Hella. Sie stand auf, reichte der Gewandschneiderin die Hand.

«Sorgt Euch nicht zu sehr, Vossin. Er kommt bestimmt wieder, habt nur Geduld.»

Die Gewandschneiderin wollte Hellas Hand gar nicht mehr loslassen. «Ich danke Euch. Es hat gutgetan, mit Euch zu reden. Jetzt ist mir leichter. Er wird schon wiederkommen. Schließlich ist er immer wiedergekommen.»

Als sie fort war, holte Hella ihren Umhang und machte sich auf den Weg zum Markt. Vor der Wechselstube nahe dem Römer blieb sie stehen und spähte durch die Fenster. Erst als sie sich versichert hatte, dass die Stube leer war, trat sie ein.

«Gott zum Gruße, Frau Hinterer.»

«Gott zum Gruße, Hella. Was kann ich heute für dich tun?»

Hella betrachtete die mollige Frau mit dem langen roten Haar, die hinter der Wechselbank saß und sie neugierig anschaute. Jutta Hinterer war stadtbekannt. Nicht nur, weil sie alle Währungen, die derzeit im Heiligen Römischen Reich Deutscher Nation in Umlauf waren, im Kopf in Frankfurter Mark umrechnen konnte. Ganz gleich, ob es sich um rheinische Gulden, Goldflorin, venezianische Dukaten, Heller, Pfennige, Solidii, Taler oder Denar handelte. Nein, Jutta Hinterer wusste auch stets, was in der Stadt Frankfurt vor sich ging. Keine Wirtshausprügelei, keine heimliche Liebschaft, keine ungewollte Schwangerschaft und kein Nachbarschaftsstreit blieb ihr verborgen.

«Ach», winkte Hella ab. «Gekommen bin ich nur, um zu sehen, wie es Euch geht. Und dem Vater natürlich.»

Jutta Hinterer war Witwe und lebte mit ihrem Vater, einem ewig kränkelnden Greis, zusammen.

«So? Wie es mir geht, willst du wissen, Kind?»

Hella nickte.

«Aha. Wenn deine Mutter, meine Freundin Gustelies, kommt, dann weiß ich, dass es ums Kochen und um die heilige Hildegard geht. Vielleicht braucht sie einen Rat für ihren Schmantkuchen, vielleicht hat sie ein Gewürz bekommen, das ich noch nicht kenne, vielleicht will sie meine Meinung zu einer Erscheinung ihrer Heldin wissen. Wenn du aber kommst, Hella, dann weiß ich, dass der Wind vom Malefizamt her weht. Was also gibt es?»

«Nichts eigentlich», beteuerte Hella und senkte den Kopf. Jutta Hinterer hatte sie schon als kleines Kind gekannt, und Hella hatte manchmal den Eindruck, dass die Geldwechslerin ihre Gedanken lesen konnte.

«Hier gibt es auch nichts Neues. Die Männer huren, saufen und prügeln, und der Herrgott, auch ein Mann, sieht ihnen dabei zu. So ist das.» Jutta Hinterer sah Hella fest und fragend in die Augen. Sie war, Hella wusste das, wild entschlossen, erst mit einer Neuigkeit herauszurücken, wenn sie von Hella ebenfalls etwas Neues erfuhr.

«Also gut. Der Gewandschneider Voss aus dem Hirschgraben ist verschwunden.»

«Ach was?», fragte Jutta Hinterer. «Hat seine Alte ihm endlich den Schädel gespalten?»

«Wie kommt Ihr darauf?»

«Geprügelt hat er sie, wann immer sie ihm über den Weg lief. Er hat sie verspottet, lächerlich gemacht vor Kunden und anderen. Ein Drecksstück von einem Kerl. Den Hürchen am Mainufer hat er schöne Augen gemacht, die Weiber beim Anmessen der Kleider betatscht, sodass keine mehr zu ihm gehen mag.»

«Jetzt ist er fort. Seit gestern Mittag schon.»

Jutta Hinterer faltete die Hände und sah theatralisch zum Himmel: «Herr, hast du ein Einsehen gehabt?»

«Die Vossin sorgt sich», wandte Hella ein.

«Sorgt sich? Dass ich nicht lache! Eine Kerze wird sie stiften vor Glück. Sie wird ihre Tochter einhaken und mit ihr ums Herdfeuer tanzen.»

«Ihr täuscht Euch, Hintererin. Sie sorgt sich wirklich. Was soll werden, wenn er nicht wiederkommt?»

«Feiern wird sie, ich sag's ja. Wird den Altgesellen heiraten und noch ein paar gute Tage haben. Das wird sein. Macht ihm schon lange schöne Augen, die brave Vossin. Kein Wunder, bei dem, den sie zum Manne hat.»

«Und warum zeigt sie dann an, dass er verschwunden ist?»

«Kind, bist das Weib eines Richters und weißt nichts von der Welt. Herr Jesus, sie will ihn, wenn das Jahr um ist, für tot erklären lassen, weil sie sonst den Altgesellen nicht heiraten kann. So ist das.»

Hella nickte nachdenklich, dann fragte sie: «Und Ihr wisst nicht, wo er stecken könnte?»

Die Hintererin lehnte sich in ihrem Lehnstuhl zurück, presste die Hände vor die Brust. «Ich? Geh mir fort mit den Kerlen. Sollen sie bleiben, wo sie sind. Ein verschwundener Kerl ist der beste Kerl.»

Hella zog die Unterlippe zwischen ihre Zähne und nagte darauf herum.

«Bist du nicht überzeugt?», fragte die Geldwechslerin. «Du kannst mir ruhig glauben. Eine Welt ohne Männer, hach, das wäre ein feines Leben. Kein Streit, keine Prügel, keine Kriege, keine Würfelbuden.» Sie beugte sich nach vorn, winkte Hella zu sich und flüsterte: «Wenn Gott eine Frau wäre, ging's uns allen besser!»

Hella lächelte, während die Geldwechslerin laut herausprustete und sich auf die Schenkel schlug.

«Und sonst? Gibt es sonst etwas Neues?», fragte Hella.

Die Hintererin schüttelte den Kopf. «Nichts, das dich interessiert, mein Kind. Ein Kaufmann aus Köln, zwei aus Straßburg, die mit dem Schiff gekommen sind. Eine Häuslerin aus der Vorstadt hat Zwillinge bekommen, einer Gerbersfrau ist über Nacht die Hecke vertrocknet. Im April! Mag sein, dass der Teufel seine Hand im Spiel hat.»

Hella tat, als würde sie der Geldwechslerin glauben, wusste aber längst, dass für sie die Begriffe «Teufel» und «Mann» dieselbe Bedeutung hatten. Sie grüßte, dann ging sie.

Vor dem Römer hatten die Händler ihre Buden und Tische aufgebaut. Bäuerinnen aus der Umgebung boten selbstgesponnene Wolle an, andere hatten Butterfässchen vor sich stehen. Von einer Garküche drang der Geruch nach altem Fett herüber. Eine Pastetenverkäuferin stritt mit einer Magd, am Stand eines Schwertschmiedes hatte die Händlerin einen Knüppel erhoben und drohte einem Taschendieb. Zwei Handwerkerinnen stritten um ein Stück Borte, und an den Rändern des Marktes saßen die Krüppel, streckten ihre Beinstümpfe hervor und heulten um einen Groschen.

Hella hörte und sah jedoch nichts von alledem. Noch immer war sie in Gedanken mit der toten Wanderhure beschäftigt und mit dem Gewandschneider. Ob sein Verschwinden etwas mit dem Tod der Frau zu tun haben konnte?

Oder hatte die Geldwechslerin recht? Was hatte sie gesagt? «Hat sie ihm endlich den Schädel gespalten?» Ja, das hatte sie gesagt. Und auch, dass die Gewandschneiderin dem Altgesellen schöne Augen gemacht hatte. Wenn sie ihn nun selbst umgebracht hatte? Hella erstarrte, blieb stehen. Nein, das konnte nicht sein, das war nicht vorstellbar. Die Vossin war keine kleine Frau, aber groß und kräftig war sie auch nicht. Und überhaupt, wann hatte man schon gehört, dass eine Frau ihrem eigenen Mann den Garaus gemacht hatte?

Langsam ging Hella weiter, bis sie sich unversehens vor der Wohnung des Paters und ihrer Mutter wiederfand.

«Wie würdest du einen Mann töten?», fragte sie Gustelies, die gerade dabei war, einen Kuchen mit getrockneten Apfelscheiben zu belegen.

«Ich?», fragte Gustelies. «Wie? Meinst du mich etwa?»

«Ja. Dich. Wie würdest du einen Mann töten?»

«Warum sollte ich so etwas tun? Ich habe mit deinem Vater ein glückliches Leben geführt. Vielleicht war es nicht die große Liebe, sondern nur eine kleine, aber sie war beständig. Nie, niemals in meinem ganzen Leben wäre ich auf den Einfall gekommen, ihn zu töten. Nicht ihn und auch keinen anderen.»

«Ja, ja. Aber wenn doch?»

«Nichts da, wenn doch. So ein Unfug. Aber wenn doch, dann … Dann hätte ich ihn wohl vergiftet.»

«Vergiftet?»

«Ja, natürlich. Was denn sonst? Soll ich ihm etwa mit dem Schwert den Kopf abschlagen wie der Scharfrichter? Ihn aufknüpfen? Ertränken? Mit der Arkebuse erschießen? Nein, nein, für eine Frau kommt am ehesten Gift in Frage. Vorher aber hätte ich allen Leuten mein Leid geklagt über seine plötzliche Traurigkeit. Schwermütig sei der Mann, hätte ich erzählt und mir vor Sorge die Haare gerauft. Wäre er dann tot, so dächte jeder, er habe sich selbst gerichtet.»

«Hmm. Gift also. Und wenn du dir mit dem Selbstmord deines Mannes geschadet hättest und es deshalb nicht so hinstellen könntest, was hättest du dann mit der Leiche gemacht?»

Gustelies ließ sich neben Hella am Küchentisch nieder und betrachtete ihre Hände, die über und über mit Mehl bestäubt waren. «Tja, so ein Mann wiegt schwer.»

«Du hättest ihn mit dem Fleischermesser zerschneiden können.»

«Ach, geh fort. Mit dem Fleischermesser! Und die Sauerei dabei? Wer soll das alles putzen? Merk dir eines, meine Liebe, eine Hausfrau wird niemals eine Leiche im eigenen Haus zerstückeln. Der reicht das Schlachten im Herbst.»

Hella kicherte. «Deine Argumente sind unschlagbar. Aber du hast hier noch immer eine Leiche herumliegen. Also, was machst du damit?»

Gustelies stand auf, ging vom Tisch zum Herd und wieder zurück. Dabei strich sie sich mit dem Handrücken eine Haarsträhne aus dem Gesicht und verschmierte etwas Mehl auf der Stirn.

«Wenn ich einen Karren hätte, würde ich ihn darauf in den Wald schaffen. Auf einer Lichtung würde ich ihn liegenlassen. Die Wildschweine würden kommen und ihn auffressen bis zum letzten Knöchlein. Am besten eignen sich wohl dafür die Monate Dezember bis Februar. Schließlich müssen die Schweine schön hungrig sein. Ein kalter Winter mit Frosteinbruch käme da gerade recht.»

«Du bräuchtest einen Helfer, der dir mit dem Karren hilft. Und eine gute Ausrede für die Torwächter.»

«Das stimmt», gab Gustelies zu. «Ich könnte ihn aber auch im Main versenken. Einen Stein an einem Strick um den Hals und fertig.»

«Auch dabei bräuchtest du einen Gehilfen.»

Gustelies war aufgestanden und belegte den Teig weiter

mit den Apfelscheiben, gab kräftig Zimt darüber, beträufelte alles mit Honig und schob dann das Blech in das Backrohr.

«Ich könnte ihn einpökeln. In einem Fass. Er bleibt einfach im Vorratskeller stehen, bis sich eine Gelegenheit findet.» Gustelies lachte, aber es war kein frohes Lachen.

«Das wäre zu grausam, Mutter. Immer den Gatten da im Fass stecken sehen. Vielleicht noch garniert mit einem bisschen Sauerkohl, wie?»

Gustelies wusch sich das Mehl von den Händen. Dann erst fragte sie: «Was soll das Gerede eigentlich? Du hast es doch mit Heinz ganz gut getroffen. Oder ist da was, das ich nicht weiß?»

Hella schüttelte den Kopf. «Nein, nein, es ist alles in Ordnung.» Dann berichtete sie vom Besuch der Gewandschneiderin und dem Gespräch mit Jutta Hinterer.

Gustelies kicherte: «Die Jutta, wie sie leibt und lebt. Als Mann wäre ich bei ihr wirklich vorsichtig. So schnell kannst du nicht gucken, wie sie einem Kerl ans Leder geht, wenn er ihr dumm kommt. Aber ansonsten hat sie nicht unrecht.»

«Wie meinst du das?»

«Der Voss ist bekannt in der ganzen Stadt. Kaum geht eine zu ihm, so findet er Gelegenheit, ihr an den Hintern zu grapschen. Er könnte einen ganzen Nachmittag damit verbringen, ein Brusttuch abzumessen. Immer schön dicht am Körper. Verstehen könnt' ich die Vossin, hätte sie ihn erledigt. Aber ich traue ihr das nicht zu. Verhuscht, wie sie ist.»

«Die Geldwechslerin hat gesagt, der Altgeselle stehe schon bereit, den Brautstrauß zu pflücken.»

«Na, was denn sonst! Meinst du, er will ewig Geselle bleiben? Einer Werkstatt will er vorstehen. Die Vossin ist zwar keine Schönheit, aber er kann sich ja im Bett Goldgulden auf die Augen legen.»

«Wie du redest, Mutter! Als ob es gar keine Liebe gäbe unter den Menschen.»

Gustelies lachte. «Doch, Liebe gibt es schon. Allerdings ist wahre Liebe seltener als Gold. Aber meinst du wirklich, der Voss ist auf immer verschwunden?»

Hella zuckte mit den Achseln. «Ich habe keine Ahnung. Jedenfalls ist er weg. Mag sein, er taucht wieder auf. Mag sein, er bleibt, wo er ist.»

«Einen Mord vermutest du bis jetzt also nicht», sagte Gustelies und sah nach ihrem Kuchen.

«Nein, bisher nicht. Aber was nicht ist, das kann noch werden. Ich habe da so ein unbestimmtes Gefühl.»

«So?»

«Ja. Eine tote Hure unter dem Galgen, ein verschwundener Ehemann. Alles in zwei Tagen. Ich würde mich sehr wundern, wenn es da keinen Zusammenhang gäbe.»

Gustelies holte tief Luft. «Die meisten Dinge hängen miteinander zusammen. Aber nicht immer ist der Zusammenhang nach außen sichtbar. Wir müssten wissen, wie der Gewandschneider seine letzten Tage verbracht hat. Wäre es möglich, dass er mit der Hure zusammengetroffen ist? Haben die beiden möglicherweise gemeinsame Bekannte? Nachforschungen können wir aber nicht anstellen, denn ein verschwundener Ehemann ist nicht seltener als Schnee im Januar. Im Augenblick, fürchte ich, müssen wir einfach nur abwarten.»

Kapitel 8

Nimm deine Sachen und pack dich!», fluchte die Hurenmeisterin und gab der Mutter einen derben Stoß. «Ich will dich hier nie wieder sehen! Den Gewandschneider hast du mir vergrault. Meinen besten Kunden! Eineinhalb Gulden will er zurückhaben für dein Gör, das sich angestellt hat wie die Jungfrau Maria.»

«Sie ist weg», flüsterte die Mutter. «Einfach weggelaufen!»

«Na und? Wirst sie schon finden. Alle laufen weg nach dem ersten Mal. Und alle kommen wieder. Die Scham ist es, die sie wegholt. Aber mit der Scham verdient man keinen roten Heller. Und jetzt geh, ehe ich dir Beine mache!»

Die Mutter tat, als hätte sie die Hurenwirtin nicht gehört. Sie trat zum Fenster. Der Morgen dämmerte schon, hob die Gegenstände behutsam ans Licht. Eine junge Birke bog sich im Wind. Dahinten, nahe dem Fluss, sah die Mutter eine Gestalt laufen. War es ein Fischer, der sein Boot zu Wasser ließ, um auf Krebsfang zu gehen? War es eine zeitige Wäscherin, die gleich ihren Korb ans Ufer stellte, sich die Steine zurechtlegte und das Holz, um die Wäsche zu schlagen? Oder war es das Mädchen?

«Wird's bald?» Die Hurenwirtin hatte sich am Bündel der Mutter zu schaffen gemacht und warf nun wahllos die Dinge hinein, die in der Kammer lagen: einen Hornkamm mit herausgebrochenen Zinken, ein Lederband mit einem

Stein daran, ein Paar wollene Socken, die hart und kratzig waren.

«Lass das. Nimm die Finger von meinen Sachen!», fauchte die Mutter, sah noch einmal zum Fenster hinaus, doch die Gestalt war verschwunden. Wird ein Fischer gewesen sein, dachte sie, seufzte, steckte alles, was sie hatte, in das zusammengeknotete Tuch, warf es sich über die Schulter und kletterte hinter der Hurenwirtin die Stiege hinab. In der Gaststube brach sie sich ein Stück Brot von einem Laib; die Hurenwirtin sagte nichts. Dann stand sie schon auf der Straße. «Sag dem Mädchen, wenn es kommt, ich warte am Stadttor auf sie. Sag es ihr, hörst du?»

Die Hurenmeisterin nickte. «Wenn ich sie sehe.»

Sie zog das Umschlagtuch fester um sich. «Wirst schon klarkommen, warst nicht die Schlechteste.»

Mit diesen Worten wandte sie sich um und ging schnell zurück ins Haus.

Ein Gerber mit Karren und Pferd kam vorbei. Das Leder auf seinem Wagen verströmte einen beißenden Geruch.

«Na, Hübschlerin, willst du mit in die Stadt?», fragte er und bleckte die Zähne. Die Mutter sah sich noch einmal um, ließ ihren Blick über die Landschaft schweifen, dann seufzte sie noch einmal und erwiderte: «Ja. Nimm mich mit. Ich zahle mit dem, was ich habe.»

Als der Gewandschneider mit dem Mädchen fertig gewesen war, hatte sie die Mutter und die Hurenwirtin weggestoßen, plötzlich nicht mehr erstarrt und versteinert. Aufgesprungen war sie und gelaufen: die Stiegen hinunter, durch die Gaststube zur Tür hinaus, die Gerbergasse entlang, in der es nach Lohe roch, über die Wiesen bis hinunter zum Fluss. Dort hatte sie sich auf einen Stein gesetzt und nach Atem gerungen. Der Wind wehte, brachte erste laue Frühlingsluft. Das Mädchen hob den Rock, ließ den Wind zwischen ihre Beine. Der trocknete den Ausfluss des Gewandschneiders, das Blut. Das Mädchen saß und atmete. Ein und aus und ein und aus. Mit der Dämmerung kamen die Gedanken wieder. Jetzt bin ich eine Hure wie meine Mutter, dachte sie. Vielleicht ist es nicht so schlimm, eine Hure zu sein. Auch eine Magd wird bezahlt für das, was sie mit ihrem Körper macht.

Sie hatte nicht viel gespürt von dem Mann. Als sein Ast in ihr Loch fuhr, hatte sie die Augen geschlossen und ganz fest an die Pastete gedacht, die ihr die Mutter einmal auf dem Markt gekauft hatte. Ganz süß hatte sie geschmeckt, war ihr im Mund zerflossen wie Honig. Da war der Mann weg gewesen. Aber auch eine Pastete, die man in Gedanken aß, war einmal aufgegessen. Sie hatte sein Stöhnen wieder gehört, die Anfeuerungsrufe der Hurenmeisterin. «Stoßt rein in das Fötzchen. Gleich nochmal, damit sie Gefallen daran findet.»

Der Gewandschneider hatte sich aus ihr zurückgezogen. Das Mädchen hatte mit den Augen geblinzelt, hatte gesehen, wie die Hurenwirtin ihm ein feuchtes Tuch gab. Damit rieb er sich das Blut ab – ihr Blut.

«Komm, gib du dem Mann, was er bei deiner Tochter nicht bekommen hat», hatte die Hurenwirtin gerufen, die Mutter an den Haaren gepackt. Der Mann hatte seinen Ast in den Mund der Mutter geschoben, und sie hatte daran gelutscht, als wäre es ein Eiszapfen. Dabei hatte er der Mutter den Kopf getätschelt und zu ihr gesprochen wie mit einer Kuh: «Brav, brav.»

Und dann hatte er gestöhnt, hatte der Mutter einen leichten Stoß vor die Brust versetzt, sodass sie nach hinten kippte. Die Hurenmeisterin hatte dem Mädchen wieder die Beine nach oben und hinten gedrückt, und der Mann war in sie eingedrungen, dass sie leise aufschrie.

«Stell dich nicht an», hatte der Mann gerufen und war auf ihrem Körper hin und her gewippt. Das Mädchen hatte sein Gesicht gesehen, hatte in die hellen, eisgrauen Augen des Mannes geschaut, und der Mann hatte den Blick erwidert. Zuerst hatte er gelächelt und gesagt: «Jetzt gefällt es dir auch, nicht wahr, mein Täubchen.» Das Mädchen hatte ihn weiter stumm angeschaut. Der Mann hatte die Stirn in Falten gelegt, alles Freundliche schwand aus seinen Augen. Er hatte die Augen ganz schmal gemacht, und seine Blicke waren wie Stiche. Aber das Mädchen schaute nicht weg. Er beugte sich über sie, sodass sein Gesicht über ihrem hing. Seine Wangen hingen schlaff herab. Das Mädchen hatte die runzligen Lider sehen können und die großen Poren in seiner Haut. Er kam immer näher, seine Augen kamen immer dichter. Sie wusste, es wäre besser, wenn sie den Blick abwandte, sich geschlagen gab, aber sie konnte es nicht. Sie hing an seinem Blick wie eine Puppe an Fäden. Der Mann öffnete die Lippen und keuchte. Speichel tropfte auf ihr Gesicht, doch sie sah ihn noch immer an. Der Mann kniff die Augen zusammen, wollte sie zwingen mit seinem eisgrauen Blick, doch sie hielt stand. Wusste nicht, warum. Wusste nur, sie musste ihn anstarren. Immer weiter, immer länger, immer drängender.

«Gib mir ein Tuch!», schrie der Mann die Hurenmeisterin an. Und die Meisterin riss ein Stück von des Mädchens Rock und reichte es ihm. «Leg es ihr auf das Gesicht», forderte er, und die Hurenwirtin tat es.

Da erst schloss das Mädchen die Augen.

Jetzt saß sie auf dem Stein, ließ sich vom Wind streicheln,

spürte ihn kaum, spürte dafür das Klebrige an der Innenseite ihrer Schenkel, das Klebrige des Mannes.

Schlimm ist es nicht, eine Hure zu sein, dachte sie. Schlimm ist es, wie die Mutter zu sein. Die Mutter mit ihren rohen Reden, ihrem grellen Lachen und ihrer Dummheit. Ja, sie wusste, dass die Mutter dumm war. Wäre sie es nicht, so hätte sie für sich gesorgt. Vielleicht war es aber auch anders. Vielleicht war die Mutter nicht dumm, sondern faul. Zu faul, um für sich zu sorgen. Zu faul, sich ihrer selbst zu schämen. Zu faul, um irgendetwas an ihrem jämmerlichen Leben zu ändern.

Die Mutter war ihr Unglück, nicht der Mann, der sie zur Hure gemacht hatte. Es war nicht sein Ast, der das Mädchen getötet hatte. Es war sein Blick gewesen, ein Blick voller Hass, ein Blick, der tötete. Unter solchen Blicken war die Mutter seit Jahren immer wieder gestorben. Sie hatten sie ausgelöscht und zur lauten, schrillen Hülle gemacht. Zu einer Frau, die grob und ordinär sein musste, um sich selbst zu hören und zu fühlen. Das, und nur das war das Verhurte an der Mutter.

Das Mädchen wusste, der Gewandschneider hätte sie ausgelöscht unter sich, hätte sie den Blick abgewandt. Er war eingedrungen in ihre Augen, in ihren Kopf. Sie hatte in seinem Blick lesen können, dass er sie für dumm und faul und schlecht hielt. Für ein Stück Dreck. Gerade gut genug, seinem Samen Einlass zu geben. Samen, der stank und klebrig und zu nichts nütze war. Samen, der absterben und verwesen würde in ihrem Schoß. Der Gewandschneider würde sie nie von seinem Teller essen, nie in seinem Bett schlafen, nie seine Kleidung berühren lassen. Nicht einmal sprechen würde er mit ihr, wenn er aufgestanden war. Er hatte ihr Gesicht mit einem Tuch abgedeckt. Als wäre es so hässlich, dass er es nicht ertragen konnte. Doch ihren Blick hatte er nicht ertragen. Er war es, der den Blick zuerst abgewandt hatte, der ein Tuch zwischen seine Augen und ihre gelegt hatte. Er hatte verloren und war doch stärker gewesen als sie. Er hatte die Macht, nach einem Tuch zu greifen, das Mädchen verschwinden zu lassen. Er war der Überlegene gewesen und das Mädchen ausgelöscht und tot.

Und jetzt? Sie saß auf dem Stein, sah zu, wie die Sonne den Hügel am Horizont hinaufkroch. Behäbig kroch sie, diese Sonne, die noch nicht wärmte. Mit großer Selbstverständlichkeit, weil es ihre Aufgabe war und es nichts gab, das statt ihrer scheinen konnte. Nicht die Kerzen, nicht der Mond. Nur sie konnte den Tag erhellen. Deshalb konnte sie so behäbig den Hügel emporklimmen.

Das Mädchen schlug den Rock über die Knie, wusste, dass sie nie eine Sonne sein würde. Für niemanden und auch nicht für sich selbst. Sie war schon erloschen, war schon jetzt kalt und dunkel. Sie war erst dreizehn Jahre alt und wusste doch, dass es immer nur Männer in ihrem Leben geben würde, die ihr das Gesicht mit einem Tuch bedeckten. Sie wünschte sich, dumm zu sein wie die Mutter. Oder faul. Dann wüsste sie nichts, könnte einfach aufstehen und gehen. Vielleicht zurück zum Hurenhaus. Sie könnte versprechen, sich von nun an nicht mehr anzustellen. Dann hätte sie es warm im Winter und würde satt werden für eine Zeit. Aber sie war nicht dumm. Es würde nicht gehen. Immer würde sie die Männer zwingen, ihr ein Tuch über die Augen zu legen. So lange, bis es sich herumgesprochen hätte und niemand mehr zu ihr kommen wollte.

Sie konnte nicht aufstehen und sich in der Stadt nach einer Anstellung umsehen. Auch dort würden sich die Menschen vor ihren toten Augen ängstigen. Sie würden sie verjagen, würden vom Teufel sprechen, der in ihr steckt. Vielleicht würden sie ihr heimlich einen silbernen Löffel in die Rocktasche legen, damit sie einen Grund hätten, sie loszuwerden.

Ich bin tot, dachte das Mädchen. Nur mein Körper lebt noch. Wäre ich ihn los, dann hätte ich Ruhe.

Sie sah über den Fluss, der so blau war, dass ihre Augen schmerzten. Einmal hatte sie im Hurenhaus jemanden sagen hören, dass der Fluss blau würde, wenn er sank. Und graubraun, wenn er stieg. Sie hatte vergessen, warum das so war. Vielleicht, weil der Fluss beim Steigen den Dreck vom Ufer spülte. Heute war er blau. Heute sank er oder blieb, wie er war.

Ein Geräusch ließ sie herumfahren. Es war ein Hund, der aus der Vorstadt kam. Schwarz war er, mit verklebtem Fell, ein Auge ausgehöhlt. Er kam zu ihr, legte sich zu ihren Füßen nieder, winselte. Das Mädchen strich ihm über das Fell, verjagte die Fliege, die in die leere Augenhöhle kroch, in der schon Maden wimmelten.

Sie beugte sich nach vorn dabei, spreizte die Beine. Da stand der Hund auf, schnüffelte unter ihrem Rock, schob ihn mit der Schnauze zur Seite. Das Mädchen spürte seine raue Zunge, senkte den Kopf, sah die rosa Zunge des Hundes, die das getrocknete Blut, den stinkenden Samen von ihr leckte.

Da packte sie die Wut. Sie konnte es nicht ertragen, dass es ein Lebewesen gab, das noch niedriger war als sie, das so niedrig war, dass es sich an ihrer Scham gütlich tat. Sie trat nach dem Hund, trat gegen seine Schnauze, dass er aufheulte. «Hau ab!», schrie sie. Der Hund fletschte die Zähne, begann zu bellen. Er wich ihren Tritten aus, schnappte nach ihrer Wade. Sie nahm einen Knüppel, schlug ihn dem

Hund über den Rücken mit aller Kraft. Der heulte auf, und sie hörte Knochen knacken, drosch weiter auf das Tier ein, das in höchster Not schrie. So laut, dass es von den fernen Bergen widerhallte. «Hör auf!», schrie das Mädchen. «Hör endlich auf!» Sie wollte sich die Ohren zuhalten, doch das Geschrei drang durch ihre Hände, drang in ihren Körper, ließ sie zittern. Da nahm sie wieder den Knüppel und hieb auf den Hund ein, wieder und immer wieder, bis er endlich verstummte. Als sie den Knüppel fallen ließ, zuckte der Hund noch einmal mit den Hinterpfoten. Das Mädchen beugte sich zu ihm. Er sah sie mit einem Auge an, darin ein Ausdruck, der ein großes einziges Unverstehen war. Einmal noch leckte er sich über die Schnauze, verdrehte dabei das Auge, einmal noch atmete er, leckte, im Sterben schon, das Blut, ihr Blut, von seiner Schnauze und starb mit ihrem Blut im Mund.

Da stand das Mädchen auf und ging zum Fluss. Sie lief einfach hinein, als würde sie die Kälte und Nässe nicht spüren. Ganz gerade hielt sie sich, die Schultern zurückgebogen, den Rücken durchgedrückt. Sie tauchte die Hände ins Wasser, strich sich dann das Haar zurück und lief weiter, bis das Wasser ihr bis zur Brust reichte.

Dann blieb sie stehen, sah zur Sonne, die die Hügelkuppe erreicht hatte und hinter einer Wolke nur halb zu sehen war. Das Mädchen wartete, dass die Sonne ihr das Gesicht wärmte. Doch die Strahlen waren noch zu schwach. Da ging das Mädchen weiter, tiefer in den Fluss hinein. Sie hielt nicht an, als das Wasser ihr in den Mund drang. Sie ging weiter, als das Wasser ihre Nase füllte. Ging einfach, bis der Fluss über ihrem Kopf zusammenschlug.

Kapitel 9

«Wohin des Weges, Blettnerin?», fragte der Torwächter.

Hella blieb stehen und hielt sich die Hand über die Augen, weil die Sonne sie blendete.

«Geht dich das was an, Torwächter?», fragte sie. Ihr Ton war spitz, viel spitzer, als sie beabsichtigt hatte, aber Herrgott, musste der Torwächter sich wirklich aufspielen, als hätte er einen Erziehungsauftrag für sie bekommen? Und musste Heinz seine Untergebenen eigentlich immer und immer wieder auf sie ansetzen? Sie war wütend darüber. Sie war wütend, weil sie sich durch das Verhalten ihres Mannes gegängelt fühlte. Aber das Schlimmste war, dass sie sich nicht einmal darüber beschweren konnte. Denn Heinz hatte recht. Eine Frau, die tat, als könne sie die Arbeit ihres Mannes besser verrichten als er selbst, musste auch für Heinz beschämend sein. Ein ewiges Dilemma. Wenn es einer Frau wenigstens erlaubt wäre, als Schreiberin im Rat zu arbeiten! Aber so blieb ihr nichts als das, was sie ohnehin tat. Wenigstens hatte sie in Gustelies eine Verbündete. Gustelies, die wusste, dass Frauen als Ermittlerinnen zumeist die bessere Nase und das bessere Gespür hatten. Gustelies, die sie stets dazu ermunterte, in des Richters Akten zu stöbern, und die nicht müde wurde, ihre Schlüsse daraus zu ziehen. Ganz so, wie sie es selbst getan hatte, als ihr verstorbener Mann und Hellas Vater noch als Richter sein Amt versah.

«Der Herr Richter …», stammelte der Torwächter.

«… hat dir nichts zu befehlen, was mich betrifft. Ich bin eine freie Bürgersfrau. Also scher dich.»

Der Torwächter trat zur Seite. «Ihr müsst dem Euren ja nicht sagen, dass ich Euch durchgelassen habe.»

Hella schenkte dem Mann einen verächtlichen Blick und ging wortlos weiter.

Sie war in Gedanken, und immer, wenn sie angestrengt nachdachte, sprach sie die Worte halblaut vor sich hin: «Nur ganz kurz will ich auf den Galgenberg. Will mich nur davon überzeugen, dass alles in Ordnung ist. Für Heinz tue ich es. Es ist nichts Unrechtes dabei.»

Vor dem Mäuerchen sah sie sich um. Die letzten Märzveilchen blühten. «Wie kommt es nur, dass ausgerechnet auf dem Galgenberg alles grünt und blüht?», fragte sie sich und kannte die Antwort: «Natürlich! Weil es hier den besten Dünger gibt!»

Sie kniete sich nieder und strich sanft über eines der Veilchen. «Wessen Blut dich wohl so schön gemacht hat?», fragte sie leise, dann schüttelte sie sich. «Es tut mir nicht gut, hier am Galgen zu sein. Ich komme auf törichte Gedanken.»

Sie hob den Rock, um über das Törchen zu steigen, und stieß dabei mit dem Fuß gegen das Gitter, das quietschend aufschwang. Kopfschüttelnd ließ Hella den Rock los und starrte auf das Törchen. «Ich könnte schwören, dass es vorgestern noch verschlossen war», murmelte sie. «Schwören könnt' ich!»

Sie betrachtete das Schloss, das ganz unversehrt war, schüttelte wieder den Kopf. Dann schritt sie vorsichtig hindurch, starrte dabei auf den Boden, als vermutete sie dort Schätze. Einmal blieb sie stehen, bückte sich und betrachtete aufmerksam eine kleine Stelle im Gras, die niedergedrückt war. Sie nahm einen Faden aus ihrer Rocktasche, machte einen Knoten, legte den Knoten an den Anfang des Niedertritts und machte einen zweiten am Ende. Dann legte sie den Faden quer über die Stelle und verfuhr wieder so.

Sie hockte da und sah sich um. Etwas weiter sah sie noch eine niedergedrückte Stelle. Vorsichtig untersuchte sie auch diese. Dann die nächste und die übernächste, bis sie das Ende der Wiese erreicht hatte und zum Richtplatz kam, der mit Kies bestreut war. Hella betrachtete jeden einzelnen Stein. Aber die lagen da und wussten nichts und sagten nichts. Ihr Blick fuhr nach oben. Dort hing noch immer der Hund. Ein Rabe kam näher, setzte sich auf den Querbalken und krächzte. Hella wurde ganz kalt von seinem Geschrei, und sie lief davon.

Am Abend war sie still und fragte nicht einmal nach dem Gewandschneider, von dessen Verschwinden Richter Blettner in der Schenke gehört hatte.

«Weg soll er sein, der Strolch. Ich hoffe, er kommt bald wieder. Schließlich ist ein Mann kein Knopf, der so einfach abhandenkommt. Ich möchte mich nicht darum kümmern müssen.»

Heinz Blettner brach sich ein Stück Brot ab, tunkte es in die Soße, schob es in den Mund und kaute.

«Liebes, du isst ja gar nichts», stellte er fest. «Ist dir nicht wohl?»

«Doch, doch», erwiderte Hella und brach sich ebenfalls ein Stück vom Brot.

«Nimm Butter, sonst bleibst du so dünn. Ein bisschen Speck auf den Rippen hat noch niemandem geschadet.»

Hella nickte, doch Blettner sprach schon weiter. «Heute, in der Schenke, habe ich mit Abraham, dem Geldleiher, gesprochen. Er hat mir eine Geschichte erzählt. Willst du sie hören?»

Hella nickte und strich sich ein wenig Butter auf den Brotkanten, bevor sie abbiss. Doch ihre Gedanken waren noch immer auf dem Galgenberg. Etwas war da, das sich in ihrem Hinterkopf eingenistet hatte. Etwas hatte sie dort gesehen, aber zu spät erst wahrgenommen. Was war das? Wenn sie nur wüsste, was sie gesehen hatte! Oder in welchem Zusammenhang dies stand.

«Also: Da ist ein alter Jude, der ist so krank, dass ihm kein Arzt helfen kann. Der Rebbe wird gerufen, und der alte Jude jammert: ‹Ich werde sterben, Rebbe, ich weiß es.›

‹Nun›, sagt der Rebbe. ‹Vielleicht gibt es doch noch etwas, das Euch heilen kann.›

Der alte Jude überlegt, dann zieht ein Lächeln über sein Gesicht. ‹Schinken›, sagt er dann. ‹Ein gutes Stück Schweineschinken wäre wohl die beste Medizin.›

Der Rebbe schickt einen Blick zum Himmel, dann zuckt er mit den Achseln. ‹Also gut, wenn es denn hilft.›

Der alte Jude schickt die Frau nach Schinken. Die geht, bringt ein prächtiges Stück. Der alte Jude lässt sich ein Lätzchen vorbinden und kostet ganz vorsichtig. Dann schaut er ungläubig, nimmt den Schinken zur Hand und beißt kräftig hinein, wieder und wieder, bis alles aufgegessen ist. Er wischt sich mit einem Tuch den Mund ab, sieht den Rebbe enttäuscht an, sagt: ‹Das ist alles?›

Dann legt er sich hin und stirbt.»

Heinz schlug sich auf die Schenkel und lachte, bis ihm die Tränen über die Wangen liefen. «Verstehst du, Hella? Ein Jude und Schinken! Und dann schmeckt er noch nicht einmal!»

Er kicherte, bis Hella ebenfalls den Mund ein wenig verzog. Als Heinz sich beruhigt hatte, sagte Hella: «Es wird etwas passieren. Etwas Schlimmes. Ich kann es fühlen.»

Richter Blettner zog die Stirn in Falten. «So ein Unfug. Ich habe gehört, dass manche Leute den ersten Schnee in den Knochen spüren. Andere sollen das Zweite Gesicht haben. Aber du? Hör auf mit diesen Torheiten, das macht dich ganz trübsinnig.»

Hella zwang sich ein Lächeln ins Gesicht. «Du hast recht.» Etwas in ihr drängte sie, ihrem Mann von dem zu erzählen, was sie am Galgenberg gesehen und doch nicht gesehen hatte. Aber Richter Blettner konnte man nicht mit Ahnungen und Vagheiten kommen. Fakten brauchte er, Dinge, die man anfassen konnte. So war er. Auch ein Gedicht, ein Sonnenuntergang oder ein Märzveilchen konnten Heinz Blettner nicht den Atem rauben. Brachte man ihm aber ein blutiges Messer, einen abgehackten Kopf oder wenigstens einen Toten mit Würgemalen am Hals, dann wusste er auf der Stelle, was zu tun war.

In der Nacht schlief Hella schlecht. Immer wieder schreckte sie aus dunklen Träumen empor. Einmal weckte sie sogar Heinz, als sie um sich schlug. Da nahm er sie an seine Brust und legte die Arme um sie, bis sie ganz ruhig und in größter Geborgenheit wieder eingeschlafen war.

Den ganzen Sonntag über blieb sie unruhig. In der Kirche hörte sie Pater Nau nur halbherzig dabei zu, wie er von der Kanzel verkündete, dass die Erde ein Jammertal und das Leben ein Graus sei, aß wenig vom Braten ihrer Mutter, während Heinz die mit Backpflaumen gefüllte und in Rotwein geschmorte Rinderkeule so sehr genoss, dass er jeden Bissen mit einem verzückten «Mmmmh!» begleitete. Gustelies hatte vor Aufregung ganz rote Wangen. Obwohl sie in der Tiefe ihres Herzens eine Kämpferin für die Frauen war, freute sie sich doch ganz besonders über das Lob von Männern, wenn es denn ihre Kochkunst betraf.

«Das Bratenstück habe ich bei den Fleischbänken gekauft. Der Metzger meines Vertrauens hat seine Bank in der letzten Reihe, ganz links. Auch die Jutta Hinterer kauft dort. Die Pflaumen sind noch vom letzten Jahr. Ich weiche sie nicht in Wasser, sondern in Rotwein ein, gebe ein bisschen Zimt dazu und, wenn Pater Nau mit dem Wirtschaftsgeld großzügig war, ein paar Nelken …»

Hella sah ihre Mutter an, doch sie hörte nichts von dem, was sie sagte. Ihre Gedanken waren ganz woanders.

«Wann ist die nächste Hinrichtung?», fragte sie und unterbrach Gustelies mitten in der Beschreibung ihrer Soße.

«Wie?» Heinz Blettner sah seine Frau vorwurfsvoll an.

«Die nächste Hinrichtung. Wann ist sie?»

«Morgen. Eigentlich ist der Freitag der Hinrichtungstag, weil donnerstags die Urteile verkündet und diese am nächsten Tag vollstreckt werden. Jetzt gab es aber einen Aufschub, weil der Scharfrichter die Balken des Galgens neu ölen musste. Deshalb morgen.»

«Heißt das, der Scharfrichter war jeden Tag auf dem Galgenberg?», fragte Hella weiter.

«Der Scharfrichter wird sich nicht selbst die Hände schmutzig machen. Er hat wohl den Stöcker geschickt.»

«Hmm», machte Hella und versank erneut in ihren Gedanken. Später dann, auf dem Heimweg, sagte sie zu ihrem Mann: «Ich würde gern mitkommen zu dieser Hinrichtung.»

«Du? Du hältst dich doch sonst von Volksspektakeln dieser Art fern.»

«Trotzdem. Der Tod gehört zum Leben. Ich möchte mitkommen.»

Heinz Blettner sah seine Frau noch einmal nachdenklich an. Dann nickte er.

Am nächsten Morgen war Richter Heinz Blettner gerade dabei, seine Amtsrobe, den schwarzen Anzug und den roten Mantel mit dem Stadtwappen, anzuziehen, um darin den Delinquenten zur Hinrichtungsstätte zu führen, als jemand an die Haustür wummerte.

«Ich habe es geahnt», flüsterte Hella, rannte die Treppe hinunter und riss die Tür auf.

Der Scharfrichter stand davor. «Gelobt sei Jesus Christus.»

«In Ewigkeit. Amen», erwiderte Hella und wandte sich um, denn hinter ihr stürzte der Richter mit wehendem Mantel die Treppe herab.

«Was ist los, Henker?»

«Unter dem Galgen liegt ein Toter», sagte der Scharfrichter mit unbewegter Miene. «Die Hinrichtung kann heute nicht stattfinden. Wir brauchen die Büttel, um die Menschen dort wegzuhalten. Der Stöcker allein schafft es nicht. Das Mainzer Tor haben wir schon schließen lassen.»

Hella wurde blass und schlug sich die Hand vor den Mund. Heinz Blettner legte seinen Arm um sie. «Kennst du den Toten, Henker?», fragte der Richter.

Der Scharfrichter zuckte mit den Achseln. «Woher soll ich die Frankfurter kennen, wenn ich doch in der Vorstadt wohne, he? Ein Mann ist's. Nicht alt, nicht jung. Nicht dick, nicht dünn. Nicht arm, nicht reich. Mehr weiß ich nicht.»

«Gut. Dann geh zum Rathaus. Sag, dass ich dich schicke. Die Büttel sollen kommen und das Volk vom Galgen weghalten. Dann reite sofort zurück. Ich werde ebenfalls gleich kommen.»

Als der Scharfrichter fort war, rief Blettner seinen Knecht und befahl ihm, das Pferd zu satteln.

Seine Frau schickte der Richter mit einer Nachricht zum Stadtmedicus. Als die überbracht war, überlegte Hella eine kleine Weile und ging schließlich in den Hirschgraben zum Haus des Gewandschneiders.

Die Vossin öffnete sofort, als hätte sie die ganze Zeit hinter der Tür gestanden. «Habt Ihr etwas von meinem Mann gehört?», fragte sie noch vor dem Gruß.

Hella schüttelte den Kopf. «Nein. Fragen wollt' ich nur, ob er wieder aufgetaucht ist, aber die Frage hat sich von selbst beantwortet. Nur eines sagt mir: Was trug der Eure am Tag, an dem er verschwand?»

Die Vossin schob sich die Haube zurecht. «Was er trug? Nun, eine Bruche wie jeder anständige Mensch, dazu ein Beinkleid aus grauem Tuch, ein Leinenhemd in Reinweiß, darüber ein Wams, ebenfalls aus grauem Tuch. Er hatte seinen Umhang aus dem guten englischen Stoff an, der am Kragen mit Marderpelz abgesetzt ist. Auf dem Kopf trug er das passende Barett dazu.»

«Hatte er eine Tasche bei sich?»

Die Gewandschneiderin überlegte. «Eine Tasche nicht, aber einen ledernen Beutel.»

«Schmuck?»

«Nun ja, er besitzt einen Siegelring. Manchmal trägt er ihn, ein anderes Mal nicht. Aber einen Rosenkranz wird er in der Tasche haben, die Perlen aus feinstem Alabaster. Warum fragt Ihr?»

Hella kniff die Augen zusammen, betrachtete die Frau so genau, als wollte sie sie malen. Sie sah das schmale Gesicht mit den dünnen, blassen Lippen, die wie ein Kreidestrich im Gesicht der Vossin lagen. Sie sah Augen, die müde waren und noch einen Rest des Veilchens aufwiesen, welke Haut, die nicht vom Alter, sondern von der Traurigkeit schlaff geworden war. Aber sie sah auch die Nase, die spitz nach vorn ragte und an einen Vogelschnabel erinnerte.

Hella hatte den Blick schon fast abgewandt, da hielt sie etwas fest. Sie sah genauer hin, sah der Vossin direkt in die Augen. Die flatterten, hielten ihrem Blick nicht stand, sodass die Vossin den Kopf senkte.

«Ist noch was?», fragte die Gewandschneiderin.

«Nein. Wenn Ihr nichts mehr habt …»

Die Vossin schüttelte den Kopf und verschwand wortlos im Haus.

Hella aber ging direkt zum nächsten Mietstall, holte sich ein Pferd und ritt hinaus zum Galgenberg. Als sie dort anlangte, waren ihr Mann, der Medicus und der Scharfrichter noch beschäftigt. Sie umstanden den Toten, der auf dem Boden lag. Genau im Schatten des Kreuzes. Am Balken hing ein Hund. Nicht der, den Hella vorgestern gesehen hatte. Nein, es war ein anderer Hund. Langsam trat sie näher. Ganz leise. Trat hinter die Männer, die sie nicht bemerkten.

«Ich kann an dem Toten kein Zeichen von Gewalt entdecken», sagte der Stadtmedicus. «Richter, Ihr könnt sagen, was Ihr wollt, könnt mich die Leiche noch zehnmal drehen lassen, da ist nichts.»

«Was ist mit Gift?»

Der Medicus zuckte mit den Achseln. «Kein Anzeichen. Kein ungewöhnlicher Geruch, kein Schaum vorm Mund, keine schwarze Zunge.»

«Trotzdem könnte es Gift gewesen sein», stellte der Scharfrichter fest. «Es gibt viele Arten, die man nicht bemerkt, weil sie im Inneren wirken. Bei dem hier kann's was anderes sein, wenn es denn der vermisste Gewandschneider ist. Hab gehört, dass der Schulden hatte, hab auch gehört, dass er eine Magd geschwängert hat, deren Vater ihn wegen Ehebruchs vor Gericht bringen wollte. Besonders, da der Gewandschneider die Magd zu sich ins Haus geholt hat. Und die Franzosenkrankheit soll er gehabt haben.»

«Was willst du damit sagen, Henker?»

«Nichts. Nur, dass ich auch zum Galgen gegangen wäre, wenn ich so ein Leben hätte.»

«Von der Franzosenkrankheit habe ich nichts bemerkt. Ich wünschte mir, manch einer, der einem anderen die Syphilis angedichtet hat, würde wenigstens die Mundfäule kriegen davon», warf der Medicus ein.

Der Richter kratzte sich am Kinn, wandte sich um und erblickte seine Frau. «Was machst du denn hier?»

«Sagen wollt' ich dir, was der Gewandschneider getragen hat am Tage seines Verschwindens. Die Vossin hat's mir erzählt.»

Sie trat näher zur Leiche. «Es sind die Sachen, die die Gewandschneiderin beschrieben hat. Er muss es sein.»

Dann wandte sie sich an ihren Mann. «Es war Mord, nicht wahr?», und deutete mit der Hand auf den Hund.

Der Richter wiegte den Kopf. «Das ist noch nicht entschieden. Ich muss darüber nachdenken. Wann genau ist der Mann gestorben?»

Der Medicus wiegte den Kopf hin und her. «Lange ist er noch nicht tot. Gestern, denke ich, gestern im Laufe des Abends. Die Totenstarre ist noch voll ausgebildet.»

Der Richter nickte. «Henker, nimm du den Kerl mit und warte, bis ich dir sage, wie wir mit ihm verfahren.»

Hella hatte sich neben den Toten gehockt und betrachtete sein Gesicht.

«Was ist? Siehst du dort etwas Bestimmtes?», fragte der Richter und hockte sich neben seine Frau.

«Da, sieh! Er hat um den Mund und um die Nase rotbraune Flecken. Sie sehen wie Abschürfungen aus.»

«Schon die Hure hatte diese Flecken», staunte Blettner. «Wir haben ihnen keine Beachtung geschenkt. Weißt du, woher sie kommen?»

Hella schluckte. Am liebsten hätte sie geschwiegen, doch sie musste sprechen. Es ging um ihren Mann und sein Ansehen. Langsam und den Blick fest auf den Boden gerichtet, sprach sie: «Einmal habe ich ein Kind gesehen, welches unter einem Kissen erstickt wurde. Das Kissen schürfte die Haut so auf.»

Dann stand sie auf, noch ehe der Richter etwas erwidern konnte, und lief davon in Richtung Straße.

Heinz Blettner eilte hinterher. Im Gehen wandte er sich noch einmal um und rief den anderen zu: «Ihr wisst, wo Ihr Eure Protokolle abgeben müsst, nicht wahr?»

Als sie eine Weile gegangen waren, fragte der Richter behutsam: «Was war das für ein Kind, das du da gesehen hast?»

Aber Hella presste die Lippen fest aufeinander und schüttelte nur den Kopf. Langsam gingen sie weiter. Der Richter hatte seiner Frau eine Hand stützend in den Rücken geschoben und streichelte sie nun.

«Meinst du nun nicht auch, dass es Mord war?», fragte Hella nach einer ganzen Weile.

Der Richter schwieg. Das war so ungewöhnlich, dass Hella ihn am Arm zog. «Du, ich rede mit dir.»

Blettner nickte, führte seine Frau durch das Stadttor, schwieg aber noch immer. Erst als sie vor ihrem Wohnhaus angekommen waren, sagte er: «Dieser Tod ist verzwickt,

Hella. Ich muss darüber nachdenken. Der Voss ist hin. So oder so. Wie aber bekommen wir den Mörder zu fassen? Und wo sollen wir ihn überhaupt suchen?»

«Oder sie», gab Hella zu bedenken.

«Ja. Oder sie. Wenn es denn Mord war.»

Er wandte sich um, ging die Straße hinab, hob noch einmal die Hand und winkte seiner Frau zu. Er wollte gerade um die Ecke verschwinden, da fiel Hella etwas ein. «Heinz», schrie sie, «Heinz, warte auf mich!», und lief ihm hinterher.

«Was ist denn noch?»

«Die … die Gewandschneiderin», keuchte Hella und hielt sich die Seiten. «Sie hat gesagt, er hätte einen ledernen Beutel bei sich gehabt. Und einen Rosenkranz. Habt ihr etwas davon unter dem Galgen gefunden?»

Richter Blettner stutzte: «Einen Beutel? Einen Rosenkranz? Nein.» Er kratzte sich am Kinn. «Wir haben nicht danach gesucht, wir wussten doch nichts davon.»

Hella straffte ihren Rücken. «Ich werde, wenn du erlaubst, zum Scharfrichter gehen. Jetzt gleich. Ich werde die Kleidung des Toten kontrollieren. Vielleicht finde ich etwas. Und du musst noch einmal jemanden zum Galgen schicken, damit er den ledernen Beutel sucht.»

«Mir wäre es lieber, du gingst zum Galgen. Ich habe es nicht gern, wenn du mit dem Scharfrichter Umgang hast.»

«Ach was. Der Henker ist ein anständiger Mann. Was kann er für seinen Beruf? Sein Vater war schon Scharfrichter, und sein Sohn wird wieder einer sein. So, wie mein Vater Richter war, mein Mann Richter ist und unser Sohn Richter sein wird.»

Blettner lächelte. «Ja, ein Sohn.»

Dann nahm er Hellas Gesicht in beide Hände und küsste sie auf den Mund. «Bis heute Abend, mein Herz.»

Hella schlug den Weg zur Liebfrauenkirche ein.

Gustelies war im Pfarrgärtchen beschäftigt und zupfte an ein paar Blättchen herum. «Schau, den Thymianstrauch habe ich gut über den Winter gebracht, nicht wahr? Es war an der Zeit, dass er aus dem Keller hinaus an die frische Luft kam.»

«Mutter!», wurde sie von Hella unterbrochen. «Mutter, du musst mir helfen. Es geht um Mord!»

«Um Mord?» Gustelies ließ die kleine Hacke fallen und raffte sich auf. «Wer ist diesmal getötet worden? Etwa der Gewandschneider? Hat dein Mann die Vossin schon verhaften lassen? Oder war sie es am Ende gar nicht? War es der Altgeselle? Jetzt rede doch, Kind.»

«Du lässt mich ja nicht zu Wort kommen. Ja, der Gewandschneider lag unter dem Galgen. Genau wie die Hure. Und wieder hing ein Hund oben am Balken.»

«Also Mord!»

«Sieht ganz so aus.»

Gustelies warf noch einen bedauernden Blick auf ihr Thymiangewächs, dann lief sie ins Haus und war wenige Minuten später zum Ausgehen bereit.

«Zuerst zum Henker», bestimmte sie. «Sein Haus liegt auf dem Weg zum Galgen.»

Sie fasste ihre Tochter bei der Hand und zog sie hinter sich her. Als sie den Römerberg überquerten, auf dem Markttag abgehalten wurde, hielt man sie von allen Seiten fest. «Stimmt es, Blettnerin, dass der Gewandschneider gefunden wurde?», rief ihr eine Krämerin zu.

Ein Mann wollte wissen: «Was ist jetzt mit dem, der hingerichtet werden sollte. Wird er begnadigt?»

Hella antwortete nicht, sondern ging schnurstracks ihres Weges. Gustelies folgte ihr keuchend. «Jetzt renn doch nicht so. Ich bin doch kein Pferd, das im Galopp über den Marktplatz springt.»

Hella blieb stehen. Eine Magd mit einem Henkelkorb über dem Arm wich ihr aus, eine Handwerkerin grüßte freundlich. Das Mädchen aus der Garküche stand nahe am Brunnen und ließ sich das Gesicht von der Sonne wärmen. Überall drängten die Leute durch die Gänge mit den Buden und Ständen. Stimmengewirr lag wie Bienensummen in der Luft. Irgendwo lachte ein Weib, woanders hörte man eine Männerstimme fluchen.

Hella nahm Gustelies' Hand und zog ihre Mutter hinter sich her. Froh war sie, als sie das Marktgetümmel hinter sich hatten. Sie gelangten zur Stadtmauer, verließen Frankfurt aber nicht durch das Mainzer Tor, sondern durch ein kleines Seitenpförtchen, welches dem Haus des Scharfrichters direkt gegenüberlag und nur selten benutzt wurde.

Das Henkershaus stand allein und in gehörigem Abstand zu den anderen Katen. Es war das einzige Haus, das aus Bruchsteinen gemauert und mit Dachplatten belegt war. Rechtwinklig an das Haus war ein Nebengebäude gebaut, dessen Fenster mit Lederhäuten verhangen waren.

«Ich war noch nie beim Henker», flüsterte Hella und drückte die Hand ihrer Mutter. «Man sagt, man beflecke sich, wenn man mit ihm Kontakt hat und ihm am Ende sogar noch die Hand gibt. Eigentlich gebe ich nichts auf solches Waschweibgeschwätz. Aber ein wenig unheimlich ist mir doch.»

«Die Leute reden viel, wenn der Tag lang ist», stellte Gustelies fest. «Unheimlich ist jeder, der täglich mit dem Tod zu tun hat.»

Dann schritt sie voran, schlug den Messinggriff am Scharfrichterhaus und wartete.

Der Mann öffnete selbst. Groß stand er vor ihnen, seine Brust so breit, dass es den Frauen nicht gelang, ins Innere des Hauses zu sehen. «Gott zum Gruße, Gustelies. Was ist, Richtersfrau?», wandte er sich an Hella.

«Die Leiche. Ich müsst' sie noch einmal sehen. Mein Mann schickt mich.»

Der Scharfrichter fragte nicht, warum und wieso. Er nickte nur und trat aus der Tür. Für einen Augenblick konnte Hella durch den Flur bis in die Küche des Hauses sehen. Sie sah ein Mädchen davonhuschen, das ihr bekannt vorkam, aber sie kümmerte sich nicht weiter darum.

«Kommt mit», sagte der Scharfrichter.

«Wie? Wohin denn?», fragte Hella. Der Henker lachte auf. «Meint Ihr, ich habe die Leiche in meinem Haus? Teile vielleicht sogar mit ihr ein Bett?»

«Nein, nein, natürlich nicht», stammelte Hella, aber sie hatte tatsächlich angenommen, dass der Tote sich im Haus des Henkers befand.

«Hier im Nebengebäude ist sie.»

Der Scharfrichter riss eine Tür auf, setzte eine Fackel in Brand, steckte sie in die Halterung zurück und entzündete noch einige weitere.

«Tut mir leid, hier ist's immer dunkel wegen der Lederhäute. Aber ich muss sie vor die Fenster hängen, sonst treiben die Buben ihren Schabernack mit meinen Leichen. Eine Zeitlang galt es als Mutprobe, bei Mondlicht in mein Nebengebäude zu dringen und wie ein Wolf zu heulen. Die halbe Vorstadt war wochenlang starr vor Angst. Jetzt sehe ich zu, dass alles gut verschlossen und abgeschirmt ist.»

Hella nickte und sah sich um. Hinter sich hörte sie Gustelies nach Atem ringen. Vor ihr lag die Leiche. Der Scharfrichter hatte ein Brett auf zwei Holzböcke gelegt, darüber ein Tuch geworfen und den toten Gewandschneider aufgebahrt. Der lag mit geschlossenen Lidern, die Hände auf dem Bauch gefaltet und darin ein Kreuz haltend.

«Du bahrst ihn christlich auf, obwohl du noch nicht weißt, ob Mord oder Selbstmord?», fragte Hella.

Der Scharfrichter zuckte mit den Achseln. «Das ist Sache des Richters. Meine Sache ist es, die Achtung vor dem Tod zu wahren. So ist das.»

Er räusperte sich, entzündete zwei Kerzen und stellte sie neben den Leichnam. «Reicht das Licht? Braucht Ihr mich noch?»

Hella schüttelte den Kopf und sah zu ihrer Mutter, die sich dem toten Voss auf Zehenspitzen näherte. «Wie bist du zu Tode gekommen?», fragte diese leise den Gewandschneider.

«Dann gehe ich jetzt. Sagt Bescheid, wenn Ihr fertig seid. Ach ja, und stille sein müsst Ihr hier nicht, der da hört Euch nicht mehr. Ihr braucht ihm deshalb auch keine Fragen zu stellen. Jetzt erfahrt Ihr nur noch von ihm, was mit den Augen zu sehen ist.»

Er lachte kurz und scheppernd, dann ging er.

Gustelies schüttelte sich. «Diesen Mann kann wohl nichts schrecken!»

Sie zog ihren Umhang fester um sich, trat noch näher an die Leiche heran und betrachtete sie aufmerksam.

«Eigentlich sieht er ganz friedlich aus», stellte sie fest. «Und ich dachte früher, als ich noch ein Mädchen war, wenn man lange genug in das Gesicht eines Gemordeten schaut, erkennt man an seinen erstarrten Zügen den Mörder.»

Hella lachte. «Ich wette, das hat Pater Nau dir eingeredet. Dass die Fratze des Teufels zu sehen ist, wenn man nur lange genug hinsieht, nicht wahr?»

Gustelies nickte und lächelte zaghaft. «Ich glaube, ich werde langsam wunderlich. Nicht weiter erstaunlich, wenn man Tag und Nacht mit diesem wirren Pater, der mein Bruder ist, zusammen sein muss.»

Dann krempelte sich Gustelies die Ärmel hoch und sah auffordernd zu ihrer Tochter. «Los. Eine Leichenschau wird immer am nackten Körper vollzogen. Das hat mir dein Vater beigebracht.»

«Ich kann ihn nicht anfassen. Ich kann es einfach nicht. Mich schüttelt es schon, wenn ich nur daran denke!» Hella verstummte, legte sich eine Hand auf den Mund, dann aber flüsterte sie: «Dass es dich nicht vor Leichen gruselt, kann ich gut verstehen. Den ganzen Tag hantierst du mit toten Tieren, schneidest ihnen gar die Herzen aus der Brust, stichst ihnen die Augen aus, pökelst ihre Zungen. Du bist das gewohnt, Mutter.»

Gustelies verzog das Gesicht: «Das kann man nicht vergleichen. Überhaupt nicht vergleichen kann man das. Ein Braten ist ein Braten und kein Lebewesen. Eine Ochsenzunge ist ein Leckerbissen und kein Leichenteil.»

Hella bemerkte, dass sie ihre Mutter gekränkt hatte, und strich ihr entschuldigend über den Arm.

«Der Tod gehört zum Leben, Hella. Von deinem Vater und dem Leichenbeschauer habe ich viel gelernt. Wer Angst vor dem Tod hat, hat nur Angst vor der Dunkelheit in der eigenen Seele.»

Dann stieß sie ihre Tochter mit dem Ellbogen zur Seite und entfernte beherzt den Verschluss, der den Umhang hielt.

«Jetzt das Wams», ordnete Gustelies an, drückte ihrer blassen Tochter die Zipfel des Umhangs in die Hand und durchsuchte die Kleidung des Toten langsam und gründlich. Sie brauchte nicht lange, bis sie den Rosenkranz gefunden hatte. Er steckte in der oberen Tasche der Überjacke, direkt über dem Herzen. Sorgfältig betrachtete sie die Perlen aus rosa Alabaster, das kleine Kreuz aus Holz, das an seinen Enden in Silber gefasst war.

«Den muss ich im Licht betrachten», sagte sie und legte ihn einstweilen zur Seite. Dann untersuchte sie die Beinkleider und die Stiefel des Toten, drehte ihn sogar, während Hella sich dabei die Augen zuhielt, doch sie fand nichts, was ihr Aufschluss über das Ende des Gewandschneiderlebens gab.

«Meinst du wirklich, es ist nötig, den Gewandschneider nackt zu betrachten?», fragte Hella, und Gustelies erkannte am Zittern ihrer Stimme, dass ihr ganz und gar unbehaglich war.

«Nein. Wohl nicht. Der Stadtmedicus hat ihn sich angesehen. Gut, er ist ein Stümper, unser Arzt, und sieht nur, was man ihm vorher beschrieben hat, aber der Scharfrichter ist ein Mann mit Erfahrung. Gäbe es da etwas, er hätte uns darauf hingewiesen.»

Hella atmete auf. Gustelies betrachtete ihr blasses Gesicht und schickte sie vor die Tür: «Geh nach draußen, setz dich auf eine Bank. Ich mach hier alles fertig.»

Als der Leichnam wieder ordentlich und mit gefalteten Händen auf dem Holztisch lag, atmete Gustelies vor der Tür so tief ein und aus, als käme sie gerade aus einer Gruft.

«Du kannst sagen, was du willst. Der Tod hat etwas Beängstigendes an sich, oder?», fragte Hella, deren Gesicht allmählich wieder Farbe bekam.

Gustelies schüttelte den Kopf. «Finde ich nicht. Und ich verstehe noch nicht einmal, dass du dich fürchtest. Der Tod, das ist das Tor zur ewigen Seligkeit. Eigentlich müssten wir doch alle unseren Tod herbeisehnen. Aber wir tun es nicht. Im Gegenteil. Wir fürchten uns davor. Als ob wir tief in unserem Inneren nicht an Gottes Himmelreich glauben können.»

Sie hielt den Rosenkranz in die Sonne und betrachtete sorgfältig Perle für Perle. «Wie zart und schimmernd dieser Rosenkranz ist», stellte sie bewundernd fest. «Es muss eine Freude gewesen sein, damit das Ave-Maria zu beten.»

Hella zog die Stirn in Falten. Sie fröstelte noch immer. «Lass uns weggehen von diesem schauerlichen Ort», bat sie. «Da finde ich ja den Galgen noch ansprechender.»

Gustelies lachte leise. «Und genau dorthin gehen wir jetzt. Wir suchen einen ledernen Beutel.»

Sie sagten dem Scharfrichter, dass sie fertig seien und er das Gebäude wieder verschließen könne, dann gingen sie am Main entlang in Richtung Galgenberg. Hella konnte den Gedanken an den Tod nicht verdrängen.

«Ich habe geträumt», berichtete sie ihrer Mutter. «Ich hatte wieder diesen Albtraum, sah wieder den Säugling, seine blauen Lippen, die Abschürfungen um Mund und Nase.»

«Sei still», herrschte Gustelies sie an. «Wir wollten niemals wieder darüber reden.»

Ein altes Weib, das einen Korb auf dem Rücken trug und Reisig sammelte, sprach sie an: «Na, Bürgersfrauen, wollt Ihr den armen Leuten in der Vorstadt helfen und Nächstenliebe üben? Dann seid Ihr bei mir gerade richtig. Gebt mir einen Heller, damit ich ein bisschen Brot davon kaufen kann.»

Hella nestelte an der Geldkatze, die an ihrem Gürtel hing. Doch bevor sie das Geld in die ausgestreckte Hand legte, fragte sie: «Ist dir in den letzten Tagen hier etwas aufgefallen?»

Das Weib lachte und zeigte dabei einen zahnlosen Mund. «Ostern steht vor der Tür. Die Stadtleute kommen, um an uns ihre irdische Schuld zu begleichen. Einer brachte sogar kleine Kuchen her. Das ist immer vor Ostern und Weihnachten so, da gedenkt Ihr Bürger der Armen. Aber nicht um unseretwillen tut Ihr es, nein, es geht Euch dabei einzig um Euch.»

Hella senkte den Blick und errötete leicht. Die Alte hatte recht. Schnell legte sie das Geld in deren Hand. Gustelies aber ließ sich als Haushälterin eines Pfarrers von derlei Gerede nicht beeindrucken. «Willst du damit sagen, dass in den letzten Tagen noch mehr Städter hier waren?»

Die Alte nickte.

«Erzähl! Wer war es? Wie sahen sie aus? Was taten sie hier?»

Die Alte hatte das Geldstück in die Tasche ihres abgetragenen Kleides gesteckt und streckte erneut die Hand aus. «Gibst du mir, so geb ich dir!», sagte sie.

Jetzt kramte Gustelies in ihrer Börse, behielt aber das Geldstück in der Hand. «Also?»

«Am Sonntag kam einer aus der Stadt, lief hier am Mainufer herum. Zuerst dachte ich, er wolle zu den Hübschlerinnen, doch die beachtete er gar nicht. Er lief hin und her und lauschte jedes Mal, wenn die Glocken der Kirche läuteten.»

«Ein Mann?»

«Sag ich doch.»

«Wie sah er aus? Was für Kleidung trug er?»

«Wie er aussah? Wie ein Städter sah er aus. Das Haar schön geschnitten, der Bart ordentlich gestutzt. Grau waren seine Sachen. Aus feinstem Tuch. Der Umhang mit Pelz besetzt und die Mütze ebenfalls.»

Hella und Gustelies wechselten einen vielsagenden Blick.

«Trug er etwas bei sich?»

Die Alte zuckte die Achseln. «Woher soll ich das wissen? Niemand, der in die Vorstadt kommt, zeigt, was er bei sich hat. Angst haben die Leute vor uns und verbergen alles, was mehr als ein paar Heller wert ist.»

«Erinnere dich!», bat Hella. «Denk noch einmal nach: Trug er etwas bei sich?»

Die Alte runzelte die Stirn und tippte mit dem Zeigefinger der rechten Hand in ihre geöffnete linke. Gustelies verstand, seufzte und legte einen Groschen hinein.

Jetzt lächelte die Alte, zog die Stirn in Falten, tippte sich mit dem Zeigefinger gegen das Kinn. «Trug er etwas bei sich? Tat er das?» Es dauerte, bis ihre Erinnerung einsetzte, dann aber nickte sie: «Einen Beutel trug er über der Schulter. Ich wunderte mich darüber, weil es nicht die Art solcher Herren ist, einen Lederbeutel über der Schulter zu tragen. Braun war der Beutel. Dunkelbraun. Rindsleder, denke ich.»

«Und er lief die ganze Zeit am Ufer hin und her?»

«Als ob er auf jemanden wartete.» Die Alte nickte, streckte noch einmal die Hand aus, ließ sie aber wieder fallen, als sie Gustelies' und Hellas Gesicht sah.

«Gott segne Euch», murmelte sie und trollte sich.

«Er war hier in der Vorstadt», wiederholte Hella. «Er hat auf jemanden gewartet. Wer könnte das gewesen sein, und was wollte der Gewandschneider von ihm?»

Gustelies zuckte mit den Achseln. «Den Beutel müssen wir finden. Vielleicht liegt darin die Antwort.»

Aufmerksam liefen die beiden Frauen das Mainufer ab, doch sie fanden nichts. Danach gingen sie weiter zum Galgen, durchsuchten jeden Busch und jeden Strauch, suchten gründlich hinter dem Mäuerchen, aber da war kein Lederbeutel, da war überhaupt nichts.

Nachdenklich ließ sich Gustelies auf einen Stein am Weg sinken und meinte schließlich: «Ein Lederbeutel ist etwas, das nicht jeder in der Vorstadt sein Eigen nennen kann. Was würdest du tun, wenn du eine arme Wäscherin wärst, ein Abdecker, eine Hübschlerin oder ein Abortreiniger, und du fändest einen solchen Beutel?»

Hella musste nicht lange überlegen: «Ich würde ihn behalten.»

«Ich nicht!», widersprach Gustelies. «Was soll ich mit einem Lederbeutel, wenn ich in der Vorstadt lebe? Die Leute hier sind arm, bis auf den Henker und den Stöcker natürlich. Sie haben ja nichts, was sie in den Beutel tun könnten. Hätte ich ihn gefunden, so würde ich ihn verkaufen wollen.»

«Hm. Das klingt einleuchtend. Was wäre er dir wert, dieser Beutel?»

«Ich weiß nicht genau. Ein Viertelgulden wäre viel dafür, oder nicht?» Hella sah nachdenklich zurück zu den Katen. Ganz hinten lief das alte Weib, bückte sich gerade nach einem dürren Zweiglein. «Die Alte! Sie wird uns zu dem Beutel führen.» Dann packte sie Gustelies an der Hand und rannte mit ihr los.

«Na, Städterinnen, ist noch immer Nächstenliebe in Euch?», wollte die Alte wissen, als Hella und Gustelies schnaufend vor ihr hielten.

Gustelies, ganz rot im Gesicht, rang nach Atem, schlug sich die Hand vor die Brust und lamentierte leise: «Wie komme ich dazu, wie ein Auerochse durch die Landschaft zu galoppieren? Ich bin die Haushälterin eines Priesters. Am Herd sollte ich stehen, jawohl, und einen guten Braten begießen.»

Sie schimpfte leise, aber Hella und die Alte hörten sie doch und lächelten.

«Greisin, du musst uns helfen. Es soll dein Schade nicht sein. Wir suchen den Lederbeutel.»

«Den Lederbeutel? Soso, na ja. Was ist er Euch wert, dieser Beutel?»

Hella kramte in ihrer Geldkatze. «Einen Achtelgulden.»

«Einen Achtelgulden? Dass ich nicht lache!», sprach die Alte und lachte tatsächlich so laut, dass die Kiepe auf ihrem Rücken wackelte. «Einen Viertelgulden ist der Beutel wert. Mindestens.»

«Ich zahle einen Achtelgulden und zwei Groschen. Mehr nicht. Das ist mein letztes Gebot.»

«Einen Achtelgulden und eine Frankfurter Mark dazu», verlangte die Alte. «Es ist bald Ostern, junge Frau.»

Gustelies betrachtete die Alte abschätzend. «Einen Achtelgulden und eine Frankfurter Mark, wenn du es schaffst, den Beutel bis zum Mittag aufzutreiben. Wir werden dort am Mainufer warten. Sobald die Glocke läutet, gehen wir, und du kriegst keinen roten Heller.»

Mit diesen Worten wandte sich Gustelies ab und stapfte davon. Hella folgte ihr. «Und wenn sie nun nicht kommt? Warum warst du so grob zu ihr?»

Gustelies lächelte. «Sie wird kommen. Es ist das Geschäft ihres Lebens. Du wirst sehen, gleich kommt Bewegung in die Vorstadt, dass die Katen wackeln.»

Gustelies hatte einen Stein entdeckt, breitete ihren Umhang darüber, setzte sich und hielt ihr Gesicht in die Sonne. «Es ist Frühling», schwärmte sie. «Die Bäume werden grün, die Vögel singen, die Sonne scheint. Wunderbar. Hier halte ich es aus.»

«Du tust gerade so, als wäre Sonntag», schalt Hella. «Wir müssen die Katen im Blick behalten.»

«Gar nichts müssen wir. Die Gesetze der Vorstadt wirken auch, ohne dass wir sie beobachten. Wirst sehen, die Alte wird noch vor Mittag jemanden herschicken. Und jetzt lass mich ein wenig ausruhen. Hast mich den halben Vormittag wie ein Huhn durch Frankfurt gescheucht.»

Gustelies schloss die Augen und tat damit kund, dass sie für weitere Gespräche nicht zur Verfügung stand. Hella aber war viel zu unruhig, um mit geschlossenen Augen der Dinge zu harren, die da kommen oder nicht kommen sollten.

Sie lief am Ufer entlang und tat, als wäre sie ganz und gar damit beschäftigt, Steine in den Main zu werfen. Als sie sah, dass ein kleiner Junge mit verdrecktem Kittel und ohne Schuhe zu ihnen gelaufen kam, stieß sie ihre Mutter leicht an: «Da kommt wer.»

Gustelies öffnete die Augen, reckte und streckte sich. «Na, mein Guter», sagte sie, als der Bub vor ihr stand. «Hast du mir etwas mitgebracht?»

Der Junge nickte, holte den Lederbeutel hinter seinem Rücken hervor und hielt ihn Gustelies hin. Als sie danach greifen wollte, sprang er einen Schritt zurück.

«Erst das Geld», stammelte er und sah sich nach den Katen um. Dort, neben der letzten, stand die Alte mit dem Reisigkorb.

Gustelies lachte, während ihre Tochter in ihrem Geldbeutel herumkramte. «Heinz wird mich fragen, wo das Wirtschaftsgeld geblieben ist», jammerte Hella. «Ich kann ihm ja schlecht erzählen, dass wir Beweismittel in der Vorstadt gekauft haben.»

«Doch, das kannst du!», bestimmte Gustelies, nahm ihrer Tochter das Geld aus den Fingern und drückte es dem Jungen in die Hand. Gleichzeitig hielt sie ihn mit der anderen im Nacken fest.

«Jetzt den Beutel.»

Das Kind gehorchte. Gustelies reichte den Beutel weiter an Hella; diese öffnete ihn und fühlte darin herum.

Dann nickte sie, und Gustelies ließ den Jungen los. «Lauf, mein Kleiner. Und sag der Alten einen Gruß.»

Der Junge rannte, so schnell er konnte. Seine Füße wirbelten dabei den Staub des Weges auf, aber Gustelies und Hella achteten nicht darauf.

«Was ist darin?», fragte Gustelies.

«Nichts Aufregendes. Ein Kamm, ein Nasentuch. Halt, da ist noch etwas.»

Gustelies sprang auf, stellte sich neben Hella und wollte ebenfalls in den Beutel sehen.

«Ein Schreiben! Hier, sieh nur, ein Schreiben!»

Sie brachte einen gefalteten Papierbogen zutage, der an den Seiten leicht geknickt, aber ansonsten heil war. Das Papier war nicht von feinster Machart, sondern grob und gekörnt.

Hella drehte das Papier nach allen Seiten. «Schlechtes, billiges Papier, wie es bei den Papiermühlen als Abfall vorkommt. Aber das Siegel des Gewandschneiders ist darauf, obwohl sich jeder Handwerker, der etwas auf sich hält, schämen würde, auf solch schlechtem Papier zu schreiben.»

«An wen ist das Schreiben?», fragte Gustelies.

«Es steht kein Empfänger drauf. Ein Schreiben nur mit Absender. Es ist, als könne es jeder öffnen, der es in die Hände bekommt.»

Die Frauen sahen sich an, dann nickte Gustelies, und Hella brach das Siegel.

«Lies vor!»

«‹Beichte› steht obendrüber. Sollten wir nicht doch zu Pater Nau …?»

«Unfug», widersprach Gustelies. «Schriftliche Beichten gibt es nicht. Es heißt ja nicht umsonst ‹Ohrenbeichte›. Die Reue, der erste Schritt, muss erkennbar sein. Außerdem ist die Beichte ein Sakrament. Wie will der Voss wissen, welche Buße ihm auferlegt ist? Unfug, Beichte! Lies weiter!»

«Ich, der Gewandschneider Konrad Voss, scheide freiwillig aus dem Leben. Ich habe mich versündigt an den Meinen. Die Werkstatt ist hoch verschuldet, sodass wir bald weder Brot auf dem Tisch noch ein Dach über dem Kopf haben. Ins Hurenhaus bin ich gegangen, habe Ehebruch geübt, und Gott hat mich schon zu Lebzeiten dafür bestraft. Ich leide an der Franzosenkrankheit und werde bald qualvolle Schmerzen erleiden, wenn ich am Leben bleibe. Doch ich werde mich richten, bevor der Herr mich richtet, in der Hoffnung, dass er mir vergibt. Er hat mir das Leben geschenkt und ich, der ich nicht würdig war, dieses Geschenk zu achten, gebe dem Herrn mein Leben zurück. Betet für mich! Konrad Voss.»

Kapitel 10

Das Mädchen öffnete die Augen und sah sich um. Sie lag auf dem Boden einer Hütte, war mit einer Decke bedeckt. Links neben ihr befand sich eine gemauerte Kochstelle, in der ein paar Holzscheite glühten, darüber hing ein Kessel.

Ihr gegenüber war eine Bettstatt aufgerichtet, ein Lager aus Stroh mit einem kleinen Kissen und mehreren Decken, die ihre besten Tage schon hinter sich hatten. Zwischen Bettstatt und Kochstelle stand ein Tisch auf wackligen Beinen, daneben eine Holzbank, gegenüber ein Schemel. Die Wände waren nicht verputzt, sondern zeigten den rauen Lehm und die hölzernen Balken. Nahe der Kochstelle waren auf einem Gestell Netze gespannt. Es roch nach Fisch.

Eine Katze lag in der Fensteröffnung, und von draußen drang das Gackern von Hühnern herein.

Sie hörte Schritte, die sich der Hütte näherten, zog sich die Decke über den Kopf, blinzelte jedoch darunter hervor.

Ein Mann trat ein, sah nach dem Mädchen. «Schläfst du immer noch?», fragte er. Seine Stimme war freundlich und warm.

Vorsichtig kroch das Mädchen unter der Decke hervor. Der Mann lächelte. «Du bist wach. Da bin ich aber erleichtert. Wie geht es dir? Du hast bestimmt Hunger und Durst.»

Das Mädchen nickte, sah zu, wie der Mann Milch aus einer Kanne in einen Becher goss und ihn ihr reichte. Sie trank mit großen Schlucken, nahm das Brot, auf das der Mann Schmalz gestrichen hatte, und biss herzhaft davon ab.

Der Mann zog den Schemel neben ihr Lager, setzte sich, sah ihr beim Essen zu. Zaghaft betrachtete ihn das Mädchen. Er war noch nicht alt. Vielleicht gerade zehn Jahre älter als sie selbst. Seine Haut war trotz der blassen Sonne gebräunt, die Hände rot und rissig.

«Seid … seid Ihr ein Fischer?», fragte das Mädchen leise.

«Ja, das bin ich. Und du kannst Gott danken, dass es so ist. Aus dem Wasser habe ich dich gezogen.»

Das Mädchen nickte.

«Freust du dich denn nicht, dass du noch am Leben bist?»

Der Fischer sah sie so erwartungsvoll, so lobheischend an, dass sie wieder nickte. «Ich danke Euch recht schön.»

Befriedigt lehnte sich der Mann zurück, zeigte auf das Gestell neben der Feuerstelle. Jetzt erst sah das Mädchen, dass ihr Kleid dort hing.

«Du hast lange geschlafen. Einen ganzen Tag und eine ganze Nacht. Dein Kleid ist unterdessen getrocknet. Wenn du aufgegessen hast, kannst du gehen.»

Das Mädchen schwieg, sah den Fischer nur an.

«Du weißt nicht, wo du hin sollst, habe ich recht?»

Das Mädchen nickte.

«Woher kommst du?»

Sie antwortete nicht. Was hätte sie auch sagen sollen: Aus dem Hurenhaus komme ich? Dann hätte er sie dorthin zurückgeschickt.

«Na, woher kommst du? So rede doch, Mädchen.»

«Ich weiß es nicht», erwiderte sie schließlich. «Mit meiner Mutter war ich unterwegs. Dann war Mutter plötzlich weg, und ich war allein. Ich dachte, sie wäre ins Wasser gegangen, deshalb ging ich auch in den Fluss.»

Der Mann neigte den Kopf, zog die Augenbrauen zusammen. Das Mädchen sah, dass er ihr nicht glaubte.

«Bist du vielleicht schwanger?», fragte er.

Sie erschrak. Schwanger? Konnte man vom ersten Mal schon schwanger werden? Nein, nein.

«Ich glaube nicht», sagte sie leise.

«Aber möglich wäre es, wie?»

Sie zuckte mit den Achseln. «Ich weiß nicht, wie man schwanger wird. Woher soll ich dann wissen, ob ich es bin?»

Der Mann lachte. «Wenn du das nicht weißt, dann bist du auch nicht schwanger. Kannst gehen, wohin du willst, kannst dir eine Anstellung suchen.»

«Kann ich nicht hierbleiben?», fragte sie.

«Nein, das geht nicht. Ich heirate nächste Woche. Meine Braut wird nicht wollen, dass eine andere Frau mit hier lebt. Und für eine Magd haben wir kein Geld.» Der Fischer stand auf, reichte ihr ihr Kleid, drehte sich um. «Zieh dich an, Kleine. Du musst jetzt gehen.»

Das Mädchen gehorchte. Als sie fertig war, gab ihr der Fischer ein kleines Bündel. Ein halber Laib Brot war darin, ein Stück Speck, zwei Äpfel.

«Mehr habe ich nicht», sagte er. «Du wirst schon was finden.»

Sie war schon an der Tür, als er rief: «Kannst du kochen?»

Das Mädchen drehte sich um und nickte. «Ja. Kochen

und backen auch. Ich habe schon Böden gescheuert, Wäsche gewaschen, gekocht, gebacken, gebraut, gebuttert.»

Sie zeigte ihre Hände vor, die vom Arbeiten ganz rau waren.

«Gut», erwiderte der Fischer. «Du bist noch jung, solltest nicht allein durch die Welt ziehen. Dem lutherischen Pfarrer ist die Frau gestorben. Eine Haushälterin sucht er jetzt. Vielleicht kannst du bei ihm bleiben.»

Das Mädchen lächelte. Eigentlich war es kein Lächeln, eigentlich verzog sie nur den Mund. Aber mehr konnte sie nicht, war zum Lächeln nicht gemacht.

Der Fischer stand auf, ging mit ihr nach draußen und wies ihr den Weg. «Sag, Johann, der Fischer, schickt dich.»

Das Mädchen nickte und verzog noch einmal die Lippen, bevor sie davonging. Nach einer kleinen Weile drehte sie sich noch einmal um. Der Fischer stand vor seiner Hütte und winkte.

Da war sie plötzlich glücklich. Sie hob die Hand und winkte zurück, trug das Glück in ihrem Herzen davon. Es war ein kleines Glück, entstanden nur, weil jemand sie gegrüßt hatte. Zum ersten Mal in ihrem Leben hatte ihr jemand gewunken, hatte ihr zu essen und zu trinken gegeben, hatte ihr Kleid getrocknet. Hatte sie gegrüßt und gewunken.

Das Mädchen kam zu einem Brunnen und beugte sich darüber, um ihr Gesicht in der Wasseroberfläche zu betrachten. Sie sah ein schmales Oval, große dunkle Augen, die ein wenig hervorstanden, eine gerade Nase, einen Mund, der nicht zu üppig und nicht zu schmal war. Sie versuchte zu lächeln, tat das Gleiche wie die Huren, wenn ein Freier sie ansah. Sie verzog die Lippen und öffnete die Zähne ein wenig. Doch sie sah kein lächelndes Mädchen, sondern nur eine Fratze.

Da nahm sie einen Stein, warf ihn ins Wasser, sodass ihr Bild sich in viele kleine Wellen auflöste.

Bald hatte sie das Pfarrhaus, das sich eng an eine kleine Kirche schmiegte, erreicht. Es war – gottlob – eine andere Kirche als die, in die sie manchmal mit ihrer Mutter gegangen war. Ihre Mutter hatte gesagt, sie wären katholisch. Dies aber war eine lutherische Kirche, wie ihr der Fischer erzählt hatte.

Das Mädchen klopfte an der Tür, und es dauerte nicht lange, bis der Pfarrer ihr auftat.

«Ich bin gekommen, um Euch den Haushalt zu führen», sagte sie schlicht. «Der Fischer Johann schickt mich.»

Der Pfarrer riss erstaunt die Augen auf. «Johann schickt dich?»

Sie nickte.

«Woher kennst du ihn? Hast du Empfehlungen? Hast du schon einmal in einem Haushalt gearbeitet?»

Das Mädchen schüttelte den Kopf. «Ich kann alles, was ich können muss. Den Rest werde ich lernen.»

Der Pfarrer betrachtete das Mädchen von oben bis unten. Dann trat er zur Seite. «Komm herein. Ich werde es mit dir versuchen. Aber ich zahle dir nichts. Nur Essen und Unterkunft. Ich hoffe, du bist nicht zänkisch und weißt, was ein Mann braucht, um sich in seinem Heim wohlzufühlen. Machst du mir Ärger, schicke ich dich wieder weg.»

«Ist mir recht so», erwiderte das Mädchen. Sie ging an dem Pfarrer vorbei, direkt in die Küche. Sie stellte ihr Bündel ab, band sich ein Tuch vor den Bauch und öffnete die Vorratskammer.

«Was wollt Ihr heute essen?», fragte sie.

Der Pfarrer schaute verblüfft. «Koch eine Suppe von Bohnen und Speck», sagte er. Das Mädchen nickte und machte sich an die Arbeit. Als die Suppe im Kessel brodelte, scheuerte sie den Küchentisch und den Boden. Sie holte frisches Wasser vom Brunnen, weichte die schmutzigen Putzlumpen darin ein und stellte einen Strauß Blumen, den sie im Garten gepflückt hatte, auf den Tisch.

Als es zur Vesper läutete, deckte sie den Tisch. Dann stieg sie in die Kammer, die ihr der Pfarrer zugewiesen hatte. Ein Strohsack lag darinnen, darauf ein gut gefülltes Kissen und ein Deckbett. Auf einer kleinen Anrichte stand eine polierte Metallplatte, in der sie sich gut sehen konnte. Das Mädchen dachte an das Hurenhaus und öffnete das Mieder, bis man die Ansätze ihrer Brüste sehen konnte. Dann nahm sie ein wenig vom Saft der Roten Beete, strich sich damit über die Lippen und rieb etwas davon auf die Wangen. Zum Schluss kämmte sie ihr Haar, bis es weich über ihre Schultern und hinab zu den Hüften fiel, nahm ein Stück verkohltes Holz und strich sich damit über die Augenbrauen.

In der Küche traf sie auf den Pfarrer, der bereits am Tisch saß. Bei ihrem Anblick stand er auf. «Wie siehst du denn aus?», fragte er barsch. Dann griff er nach ihrem Haar, schlang es sich um die Hand und machte einen Knoten hinein. Er drückte dem Mädchen einen Lappen in die Hand. «Wisch dir das Zeug aus dem Gesicht. Dies ist ein Pfarrhaus, kein Hurenhaus.»

Er sah das Mädchen so verärgert an, dass sie den Blick senkte. Stumm nahm sie seine Schüssel, füllte Eintopf hinein, setzte sich ihm gegenüber. Sie tunkte den Löffel in die Suppe und wollte ihn zum Mund führen, da schlug der Pfarrer mit der flachen Hand auf den Tisch, dass sie vor Schreck den Löffel fallen ließ.

Der Pfarrer sah ihr schreckfahles Gesicht, kniff die Augen

zusammen und lächelte plötzlich auf eine Art, die dem Mädchen unheimlich war. Dann sagte er: «Das ist ein christlicher Haushalt. Vor dem Essen wird gebetet. Du scheinst die Bräuche wenig zu kennen. Bist du katholisch?»

Das Mädchen zuckte mit den Achseln. Ein paarmal war sie mit der Mutter und den anderen Huren in der Kirche gewesen. Sogar gebeichtet hatte sie einmal. Aber von Gott wusste sie nichts.

«Ich weiß nicht, was ich bin», sagte sie leise.

«Bist du getauft?»

Das Mädchen nickte.

«Kommst du aus dem Hurenhaus?»

Das Mädchen senkte stumm den Kopf.

«Na, kannst es ruhig zugeben. Ich weiß es längst. Ein Christ, der eine Hure zurück auf den rechten Weg führt, ist dem Herrn doppelt lieb. Also? Kommst du aus dem Hurenhaus?»

Jetzt nickte das Mädchen.

«Nun, wenigstens bist du ehrlich. Gefallen, aber ehrlich. Ich werde dir das Christliche schon beibringen. Wenn du das Geschirr gespült hast, wirst du zu mir kommen. Wir beginnen gleich heute mit deinem Unterricht.»

Dann sprach der Pfarrer ein Gebet, und das Mädchen faltete die Hände, wie er es vormachte.

Kapitel 11

Er hat mir das Leben geschenkt, und ich, der ich nicht würdig war, dieses Geschenk zu achten, gebe dem Herrn mein Leben zurück», las Gustelies noch einmal laut vor und ließ das Blatt sinken.

«Sehr philosophisch für einen Gewandschneider, nicht wahr?», fragte Hella.

«Das kannst du laut sagen. Auf ein solches Tauschgeschäft mit Gott wäre selbst mein Pater Nau nicht gekommen.» Gustelies zuckte mit den Schultern. «Manchmal», sagte sie und blickte nachdenklich über den Fluss, «denke ich, dass der Herrgott der größte aller Kaufleute ist.»

«Ein Kaufmann? Wie meinst du das?», fragte Hella.

«Ganz einfach. Wir Menschen handeln beständig mit Gott. Lieber Gott, wenn du mich noch einmal davonkommen lässt, wenn du mich wieder gesund werden lässt, dann werde ich dir einen Altar weihen. Lieber Gott, wenn du mir hilfst, die Schulden abzutragen, dann werde ich mein nächstes Kind in ein Kloster schicken. Oder aber: Lieber Gott, wenn ich dir das Geschenk des Lebens zurückgebe, dann wirst du mich nicht strafen. Wir reden mit Gott meist in Wenn-dann-Sätzen.»

Hella legte den Kopf schief. «Du hast recht. Du meinst also, der Gewandschneider hat sich selbst mit dem Tod bestraft, um Gottes Strafe zu entgehen?»

«Möglich.»

«Aber das verstehe ich nicht. Selbstmord ist an sich eine Todsünde. Er kann keine Todsünde begangen haben, um sich von seinen anderen Sünden reinzuwaschen.»

«Warum nicht?»

«Weil das wäre, als würde man Öl ins Feuer gießen.»

«Was wissen wir, wie ein Mensch, der verzweifelt ist, denkt? Nicht nur der Mensch braucht Gott. Auch Gott braucht uns Menschen.»

«Mutter, versündige dich nicht», bat Hella, doch Gustelies sprach schon weiter: «Hildegard von Bingen hat einmal gesagt: ‹Der Mensch braucht die Schöpfung Gottes zur Selbsterkenntnis. Gott aber braucht Mensch und Schöpfung zur Selbstoffenbarung. Er schuf den Menschen, um sich selbst in ihm zu lieben.›»

«Das hat eine Äbtissin gesagt? Ist sie nicht der Häresie bezichtigt worden?»

«Nein», erklärte Gustelies. «Am Ende hat der Papst ihre Sehergabe bestätigt. Sie war also Prophetin von Gottes Gnaden. Und sie hatte recht. Gott braucht den Menschen. Wer soll ihn sonst anbeten und lobpreisen? Wer die Schöpfung in Anspruch nehmen? Hast du dir, Hella, schon einmal Gedanken darüber gemacht, was Gott ohne die Menschen wäre? Gott ist erst zum Gott geworden durch die Menschen. Gäbe es keine Menschen, wäre er überflüssig.»

Hella schwieg, weil sie nicht wusste, was sie darauf sagen sollte. Die Gedanken ihrer Mutter erschienen ihr ungeheuerlich.

«Hast du mit Pater Nau schon einmal darüber gesprochen?», fragte Hella zaghaft. Gustelies nickte kräftig. «Aber natürlich, Kind. Und er hat unsere Auseinandersetzung zu Bruder Göck, seinem Antoniterfreund, getragen. Seither streiten sie, sooft sie sich sehen.» Gustelies verstummte, und ihr Gesicht überzog sich mit einer leichten Röte. «Aber mich lassen sie außen vor. Ich erfahre nichts mehr über ihre Dispute und Diskurse. Einer Frau steht Gelehrsamkeit nicht, meint Pater Nau. Manchmal glaube ich, dass eine Frau auch noch dreihundert Jahre nach Hildegard erst dann gehört und ernst genommen wird, wenn sie mit göttlicher Zunge spricht.»

«Willst du sagen, Hildegards Visionen kamen aus ihrem Verstand und waren nicht direkte Eingebungen Gottes?»

Gustelies lächelte leise: «Wer weiß das schon so genau. Ich jedenfalls habe schon öfter darüber nachgedacht, ob ich mir nicht auch Visionen zulegen sollte.»

«Hmm», machte Hella und schwieg. Sie dachte daran, dass sie jederzeit Zugang zu allen Büchern des Haushaltes hatte und dass Heinz stets bereit war, mit ihr über alles zu sprechen. Nun, sie diskutierten nicht gerade theologische Probleme, aber Hella zweifelte nie daran, dass Heinz sie ernst nahm.

Schweigsam gingen die beiden Frauen zurück in die Stadt und direkt ins Malefizamt. Der Richter saß in seiner Amtsstube und diktierte dem Schreiber ein Protokoll der Geschehnisse vom Morgen.

Als Hella und Gustelies die Stube betraten, strahlte er, als hätte er gerade auf diese beiden Frauen gewartet. «Kommt herein, meine Lieben. Setzt euch, setzt euch. Was kann ich für euch tun?»

Er schielte auf den Lederbeutel, den Gustelies in der Hand trug, und Hella verstand. «Heinz, wir sind nicht gekommen, damit du von Gustelies' Kuchen probieren kannst. Im Beutel sind keine Naschereien für zwischendurch. Ja, das Ding gehört meiner Mutter nicht einmal, sondern …»

«… dem Gewandschneider», fügte Gustelies an und legte den Beutel auf den großen Arbeitstisch.

«Dem Gewandschneider? Wie kommt ihr dazu?»

Richter Heinz Blettner stupste mit dem Finger vorsichtig dagegen, dann stand er auf, beguckte den Beutel von oben, links und rechts und vorn und hinten. «Wo habt ihr ihn gefunden?»

Hella und Gustelies wechselten einen kurzen Blick. «Wir haben ihn aus der Vorstadt. Das Wirtschaftsgeld ist draufgegangen, als wir ihn einem alten Weib abkauften.»

«Das Wirtschaftsgeld? Heißt das, es gibt diese Woche nur Wasser und Brot?» Der Richter schüttelte den Kopf.

«Wenn du mir kein neues Geld gibst, reicht es gerade für Gerstenbrot, Schmalz und Schlachtabfälle», sagte Hella lächelnd.

Richter Blettner schüttelte sich: «Schlachtabfälle!! Igitt!!» Er holte seine Geldbörse hervor und legte Hella einen halben Gulden auf den Tisch. «Zurück zum Beutel. Erzählt, woher ihr ihn habt. Ich will alles wissen. Anschließend werden wir sehen, was darinnen ist. Oder habt ihr etwa schon …?»

Gustelies und Hella senkten die Köpfe.

«Aha! Ich hätte es mir denken können. So, und nun die Geschichte!»

Gustelies begann, Hella fiel ihr nach einem halben Satz ins Wort, dann sprach wieder Gustelies, fügte Dinge ein, die, wie ihr schien, Hella vergessen hatte, dann korrigierte Hella, und Gustelies widersprach, und am Ende wusste der Richter nicht nur, wie der Beutel auf den Tisch ins Malefizamt kam, sondern kannte obendrein das Aussehen eines alten Weibes samt dessen möglichem Lebenslauf und die vermutete Geschichte eines kleinen rotznasigen Jungen.

Am Anfang hatte Richter Blettner dem Schreiber ein Zeichen gemacht, jedes Wort der Frauen mitzuschreiben, doch schon nach wenigen Augenblicken hatte der Mann aufgegeben, die Feder aus der Hand gelegt und offenen Mundes gelauscht.

«So, jetzt kennen wir also die Geschichte des Beutels samt der Geschichte der Kuh, von der das Leder stammt, aber was darinnen ist, wissen wir noch nicht. Schreiber, öffne den Beutel und notiere den Inhalt.»

«Jawohl, Herr Richter!»

Der Schreiber sprang auf, öffnete den Beutel, der mit einer Schnur zusammengehalten war, und schüttete ihn auf dem Tisch aus.

Der Richter schrak zurück, als eine Handvoll Krumen unkenntlicher Abstammung auf seinem Tisch landete.

«Ist das alles?»

Der Schreiber schüttelte den Beutel und schüttelte einen Kamm, dem drei Zinken fehlten, und ein benutztes Nasentuch heraus, das der Richter angeekelt betrachtete.

«Schreiber, hast du notiert? Ein Rotztuch mit Inhalt und ein Kamm weniger drei Zinken!»

Der Schreiber nickte, und der Richter sah seine Frau an.

«Du bist nicht gekommen, um mir dieses Zeug da zu bringen. Was habt ihr beide noch ausgebrütet? Streitet nicht ab, ich sehe es euch an.»

Gustelles lächelte, griff in ihre Rocktasche und legte mit wichtiger Miene das Papier auf den Tisch.

Der Richter nahm es, betrachtete es von allen Seiten, so wie die Frauen es vorhin getan hatten.

«Das Siegel ist gebrochen», sagte er und musterte seine Schwiegermutter streng.

«Auf dem Brief stand kein Empfänger. Also dachten wir, ein jeder, der das Schreiben findet, darf es öffnen.»

«So? Dachtet ihr?» Der Richter verdrehte die Augen, sah zur Decke empor und stöhnte: «Herrgott im Himmel, warum hast du den Weibern etwas gegeben, das diese für Verstand halten?»

Der Schreiber lachte, und der Richter schrie leise auf, denn Hella hatte ihn vors Schienenbein getreten.

«Au! Und ihr wisst natürlich auch schon, was in dem Schreiben steht, nicht wahr?»

Die beiden Frauen nickten, und der Richter faltete kopfschüttelnd den Bogen auseinander und las. Dann ließ er das Papier sinken, kratzte sich am Kinn und machte «Hmmm!». Eine Weile sah er ins Leere. Der Schreiber scharrte mit den Füßen, Hella und Gustelies saßen mit gefalteten Händen und sahen dem Richter beim Denken zu.

«Hmm!», machte er nach einer Weile erneut. «Da hat jemand den Teufel mit dem Beelzebub ausgetrieben.» Er wedelte mit dem Papier durch die Luft und stellte fest: «Der Gewandschneider scheint mir ein ganz und gar kluger oder ein ganz und gar dummer Mensch gewesen zu sein.»

«Was soll ich notieren?», fragte der Schreiber.

Der Richter sah durch ihn hindurch. «Noch nichts, Schreiber. Im Augenblick noch nichts. Ich muss nachdenken.»

«In der Schenke?», fragte Hella. «Dann kommst du also nicht zum Mittagessen?»

Der Richter sah auch durch sie hindurch und nahm seinen Umhang, der hinter der Tür an einem Haken hing. «Später», brummte er, riss die Tür auf und wollte hinaus, dann überlegte er es sich anders, küsste seine Frau auf den Mund, die Schwiegermutter auf die Wange, trat zum

Schreiber, blieb abrupt stehen, schüttelte den Kopf, kratzte sich am Kinn und stürzte nun doch hinaus.

Der Schreiber seufzte und räumte das Schreibzeug weg. Jetzt der einzige Mann im Raum, sagte er: «Ihr habt gesehen, der Herr Richter darf nicht gestört werden. Geht nun auch. Er wird Euch rufen, wenn er Euch noch braucht.»

«Das dachten wir uns», teilte ihm Gustelies hoheitsvoll mit und wandte sich an Hella. «Komm, wir haben noch einen Weg vor uns.»

Als sie vor dem Römer standen, fragte Hella: «Und jetzt? Was hast du vor?»

«Wir gehen zum Gewandschneiderhaus.»

«Die Vossin wird nichts sagen.»

«Sie nicht, aber vielleicht ihre Magd. Die, die er angeblich geschwängert haben soll, obwohl nichts davon in seinem Abschiedsbrief steht.»

«Ich habe keine Magd», klagte die Vossin. «Sie ist mir weggelaufen. Ihr wisst doch selbst, wie das mit den Dienstboten ist. Ein Kreuz, sage ich, ein Kreuz! Die eine ist faul wie die Sünde, die andere stiehlt, die Dritte macht den ganzen Tag dem Knecht schöne Augen! Nun, meine ist auf und davon. Die beste Pfanne hat sie mitgenommen und eine ganze Seite Speck.»

«Dem Knecht hat sie schöne Augen gemacht? Nicht dem Euren?»

Die Vossin schüttelte erbost den Kopf. «Wie kommt Ihr darauf?» Sie stemmte die Arme in die Seiten und beugte sich weit nach vorn. Das Gesicht hatte sie grämlich verzogen. «Über einen Toten soll man nichts Böses sprechen! Versündigt Euch nicht.»

Hella blickte beschämt zu Boden, aber Gustelies blieb

völlig unbeeindruckt. «Woher wisst Ihr denn plötzlich, dass der Eure tot ist, he?»

Die Vossin schrak zurück, nahm einen Schürzenzipfel und knetete ihn in den Händen. Sie zwinkerte mit den Augen, als hätte sie Mühe, Tränen zurückzuhalten. «Die ganze Stadt spricht davon, jawohl. Auf dem Markt haben mir fremde Leute ihr Beileid bekundet. Also ist er tot, der Meine.»

«Und Ihr habt geglaubt, was die Leute reden, und wart nicht einmal auf dem Amt, um Euch zu vergewissern?»

«Gerade wollt ich hin zum Amt. Gerade sagte ich zur Köchin, dass ich mich umziehen und dann zum Herrn Richter gehen wollte. Da klopfte es, und Ihr standet vor der Tür. Nun also: Ist es der Meine, den man tot und gemeuchelt unter dem Galgen fand?»

Hella schwieg. Sie wusste, dass nur der Schreiber oder einer der Stadtknechte vom Richter beauftragt wurde, derlei Nachrichten zu überbringen und die Hinterbliebenen sogleich aufs Amt zu laden. Auch Gustelies hielt den Mund. Erst nach einer Weile sagte sie: «Geht nach dem Mittagessen zum Amt. Dort erfahrt Ihr alles. Wir sind nicht wegen Eures Mannes hier, sondern der Magd wegen.»

«Sie ist fort», erklärte die Gewandschneiderin noch einmal, dann wandte sie sich um und rief in Richtung Küche: «Gisela, lass das Essen. Hol mir meine schwarze Haube. Sieh, dass alles ganz ist daran, und bürste sie aus.»

«Und Ihr habt natürlich keine Ahnung, wo sie hin ist, die Magd?»

«Glaubt Ihr etwa, dass eine, die ihre Herrin bestiehlt, noch sagt, wohin sie geht, wenn sie wegläuft? Nun muss ich mich eilen. Es gibt viel zu tun. Ich wünsche einen gesegneten Tag!»

Damit schlug die Vossin die Tür zu.

«Und nun?», fragte Hella.

Gustelies lächelte. «Nun gehen wir zu Jutta Hinterer in die Geldwechselstube auf dem Römer. Wenn jemand etwas über die geheimnisvolle Magd weiß, dann sie.»

Gustelies hakte sich bei Hella ein, und gemeinsam gingen sie zurück zum Römer.

Die Geldwechslerin war gerade dabei, ihre Münzstube über Mittag zu schließen. «Na, was treibt euch zu mir? Was gibt es Neues in der Stadt? Was wollt ihr wissen? Und wieso steht ihr nicht am Herd, um die Euren zu beköstigen?»

«Es gibt Wichtigeres als das Kochen», erklärte Gustelies mit ernsthafter Miene, und die Hintererin wollte sich ausschütten vor Lachen. «Das sagst du? Oh, dann ist es etwas überaus Wichtiges, welches euch zu mir treibt. Nun, ich habe Gott sei Dank niemanden, den ich beköstigen muss. Der Vater ist mit Haferschleim zufrieden, und ich werde mir heute eine Pastete zu Mittag leisten. Wie ist es, kommt ihr mit?»

Gustelies wechselte einen kurzen Blick mit Hella: «Es gab lange keine Pasteten mehr bei uns. Pater Nau sollte tatsächlich mal wieder etwas essen, das nicht aus meiner Küche stammt. In letzter Zeit ist er mir ein wenig zu nörglerisch gekommen.»

«Ihr habt recht. Man sollte den Männern ab und zu ins Gedächtnis rufen, wie viel man so tut den ganzen Tag, nicht wahr?»

Die Geldwechslerin stieß Hella lachend an. «So jung und schon so ausgekocht. Bist die Tochter deiner Mutter, was?»

Zu dritt gingen sie zu einem Stand, an dem sie sich Pasteten kauften. Da die Sonne ihren höchsten Stand erreicht hatte und über Mittag recht ordentlich wärmte, setzten sich die Frauen hinter dem Haus der Geldwechslerin zum Essen auf eine Bank.

Als sie fertig waren, fragte die Hintererin: «Also, was wollt ihr wissen?»

«Die Magd des Gewandschneiders. Wo ist sie? War sie schwanger? Hat die Vossin sie fortgejagt? War das Kind vom alten Voss?»

Die Hintererin lachte schon wieder, wischte sich mit dem Unterarm die Pastetenkrümel vom Mund. «Ihr wisst schon, dass ich kein Priester bin, dem die Leute beichten?»

«Also: Was weißt du?»

Die Geldwechslerin stieß ihre Freundin Gustelies in die Seite und antwortete, nun ernst: «Der alte Voss war ein Bock, wie er im Buche steht. Sah er einen Rock, fing er an zu sabbern. Er hielt sich ohnehin für die Krone der Schöpfung, und wann immer ich mit ihm zu tun hatte, faltete ich die Hände und bat: Herr, wirf Hirn vom Himmel. Vergeblich natürlich, denn Gott ist ja auch ein Mann.»

«Zur Sache, Jutta.»

«Wo war ich? Ach ja. Die Magd war ein dummes Geschöpf, hatte Augen wie ein Kalb und einen Busen, mit dem sie ein ganzes Findelhaus hätte nähren können. Die Vossin selbst, heißt es, hätte das Mädchen ins Bett ihres Mannes geschickt, um ihre Ruhe vor ihm zu haben. Irgendwann wurde sie schwanger, und Voss schickte sie nach Bonames ins Haus seines Bruders, der gerade Witwer geworden war. Er gab ihr drei Ballen bestes Tuch und einen Ballen Spitze als Aussteuer dazu. Die Alte legte noch ein schmales Säckchen Gulden obendrauf, und alle waren glücklich.»

«Dann stimmt es also nicht, dass der Vater des Mädchens den Gewandschneider wegen Ehebruchs anzeigen wollte?»

«Ach, woher denn? Dem dummen Kind konnte nichts Besseres passieren! Sie muss gewusst haben, was Männer im Bett wünschen. Vom Bruder des Gewandschneiders hörte ich, dass er sie mit Blumen umkränzt und ihr schöne Kleider kauft.»

Hella zog die Stirn in Falten. «Ich verstehe aber nicht, warum die Vossin das Mädchen zu ihrem Mann ins Bett gesteckt hat.»

Die beiden älteren Frauen sahen sich an und kicherten. «Mein Liebes», erklärte Gustelies und tätschelte ihrer Tochter die Hand. «Der Beischlaf nur zum Vergnügen ist eine große Sünde. So steht es in der Schrift, so predigt auch Pater Nau. Nur wenn er der Zeugung von Nachkommen dient, ist er frei von Schuld. Nun, der Voss hätte am liebsten jeden Tag Nachkommen gezeugt. Das ist nicht möglich, das Weib ist nicht danach gebaut. Außerdem war die Vossin schon über der Zeit. Wohin also mit der Lust? Wo das Weib, welches die Sünde des alten Bocks trägt? Da kam die Magd gerade recht. Sollte sie Schuld auf sich laden! Die Vossin selbst wollte ihr Seelenheil nicht verspielen.»

«Ganz schön berechnend», stellte Hella fest.

«Richtig. Und weil der Alte sie am Ende beinahe täglich schlug, wird wohl ihre Trauer über den Verlust auch nicht so groß sein.»

«Warum aber hat sich dann der Gewandschneider umgebracht?», überlegte Hella laut.

«Ach?», fragte die Hintererin nach. «Umgebracht hat er sich also? Nun, damit hat er seiner Frau am Ende den Todesstoß versetzt. Klug, der Mann. Na ja, Männer sind von Natur aus nicht klug. Ich wette, ein Weib hat ihm diesen Plan eingegeben. Aber warum hat er sich denn nun umgebracht?»

Hella und Gustelies zuckten mit den Schultern. «Wegen der Magd, seiner Schulden und weil er an der Franzosenkrankheit gelitten hat.»

«Hmm», überlegte die Hintererin, goss Milch aus einer Kanne in die Becher, nahm sich ihren, trank mit weit zurückgelegtem Kopf und leckte sich dann genüsslich den Milchbart von der Oberlippe. «Das ergibt keinen Sinn. Fromm war der Gewandschneider nicht gerade.»

«Die Schulden? Stand sein Geschäft vor dem Aus?»

Jutta Hinterer zuckte mit den Achseln. «Gehört habe ich, dass er sich Geld geliehen hat. Als Sicherheit hat er die Werkstatt und Haus und Hof dafür gegeben. Mag sein, dass er die Schulden nicht zurückzahlen konnte und alsbald ein armer Schlucker geworden wäre und vor der ganzen Stadt beschämt.»

«Von wem lieh er sich das Geld?», fragte Gustelies.

«Ich habe keine Ahnung. Gefragt habe ich Isaak von Goldstein, den Geldleiher aus der Judengasse. Wir sind befreundet, helfen einander, wann immer es geht. Jedenfalls, dieser Isaak, ein schöner Mann übrigens, dieser Isaak weiß nichts davon, dass der Voss in der Judengasse war. Nicht bei ihm, nicht bei den anderen Geldleihern.»

«Hm. Heißt das, er hat sich vielleicht gar kein Geld geliehen?»

«O doch. Da bin ich mir ganz sicher. Er war mittellos, ist sogar zu mir gekommen, um zu fragen, ob ich wen wüsste.»

«Was hast du ihm gesagt?»

«In die Judengasse habe ich ihn geschickt. Und davor, riet ich ihm, solle er zur Zunft gehen. Die Zunft lässt einen der Ihren nicht im Stich. Ich rate euch, meine Lieben, geht zu Amedick. Der müsste mehr wissen.»

«Obwohl die beiden nicht zum Besten miteinander standen?»

«Gerade deswegen. Ihr wisst doch, wie Männer sind. Sie wetteifern so lange, bis einer von ihnen auf der Strecke bleibt. Von den Feinden eines Mannes erfährst du mehr Wissenswertes als von seinen Freunden. Bei Frauen ist es umgekehrt. Da ist die beste Freundin stets die erste Verräterin.»

Hella verzog den Mund, als sie das hörte.

«Du glaubst mir nicht, Kind, nicht wahr?»

Hella schüttelte den Kopf.

«Nun, dann wollen wir hoffen, dass du mir nie im Leben recht geben musst.»

Die Glocke der nahen Liebfrauenkirche verkündete die zweite Nachmittagsstunde. Gustelies stand auf: «Ich muss gehen. Schlimm genug, dass der Pater erst jetzt sein Mittagsmahl bekommt. Für das Abendbrot muss ich mir etwas ganz Besonderes einfallen lassen, sonst erwirkt er für mich bei seinem Herrn hundert Jahre Fegefeuer mehr. Ich glaube, ein Nussmus wird seinen Zorn lindern.»

Jutta Hinterer horchte auf. «Nussmus?»

«Natürlich. Du nimmst zwei bis drei Hände voll Haselnüsse und zerstößt sie fein im Mörser. Dann nimmst du einen Topf mit süßer Sahne, fett und sämig, gibst Semmelbrösel von Weißmehl dazu und lässt alles schön köcheln. Gib reichlich Butter hinzu und rühre zwei Eidotter hinein. Das Eiweiß schlage zu Schaum. Dann nimm den Topf vom Herd, gib zwei, drei Fädchen Safran hinein, damit das Mus schön gelb wird. Zum Schluss hebe das geschlagene Eiweiß darunter. Fertig ist das Nussmus. Es verleiht gute Stimmung und verhilft zu einem ruhigen Nachtschlaf.»

«Hmm!», machte die Geldwechslerin. «Nun sitze ich

doch den ganzen Tag in meiner Stube und habe wenig Gelegenheit zum Einkaufen und Nüssezerstoßen und Kochen. Aber Nussmus habe ich schon lange nicht mehr gegessen. Ich wette, bekäme ich mal wieder eine Schüssel davon, so lockert das Mus meine Stimme, und ich kann sehr viel freundlicher mit meinen Kunden plaudern.»

Hella lächelte. «Mir geht es auch so», teilte sie mit. «Den ganzen Tag bin ich auf den Beinen. Der Meine hat heute kein Mittagsmahl bekommen, und ich fürchte, eine Pastete macht ihn nicht satt. Er muss Recht sprechen, und das ist nicht einfach. Mit knurrendem Magen geht das schlecht. Am Ende schadet er der Stadt noch, nur weil er zu Mittag nichts und am Abend nur eine dürre Pastete bekommen hat. Ein Nussmus würde helfen, ihn gut Recht sprechen zu lassen. Die Geschicke der Stadt verlangen sozusagen danach.»

Gustelies zog ein mürrisches Gesicht und betrachtete die beiden Frauen. Schließlich seufzte sie, lachte dann und sagte: «Gut. Ich mache das Nussmus. Du, Hella, hilfst mir dabei und zerstößt die Nüsse. Du, Jutta, kannst dir am Nachmittag deinen Teil holen.»

Die Geldwechslerin rieb sich den Bauch und schmatzte voller Vorfreude.

«Sagte ich schon, dass ich am Nachmittag beim Zunftmeister Amedick vorsprechen werde? Ich bin sicher, die Vorfreude auf das Nussmus löst mir die Zunge, und ich werde ihn zum Reden bringen. Schließlich ist er auch nur ein Mann.»

Kapitel 12

Komm in mein Arbeitszimmer, wenn du die Küche in Ordnung gebracht hast», hatte der Pfarrer gesagt. Das Mädchen hatte das Geschirr gespült und die Küche aufgeräumt. Dann hatte sie nach neuer Arbeit Ausschau gehalten, aber es gab nichts mehr zu tun. Also stieg sie die Treppe hinauf in den ersten Stock, wo sie zaghaft an der Tür des Arbeitszimmers klopfte.

«Herein», rief der Pfarrer. Das Mädchen klinkte die Tür auf, trat ein, blieb aber einen Schritt hinter der Schwelle stehen.

Der Pfarrer saß hinter seinem Arbeitstisch und schrieb mit der Gänsefeder in ein Buch. Eine einzelne Kerze erhellte den Raum, warf weiche Schatten an die Wände und bestäubte den Kopf des Pfarrers mit einer goldenen Schicht.

Das Mädchen atmete tief ein und sah sich vorsichtig um. Der Raum war karg, die geweißten Wände ohne Schmuck, der Boden bestand aus einfachen Dielenbrettern. Die Bank unter dem Fenster hatte keine Kissen, die beiden Stühle keine Lehnen.

Der Pfarrer hatte zu Ende geschrieben. Er kippte Löschsand über das Buch und stellte die Feder in das Tintenfass, bevor er sich zu ihr wandte. «Hast du deine Aufgaben erfüllt?»

Das Mädchen nickte.

«Die Küche ist sauber? Die Eimer für morgen mit Wasser gefüllt? Die Holzscheite für den Herd vom Holzstapel geholt? Mein Bett aufgeschüttelt?»

Das Mädchen schüttelte den Kopf. «Ich habe das Bett nicht aufgeschüttelt. Ich wusste nicht, dass ich Eure Räume betreten darf.»

Der Pfarrer verzog das Gesicht zu etwas, das ein Lächeln hätte sein können. Doch es war nur eine Fratze.

«Du bist nicht meine Gattin. Du bist eine Dienstmagd. Eine solche darf, nein, was sage ich, MUSS alle Räume betreten, um ihre Aufgaben zu erfüllen.»

Das Mädchen nickte, wollte gleich gehen, doch der Pfarrer hielt sie auf. «Nicht jetzt. Nachher. Jetzt beginnt dein Unterricht.»

Er nahm ein Buch vom Tisch, blätterte darin. Dann sagte er: «Hör gut zu und präge dir diese Sätze tief ein: «Das Weib verhält sich zum Manne wie das Unvollkommene und Defekte zum Vollkommenen. Sprich mir nach.»

«Das Weib verhält sich zum Manne wie … wie … das Unvollkommene zum Defekten.»

Sie hatte das letzte Wort noch nicht ausgesprochen, da sauste eine Peitsche durch die Luft, traf sie auf der Wange. Das Mädchen zuckte zusammen, fühlte, wie die Haut aufplatzte und ihr das Blut über das Gesicht lief. Sie zog die Schultern zusammen, drückte das Kinn auf die Brust und wimmerte leise.

Der Pfarrer stand auf, kam, die Peitsche noch immer in der Hand, zu dem Mädchen, griff ihr unters Kinn und zwang sie, ihn anzusehen. «Das Weib», sprach er, und das Mädchen sah, wie seine Augen einen seltsam lodernden Glanz bekamen, «das Weib verhält sich zum Manne wie das Unvollkommene und Defekte zum Vollkommenen.»

Das Mädchen starrte ihn an, wollte seinen Blick zwingen wie den Blick des Gewandschneiders, doch es gelang ihr nicht.

«Sprich mir nach!»

Die Hand, die ihr Kinn hielt, drückte fester zu. «Wie soll ich Euch nachsprechen, wenn ich doch unvollkommen bin?», fragte sie.

Der Mann presste ihren Kiefer so fest zusammen, dass das Mädchen vermeinte, die Knochen knacken zu hören.

«Ich werde dich lehren, was das Weib ist und was es darf. Ich werde dir Gehorsam beibringen. Gehorsam und Gottesliebe. Auf den Weg der Tugend werde ich dich zurückführen, damit der Herr eine Freude an dir hat. Sprich mir nach!»

Langsam wiederholte das Mädchen den Satz. Der Pfarrer ließ sie los, ging zurück zu seinem Arbeitstisch, setzte sich.

«Nun erkläre mir diesen Satz!», forderte er.

Das Mädchen biss sich auf die Unterlippe. «Das ... das Weib ist da, um dem Mann die Lust zu stillen», stammelte sie schließlich.

Wieder sauste die Peitsche durch die Luft und traf das Mädchen, das sich rasch geduckt hatte, am Rücken.

Der Pfarrer beugte sich vor, das Mädchen sah wieder den lodernden Glanz in seinen Augen. «Da spricht der Teufel aus dir, Weib!», zischte er, knallte mit der Peitsche neben ihren Körper auf den Boden. «Knie nieder», schrie er. «Knie dich hin, Hure!»

Das Mädchen tat wie ihm geheißen.

«Der selige Papst Pius II. sagt: ‹Wenn du eine Frau siehst, denke, es sei der Teufel! Sie ist eine Art Hölle!› Der Mann wusste, was er sagte, obgleich er ein Katholik war. Aber auch unser guter Lehrer Martin Luther sagt: ‹Die größte

Ehre, die das Weib hat, ist allzumal, dass die Männer durch sie geboren werden.› Was also ist ein Weib?»

Das Mädchen wagte es, den Blick zu heben, da knallte die Peitsche wieder und traf ihren empfindlichen Nacken. Sie schrie auf vor Schmerz.

«Was ist das Weib?», schrie der Priester.

«Unvollkommen. Defekt. Eine Art Hölle», stieß das Mädchen hervor.

«Was muss es deshalb tun?», kreischte der Pfarrer. «Sag, was muss das Weib tun?»

Das Mädchen schwieg. Alles, was sie im Hurenhaus gelernt hatte, schien in diesem Hause nicht zu gelten. Sich schön machen für den Mann, das Mieder lösen, die Lippen lecken, ihn streicheln, mit Worten und Händen liebkosen.

«Ihm gehorchen?», fragte sie leise.

«Richtig. Der Apostel Paulus sagt: ‹Wie der Mann Gottes Abbild und sein Abglanz ist, so ist das Weib des Mannes Abglanz.› Im Paulusbrief an die Epheser steht geschrieben: ‹Aber, wie nun die Gemeinde ist Christo untertan, also auch die Weiber ihren Männern in allen Dingen.› Hast du verstanden, Kebse?»

Das Mädchen nickte. «Das Weib sei dem Manne untertan, denn er ist der Glanz und das Abbild Gottes.»

Der Priester nickte. «Womit bringen die Frauen Unheil über die Welt?»

Das Mädchen schwieg. Die Mutter hatte Unglück über sie gebracht. Die Hurenwirtin hatte Unglück über die Mutter gebracht. Und der Henker als städtischer Steuereintreiber hatte Unglück über die Hurenwirtin gebracht, weil er immer mehr Geld wollte.

«Na? Ich höre?»

Das Mädchen atmete schneller, suchte nach einer Antwort, doch da war nichts. Was taten Frauen Schlechtes? Sie führten laute Reden. Aber war das schlecht? Sie gaben Widerworte? Lag darin das Unheil?

«Womit fesseln die Weiber den Geist des Mannes?», schrie der Priester. Er war aufgestanden, hatte sich vor das Mädchen gehockt. In seinen Mundwinkeln war weißer Schaum zu sehen.

«Mit ihrer Punze, Weib. Mit ihrer Punze.»

Der Atem des Mannes schlug ihr heiß ins Gesicht. Seine Augen loderten noch immer. Das Haar hing ihm wirr in die Stirn, von seinen Lippen spritzte Speichel.

«Wie oft hast du deine Punze schon benutzt, um einen Mann um den Verstand zu bringen?», stieß er hervor.

Das Mädchen blickte auf den Boden, überlegte angestrengt, was der Pfarrer meinen könnte, aber ihr fiel nichts ein.

Da griff der Pfarrer nach ihrem Haar, riss daran, riss ihren Kopf hoch, sodass sie ihn ansehen musste. «Ich weiß es nicht», flüsterte sie.

Da stieß der Pfarrer ihren Kopf auf den Boden. Sie kippte vornüber, ihr Rock verschob sich, entblößte ihren Hintern.

«Ha!», schrie der Pfarrer. «Ha! Ich sage es doch. Verdorben bis ins Mark. Gar in meinem Haus zeigt sie ihr Punzlein.»

Jetzt wusste das Mädchen, was er meinte, richtete sich auf, strich den Rock zurück.

«Erzähl mir, wie du mit deiner Punze die Männer um den Verstand gebracht hast. Los, sprich, Weib, damit ich dir den Teufel austreiben kann.»

Das Mädchen schluckte. Dann berichtete sie von ihrer Mutter. Tat es so, als hätte sie die Dinge getan und erlebt.

Als sie davon sprach, wie der Ast in das Loch fuhr, flackerten die Augen des Pfarrers dunkel auf. Das Mädchen zögerte.

«Weiter, sprich weiter!»

Das Mädchen wusste nicht weiter. «Der Mann hat aufgestöhnt und geschrien», stammelte sie. «Dann hat er seinen Ast aus dem Loch gezogen.»

«Wie sah er aus, der Ast?», wollte der Pfarrer wissen.

Das Mädchen überlegte. Es war immer dunkel im Zimmer gewesen. «Kleiner», sagte sie. «Wie ein Wurm hat der Ast ausgesehen. In der Frau hat er sich verwandelt. Ja, so war es. Aus einem Ast ward ein Wurm.»

Der Pfarrer hatte die Augen geschlossen, das Gesicht zu einer Grimasse verzogen. «Da steckt der Teufel im Weib. Nur er ist in der Lage zu verwandeln. Das ist der Beweis!» Er ließ sich auf einen Schemel sinken.

Nach wenigen Augenblicken – dem Mädchen schien die Zeit endlos – stand er auf und hob die Peitsche.

«Ich werde dich jetzt strafen», sprach er. «Hast selbst zugegeben, dass du mit dem Teufel im Bunde warst.»

Das Mädchen schluckte. Der Pfarrer ging zum Tisch, nahm die Kerze aus dem Leuchter und drückte sie dem Mädchen in die Hand.

«Leg dich über den Schemel», befahl er. «Leg dich so, dass du die Kerze in beiden Händen hältst. Ich werde dich strafen. Du aber sprichst dabei das Vaterunser.»

Das Mädchen tat wie befohlen. Das heiße Wachs der Kerze rann über ihre Finger, aber sie verzog nur den Mund. Der Schemel drückte auf ihren Bauch, der Oberkörper hatte keinen Halt. Schon nach wenigen Augenblicken schmerzte ihr der Rücken.

Der Pfarrer stand hinter ihr. Sie hörte, wie er die Peitsche schwang. Als der erste Schlag sie traf, schrie sie auf.

«Das Vaterunser!», befahl der Pfarrer.

«Vater unser», flüsterte das Mädchen und zuckte unter dem nächsten Schlag zusammen.

«Der du bist im Himmel.» Wieder ein Schlag.

«Geheiligt werde dein Name!» Jetzt stiegen ihr die Tränen in die Augen.

«Dein Reich komme!», schrie sie und ließ die Tränen laufen.

«Dein Wille geschehe!» Der nächste Schlag nahm ihr die Luft.

«Wie im Himmel, so auf Erden!» Das Wachs der Kerze lief über ihre Hände, ihr Hintern brannte wie das Höllenfeuer, sodass die nächsten Worte waren wie ein Schrei.

«Unser tägliches Brot gib uns heute!»

Obwohl vom Schmerz halb ohnmächtig, hörte sie doch den Pfarrer hinter sich schnaufen. «Ja!», brüllte er bei jedem neuen Hieb.

«Und vergib uns unsere Schuld!»

«Ja!»

«Wie auch wir vergeben unseren Schuldigern!»

Der Dielenboden, auf den sie die ganze Zeit starrte, verschwamm vor ihren Augen. Sie spürte, wie die Haut auf ihrem Hintern bei jedem neuen Schlag ein wenig mehr aufplatzte, der Stoff ihres Kleides sich mit Blut vollsog.

«Und führe uns nicht in Versuchung!»

Der Schlag nahm ihr den Atem, malte die Welt vor ihren Augen schwarz. Sie ließ die Kerze fallen.

«Sondern erlöse uns von dem Übel!»

Sie konnte nur noch flüstern und stammeln, wusste kaum, was sie sagte.

«Denn dein ist das Reich und die Kraft und die Herrlichkeit!»

Die Worte kamen abgehackt, mal als Schrei, mal als raues Flüstern.

«In Ewigkeit. Amen!»

Der letzte Hieb schlug sie vom Schemel. Zusammengekrümmt lag sie auf dem Boden, hielt mit den Händen die Knie umfangen und atmete stoßweise.

Der Pfarrer stellte die Peitsche in die Ecke und wischte sich den Schweiß von der Stirn. Dann hob er die Kerze auf, die beim Sturz verloschen war, stellte sie in den Leuchter und zündete sie an. Er beugte sich über das Mädchen und trocknete ihm die Stirn mit einem Tuch. «Pst», machte er. «Pst. Alles ist gut.»

Dann hob er sie auf seine Arme und trug sie in ihre Kammer. Aus einer Truhe holte er ein Daunenkissen und schob es ihr als Polster unter.

«Schlaf jetzt, mein Kind!», flüsterte er. «Und lass dir den heutigen Abend eine Lehre sein. Das Weib ist schlecht von Anbeginn. Aber selig der, der es auf den rechten Weg führt.»

Kapitel 13

Amedick also. Wir müssten vor Jutta bei ihm sein und ihn befragen. Am besten mit einem richterlichen Schreiben, doch das bekommen wir nie.» Hella sah auf die große Sonnenuhr, die am Römer angebracht war, und zuckte mit den Schultern.

«Lass, Kind. Jutta kennt Amedick schon lange. Sie machen Geschäfte miteinander. Es ist besser, sie geht zu ihm. Er vertraut ihr, und deshalb wird sie viel eher etwas von ihm in Erfahrung bringen, als wir es könnten. Jetzt gehen wir erst einmal und machen das Nussmus.»

Die beiden Frauen liefen die Neue Kräme hinauf und kamen zum Liebfrauenberg. Der Platz war mit Abfällen übersät, denn am Vormittag war hier Markt gewesen.

Gustelies stieg über einen fauligen Kohlkopf, ging um eine Ladung Pferdeäpfel herum und fauchte einen Hund an, der an einer toten Ratte nagte.

Die Sonne schien kräftig, sodass sie sich mit dem Unterarm den Schweiß von der Stirn wischte. «Irgendwie ist mir nicht wohl bei der ganzen Geschichte», sagte sie zu ihrer Tochter. «Ich habe den Eindruck, da gibt es etwas, das wir nicht wissen. Der Schlüssel fehlt uns sozusagen, um das Ganze zu verstehen.»

Im Pfarrhaus war es kühl. Als die beiden Frauen in die Küche kamen, sahen sie eine geöffnete Vorratskammertür, vor der nur die untere Hälfte von Pater Nau zu sehen war.

«Onkel Bernhard, wie geht es dir? Und Gott zum Gruße!», rief Hella.

Nun erschien auch die obere Hälfte des Paters. «Wie soll es mir gehen, mein Kind? Die Erde ist ein Jammertal. Und heute hat deine Mutter sogar versäumt, mir das Mittagsmahl zu bereiten. Es ist ein Graus, das ganze Leben ist ein Graus.»

Hella lachte, dann wies sie auf Gustelies, die gerade mit einer Pfanne hantierte. «Es gibt Pastete, Onkel Bernhard. Und am Abend ein Nussmus.»

«Nussmus? Stimmt das?»

Gustelies nickte.

«Oh, die Freude meiner späten Tage. Aber jetzt muss ich mich eilen. Meine Arbeit wartet», sprach Pater Nau und verschwand aus der Küche.

«Er wird schon wieder über seinen theologischen Streitschriften hängen. Manchmal scheint mir, der Mann empfindet gar keinen Hunger. Er isst nur, damit ich eine Berechtigung in seinem Hause habe. Der Herr ist es in Wirklichkeit, der ihn nährt.»

Hella lachte prustend, bis ihre Mutter sie zur Ordnung rief.

Dann verschwand Gustelies in der Vorratskammer, kam mit einer Schüssel Haselnüsse zurück. «Hier! Die musst du mir zerreiben. Aber ordentlich! Ein Mus ist etwas Sanftes, Zartes. So etwas wie ein junges Mädchen. Große Nussstücke stören darin wie eine Warze auf einem Jungfrauenantlitz.»

Hella wollte schon wieder lachen, verkniff sich aber jeden Kommentar, holte den Mörser und zerstampfte brav die ersten Nüsse.

Als es klopfte, sah Gustelies kurz hoch, rührte dann weiter in der süßen Sahne. «Das wird der Deine sein. Mach ihm auf, Hella. Ich erwärme unterdessen die Pastete.»

Sie hatte recht. Vor der Tür stand der Richter.

«Wie siehst du denn aus?», fragte Hella entsetzt und zog ihren Mann ins Haus und in die Küche, drückte ihn auf eine Bank und holte ihm einen Becher mit verdünntem Wein.

Der Richter war blass, die Augen von dunklen Ringen umgeben. Das Haar hing ihm wirr in die Stirn. Als er getrunken hatte, fragte Hella noch einmal: «Also, was ist los?»

Der Richter seufzte. «Dieser Fall des Gewandschneiders bringt mich um meine Seelenruhe. Irgendetwas ist da faul, ich kann es riechen, aber ich weiß nicht, was.»

«Glaubst du an einen Selbstmord?», fragte Hella.

«Ich weiß nicht, was ich glauben soll. Einerseits scheint es verständlich, dass er den Tod sucht, auch wenn das eine Sünde ist. Andererseits weiß er doch, welche Schande ein Selbstmord über seine Familie bringt. Einen Abschiedsbrief zu schreiben!» Der Richter schlug sich vor die Stirn. «Wie kann er so etwas tun? Er stürzt damit seine ganze Familie in den Ruin. Niemand wird mehr etwas von ihnen kaufen. Schließlich hat das Familienoberhaupt eine Todsünde begangen, die, wenn es möglich wäre, auch mit dem Tode bestraft würde, da bin ich ganz sicher!»

«Er hat seine Frau geschlagen, Heinz. Das spricht nicht gerade von großer Liebe. Vielleicht wollte er ihr wirklich schaden», warf Hella ein und gab erneut eine Handvoll Nüsse in den Mörser.

«Jetzt iss erst einmal», befahl Gustelies und setzte ihrem Schwiegersohn eine heiße Pastete vor. «Essen hält Leib und Seele zusammen. Wie willst du einen Fall aufklären, wenn dir der Magen knurrt?»

Heinz nickte. «In dieser Hinsicht, Schwiegermutter, bist du die Einzige, die mich so recht versteht.» Lächelnd machte er sich über die Pastete her.

Plötzlich fiel Hella etwas ein. «Habt ihr die Handschrift überprüft? Ist das Schreiben tatsächlich vom alten Voss? Oder kann es sein, dass ihm jemand das Papier später untergeschoben hat, um der Familie zu schaden?»

Richter Blettner winkte ab. «Längst passiert. Die Schrift ähnelt der seinen. Sehr sogar. Nur die Unterlängen sind etwas kürzer. Er war in seelischer Not. Kein Wunder, dass die Unterlängen kürzer sind.»

Hella hatte die Nüsse fertig gerieben, Gustelies stand am Herd, rührte Eidotter und Safran in die süße Sahne. Das steif geschlagene Eiweiß stand neben ihr.

«Rieche ich etwa Nussmus?», fragte Blettner, stand auf und stellte sich hinter Gustelies. «Oh, wie das duftet!»

«Finger weg!»

Gustelies gab ihrem Schwiegersohn einen Klaps auf die Finger, dann sagte sie: «Die Geldwechslerin Jutta wird gleich kommen. Frauengespräche, Heinz. Es ist besser, wenn du jetzt wieder ins Amt gehst. Heute Abend bringt Hella dir eine große Schüssel von dem Mus mit.»

Heinz sah leicht betrübt zu seiner Frau.

«Jutta Hinterer kommt», wiederholte Hella, und der Richter verzog das Gesicht.

«Dann gehe ich nicht nur, dann laufe ich. Dieses Weib macht selbst den Leibhaftigen mundtot. Wenn ich ihr begegne, so bin ich hinterher immer vollkommen erschöpft. Dieses Weib, so wahr ich hier stehe, ist wahrhaftig des Teufels schärfste Waffe.»

Gustelies lachte, und auch Hella stimmte mit ein, dann brachte sie ihren Mann zur Tür.

Gerade rechtzeitig, denn von unten, aus der Neuen Kräme, kam die Geldwechslerin heran. «Seid gegrüßt, Richter!», rief sie fröhlich, sah ihn ohne Scheu an und zwinkerte ihm zu. Blettner lüpfte sein Barett, wünschte artig Gottes Segen und eilte davon, so schnell ihn seine Beine trugen.

«Nun sind wir ganz unter uns», teilte die Geldwechslerin mit, ließ sich auf die Küchenbank plumpsen und schnupperte. «Ich glaube, das Mus muss verkostet werden», stellte sie fest. «Gib mir mal gleich ein Schüsselchen davon, Gustelies. Und füll es recht voll.»

«Es ist heiß und noch gar nicht fest», jammerte Gustelies und hielt den Kochlöffel im Arm wie ein Neugeborenes.

«Ebendeshalb. Sei froh, dass du mich hast. Wenn ich jetzt einen Mangel entdecke, kannst du ihn noch beheben, ehe die Männer etwas davon merken.»

Sie klopfte mit dem Finger auf den Küchentisch, und Gustelies seufzte und füllte ein Schüsselchen.

«Köstlich!», schmatzte die Geldwechslerin. «Viel zu schade für das Mannsvolk. Es müsste Gerichte für Männer geben. Distelgemüse vielleicht. Oder Rosendornensalat, und für uns das Rosenöl und die Blüten.»

«Ich bin keine Giftköchin», knurrte Gustelies, doch die Geldwechslerin lachte nur. «Das ist ja das Elend, meine Liebe. Was meinst du, wie viele Probleme auf diese Art gelöst werden könnten?»

Jutta Hinterer aß schmatzend weiter, schob schließlich die Schüssel von sich und wischte sich mit dem Handrücken den Mund sauber.

«Also, jetzt zum Geschäftlichen. Ich komme gerade von Amedick. Seine Magd führt mich in die Werkstatt, darin sind nur die Gesellen und der Lehrbub. Ich sehe mich ein wenig um, greife dann zu einem Stoff, der auf dem großen

Tisch liegt und aussieht wie bestes englisches Tuch. Ich greife hin, befühle den Stoff zwischen den Fingern, und siehe da, er knitterte ganz schrecklich. ‹He, du›, frage ich den Lehrbuben. ‹Was ist das für ein Stoff?›

Der Lehrbub schaut ehrfürchtig und spricht: ‹Englisches Tuch. Feinste Ware, beste Beschaffenheit.›

‹Aha›, sage ich. ‹Dafür knittert das Zeug aber gehörig.›

Die Gesellen blicken sich an, machen dem Lehrjungen ein Zeichen, doch der sieht und hört nichts. ‹Der Stoff muss noch behandelt werden›, erklärt mir der Knabe. ‹Man muss ihn mit einer Mischung aus Maisstärke und Wasser tränken. Dann bleibt er glatt.›

‹Ja›, sage ich. ‹Bis zur ersten Wäsche.›»

Die Geldwechslerin sah zu Hella und Gustelies und prüfte, ob sie auch deren ungeteilte Aufmerksamkeit hatte, dann fuhr sie fort: «Nun weiß ich nicht, wie ihr das handhabt, ich aber wasche meine Oberkleider höchstens zweimal im Jahr. Alle, die ich kenne, halten es so», erklärte die Geldwechslerin.

«Ich mache es ebenso», erklärte Gustelies. «Das Oberkleid, welches ich am Sonntag in die Kirche und sonst an Feiertagen trage, das wasche ich nur einmal im Jahr. Im Sommer zumeist, damit es rasch trocknet.»

«Ich auch», fügte Hella hinzu. «Die Unterkleider und Bruchen jedoch, die kommen häufig ins Wasser.»

«Na also», machte die Geldwechslerin und lehnte sich bequem auf der Küchenbank zurück, schielte mit einem Auge nach der Nussspeise. «Wenn ich nun aber Geld habe für ein Oberkleid aus englischem Tuch, dann habe ich auch Geld für eine Wäscherin. Ihr gebe ich die Schuld, wenn das Kleid nach der Wäsche an mir hängt wie ein Lappen. Sie hat es verdorben, nicht wahr?»

«So ist es», bestätigten Gustelies und Hella wie aus einem Mund.

«Nun, die Gesellen waren sehr beschäftigt, saßen im Schneidersitz auf dem Tisch, den Mund voller Nadeln, und stichelten wie wild. Der Lehrbub wurde nach Wasser geschickt. Da bückte ich mich und hob einen heruntergefallenes Stück des guten Stoffes auf.»

Sie wühlte in ihrer Rocktasche und brachte ein graues Läppchen zum Vorschein.

Gustelies nahm es zwischen die Finger. «Das ist kein englisches Tuch», stellte sie fest. «Viel zu weich ist es. Das sieht doch ein Blinder.»

«Nun, im Augenblick ist es noch nicht gestärkt. Der Stempel, den der Ballen trug, sagte eindeutig, dass es sich um Tuch von der Insel handelt.»

«Was willst du damit sagen, Jutta?», fragte Gustelies.

Die Geldwechslerin verschränkte die Arme vor der Brust. «Nichts eigentlich. Nur, dass ich den Amedick dann bat, für mich englisches Tuch für einen neuen Umhang zu besorgen. Er zeigte mir einen glatten, weichen Stoff, der sich ein bisschen steif anfühlte. Dann führte er mich zu einem Ballen und zeigte auf den Stempel, der eindeutig England auswies.» Die Hintererin sah erwartungsvoll in die Gesichter der beiden Frauen. «Versteht ihr? Seht ihr, worum es hier geht?»

Hella schüttelte erst den Kopf, dann nickte sie. «Wollt Ihr damit sagen, dass Amedick betrügt? Dass er gutes englisches Tuch anpreist, dann aber ein minderwertiges von anderswo vernäht?»

«Genau das will ich sagen. Vielleicht kauft er sein Tuch aber tatsächlich in England, nur dann eben schlechtere Ware.»

«Hm», überlegte Gustelies. «Dass die Handwerker betrügen, wo sie nur können, ist nicht neu. Was aber hat das mit dem Gewandschneider zu tun?»

«Das müsst ihr herausfinden», stellte die Geldwechslerin fest, stand auf, ging zum Herd und spielte mit dem Kochlöffel herum. «Ob das Mus schon fest ist? Mir schien vorhin, es wäre zu wenig gesüßt.»

Gustelies seufzte, nahm die Schüssel vom Tisch und füllte sie mit Nussmus. «Da, du Gierschlund. Das ist aber die letzte Portion. Pater Nau und Richter Blettner wollen auch noch davon haben.»

«Dem Pater kannst du die Welt nicht versüßen, sie bleibt für ihn ein Jammertal, und der Richter ist fett genug», stellte die Geldwechslerin fest und begann zu löffeln.

«Vielleicht», sagte Hella plötzlich, «hat der Gewandschneider Voss Amedicks Betrug herausbekommen und ihm mit Anzeige gedroht? Fest steht doch, dass Amedick und Voss Streit hatten.»

Die Geldwechslerin nickte. «So ist es», bestätigte sie. «Sie konnten sich auf den Tod nicht leiden. Als ich Amedick fragte, wie sich die Zunft zum Ableben des Mitgliedes Voss verhält, rümpfte er nur die Nase. ‹Ich kann nicht finden, dass der Sensenmann den Falschen geholt hat›, hat der Zunftmeister geknurrt. Ich erwiderte: ‹Vorsicht, Amedick, über einen Toten nichts Schlechtes, selbst wenn es sich um einen Mann handelt.›

Amedick hat lachend abgewinkt und gemeint: ‹Ihr habt recht. Was sollen wir über alte Geschichten reden? Jetzt herrscht wieder Ruhe in der Zunft, und das ist das Wichtigste.›

‹Werdet Ihr die Vossin nicht unterstützen?›, fragte ich weiter.

‹Doch, doch. Natürlich. Ich werde gleich morgen zu ihr gehen und fragen, wie es weitergehen soll mit der Werkstatt.›

‹Ihr wollt sie verheiraten?›

‹Was denn sonst? So gehört sich das. Das Leben muss weitergehen, und auch die Vossin muss leben. Das Beste wäre, sie verheiratet sich.›

‹Mit dem Altgesellen?›

Amedick hob die Schultern. ‹Schon möglich›, und wurde auf einmal wortkarg.

‹Aber was, wenn es stimmt, was die Mägde am Brunnen tratschen? Wenn es Selbstmord war?›

Amedick ließ sich davon nicht beeindrucken. ‹Selbstmord hin, Selbstmord her. Die Vossin kann nichts dafür und die Zunft auch nicht.›

Dann erledigten wir die Geldgeschäfte, und für mich gab es leider keinen Grund mehr, in seinem Haus zu bleiben.»

Die Geldwechslerin brach ab und seufzte. «Dein Mus macht Durst, meine Liebe.»

Gustelies goss der Freundin einen Becher Wasser ein.

«Was soll ich mit Wasser? Bin ich etwa ein Fisch? Wein will ich.»

Hella war belustigt, holte aber den Weinkrug und goss den Becher voll bis zum Rand.

Gustelies saß da, die Hände im Schoß, und starrte auf den Tisch. «Das englische Tuch», murmelte sie. «Wie erfährt man, woher Amedick es hat? Wie erfährt man außerdem, was der alte Voss über diesen Betrug wusste? Wenn mich nicht alles täuscht, so liegt der Schlüssel des Rätsels bei Amedick.»

Hella saß auf der Küchenbank, die Hände unter den Oberschenkeln, und wippte mit den Füßen. «Wir müssen ins Kaufhaus gehen. Wenn die Hintererin uns das Läppchen gibt, fragen wir die Händler, die von überallher kommen, ob jemand etwas über genau diesen Stoff weiß.»

Die Geldwechslerin lachte: «Gar nicht dumm, die Kleine. Der Vorschlag hätte von mir kommen können.»

Gustelies betrachtete ihre Tochter stolz und liebevoll und sagte dann mit einem Augenzwinkern: «Das kommt davon, weil sie als Kind so häufig Nussmus gegessen hat. Nüsse sind gut für den Geist und den Verstand.»

Am nächsten Morgen saß Richter Blettner missgelaunt am Frühstückstisch. «Ich muss zu einem Urteil gelangen», brummte er und wischte sich über die Augen. «Diese Gewandschneidersache raubt mir noch meinen verdienten Nachtschlaf. Heute ist schon Dienstag. Am Donnerstag soll der Rat entscheiden. Wenn ich nur wüsste, was ich ihnen vortragen soll!»

Er sah so kläglich drein, dass Hella über den Tisch griff und seine Hand streichelte. «Gut Ding will Weile haben», sagte sie tröstend. «Wer weiß, was der Tag heute bringt. Am Abend wirst du klüger sein.»

Der Richter kniff misstrauisch die Augen zusammen. «Gibt es etwas, was du weißt und ich wissen sollte?», fragte er.

Hella schüttelte den Kopf, sah aber an ihrem Mann vorbei. «Man macht sich halt so seine Gedanken.»

«Aha! Und was für Gedanken sind das, wenn ich fragen darf?»

«Darfst du, aber erst heute Abend. Erzähl mir lieber, wo dich in dieser Angelegenheit besonders der Schuh drückt.»

Der Richter kratzte sich am Kinn. «Der Abschiedsbrief

stört mich. Der Gewandschneider war kein Kirchenlicht. Aber dass er so schlecht ist, die eigene Familie ins Unglück zu stürzen, indem er sich das Leben nimmt, das mag ich auch nicht glauben. Ich kann mir denken, dass jemand ihn gezwungen hat, diesen Brief zu schreiben. Oder er wusste nicht mehr, was er tat.»

«Geschieht ein Selbstmord nicht zumeist aus höchster seelischer Not?», fragte Hella.

«Schon, schon. Was aber, wenn jemand einen anderen in den Selbstmord treibt? Sollte man da nicht eher von Mord sprechen?»

Hella wiegte den Kopf. «Aber der Täter ist der, der Hand anlegt. Und du darfst auch den Hund nicht außer Acht lassen.»

«Habe ich nicht, mein Herz. Habe ich nicht.» Richter Blettner hob den Finger. «Dieser Hund muss ja nicht von den Toten selbst an den Galgen gehängt worden sein. Es gibt genügend Menschen, die vor Selbstgerechtigkeit nur so triefen und meinen, ihren Abscheu kundtun zu müssen.»

«Du meinst jemanden wie den Patrizier Hollenhaus? Jemanden, der sich berufen fühlt zu werten?»

«Die Stadt wimmelt von solchen Leuten. Leute, die es immer besser wissen, Leute, die glauben, den rechten Weg und die Sitten und die Ordnung für sich gepachtet zu haben. Leute, die den Satz ‹Das hätte ich euch gleich sagen können!› wie einen Stempel auf der Stirn tragen. Das fängt damit an, dass sie am besten wüssten, was für die Nachbarn gut und richtig ist. Und es könnte zum Beispiel dort enden, wo jemand meint, ein Toter unter dem Galgen wäre so ehrwidrig, dass ein Hund als Zeichen dafür an den Balken gehängt werden muss.»

«Wenn das so wäre, dann könntest du getrost von Selbstmord ausgehen. Sowohl bei der Hure als auch beim Gewandschneider», gab Hella zu bedenken. «Wenn du deinen Gedanken jedoch Mord zugrunde legst, wäre es auch möglich, dass der Mörder die Hunde dorthin gehängt hat.»

«Es gibt noch eine dritte Möglichkeit, Liebes. Nämlich: Die Hure ist ermordet worden, und der Gewandschneider hat sich selbst gerichtet, gehofft, dass sein Brief unter das Beichtgeheimnis fällt, und den Hund benutzt, um die Schande von seiner Familie fernzuhalten.»

«Als Viertes fällt mir noch ein, dass die Hure sich selbst getötet hat, der Gewandschneider aber umgebracht und der Hund dazu benutzt wurde, den Richter auf eine falsche Fährte zu locken», warf Hella ein.

Der Richter senkte den Kopf und stocherte lustlos in seiner Morgengrütze herum. «Es ist verzwickt, einfach nur verzwickt.»

«Wenn alles nicht hilft, kannst du am Donnerstag bei der Vorlage der Criminalia vor dem Rat mitteilen, dass du zu keinem Ergebnis gekommen bist, und die Sache den Syndici übergeben. Sollen sich die Rechtsgelehrten damit abplagen. Auf dich warten jeden Tag neue Aufgaben.»

Der Richter brummte. «Das ist mir nicht recht. Diese Syndici glauben sich den Richtern in jeder Hinsicht überlegen. Übergäbe ich ihnen den Fall, so wäre das ein Eingeständnis meines Unvermögens.»

«Unvermögen hin, Unvermögen her. Dein Nachtschlaf ist mir wichtiger als das, was die Syndici von dir denken könnten. Außerdem hast du in den vier Jahren deiner Amtszeit die Syndici noch nie bemüht. Andere Richter sind da nicht so zimperlich.»

Heinz lächelte bei den Worten seiner Frau, atmete noch

einmal ganz tief ein und aus, stand auf und strich ihr über das Haar. «Es ist schön, dass es dich gibt, weißt du das?», fragte er leise.

Hella nickte, schlang ihre Arme um seine Hüften und barg das Gesicht an seiner Brust.

Eine Stunde später, der Richter war schon lange im Malefizamt, traf sich Hella vor dem städtischen Kaufhaus, das in den Römerhallen untergebracht war, mit ihrer Mutter Gustelies.

Frankfurt war eine freie Reichs- und Messestadt und hatte schon vorzeiten das Stapelrecht vom Kaiser verliehen bekommen. Dieses Stapelrecht besagte, dass ein jeder Kaufmann, dessen Weg über Frankfurt führte, ganz gleich, ob zu Wasser oder zu Land, seine Waren für drei Tage im städtischen Kaufhaus feilhalten musste.

Deshalb war das Kaufhaus der tägliche Versammlungsort aller Frankfurter Kaufleute, die Ausschau hielten nach Waren ihrer fremden Berufsgenossen, die sich mit Gewinn weiterverkaufen ließen. Die Ware im Kaufhaus wurde zumeist in großen Posten abgegeben, hauptsächlich, um die Frauen fernzuhalten, die nur ein Zehntelchen Pfeffer oder ein halbmeterlanges Stück Stoff haben wollten. Es lohnte für die Kaufleute nicht, die mit Pech verschmierten Fässer aufzubrechen für zehn Pfefferschoten oder ganze Ballen Stoff für ein winziges Stückchen auseinanderzunehmen.

Hier im Kaufhaus wurde in großen Mengen gehandelt. Deshalb und wegen der vielen fremden Sprachen, die ringsum zu hören waren, gingen Hella und Gustelies ein bisschen eingeschüchtert durch die langen Hallen.

Ein Kaufmann aus Bordeaux rief sie auf Französisch an, doch die beiden Frauen verstanden kein Wort und winkten nur freundlich. Ein tschechischer Glashändler rannte ihnen mit einem reichverzierten Weinkelch nach, doch wieder verstanden sie nichts.

«Wie sollen wir nach dem Stoff bei den Engländern fragen, wenn wir doch kein Wort ihrer Sprache verstehen?», fragte Gustelies bang.

«Oh, das ist nicht so schwierig», erwiderte Hella. «Ich hatte in der Klosterschule, in die du mich gegeben hast, um vergeblich eine vornehme Erziehung an mir zu versuchen, ein wenig Latein. Ich werde die Herren auf Lateinisch um Rat fragen.»

Sie trat an einen Kaufmann heran, dessen Stoffballen alle einen britischen Stempel hatten, und zeigte ihm das Stoffstückchen.

«Potesne mihi dicere, quaeso, quo plus istius lintei emere possim? Könnt Ihr mir sagen, woher ich noch mehr davon bekomme?», fragte sie.

Der Kaufmann befühlte den Stoff, roch daran, rieb ihn noch einmal zwischen Daumen und Zeigefinger, ehe er antwortete: «Nescio. Non de Britannia afferebatur. Quaere mercatores Polonios. Forte iste linteus in eorum textrinis factus est. Ich weiß es nicht. Aus England kommt er nicht. Fragt die polnischen Händler. Vielleicht stammt der Stoff aus ihren Webereien.»

Hella nickte, dankte, grüßte und wandte sich an Gustelies. «Wir müssen bei den Händlern aus dem Osten nachfragen. Komm!»

Sie fasste ihre Mutter beim Ellbogen und wandte sich um. Doch plötzlich packte sie Gustelies' Arm fester und zog die Mutter hinter eine Säule.

«He, was soll das? Hör auf, an mir zu zerren, als wäre ich ein Ziegenbock», schimpfte Gustelies.

«Still», raunte Hella. «Da geht Amedick. Ich will sehen, mit welchen Händlern er redet.»

Gustelies riss sich los und trat hinter der Säule hervor. «Dazu müssen wir uns nicht verstecken. Lass uns einfach wie vorhin die Gänge entlanggehen. Wer sich versteckt, macht am Ende nur auf sich aufmerksam.»

Nun kam auch Hella hinter der Säule hervor. Die beiden Frauen schlenderten langsam bis zu Amedick, der sich gerade mit einem polnischen Tuchhändler unterhielt. Sie blieben am Nachbarstand stehen und begannen zu lauschen. Zum Glück sprach der Händler Deutsch, wenn auch nicht besonders gut.

Amedick fragte: «Na, Jurek, sind die Ballen von guter Qualität? Ich brauche einfaches Leinen, dann mittelgutes und allerbestes.»

«Ballen sind alle von beste Qualität. Ich mecht nicht wagen, schlechte Ware auszustellen. Hier, schau Ballen mit grine Stoff. Ist ... hmmm!» Er presste den Daumen der rechten Hand auf Zeige- und Mittelfinger, führte die Finger zum Mund und hauchte einen Kuss darauf.

«Ich weiß, Jurek. Hast du auch von dem grauen, den du beim letzten Mal dabeihattest?»

Der Pole schüttelte den Kopf, beugte sich nach vorn und flüsterte Amedick etwas zu. Hella bog den Körper zu den beiden hin, aber sie verstand nur wenige Worte. «Voss ... Ärger ... Betrug ... ehrlicher Mann», hörte sie Jurek sagen. Und Amedick erwiderte: «Voss ... tot ... keine Gefahr ...»

Dann bemerkte der Zunftmeister Hella. «Nun, Blettnerin, sucht Ihr Stoff für eine neue Haube?»

Hella schüttelte den Kopf und deutete auf ihre Mutter. «Einen neuen Umhang braucht sie. Von gedeckter Farbe soll er sein, schließlich arbeitet sie in einem Pfarrhaushalt.»

Amedick betrachtete Gustelies von oben bis unten, dann sagte er: «Kommt einmal zu mir, gute Frau. Ich habe bestimmt das Passende in meinem Lager.»

Gustelies brachte es fertig zu erröten. «Ist Euer Stoff auch nicht zu teuer?»

Amedick lachte. «Ich bin immer froh, wenn ich einer hübschen Person wie Euch zu noch mehr Schönheit verhelfen kann. Um den Preis sorgt Euch nicht. Ich bin sicher, wir werden uns einig.»

Dann griff Amedick nach Gustelies' Hand und hauchte einen Kuss darauf. Gustelies lachte geziert, dann wandte sie dem polnischen Kaufherrn den Rücken zu, zeigte Amedick das Stoffstückchen und fragte: «Habt Ihr auch davon?»

Amedick nahm das Läppchen zwischen zwei Finger, rieb daran. «Gutes englisches Tuch», sagte er. «Ihr seid eine Frau mit vornehmem Geschmack. Es wird mir eine Freude sein, für Euch zu arbeiten. Kauft nicht bei dem Polen hier. Er ist ein braver Mann, doch von Stoffen versteht er nichts.»

Hella drängte sich dazwischen, zog ihre Mutter am Ärmel. «Wir müssen weiter», drängte sie. «Haben noch einige Wege vor uns.»

Die beiden Frauen grüßten artig, Amedick bedachte sie beide mit seinem breiten Lächeln, dann gingen sie davon.

«Nein, was für ein liebenswürdiger Mann», schwärmte Gustelies. «Hast du gehört, wie er mich genannt hat? Eine hübsche Person. Und eine Frau mit vornehmem Geschmack, jawoll!»

Hella lächelte leise, dann erwiderte sie: «Das bist du auch, Mama. Du bist eine sehenswerte Frau. Aber du brauchst nicht den Schmeichler Amedick, um das zu wissen.»

«Pater Nau sagt nie so etwas zu mir», beschwerte sich Gustelies.

Hella lachte. «Das wäre ja auch noch schöner. Er ist Priester und deshalb von Berufs wegen blind, was weibliche Schönheit angeht.»

Gustelies warf noch einen Blick auf Amedick und straffte die Schultern. «Wir müssen warten, bis er gegangen ist. Erst dann können wir mit dem polnischen Kaufherrn reden.»

Die beiden Frauen schlenderten durch die Hallen, bestaunten Stoffe aus Brokat, Spitzen für die Hauben und kamen schließlich zu den Gewürzen. Gustelies, eben noch ganz und gar von Amedicks schöner Rede verzückt, vergaß alle Männer dieser Welt. Mit genießerisch geschlossenen Augen schnupperte sie in der Luft herum: «So muss es im Paradies riechen.»

«Wie in einer Küche?», fragte Hella und schüttelte den Kopf. «Ich stelle mir das Paradies ganz anders vor.»

«Still», mahnte Gustelies. «Ich rieche Ingwer und Pfeffer, Nelken und Zimt, Anis und Safran.»

«Warum soll ich still sein?», beschwerte sich Hella. «Riechst du etwa mit den Ohren?»

Gustelies machte eine ungeduldige Handbewegung, dann öffnete sie die Augen und lief zielstrebig zu einem Händler, dessen gebräuntes Gesicht und tiefschwarzes Haar aus der Masse der blassen Deutschen herausstach.

Obwohl Gustelies bis vor wenigen Minuten noch Angst vor fremden Sprachen hatte, war sie nun sogleich in ein Fachgespräch vertieft. Sie zeigte auf bestimmte Säcke, ruderte mit Händen und Armen, machte die Bewegung des Kochlöffels nach, leckte sich die Lippen. Der Händler, dessen Beleibtheit davon sprach, dass er eine gute Küche zu schätzen wusste, strahlte Gustelies an.

«La cucina est arte», sagte er. Er bückte sich zu einem

offenen Sack, schaufelte ein wenig Zimt in ein kleines Leinensäckchen und reichte es Gustelies. «Por bella donna», sprach er dazu, und selbst Gustelies verstand.

Sie wurde – zum zweiten Mal schon an diesem Tag – über und über rot und zog Hella mit sich. Hinter der nächsten Ecke flüsterte sie: «Hätte ich gewusst, wie überaus freundlich diese Kaufleute und Handwerksmeister sind, ich wäre – bei Gott – Gewürzhändlerin geworden.»

Hella lachte. Sie hakte sich bei ihrer Mutter ein, und gemeinsam gingen sie zurück zu Jureks Stand. Der kramte in den Ballen herum und summte leise vor sich hin.

«Seid gegrüßt», rief Hella fröhlich und fummelte das Stoffteilchen aus ihrer Rocktasche. «Finde ich bei Euch noch etwas von diesem Stoff? Ich habe mir ein Überkleid daraus nähen lassen. Nun hätte ich gern noch einen Umhang davon.»

Der Pole nahm den Stoff, befühlte ihn und betrachtete Hella von oben bis unten. «Bei welche Gewandmacher Ihr habt Kleid bestellt?», fragte er.

Hella überlegte nur einen Bruchteil. «Bei Meister Voss.»

Jurek verschränkte die Arme vor der Brust, sein Gesicht war plötzlich wie zugesperrt. «Ich nicht handeln mit Voss. Name kenne ich nicht.»

«Das macht gar nichts», plauderte Hella fröhlich weiter. «Der Mann ist sowieso tot. Mit dem Umhang wollte ich zu Meister Amedick gehen.»

Der Pole entspannte sich und lächelte. Noch einmal nahm er den Stoff in die Hand und befühlte ihn. «Feiner Stoff, beste Ware. Direkt aus Krakow.»

«Seid Ihr da ganz sicher?», fragte Gustelies.

Jurek breitete die Arme aus. «Aber ja, liebe Frau. Ich

selbst habe Frankfurter Gewandschneidern Stoff verkauft. Auch Voss.»

«Ach so? Ich dachte, Ihr kennt Voss nicht.»

Für einen Augenblick sah der Pole bestürzt drein, dann erwiderte er: «Nun, als noch lebte Gewandschneider Voss, ich ihn kannte. Jetzt ist tot, jetzt ich kenne ihn nicht mehr.»

«Habt Ihr auch Amedick von diesem Stoff verkauft?», fragte Gustelies.

Der Pole kniff die Augen zusammen. «Warum Ihr das wollt wissen?»

Gustelies lächelte. «Ganz einfach: Vielleicht hat er ja noch genug Stoff für einen Umhang. Oder macht Ihr keine Geschäfte mit ihm?»

Jetzt legte der Pole den Kopf schief, betrachtete die beiden Frauen noch einmal von oben bis unten, dann erwiderte er: «Nu, ich nicht wissen, ob Amedick noch Stoff hat. Geht hin und fragt. Wenn nicht, kommt morgen wieder.»

Die Frauen verstanden. Hella riss dem Polen ihr Stoffstückchen aus der Hand, dann grüßten sie freundlich und gingen.

«So, nun müssen wir nur noch herausbekommen, als was der Voss diesen Stoff verkauft hat», teilte Gustelies mit.

«Du musst zur Vossin gehen, Mama. Mich kennt sie und weiß, wessen Frau ich bin», sagte Hella.

Gustelies nickte. «Gut. Mich kennt sie zwar auch, aber als Haushälterin eines Priesters bin ich über manchen Verdacht erhaben. Wir gehen jetzt gleich, es ist noch früh am Morgen. Danach muss ich auf den Markt. Pater Nau lässt mich exkommunizieren, wenn er heute wieder Pastete bekommt.»

Wenig später klopfte Gustelies am Haus im Hirschgraben. Die Vossin öffnete wieder selbst. Gustelies sprach artig ihr Beileid aus. «Aber das Leben muss weitergehen, Vossin. Gekommen bin ich, um damit anzuzeigen, dass ich auch in Zukunft gern die Dienste der Vossischen Werkstatt in Anspruch nehmen möchte. Doch sagt: Ist wohl noch von dem Stoff hier etwas da?»

Die Vossin nahm das Läppchen, befühlte es und roch daran. «Polnisches Tuch», erwiderte sie. «Wir haben noch davon. Dann kommt nur gleich zur Anprobe herein.»

Gustelies versteifte sich. «Nicht heute, Meisterin. Ich bin spät dran, muss noch einkaufen.»

«Ach was, das geht doch schnell. Nur ein paar Augenblicke, dann habe ich Eure Maße. Was du heute kannst besorgen, das verschiebe nicht auf morgen. Ist es nicht so?»

Mit einem Seufzer trat Gustelies in die Werkstatt. Als die Meisterin nach dem Maßband suchte, betastete Gustelies den Umhang, den sie gerade trug. «Sie hat recht», murmelte sie. «Ein neuer Umhang ist schon lange fällig. Diesen trage ich nun schon das dritte Jahr. Da werde ich heute für Pater Nau Wildbraten machen, um ihn in gute Laune zu versetzen. Manchmal sitzt der Kerl auf den Gulden.»

«Was habt Ihr gesagt?», wollte die Vossin wissen.

«Oh, nichts. Ich habe laut gedacht. Gefragt habe ich mich, was wohl das polnische Tuch vom englischen Tuch unterscheidet.»

Die Vossin kam näher. «Das kann ich Euch leicht sagen. Das englische Tuch ist glatter und ein kleines bisschen fester, während das polnische anschmiegsamer ist, dafür aber leichter knittert.»

«Aber findet Ihr nicht auch, dass der Unterschied kaum zu merken ist?»

Die Gewandschneiderin wiegte den Kopf. «Auf den ersten Blick nicht. Aber spätestens nach der ersten Wäsche stellt sich heraus, woher der Stoff stammt. Ihr dürft den Umhang nicht der Wäscherin geben. Bringt ihn zu mir, wenn es so weit ist. Ich werde ihn Euch wieder so richten, dass er aussieht wie neu.»

«Euer Mann hat gern mit diesem Stoff gearbeitet?», wollte Gustelies weiter wissen.

Die Vossin, ganz vertieft darin, das Maßband um Gustelies' mächtigen Busen zu spannen, erwiderte: «Am Anfang schon, doch dann hat Amedick ihm verboten, den Stoff zu verarbeiten. Deshalb liegt das halbe Lager noch voll damit.»

«Ach!», entfuhr es Gustelies. «Wie es der Zufall will, traf ich eben den Zunftmeister und zeigte ihm mein Stoffstück. Er sagte, es handele sich um Tuch aus England.»

Die Vossin schnaubte und sah Gustelies an. Es war ihr anzumerken, dass sie erregt war. Der Hals war mit einem Mal von roten Flecken bedeckt, die Augen flackerten unruhig.

Gustelies legte ihr eine Hand auf den Arm und sagte leise: «Ihr habt es schwer, Vossin. Jetzt, wo der Mann tot ist und die Zukunft der Werkstatt ungewiss.»

«Amedick. Es ist alles Amedicks Schuld», presste die Vossin hervor. Ihre Augen füllten sich mit Tränen. «Er war es, der dem Meinen verboten hat …»

Sie brach ab, biss sich auf die Lippe.

«Was hat er dem Euren verboten?», wollte Gustelies wissen.

Die Gewandschneiderin schüttelte den Kopf, rollte das Maßband zusammen. «Nächste Woche könnt Ihr kommen und den Umhang abholen. Falls noch Zierrat dran soll, können wir das dann besprechen. Nun muss ich mich eilen, gute Frau.»

Gustelies spürte, dass die Vossin nichts mehr sagen würde. Also verabschiedete sie sich und ging.

In der Stube der Geldwechslerin traf sie auf Hella. «Und?», fragte diese. «Hast du etwas herausbekommen?»

Gustelies nickte. «Voss hat das polnische Tuch als das verkauft, was es war, während Amedick vorgibt, dass es sich um das teure englische Tuch handelt. Es scheint, Voss wollte bei dem Betrug nicht mitmachen. Die Vossin weiß viel, aber sie redet nicht.»

«Heißt das, dass Amedick schuld ist am Niedergang der Gewandschneiderei Voss?»

Gustelies nickte. «Ich fürchte ja. Und damit hat Amedick auch einen Grund gehabt, Voss zu töten.»

Hella schüttelte den Kopf. «Armer Heinz», murmelte sie. «Ich fürchte, die Syndici müssen doch helfen.»

Kapitel 14

Jeder Abend im Haus des Pfarrers verlief gleich. Nachdem das Mädchen das Abendmahl gerichtet und danach das Geschirr gespült und die Küche aufgeräumt hatte, rief der Pfarrer sie in sein Arbeitszimmer, um aus ihr ein rechtes Christenweib zu machen.

Und an jedem Abend erzählte sie ihm von dem, was sie im Hurenhaus gesehen, gehört und erlebt hatte. Immer schlug er ihr danach die Verdorbenheit aus dem Leib, während sie das Vaterunser aufsagte.

Ihr Rücken und ihr Gesäß waren meist mit blutigen Striemen übersät, doch ansonsten ließ es sich leben im Pfarrhaus. Neben den Züchtigungen begann der Pfarrer nach kurzer Zeit, dem Mädchen ein wenig Lesen und Schreiben beizubringen. «Der Weg zum Seelenheil», sagte er bedeutsam, «führt über das Wissen. Du sollst selbst die Bibel lesen können, um ein besserer Mensch zu werden.»

Einmal nur war ihr der Gedanke gekommen, von hier wegzugehen. Doch sie ließ ihn fallen. Wohin sollte sie? Als Magd in die Stadt? Auch dort wurde sie womöglich von der Herrin geschlagen. Die Schläge hier aber, davon war sie überzeugt, trieben das Schlechte aus ihr, trieben heraus, was noch vom Hurenhaus in ihr war. Der Pfarrer mochte ein Eiferer sein, doch das Mädchen hatte schon so oft gehört, dass dem Schlechten im Menschen am besten mit dem Knüppel beizukommen sei. Sie wollte keine Hure sein. Niemals werden wie die Mutter. Bei Gott nicht. Und wenn die Schläge der Preis dafür waren, so zahlte sie ihn gern. Vielleicht gelang es am Ende doch, aus ihr ein anständiges Mädchen zu machen? Alles würde sie geben, um nicht wie die Mutter zu werden.

Das Mädchen stand jeden Morgen beim ersten Hahnenschrei auf. Sie stellte sich für einige Augenblicke ans offene Fenster, atmete die kühle Morgenluft ein und sah zu, wie sich die Sonne aus ihrem Bett erhob und den Hügel emporkroch.

Dann ging sie hinunter in die Küche, machte Feuer im Herd und holte Wasser vom Brunnen. Danach kochte sie Hafergrütze oder Getreidebrei. Nach dem Frühstück erledigte sie Einkäufe, wusch die Wäsche, scheuerte die Kammern und bereitete das Mittagsmahl zu.

Der Nachmittag gehörte ihr. Nein, sie hatte nicht frei, sondern machte sich im Pfarrgärtchen zu schaffen. Kräuterbeete hatte sie angelegt, und die Nachbarin, eine Hebamme, unterwies sie in der Kräuterkunde, erklärte ihr die Würz- und Heilpflanzen, lehrte sie Tränke brauen und Salben mischen. Das Mädchen genoss die Zeit im Gärtchen. Sie hegte und pflegte die Pflanzen, sprach mit ihnen, streichelte die Blätter und Knospen. Es war, als suchte sie in den Pflanzen die Freunde, die sie im Leben niemals gefunden hatte. Es war, als liebte sie die Pflanzen mehr, als sie es jemals bei einem Menschen vermocht hatte.

Was waren das auch für Menschen, denen sie bislang begegnet war? Die Mutter, die Hurenmeisterin, die Freier, der Pfarrer. Ein Einziger nur war freundlich zu ihr gewesen. Der Fischer. Ihn mied sie, schon längst davon überzeugt, dass ihre Verdorbenheit ein Unglück für jeden war, der mit ihr in Berührung kam. Jeden Abend bestätigte der Pfarrer ihr, dass sie dumm, faul, verlogen und verdorben war und dass es einer straffen Zucht bedurfte, sie auf den Weg der Tugend zurückzuführen. Das Mädchen glaubte, sie brächte auch dem Fischer Unglück, wenn sie ihn traf. Deshalb mied sie ihn, und wenn er ihr begegnete, senkte sie den Kopf, ohne seinen Gruß zu erwidern.

Nur bei den Pflanzen kannte sie keine Furcht. Ihnen vertraute sie an, was sie quälte. Einmal hatte sie ein Veilchen am Rande des Gartens gefunden. Sie hatte sich gebückt, die Blätter genau betrachtet. Tränen waren in ihre Augen gestiegen ob der Schönheit der kleinen Blume. Sie hatte sie gepflückt, war mit den Blütenblättern über ihr Gesicht gefahren. Weich und ganz sanft hatte sich das angefühlt, wie der Frühlingswind. Schön wie ein Streicheln. Sie hatte gar nicht mehr aufhören können zu weinen und sich selbst nicht dabei verstanden, denn sie hatte seit Jahren nicht mehr geweint. Plötzlich rührte sie vieles, was sie sah. Das Kätzchen, das schnurrend um ihre Beine strich. Der Duft des Thymians, der, in kleine Sträuße gebunden, in der Küche hing. Ob das wohl der erste Schritt zur Anständigkeit war? Hatten die Schläge des Pfarrers, die schon so viel Schlechtes aus ihrem Leib gedroschen hatten, ihr ein Herz für andere Kreaturen geschenkt?

Manchmal genügte ein Anblick oder ein Wort, um sie zu Tränen zu bringen. Dem Pfarrer gefiel das. «Du bist auf dem Weg der Besserung», erklärte er mit Stolz. «Deine Tränen zeugen davon, dass du dein sündiges Leben bereust.»

Dann begann die Übelkeit. Kaum war das Mädchen aus dem Bett aufgestanden, musste sie würgen. Manchmal schaffte sie es bis in den Hof, manchmal erbrach sie sich gleich in der Kammer.

«Das ist der Teufel, der in deinen Eingeweiden sitzt»,

wusste der Pfarrer. «Ich muss meine Zucht verstärken, damit er verschwindet.»

Am Abend ließ er sie in sein Arbeitszimmer kommen. Diesmal befahl er ihr, sie möge die Kleider ablegen, damit der Teufel unter den Schlägen aus ihren Körperöffnungen fahren könne. Er riss das Fenster auf, öffnete auch die Tür, damit der Teufel sogleich entfliehen konnte. Seine Schläge waren noch härter, da kein Stoff deren Wucht abbremste. Als er fertig war, betupfte er ihre Wunden mit Kamillensud, den sie selbst gebraut hatte.

Dann öffnete er eine Truhe und holte eine Art Mieder oder Leibchen daraus hervor, das ganz aus Leder gearbeitet und zwischen den Beinen geschlossen war.

«Zieh das an!», befahl er. «Du musst deine Löcher verschließen, damit der Teufel, den ich gerade vertrieben habe, nicht in der Nacht erneut von dir Besitz ergreift.»

Gehorsam stieg das Mädchen in die enge Lederkluft, die ihr bis hinauf zu den Brüsten reichte, die Rippen zusammenpresste und wie ein Panzer um Scham und Hintern saß. Der Pfarrer schnürte das Lederhosenleibchen so eng, dass das Mädchen kaum atmen oder sich gar bewegen konnte, und sagte: «Es geschieht nur zu deinem Besten. Komm morgen früh, dass ich dich aufschnüre, damit du arbeiten kannst.»

Das Mädchen nickte, schlich in ihre Kammer. Das lederne Leibchen drückte, rieb beim Laufen an ihrer Scham und drückte ihre Brüste nach oben. Erschöpft stand sie am Fenster und sah zu, wie die Sonne sich schlafen legte. Lange stand sie so, ehe sie bemerkte, dass ihr Tränen über die Wangen rollten.

Einige Tage später, als der Pfarrer ihr wieder die lederne Hülle, die er «das Tugendhaus» nannte, anlegte, schrie sie beim Schnüren auf. Ein Schmerz jagte durch ihren Leib, als wollte etwas sie von innen zerreißen. Sie taumelte. Der Pfarrer ließ erschrocken von ihr ab, betrachtete sie, die mit einem Gesicht von der Farbe der Herdasche am Boden kauerte. Nach einer Weile rieb er sich die Hände. «Der Teufel, der in dir hockt, kämpft mit mir. Aber ich werde nicht lockerlassen.»

Er zog sie hoch, schnürte sie, ungeachtet ihrer Schmerzen, so fest er nur konnte. Das Mädchen strich sich keuchend über die Brust, um zu Atem zu kommen, doch der Pfarrer kannte kein Erbarmen. «Der Teufel MUSS MUSS MUSS ausgetrieben werden», stieß er hervor, und das Mädchen spürte seinen Speichel im Nacken. «Ich werde den Teufel lehren!»

Dem Mädchen wurde schwarz vor Augen. Sie fiel zu Boden, doch den Aufprall spürte sie nicht mehr. Sie kam zu sich, als sie auf ihrem Strohsack lag, einen nassen Lappen auf der Stirn. Der Pfarrer saß neben ihr auf einem Schemel.

«Deine Brüste sind geschwollen», stellte er zufrieden fest. «Das ist der Teufel, der in den letzten Zügen liegt.»

Das Mädchen erwiderte nichts, sondern rollte sich auf die Seite und atmete ganz flach.

Einige Tage später erbrach sie sich, als sie in ihrem Gärtchen arbeitete. Die Hebamme, die gleich daneben mit ihren Heilkräutern beschäftigt war, kam zu ihr geeilt.

«Was ist dir? Hast du etwas Schlechtes gegessen?», fragte sie.

Das Mädchen schüttelte den Kopf. «Nichts, was der Herr Pfarrer nicht auch gegessen hat. Ihm ist wohl.»

Die Hebamme betrachtete das Mädchen, sah auf ihren Leib. «Ist dir am Morgen öfter übel?», fragte sie.

Das Mädchen nickte. Sie hätte der Frau gern erzählt, dass der Herr Pfarrer sie im Tugendhaus des Nachts gefangen hielt, sodass am Morgen ihr ganzer Leib von Druckstellen übersät, ihre Scham ganz wund und die Unterseite der Brüste striemig wie ihr Rücken und der Hintern war. Doch sie schwieg. Der Pfarrer war ein Mann und ihr Herr. Er durfte im Namen Gottes alles mit ihr machen, was er wollte. Das Weib sei dem Manne untertan. So stand es in der Schrift, so war es.

«Ich schlafe schlecht», erwiderte das Mädchen leise. «Mich drückt der Teufel. Wahrscheinlich ist mir deshalb morgens übel.»

Die Hebamme setzte sich auf ein Bänkchen, zog das Mädchen neben sich.

«Hast du schon geblutet?», fragte sie.

«Schon oft», erwiderte das Mädchen. «Ich bin manchmal recht ungeschickt mit dem Küchenmesser.»

«Das meine ich nicht», erwiderte die Hebamme. «Hast du schon aus der Scham geblutet?»

Das Mädchen wurde über und über rot. Dann nickte sie und sagte leise: «Ein paarmal schon. Dann kam ich zum Herrn Pfarrer. Seither blute ich nicht mehr. Es wird der Teufel gewesen sein, der mich dort bluten ließ. Aber der Herr Pfarrer hat ihn ausgetrieben.»

«So?», fragte die Hebamme. «Ausgetrieben also? Darf ich fragen, wie?»

Das Mädchen scharrte mit dem Fuß auf dem Boden umher. «Mit Gebeten», stammelte sie schließlich. Sie wusste nicht, wieso, aber etwas in ihr sträubte sich dagegen, der Hebamme von den Schlägen zu erzählen. An das Tugendhaus dachte sie nicht einmal. Der Pfarrer hatte ihr verboten, mit einer Menschenseele darüber zu reden. «Der

Teufel ist überall», hatte er sie beschworen. «Wenn du über das Tugendhaus sprichst, so sucht er nach neuen Wegen, dich zu befallen. Er ist schlau, der Teufel, und grausam und mächtig. Aber Gott ist mächtiger.»

«Ah, ja. Mit Gebeten», sagte sie. «Jeden Abend bete ich das Vaterunser und bekenne meine Sünden.»

Die Hebamme betrachtete das blasse, feingeschnittene Gesicht des Mädchens, die Augen, die niemals klar, sondern immer ein wenig verschleiert waren.

«Hast du schon mal bei einem Mann gelegen?», fragte die Hebamme, fasste die Hand des Mädchens und streichelte sie.

Das Mädchen schwieg.

«Du musst mir nicht sagen, wer der Mann war, bei dem du gelegen hast. Du bist jung und kennst die Menschen schlecht. Es kann leicht passieren, dass ein junges Ding wie du sich vergisst und seine Tugend herschenkt.»

Das Mädchen schüttelte den Kopf. «Auf die Art habe ich bei keinem gelegen», flüsterte sie.

Die Hebamme biss sich auf die Lippen. «Wo warst du, ehe du hierhergekommen bist?»

Das Mädchen schwieg.

«Hat sich einer genommen, was ihm nicht zustand? Was du ihm freiwillig nicht gegeben hättest?»

Das Mädchen nickte.

«Weißt du, wer er war? Kennst du seinen Namen? Seine Herkunft? Seinen Beruf?»

«Er hätte mir niemals ein Kleid gemacht», flüsterte sie. «Nicht einmal geduldet hätte er, dass ich das seine berühre.»

«Ein Gewandschneider?»

Das Mädchen schwieg.

«Wie lange ist das her? Seit wann blutest du nicht mehr?»

Jetzt sah das Mädchen hoch, sah zum Pfarrhaus hinüber. «Seit ich hier bin.»

«Hat sich dein Körper verändert? Sind die Brüste größer geworden, der Leib geschwollen?»

Das Mädchen nickte. «Die Brüste. Sie sind so schwer geworden.»

Die Hebamme nickte. Dann nahm sie die Finger zu Hilfe und rechnete. «Die Gnade Gottes ist dir zuteil geworden. Wenn das Jahr zu Ende geht, wirst du ein Kind bekommen.»

Das Mädchen schrak zusammen. «Ein Kind? Woher?»

«Der Gewandschneider hat seinen Samen in dich gelegt. Daraus formt Gott, der Herr, nun ein Kindlein in deinem Bauch. Im Winter wird es fertig sein.»

«Ein … ein Kind?», stammelte das Mädchen erneut und sah verstört zum Pfarrhaus.

«Du musst keine Angst haben. Ich werde dir helfen, es zur Welt zu bringen.»

Das Mädchen starrte die Hebamme mit großen, schreckgeweiteten Augen an. Dann begann ihre Unterlippe zu zittern, ihre Hände, die Füße, schließlich das ganze Mädchen, als habe sie ein grässlicher Schüttelfrost befallen.

Da nahm die Hebamme das Mädchen am Arm und führte sie in ihr Häuschen, in dem es nach Kräutern aller Art roch. Sie setzte das Mädchen auf eine Truhe, die mit Schaffellen belegt war.

«Ich koche dir einen Trank aus Baldrian», sagte die Hebamme, nachdem sie dem Mädchen kurz die Hand auf die Stirn gelegt hatte. «Bleib hier sitzen oder lege dich hin und atme ganz ruhig.»

Das Mädchen starrte noch immer auf die Frau und zitterte, sprach jedoch kein Wort dabei. Erst der heiße Trank beruhigte sie.

Die Hebamme hatte sich wieder neben sie gesetzt. «Ein Kind also», sprach sie. «Freust du dich darauf?»

Das Mädchen starrte und zitterte. Die Hebamme griff vorsichtig nach dem Schnupftuch, welches sie im Kleiderärmel aufbewahrte. Doch plötzlich überzog ein Lächeln das Gesicht des Mädchens. «Ein Kind», flüsterte sie. «Ein Kind für mich allein.»

Die Hebamme atmete auf. «Ja. So ist es. Ein Kind, welches allein nicht leben kann und eine Mutter braucht, die sich gut um es kümmert.»

«Ein Kind für mich allein. Niemand darf es mir wegnehmen», erwiderte das Mädchen.

«Wenn du gut dafür sorgst.»

«Niemand darf es mir wegnehmen. Es gehört mir ganz allein. Es wird immer bei mir sein. Immer.»

Die Hebamme fasste nach der Hand des Mädchens. Behutsam und leise sprach sie: «Ein Mensch kann keinem anderen gehören. Man gehört immer nur sich selbst und Gott. Mit diesem Kind ist dir seine Gnade zuteil geworden, aber es gehört dir nicht. Verstehst du mich?»

Das Mädchen nickte und wiederholte dumpf: «Ein Kind für mich allein.»

Da schwieg die Hebamme und saß still neben dem Mädchen, welches sich lächelnd und mit glänzenden Augen die Hand auf den Bauch legte. Erst als der Pfarrer rief, stand das Mädchen auf und fragte ein letztes Mal: «Ist es wirklich ein Kind? Nicht der Teufel?»

«Ein Kind ist es. Ich glaube nicht, dass der Teufel in dir steckt.»

Beim Abendmahl fragte der Pfarrer: «Was grinst du die ganze Zeit so? Was ist in dich gefahren?»

«Die Gnade Gottes», erwiderte das Mädchen.

Der Pfarrer runzelte die Stirn. «Red keinen Unfug, sonst muss ich dich stärker züchtigen.»

Das Mädchen schlug die Augen nieder. «Ist es unmöglich, dass mir die Gnade Gottes zuteil wurde?», fragte sie leise.

«Es ist unmöglich!», donnerte der Pfarrer. «Du bist sündig wie die Hölle. Noch immer bist du das. Der Teufel spuckt aus jeder deiner Poren. Es wird noch dauern, bis er ganz und gar ausgetrieben ist.»

An diesem Abend versetzte der Pfarrer dem Mädchen die doppelte Anzahl von Schlägen, ließ sie zweimal das Vaterunser beten. Dann steckte er sie in das Tugendhaus und schnürte sie so fest, dass sie beinahe erstickte. In der Nacht lag sie schlaflos. Sie konnte ob des Lederleibchens kaum einen Atemzug tun. Sanft strich sie über ihren Bauch, der ebenfalls ganz von Leder bedeckt war. Plötzlich fragte sie sich, ob das Kind in ihrem Leib ebenso schwer atmen musste wie sie. Ganz heiß wurde ihr bei diesem Gedanken, und danach eiskalt.

«Mein Kind darf nicht ersticken», flüsterte sie. Sie stand auf, versuchte mit den Händen nach den Schnüren auf ihrem Rücken zu greifen, den Knoten aufzuziehen, das Tugendhaus zu lockern. Schweiß brach ihr aus, ihre Arme schmerzten, doch es gelang nicht. Zwar bekam sie die Schnüre zu fassen, aber es war ganz und gar unmöglich, den Knoten zu lösen. Weinend vor Angst sank sie endlich in den Schlaf.

Am nächsten Tag dachte sie fortwährend an das Kind in ihrem Leib. Zwar hatte der Pfarrer gesagt, es sei unmöglich, dass ihr Gottes Gnade angetan wurde, aber sie wünschte sich dieses Kind so sehr, dass sie glauben wollte, was die Hebamme gesagt hatte. Wieder war ihr übel, wieder erbrach sie sich.

Am Abend, als der Pfarrer sie einschnürte, fiel sie um, kaum dass die Hälfte der Arbeit getan war. Sie täuschte eine Ohnmacht vor, blinzelte zwischen den Lidern, sah den Pfarrer in eiliger Geschäftigkeit die Stube durchqueren, nach Wasser gehen und Riechsalz herbeischaffen. Es dauerte, bis das Mädchen aus seiner scheinbaren Ohnmacht erwachte. Der Pfarrer tätschelte ihr die Wangen. «Es scheint, ich habe den Teufel beim Genick gepackt», sagte der Mann, half dem Mädchen sich aufzurichten und schnürte das Mieder erneut, aber weniger fest.

In den nächsten Tagen klagte sie über Müdigkeit, erledigte ihre Arbeit nachlässig, versalzte die Suppe. «Verzeiht mir, mein Herr. Bitte verzeiht mir. Das lederne Mieder, es lässt mich nicht schlafen. Am Tag bin ich so elend, dass ich nichts zustande kriege.»

Der Pfarrer besah die versalzene Suppe, als läse er darin das Evangelium. Schließlich kam er zu der Entscheidung: «Der Teufel schickt dir diese Müdigkeit.»

Das Mädchen schüttelte den Kopf, sank vor dem Pfarrer auf die Knie: «Nicht der Teufel, Herr, ich fühle es. Er steckt nicht in mir. Lasst das Tugendhaus, ich will dafür des Nachts in der Kirche auf dem Steinboden neben dem Altar schlafen. Ihr sagt selbst, dass der Teufel das Weihwasser scheut.»

Das Mädchen wusste, dass der Pfarrer die Bequemlichkeit sehr liebte. Die Nächte auf dem harten Kirchenboden zu verbringen sollte ihm schlimmer erscheinen als das Tugendhaus. Sie hatte sich nicht getäuscht.

Nach dem abendlichen Vaterunser führte der Pfarrer das Mädchen in die Kirche, wo er eine alte Decke auf die Steinplatten vor dem Altar legte. Am nächsten Morgen war das Mädchen voller Tatkraft. Als der Pfarrer seinen morgendlichen Gerstenbrei verschlungen hatte, sank das Mädchen vor ihm auf die Knie, umfasste seine Unterschenkel. «Ich danke Euch, mein Herr. In der Kirche war es gruselig. Fledermäuse, Boten des Teufels, strichen umher, streiften auch mein Haar. Ich habe gespürt, wie der Satan nach mir griff. Aber vor dem Altar war ich sicher. Mein Rücken schmerzt, meine Knochen sind ganz steif, aber in mir ist eine himmlische Ruhe und Heiterkeit. Ihr, mein Herr, tatet gut daran, mich in die Kirche zu stecken.»

Der Pfarrer, dem es jetzt auch so schien, als wäre die Kirche sein Einfall gewesen, strich dem Mädchen über den Kopf.

«Der Teufel ist noch so lange in dir, wie du lüsterne Gedanken hast. Der Satan hat den Samen der Wollust in das Weib gelegt. Wir müssen ihn täglich neu bekämpfen.»

Von nun an schlief sie jeden Abend in der Kapelle neben dem Altar. Die Fledermäuse machten ihr bald keine Angst mehr. Tagsüber gab sie sich fromm und heiter, mühte sich mit den Lese- und Schreibübungen ab, an denen ihr wenig lag. Sie versuchte, den Pfarrer durch gute Stimmung und bestes Essen bei Laune zu halten. Jedoch musste sie trotzdem jeden Abend nach dem Essen zu ihm ins Arbeitszimmer kommen.

Die Monate vergingen. Im Sommer pflegte das Mädchen den Garten, im Herbst erntete sie. Dann fiel der erste Schnee. Eines Morgens betrachtete der Pfarrer sie wohlgefällig. «Fett bist du geworden in meinem Haus», stellte er fest. «Ein Zeichen, dass ich dich gut halte.»

«Ja, Herr. So ist es.»

Sie ging in den Garten, um Möhren, die sie in den Boden gegraben hatte, zu holen. Dabei traf sie die Hebamme.

«Na, Mädchen, wie geht es dir? Deine Zeit ist bald gekommen.»

Das Mädchen strich sich über den Bauch, trat nahe zur Hebamme und flüsterte: «Es bewegt sich oft. Ich kann es spüren.»

Die Hebamme lächelte. «So soll es sein. Wie wird es weitergehen mit dir, Mädchen, wenn du das Kind geboren hast? Wirst du beim Pfarrer bleiben? Wird er deinem Kind ein Vater sein?»

Das Mädchen schüttelte den Kopf. «Nein, der Herr Pfarrer weiß nichts von dem Kind in meinem Leib.»

«Und nun?»

Das Mädchen zuckte mit den Achseln. «Ich weiß es nicht. Vielleicht bringt die Zeit Rat.»

Die Hebamme strich dem Mädchen leicht über die Wange. «Wenn was ist, dann hole mich. Vor allem, wenn die Wehen kommen. Eine Frau sollte in dieser Stunde nicht allein sein.»

Das Mädchen nickte.

Nur wenige Tage später bekam das Mädchen Schmerzen. Zuerst zog es nur ganz leicht in ihrem Bauch, dass sie glaubte, es käme von den eingekochten Pflaumen, auf die sie jetzt so häufig Heißhunger verspürte und an denen sie sich gütlich getan hatte. Auch verschwand das Ziehen nach wenigen Atemzügen wieder. Doch im Laufe des Tages wurde der Schmerz stärker, kam in kürzeren Abständen. Als sie das Vaterunser beten musste und die Peitschenhiebe auf ihren Rücken und den Hintern klatschten, kam der Schmerz mit solcher Wucht, dass sie sich bäuchlings auf dem Schemel zusammenkrümmte. Der Pfarrer hielt erschrocken inne und schickte sie in die Kirche zum Schlafen.

Dort, vor dem Altar, wurde der Schmerz so übermächtig, dass sie aufschrie. Schweiß stand ihr auf der Oberlippe, Schweiß rann ihr zwischen den Brüsten hinab. Ihr Bauch, monströs aufgetrieben nun, bewegte sich in Wellen. Stundenlang dauerte der Schmerz an, wurde mit jedem Mal heftiger, sodass sie glaubte, ihr Leib würde zerrissen. Anfangs hatte sie ihre Schreie unter dem Stoff ihres Kleides erstickt, doch nun brüllte sie ungehemmt, geschüttelt von den Wehen. Schon kam die nächste, nahm ihr den Atem, machte sie blind und taub, sodass sie nicht einmal ihren eigenen Schrei hörte und auch nicht die Kirchentür, die sich knarrend öffnete.

Der Pfarrer kam, in der einen Hand eine Kerze, in der anderen ein Kruzifix haltend.

«Was ist dir, Mädchen?», fragte er, sah fassungslos auf die sich Windende. Dann schöpfte er aus dem Taufbecken mit beiden Händen Wasser, ließ es auf ihr Gesicht rinnen.

«Durst», hauchte das Mädchen. «Ich habe solchen Durst.»

«Hier gibt es kein Trinkwasser», stammelte der Pfarrer. «Ich werde welches aus der Küche holen.»

«Nein, bitte nicht! Bleibt bei mir. Gebt mir vom Messwein.»

Der Pfarrer trippelte hin und her, offenbar unschlüssig, was zu tun war. Schließlich lief er zur Sakristei. In diesem Augenblick schrie das Mädchen auf. Schrie so laut, dass ihre Klagen von den Wänden der Kirche widerhallten, als kämen sie direkt aus der Hölle. Der Pfarrer sprang herbei, hielt einen Kelch in der Hand, starrte auf die gespreizten Schenkel des Mädchens, zwischen denen ein Kindskopf zum Vorschein kam. Das Mädchen brüllte, wie es der Pfarrer noch nie gehört hatte. Ohne zu wissen, was er da tat, führte er den Kelch mit dem Abendmahlswein an seine Lippen, trank bis zum letzten Schluck.

«Der Teufel», schrie der Pfarrer nun in höchster Not. «Der Teufel dringt aus dir heraus.»

Er tauchte beide Hände in das Taufbecken, kniete sich neben das Mädchen, packte den winzigen Kopf mit beiden Händen und zog daran, so heftig er konnte. Das Mädchen schrie, schrie, schrie, dann verstummte sie plötzlich. Ihr Kopf sank zur Seite.

«Der Teufel», keuchte der Pfarrer mit wildem Blick. «Jetzt habe ich dich, jetzt kann ich dich zwingen.» Noch ein Ruck – und das Kind, der winzige Säugling, lag auf der Decke zwischen den Schenkeln seiner Mutter. Der Pfarrer japste, betrachtete einen Augenblick das blut- und schleimverschmierte Ding. Dann nahm er es auf und warf es mit aller Kraft gegen die Kirchenwand. Ohne Wimmern prallte das Kind dagegen, fiel stumm zu Boden und war tot, noch ehe es zu leben begonnen hatte. Da tauchte der Pfarrer noch einmal die Hände ins Taufbecken, klaubte den Säugling von der Erde, spuckte auf ihn. «Ich habe den Teufel besiegt», murmelte er vor sich hin. «Ich habe den Teufel besiegt.» Er hob den Kopf zum Kreuz über dem Altar, hob auch den Säugling hoch über seinen Kopf und sang so laut er konnte: «Ehre sei Gott in der Höhe.»

Dann schritt er, seinen Sieg zu feiern. Er hob eine Grube hinter dem Friedhof in ungeweihter Erde aus, legte den Säugling hinein, schüttete Dreck darüber. Dann suchte er nach einem Pfahl und trieb ihn durch die Erde hindurch dem Säugling ins Herz.

Nur der Mond beschien das Geschehen. Nur der Mond

sah das Mädchen in der offenen Kirchentür, mit blutendem Schoß und kraftlosen Beinen im Rahmen lehnend. Niemand hörte den stummen Schrei, niemand das Flüstern: «Es war mein Kind. Nicht der Teufel. Doch der Teufel soll dich holen!»

Kapitel 15

Es ist gut möglich, dass Amedick polnisches Tuch für englisches verkauft. Möglich ist außerdem, dass der Gewandschneider Voss sich von diesem Betrug fernhielt. Sei es, weil er die Kunden nicht hatte für englisches Tuch. Sei es, er war ein Wüterich und Hurenbock, aber doch eine ehrliche Haut.»

Richter Blettner ließ die Gabel sinken, als Hella mit diesen Worten zum Ende ihres Berichtes kam.

«Willst du damit sagen, dass Amedick als Zunftmeister und mit ihm einige andere Zunftmitglieder an einem Betrug beteiligt sind?»

«Es sieht so aus. Und Amedick hätte einen Grund für den Mord gehabt, hätte Voss seine Machenschaften verraten wollen.»

Der Richter seufzte. «Und wozu die schriftliche Beichte?»

Hella zuckte mit den Achseln, Heinz schob den Teller von sich.

«Hast du keinen Hunger?», fragte sie besorgt.

Der Richter schüttelte den Kopf. «Übermorgen muss ich dem Rat diesen Fall vorstellen. Ich habe keine Ahnung, wie ich entscheiden soll.»

Hella schob ihm den Teller mit sanftem Nachdruck wieder hin. «Iss, Heinz, und hör mir zu.»

Der Richter nahm seinen Löffel, rührte in der Suppe herum. «Ich höre.»

«Ich würde an deiner Stelle gleich morgen die Büttel zu allen Gewandschneidern schicken und Ballen dieses Stoffes», sie legte das kleine graue Läppchen auf den Tisch, «beschlagnahmen lassen. Auch ins Kaufhaus schick einen Stadtknecht. Ein Händler aus Polen namens Jurek hat von diesem Stoff. Ich habe ihn heute mit eigenen Augen gesehen. Dann würde ich die Gewandschneider einzeln ins Malefizamt zum Verhör holen. Ich bin sicher, sie werden dir alles sagen, was du wissen willst. Den Tod des Gewandschneiders aber würde ich in die Hände der Syndici legen. Stell dir vor, du entscheidest auf Selbstmord. Dann hast du eine Familie zerstört. Entscheidest du aber auf Mord, musst du einen Mörder liefern. Du hast aber bisher nur unbestimmte Verdachte. Die Vossin könnte es gewesen sein, doch sie war, wie du sagtest, am Todestag die ganze Zeit zu Hause. Der Altgeselle könnte es gewesen sein, doch der hat Zeugen dafür, dass er an dem Tag erst in der Werkstatt und dann in der Schenke war. Vielleicht war es ja Amedick. Vielleicht jemand ganz anders. Du hast genug mit den Fällen zu tun, die dir jeder neue Tag bringt. Du würdest deine eigentlichen Aufgaben vernachlässigen, wenn du noch weiter am Tod des Gewandschneiders arbeitest.»

Richter Blettner hatte gut zugehört. Jetzt nickte er langsam. «Du hast recht, Hella. Obwohl ich zehn Jahre älter bin als du, kann ich doch immer wieder von dir lernen. Ich bin es der Stadt schuldig, mich ordentlich um das Tagesgeschäft zu kümmern. Das ist richtig. So werde ich es machen.»

Die Sorgenfalten des Richters glätteten sich. Er aß mit gutem Appetit, sank friedlich in den Schlaf, erwachte ausgeruht, schickte die Büttel zu den Gewandschneidern und ins Kaufhaus zu Jurek, dann führte er die Verhöre. Schon der erste Schneider gestand, dass er seine Kunden betrogen hatte. «Es war Not, Hoher Herr Richter. Reine Not. Ich brauchte Aufträge, habe ein Weib und sechs Kinder. Was hätte ich machen sollen?»

Nach und nach stellte sich heraus, dass der Zunftmeister Amedick alle seine Zunftgenossen erpresst hatte. Er hatte von Jurek den Stoff bekommen, ihn als englisches Tuch an die Schneider weiterverkauft und so einen fetten Gewinn eingestrichen. Die Schneider aber verkauften das Polentuch wider besseres Wissen ebenfalls als englisches, um den hohen Einkaufspreis, den Amedick von ihnen verlangt hatte, wieder wettzumachen.

«Warum in aller Welt», fragte Richter Blettner einen anderen Gewandschneider, «habt Ihr alle das Tuch von Amedick gekauft, anstatt Euch selbst zu versorgen?»

Der Gewandschneider schluckte. «Amedick ist einflussreich. Voss hat versucht, Amedick zu entgehen. Nun ist er tot. Amedick hat in der ganzen Stadt herumerzählt, der Gewandschneider Voss würde betrügen, würde billiges für teures Tuch verkaufen. Die Leute glaubten Amedick und mieden Voss. Der musste immer neue Kredite aufnehmen, um seinen Laden zu erhalten. Kein Wunder, dass er tot ist, der Mann. Manch anderer an seiner Stelle hätte sich auch das Leben genommen.»

Die Rede des Mannes hatte den Richter wütend gemacht. Er schlug mit der flachen Hand auf den Tisch, dass der Gewandschneider zusammenzuckte. «Warum habt Ihr Euch nicht zusammengetan und dem Rat gemeldet, welche Machenschaften Amedick verübt?»

Der Gewandschneider senkte den Kopf, murmelte etwas.

«He?», schrie der Richter, legte eine Hand hinter sein Ohr. «Ich verstehe Euch nicht. Was habt Ihr gesagt?»

Der Mann sah auf, knetete sein Barett in den Händen. «Was hätte ich denn tun sollen, Herr? Ein Einzelner ist schwach.»

Wieder schlug der Richter mit der Hand auf den Tisch, wieder zuckte der Gewandschneider zusammen. «Zusammenschließen müssen hättet ihr euch! Einfach zu feige wart ihr!»

Er stand auf, lief zum Fenster, starrte hinaus, die Hände auf dem Rücken. Eine Weile stand er so, bis der Gewandschneider vorsichtig anfragte: «Kann ich gehen, Herr Richter?»

Blettner wedelte mit der Hand, der Mann stand auf und verließ die Amtsstube. Der Richter blieb am Fenster und schwieg, doch plötzlich befahl er: «Schreiber, notiere: Der Zunftobere Amedick hat sich des Betruges schuldig gemacht. Ich schlage deshalb dem Hohen Rat vor, den Amedick mit einem Eisenstab durch die Backen zu brennen als Strafe für sein Vergehen. Des Weiteren wird er danach mit Schimpf und Schande aus der Stadt gejagt. Die anderen Gewandschneider aber, die sich ebenfalls am Betrug beteiligt haben, sollen jeder zehn Gulden in die Armenkasse geben. Hast du das, Schreiber?»

«Ja, Herr. Aber sind zehn Gulden keine zu geringe Strafe für die anderen? Gehören nicht auch sie gebrandmarkt?»

Der Richter fuhr herum. «Wie stellst du dir das vor, Tölpel? Sollen wir alle Gewandschneider in Frankfurt durch die Backen brennen? Wir sind eine Reichs- und Messestadt! Wie stehen wir da, wenn die Messegäste kommen? Überlege selbst, Holzkopf!»

Der Schreiber duckte sich. Er hatte den Richter noch nie so wütend erlebt. «Ihr habt recht, Herr», stammelte er und setzte den Federkiel aufs Papier.

Der Richter aber schüttelte den Kopf. «Sie sind allesamt am Tod des Voss mitschuldig», sagte er. «Und das Schlimme ist, sie begreifen es nicht einmal.»

Dann sah er hoch. «Notiere weiter: Alle Gewandschneider werden dazu verurteilt, je zehn Seelenmessen für Voss in der Liebfrauenkirche, die auch die Zunftkirche ist, lesen zu lassen. Der Inhalt der Zunftlade wird ebenfalls eingezogen und an die Armen verschenkt.»

Als der Schreiber fertig war, entschuldigte sich der Richter dafür, dass er ihn Holzkopf und Tölpel genannt hatte, und hieß ihn in der Ratsschenke einen Krug Wein auf seine Rechnung trinken. Dann stellte er sich, obwohl die Kirchenglocke zu Mittag läutete, an das Schreibpult, verfasste eigenhändig ein Schreiben an die Syndici, welches er sogleich zustellen ließ, und schickte einen Boten, der Amedick zum Verhör holte.

Am Donnerstag stimmte der Rat Richter Blettners Urteilen in Bezug auf Zunftmeister Amedick und die Gewandschneider zu. Die Syndici indes waren noch nicht zu einem Urteil über den Tod des Voss gelangt.

Am Donnerstagnachmittag ritten die Büttel durch die Straßen der Stadt und verkündeten, dass am nächsten Morgen auf dem Römerberg der Zunftmeister Amedick an Haut und Haaren bestraft würde, nämlich mittels Brennen durch die Backen.

Am Freitagmorgen wimmelte der Platz von Menschen. Neben der Eingangstür zum Römer waren zwei Eisenringe in die Wand gelassen, an der zu festgelegten Tagen Verurteilte stehen und den Schimpf der Bürger über sich ergehen lassen mussten. So manch einer von ihnen wurde mit dem Inhalt von Nachttöpfen begossen, angespuckt, mit faulen Eiern oder sonstigen Drecksdingen beworfen. Er wurde Drecksstück, Hurensohn, Spitzbube oder Haderlump gescholten und hernach von den Straßenjungen verspottet.

Seit Jahren aber hatte keiner von der Ratsbank im Halseisen gestanden und war öffentlich gerichtet worden. Stumm standen die Leute, starrten auf das leere Eisen. So mancher bekreuzigte sich. Da rief die Vossin, die ganz vorn stand: «Glotzt nicht so dumm. Er hat den Meinen auf dem Gewissen. Viel zu wenig ist das Brandmarken für so einen. Hängen müsste er, wenn es einen gerechten Gott im Himmel gibt.»

Diese Worte brachten Bewegung in die Menge. «Jawohl», schrie ein Weib und reckte kampflustig den Busen. «Betrogen hat er uns alle!»

Ein Mann, der neben ihr stand, lachte lauthals. «Weib, dich wohl nicht. Siehst nicht aus wie eine, die die Truhe voll mit englischem Tuch aus Polen hat.»

Das Weib fuhr herum und stemmte die Fäuste in die Hüften.

«Ach? Aber Ihr tragt gutes Tuch? Es geht nicht um mich oder Euch, sondern um den Betrug.»

Der Mann winkte ab, aber an anderer Stelle wurde es unruhig. Eine Magd zerrte eine Bürgersfrau am Umhang. «Sie ist eine von denen, die er geprellt hat. Ja, meine Herrin. Oft genug war der Amedick bei uns, hat der Herrin die Hand geküsst und ihr Schmeicheleien gesagt. So lange, bis sie gekauft hat bei ihm. Jetzt steht sie da im Unglückstuch. Los, Herrin, ziert Euch nicht. Geht ganz nach vorn und spuckt dem Betrüger ins Gesicht.»

Ganz wild war die Magd, ihr Haar hing wirr, die Augen funkelten. Da holte die Herrin aus und versetzte der Rasenden eine Maulschelle. Wie erstarrt stand die Magd und brach gleich darauf in schrilles Heulen aus.

Gustelies und Hella standen inmitten des Getümmels. «Schade ist es doch um ihn», stellte Gustelies leise fest. «Er ist ein schöner Mann. Bald ist er gebrannt und die Schönheit dahin. Hach, und wie er mit den Weibern geredet hat! Als wäre eine jede eine Prinzessin.»

Hella verkniff sich ein Prusten. «Ganz recht, Mama. Jedem Weib hat er Schmeicheleien gesagt. Wer seine Gunst an alle verteilt, zeichnet keine aus.»

Gustelies seufzte. «Recht hast du, Kind. Aber schade ist es doch.»

Hella wandte ihre Blicke von der Mutter weg. Sie mochte es nicht, wenn Gustelies Männer betrachtete. Gustelies war ihre Mutter. Andere Bedürfnisse als Essen, Trinken, Atmen und Schlafen sollte sie nicht haben. Und überhaupt: Sie war Witwe! Sollte sie nicht das Andenken an ihren Mann in Ehren halten?

Gustelies schien Hellas Gedanken gelesen zu haben. Sie lächelte, und dieses Lächeln war von Wehmut gezeichnet.

«Ich bin zwar eine Witwe, aber auch eine Witwe ist ein Weib!», sagte sie.

«Nicht, Mama. So etwas will ich nicht wissen.»

«Du bist alt genug, Hella. Musst langsam begreifen, dass ich mehr bin als eine Mutter, die außer Kochen und Backen keine Interessen hat. Wer, sag mir, nimmt mich in den Arm? Wer tröstet mich? Wer begehrt mich?»

Hella schluckte, wiederholte leise: «So etwas will ich nicht wissen.»

Jetzt lachte Gustelies auf, und in diesem Lachen klang Enttäuschung mit: «Selbstsüchtig bist du, Hella. Ich soll sorgen für dich und deine Bedürfnisse, soll mir jederzeit alle deine Kümmernisse anhören. Aber für meine Bedürfnisse hast du kein Ohr.»

«Du hast Jutta, deine Freundin», wollte Hella sagen, doch in diesem Augenblick war auf den Balkon des Römers einer der Stadtpfeifer getreten, setzte die Schalmei an die Lippen und blies. Sofort verstummte das Volk und starrte auf die große, mit Eisen beschlagene Tür des Römers.

Die öffnete sich, und heraus traten als Erste zwei Büttel, hernach der jüngere Bürgermeister und Vorgesetzte des Richters. Dann kam Heinz Blettner, angetan mit der Amtsrobe, das Gerichtszepter in der Hand. Danach zwei Stadtknechte mit umgehängten Hakenbüchsen. Hinter ihnen, gefesselt an Händen und Füßen, der Zunftmeister Amedick, gefolgt vom Scharfrichter und dem Stöcker, seinem Gehilfen. Zum Schluss liefen der Stadtmedicus, ein Schreiber und Pater Nau.

«Jetzt sieh ihn dir an, deinen Schönling, Mama. Nur eine Nacht im Kerker hat es gebraucht, um ihm den Glanz zu nehmen. Das Haar hängt in Strähnen, die Haut ist fahl, die Augen verschattet.»

Gustelies schaute verärgert. «Meinst du, du würdest aussehen wie das blühende Leben, wenn dir gleich ein glühender Eisenstab durch die Backen gerammt würde?»

Hella wollte etwas erwidern, doch als sie sah, dass Gustelies' Lippen zitterten, hielt sie den Mund.

Das Volk war unterdessen aus seiner Erstarrung erwacht. Während die Stadtknechte eine Gasse durch die Menge trieben, brüllte die Menge all ihren Zorn hinaus. «Nieder mit den Zünften», schrien ein paar Handwerksgesellen. «Lange genug haben sie die Stadt regiert. Es wird Zeit, dass das Volk mitbestimmt.»

Hella verzog das Gesicht: «Seit Dr. Luther und der Landgraf Philipp versuchen, die lutherische Lehre in Frankfurt einzuführen, meinen die Gesellen, jetzt stünden ihnen die Plätze auf den Ratsbänken zu.»

«Seit wann kümmert dich die Politik?», dröhnte eine Stimme hinter ihnen. Gustelies und Hella fuhren herum. Jutta Hinterer lachte ihnen ins Gesicht, das lange rote Haar, sonst gänzlich von einer Haube bedeckt, fiel heute frisch gewaschen ihren Rücken hinab. Obenauf thronte die Sonntagshaube.

«Du siehst aus wie ein Törtchen mit Sahneguss», stellte Gustelies fest.

Die Geldwechslerin kicherte. «Einfach lecker, nicht wahr? Da läuft den Männern das Wasser im Munde zusammen.» Sie griff mit einer Hand nach oben, richtete die Haube. «Wenn Frankfurts schönster Mann gebrandmarkt wird, ist es mir doch eine Ehre, mich dafür besonders hübsch zu machen.»

Gustelies schüttelte den Kopf, Hella lächelte. «Auch du hast deinen Anteil daran, dass er jetzt gleich im Halseisen steht.»

Jutta Hinterer nickte kräftig. «Und ob ich das habe! Und jetzt wollen wir doch mal sehen, ob unser Schönling ein ganzer Kerl ist oder beim ersten Kratzer schon heult wie ein Weib.»

«Ihr seid herzlos, Hintererin», stellte Hella fest.

Die Geldwechslerin blies die Backen auf. «Ich bin nicht herzlos. Die Männer sind es, die kein Herz haben. Die folgen nur ihren Gelüsten. So, Ruhe jetzt. Es geht los. Ich will nichts verpassen.»

Die Stadtschergen stellten Amedick in das Halseisen, ließen Hände und Füße des Mannes in Stricken stehen. Der wehrte sich, bäumte sich auf, machte sich steif wie ein

Kind. Da hob der eine Scherge die Faust und ließ sie in das Gesicht des Zunftmeisters krachen. Dem schoss gleich das Blut aus der Nase.

«Iiih», machte Jutta. «Da könnt ihr ihn sehen, den Schönling. Obwohl er einen hübschen Hintern hat, hat er keinen Arsch in der Hose.» Sie verstummte, lauschte ihren Worten nach und prustete dann los. «Habt ihr gehört, was ich gesagt habe? Einen hübschen Hintern, aber keinen Arsch in der Hose.» Die Hintererin konnte sich gar nicht wieder beruhigen. Hella lächelte ein wenig, dann sah sie erneut nach vorn. Amedick hatte die Augen geschlossen, hing kraftlos im Halseisen.

Gustelies raunte ihr zu: «Sieh, wie er sich schämt. Er kann den Leuten gar nicht ins Gesicht sehen. Die Reue hat ihn im Griff. Hach!»

Hella sah ihre Mutter von der Seite an. Gustelies stand mit gefalteten Händen und blickte mit glänzenden Augen auf den Mann, der ihr geschmeichelt und die Hand geküsst hatte. Hella schüttelte, peinlich berührt und schuldbewusst zugleich, den Kopf.

Schon verlas der Richter dem Volk das Urteil und ließ es vom zweiten Bürgermeister bestätigen. Dann brachte der Stöcker das Kohlebecken, in dem die Glut fußhoch stand. Der Scharfrichter zog sich einen Lederhandschuh über, öffnete die lederne Rollmappe mit seinen Arbeitsinstrumenten, musterte die Wangen des Zunftmeisters und wählte dann einen Stab, der beinahe fingerdick war.

Als das die Leute sahen, ging ein Raunen durch die Menge.

«Habt Erbarmen mit ihm», schrie eine Frau, die jeder als die Zunftmeistergattin erkannte. «Habt Erbarmen. Der Mann hat Frau und Kinder.»

Auf Knien rutschte sie zum Scharfrichter. Der gab mit dem Kopf dem Stöcker ein Zeichen, woraufhin der die Frau auf die Füße zog und sie grob zurückstieß.

«Recht so», schrie die Vossin in der ersten Reihe. «Er hat mit seinen Machenschaften den Meinen zu Tode gebracht. Henker, nimm den dicksten Stab, den du hast.»

«Jawohl!», schrie eine andere, deren Mann zu zehn Gulden Strafgeld und zehn Seelenmessen verurteilt worden war. «Unglück hat er gebracht über alle Gewandschneider Frankfurts. Unglück über die ganze Zunft. Quäl ihn tüchtig, Henker. Blut will ich spritzen sehen.»

«Recht so!», schrie eine Dritte, hob den Arm und schleuderte den Inhalt eines Nachttopfs auf den Mann im Halseisen.

Eine Vierte trat sogar auf ihn zu und versetzte ihm eine gewaltige Maulschelle, doch da schritt der Henker ein. Er fasste die Frau mit seiner behandschuhten Hand fest am Arm, sprach laut: «Wollt Ihr meine Arbeit machen, Weib? Wollt Ihr ab heute das Schwert führen und den Eisenstab zum Glühen bringen? Nur zu.» Er hielt der Frau den Stab hin, doch sie riss sich los, spuckte dem Amedick noch einmal ins Gesicht und floh dann in die Menge.

Die Menschen johlten. Sie waren heute Morgen hier zusammengekommen, um sich zu ergötzen. Sie wollten etwas erleben und begrölten und beklatschten jeden, der sich hervortat.

«Gebt es dem Kerl!», jubelte die Menge. «Gebt's ihm. Na, los.»

Der Scharfrichter reckte sich, sah mit wachen Augen und strengem Blick über die Menge, die sich furchtsam duckte und halb entsetzt, halb fasziniert aufstöhnte.

«Jetzt mach schon», drängte Richter Blettner, der neben

dem Scharfrichter stand. «Wie lange soll das Spektakel denn noch dauern?»

Auch der Zweite Bürgermeister nickte. Da hielt der Henker den Stab zurück ins Kohlebecken, bis die Spitze rot glühte. Dann nahm er das Eisen und packte Amedick am Scheitel. Der schrie wie am Spieß, sodass er schließlich von einem Stadtknecht gezüchtigt werden musste. Endlich war er ruhig, und der Henker drückte ihm das Eisen durch die rechte Backe. Es zischte, Rauch stieg auf und mit ihm der Geruch nach verbranntem Fleisch. Ein Aufschrei ging durch die Menge. Die Frau des Zunftmeisters fiel in Ohnmacht, doch keiner der Umstehenden half ihr auf.

Schon steckte der Scharfrichter den Stab in einen Eimer mit kaltem Wasser. Die Menge starrte auf Amedick, auf das schwarze Loch in seiner Wange. Der Mann wimmerte leise vor sich hin, war noch fahler geworden, die Augen noch verschatteter.

Unterdessen suchte der Scharfrichter in seiner Rolle nach einem Stab, an dessen Ende das F für die Stadt Frankfurt prangte. Er nahm diesen Stab und tat ihn ins Kohlebecken, dass er glühte.

Inzwischen hielt der Stöcker dem Amedick einen Becher Wasser an die aufgebissenen Lippen, doch Amedick heulte wölfisch auf, als das kalte Wasser mit der frischen Brandwunde in Berührung kam. Da zuckte der Stöcker mit den Achseln, besah den Becher und leerte ihn selbst.

Richter Blettner trat von einem Bein auf das andere. «Mein Gott, wie lange dauert das denn noch?», fragte er leise. Der Stadtmedicus, der auch vorn neben dem Halseisen stand, fügte hinzu: «Wenn der Henker noch lange braucht, ist der Zunftmeister hin und die ganze Straferei umsonst.»

Richter Blettner maß den Stadtmedicus mit einem strengen Blick. Gern hätte er etwas erwidert, doch Pater Nau, der als Seelsorger ebenfalls dabei war, meinte: «Die Welt ist ein Jammertal und das Leben ein Graus.»

Dann ging er zu dem Mann im Halseisen und sprach ihm Trost zu, während der Stadtmedicus in seiner Tasche nach dem hochprozentigen Alkohol kramte, den er dem Geschundenen später auf die Brandwunden tröpfeln wollte.

Der Scharfrichter war so weit. Der Stab mit dem «F» am Ende glühte rot.

Er machte den Stadtknechten ein Zeichen, die sich links und rechts neben Amedick stellten. Der Scharfrichter prüfte, ob der dicke Lederhandschuh richtig saß, trat zum Zunftmeister und packte ihn erneut am Schopf.

«NEIIIIIIIIIIIIIN», schrie der Mann gellend. «NEIIIIIIIIIN!»

Der Scharfrichter ließ das Eisen sinken, die Menge starrte mit offenen Mündern.

«Ein Feigling ist er, der Amedick», schrie die Vossin und schleuderte ein faules Ei, welches oberhalb des Zunftmeisterkopfes an den Steinen zerschellte. «Betrügen kann er, aber seine Strafe kann er nicht ertragen. Feigling!»

Jutta Hinterer rümpfte die Nase. «Ich weiß gar nicht, was die Leute immer zu meckern haben. Die Vossin da vorn ist doch nur froh, dass ihre Tändelei mit dem Altgesellen unentdeckt geblieben ist, sie ihren Alten auf einfache Weise losgeworden ist und von nun an das Glück der Erde auf sie wartet. Heuchlerisch ist das. Pfui!»

Gustelies wandte sich zu ihrer Freundin. «Die Menschen sind so. Ehe sie am Unglück eines anderen mitleiden, ergreift sie große Erleichterung, dass die eigenen Sünden im Verborgenen bleiben und das tägliche Unglück kleiner ist als das des Menschen im Halseisen. Sie erleben jede Hinrichtung, jede Verstümmelung als Zeichen Gottes, der ihnen Aufschub gewährt. Sie wissen schon, dass jeder von ihnen irgendwann dort stehen könnte. Aber noch ist es nicht so weit, und deshalb schreien sie.»

«Und die, die sich am meisten hervortun, sind die, die den meisten Dreck am Stecken haben.» Die Hintererin schüttelte den Kopf, wandte sich ab. «Ich gehe, hab genug gesehen. Eine richtige Hinrichtung ist mir lieber als dieses Gehampel da vorn. Außerdem widern mich die vielen Selbstgerechten hier an, die schon immer gewusst haben wollen, dass es mit Amedick kein gutes Ende nehmen würde.» Die Geldwechslerin spuckte aus, nickte Gustelies und Hella zu und bahnte sich mit den Ellbogen einen Weg durch die Menge.

«Ich habe auch genug», stellte Hella fest und fasste ihre Mutter beim Arm. «Lass uns gehen!»

Kapitel 16

Das Mädchen hastete durch den Schnee. Obwohl sie nichts außer einem Nachtkittel trug, spürte sie die Kälte nicht. Blut tropfte zwischen ihren Schenkel hervor und hinterließ eine rote Spur im Schnee.

Der Mond schien, überzog den Schnee mit flüssigem Silber, verlieh den hohen Tannen scharfkantige Schatten. Das Mädchen röchelte, wischte sich mit dem Unterarm den Schweiß von der Stirn, taumelte von Baum zu Baum, brach schließlich zusammen. Sie lag keuchend am Boden, tränkte den Schnee mit ihrem Blut. Noch immer spürte sie die Kälte nicht, denn in ihrem Inneren war alles erstarrt. Ihr Unterleib schmerzte, doch der Schmerz kam nicht allein von der Geburt. Ihr Körper schien noch immer mit dem Kind verbunden, und sie spürte seinen Tod in sich, spürte ihn als Ziehen und Zusammenpressen, spürte ihn als Wehen, die nichts als Schmerz und Trauer hervorbrachten. Es war, als hätte sie nicht nur gerade ein Kind geboren, sondern brächte nun überdies das Grauen zur Welt.

Es begann zu schneien. Erst fielen winzige, nadelspitze Flocken, dann Kristallgebilde, und schließlich trieb der Sturm die Flocken waagerecht vor sich her. Das Mädchen lag im Schnee, war bedeckt von Schnee, in dem ein Kranz aus Blut leuchtete. Sie hatte sich auf die Seite gerollt, hätte gern geweint oder geschrien, doch sie war ganz leer, konnte nur noch atmen. Ein und aus und ein und aus. Dann wurde es schwarz um sie herum, und sie spürte gar nichts mehr.

«Was ist los? Was soll das?», fragte die Hebamme den Pfarrer, der im Schnee neben dem kleinen Friedhof an einer frischen Grabstelle kniete und laut dem Herrn im Himmel Lieder sang.

«Was heult Ihr den Sturm an? Seid Ihr ein Wolf?»

Sie zog ihren Umhang enger um sich, trat abwechselnd mit den Füßen auf. «Geht ins Haus, Ihr holt Euch hier den Tod!»

Der Pfarrer sah sie mit glänzenden Augen an, hob die Hände zum Himmel und schrie: «Ich habe den Teufel besiegt. Ich habe den Satan getötet!»

Kopfschüttelnd zog die Hebamme den Pfarrer auf die Füße und zerrte ihn ins Pfarrhaus. In der Küche stieß sie den Mann auf die Bank und schürte das Feuer im Herd, um ihm einen heißen Trank zu brauen.

Der Mann saß da, sang noch immer Lieder zur Ehre Gottes.

Als die Hebamme fertig war und den Sud aus dem Kessel in einen Tonbecher füllte, Honig dazugab und umrührte, fuhr sie den Pfarrer an. «Wascht Euch die Hände. Ganz schwarz und mit Dreck beschmiert sind sie. Habt Ihr etwa neben dem Friedhof gegraben?»

Sie füllte warmes Wasser in eine Schüssel, legte ein Stück Seife daneben und ein Leinentuch. «Los jetzt.»

Der Pfarrer stand auf, trat so dicht auf die Hebamme zu, dass sie seinen Atem riechen konnte, und stieß rau flüsternd hervor: «Ich habe den Teufel getötet.»

«Ja. Ich weiß», erwiderte die resolute Frau und gab ihm einen Stoß. Sie hielt das Leinentuch, während er sich wusch. Doch plötzlich wurde sie blass. «Ihr habt Blut an den Händen!», schrie sie leise auf. «Was habt Ihr getan?»

«Ich sagte es schon: Ich habe den Teufel getötet.»

Die Hebamme starrte ihn einen Augenblick an, dann fragte sie drängend: «Wo ist das Mädchen?»

Der Pfarrer sah sie erstaunt an: «Welches Mädchen?»

«Das, welches in Eurem Hause lebt.»

Der Pfarrer schüttelte den Kopf, zog die Augenbrauen zusammen. «Sie trug den Teufel in sich», flüsterte er. «Er kam zwischen ihren Beinen zum Vorschein. So war das. Aber ich war schneller und habe den Teufel getötet.»

Die Hebamme ließ das Leinentuch fallen. «Wann war das? Wo war das? Wo ist das Mädchen jetzt?»

Der Pfarrer hob die Achseln, kicherte irre. «Den Teufel habe ich getötet.»

Da nahm die Hebamme den Mann bei den Schultern und schüttelte ihn: «Wo das Mädchen ist, will ich wissen!»

Der Pfarrer machte eine ausholende Handbewegung in Richtung Kirche. «In der Kirche habe ich den Teufel getötet. Er wollte das Gotteshaus für sich haben, aber ich war stärker als er.»

Die Hebamme ließ den Mann los, eilte hinüber in die Kirche. Vor dem Altar fand sie eine Decke, die mit Blut besudelt war. Dann erblickte sie die Blutspur, die bis zur Kirchentür reichte. Sie eilte in ihr Haus, zog sich einen Mantel und Schaffellstiefel an, steckte eine Fackel in Brand und versuchte, der Blutspur zu folgen. An manchen Stellen war sie bereits vom Schnee bedeckt, an anderen Stellen trat sie aus dem Schnee hervor wie ein düsteres Zeichen.

Eine Wolke hatte sich vor den Mond geschoben, hüllte die Landschaft in Dunkelheit. Nur das Licht der Fackel zuckte auf und sprühte Gold in das Dunkel.

Die Hebamme versuchte, die Flamme mit der Hand zu schützen, damit der Schnee sie nicht zum Erlöschen brachte. Gleichzeitig folgte sie der Blutspur im Schnee. Von weitem hörte sie einen wilden Hund bellen, der wohl ebenfalls die Blutspur entdeckt hatte.

Ihr Gesicht war gerötet. Die Schneeflocken, die auf ihr Haar fielen, schmolzen sofort und glitten als Tropfen über ihre Wangen.

Ab und zu blieb sie stehen, atmete tief und rief nach dem Mädchen. Doch niemand antwortete ihr.

Da hastete sie weiter. Plötzlich, eine halbe Wegstunde von ihrem Haus entfernt, stolperte sie über eine Erhebung im Schnee. Sie stürzte zu Boden, und die Fackel erlosch.

Im Dunkeln tastete die Hebamme um sich, bis sie einen menschlichen Körper spürte, der ganz kalt und starr war.

«Gott sei Dank», murmelte sie und bekreuzigte sich. Dann rüttelte sie an dem Mädchen. «Sag was! Sag was!» Doch das Mädchen blieb stumm.

Die Hebamme war nicht stark genug, um das Mädchen auf ihren Armen zu tragen. Sie befreite es vom Schnee, nahm ihren Mantel und hüllte das Mädchen darin ein. Dann fasste sie sie an beiden Händen und zog sie hinter sich her. Dabei keuchte und schwitzte die Hebamme wie ein Ochse vor dem Pflug, doch sie gab nicht auf, bis sie das leblose Mädchen zu sich nach Hause geschleift hatte. Dort feuerte sie den Kessel an, füllte den Zuber mit warmem Wasser und setzte das Mädchen hinein. Sofort färbte sich das Wasser rot. Die Hebamme schöpfte mit Eimern die rote Brühe ab, goss sauberes Wasser auf. Endlich fühlte sie, dass die Glieder des Mädchens warm wurden. Sie hielt ihr eine Feder unter die Nase und seufzte erleichtert auf, als diese sich bewegte. Schließlich zerrte sie das Mädchen aus dem

Bad, rieb es trocken, legte es auf ein Schaffell am Boden und kniete zwischen seinen Schenkeln. Als sie die Nachgeburt aus dem Leib des Mädchens geholt hatte, wurde die Blutung schwächer. Sie legte dem Mädchen Stoffstreifen zwischen die Beine, schaffte es in ihr Bett, bedeckte es mit weichen Daunen und brachte einen heißen Ziegelstein, den sie an das Fußende des Bettes legte. Das Mädchen schlief. Im Kerzenschein sah sie mit ihrem marmorblassen Gesicht und den bleichen Lippen aus wie eine Heilige.

Erst jetzt spürte die Hebamme, wie erschöpft sie war. Sie wusch sich die Hände, löschte alle Lichter im Haus und legte sich zum Mädchen, umfing es mit ihren Armen und war schon bald eingeschlafen.

Das Mädchen wachte auch am nächsten Tag nicht auf. Ihr Körper fühlte sich heiß an, der Atem ging stoßweise. Ein hohes Fieber hatte sie befallen. Den ganzen Tag über saß die Hebamme an ihrem Bett, machte dem Mädchen feuchtkalte Wickel um die Waden und die Brust, wechselte die Stoffstreifen zwischen ihren Beinen. Am dritten Tag flackerten die Lider des Mädchens, es schlug die Augen auf, sah die Hebamme, lächelte und fiel zurück in den Schlaf. Die Hebamme bekreuzigte sich. Sie ging hinaus, schlachtete ein Huhn und kochte eine fette Brühe daraus. Davon gab sie dem Mädchen löffelweise jedes Mal, wenn es erwachte. Zwei Tage später war das Fieber gesunken. Das Mädchen lag blass und erschöpft im Bett, starrte mit dunklen Augen zur Decke.

«Willst du mir sagen, was passiert ist?», fragte die Hebamme. Das Mädchen öffnete den Mund, wollte sprechen, doch die Worte fehlten ihr. Sie würgte, rollte mit der Zunge, schob den Unterkiefer vor, brachte krächzende Laute heraus, aber keine Worte.

Da füllten sich ihre Augen mit Tränen. Sie sieht so verlassen aus, dachte die Hebamme, und auch ihre Augen begannen zu tränen. Sie hielt dem Mädchen die Hand, betrachtete das schmale Gesicht mit den großen, leicht hervorstehenden Augen, die ganz ohne Ausdruck waren, und weinte um das Mädchen, weinte um deren Kind.

Lange saß sie so, das Mädchen schlief längst wieder, zuckte im Schlaf, stieß grässliche Schreie aus. Die Hebamme streichelte ihr Gesicht, das Haar, hielt die Hand. «Ich wusste nicht», flüsterte sie, «dass es Dinge gibt, die schlimmer sind als der Tod. Hätte ich dein Leiden, deinen Schmerz gekannt, ich hätte dich wohl im Schnee erfrieren lassen. Es tut mir leid, mein Kind. Ich bin eine alte Frau und wusste doch nicht, dass es für manche grausamer ist zu leben, als zu sterben.»

Eine Woche später konnte sich das Mädchen zum ersten Mal im Bett aufrichten. Die Hebamme brachte ihr das weiße Fleisch eines Huhns, welches sie in Milch gekocht hatte. Das Mädchen aß, wenn auch nur wenig.

Die Hebamme saß an ihrem Bett, streichelte sie, erzählte ihr Geschichten, die sie von ihrer Mutter wusste oder aus der Kirche kannte. Manchmal stellte sie dem Mädchen Fragen: «Was soll aus dir werden, Kind? Wohin wirst du gehen, wenn du gesund bist?»

«Am liebsten bliebe ich bei Euch», sagte das Mädchen schließlich leise und vermied es dabei, die Hebamme anzusehen. Sie rappelte sich auf und zog sich an. Im Garten hockte sie sich zwischen die kahlen Beete. Sie lockerte den Boden, befreite den winterharten Liebstöckelbusch von den trockenen Blättern, ging zurück in die Küche und lockerte die Bündel mit getrockneten Kräutern. Als sie fertig damit war, ging sie zurück ins Bett und schlief erschöpft ein.

Am Abend brachte die Hebamme erneut gekochtes Huhn. «Verstehe ich dich richtig, Mädchen?», fragte sie. «Du willst mir im Garten helfen? Willst von mir noch mehr über Kräuter lernen?»

Das Mädchen nickte. Die Hebamme setzte sich auf den Schemel neben das Bett und seufzte. «Gott weiß, dass ich eine Hilfe im Garten brauchen könnte. Mein Rücken, weißt du, er schmerzt bei Tag und bei Nacht. An manchem Tag kann ich mich kaum bücken.»

Dann lächelte sie, fasste nach der Hand des Mädchens: «Gut. Dann bleib hier. Aber denke nicht, dass dir bei mir die gebratenen Tauben in den Mund fliegen. Du musst arbeiten. Viel arbeiten. Musst dir dein Brot selbst verdienen.»

Das Mädchen nickte. «Ich will fleißig sein.»

Als der Frühling kam, stand sie jeden Tag im Garten, hegte und pflegte die Pflanzen, als ob es Kinder wären. Manchmal ging ihr Blick hinüber zum Pfarrgarten, wo sie hin und wieder eine junge Frau sah, die sich um die Pflanzen kümmerte. Einmal hatte sie sogar den Pfarrer im Garten gesehen. Sie hatte sich aufgerichtet, und er hatte sie angeblickt. Angeblickt, als kennte er sie nicht, hätte sie nie zuvor gesehen. Er nickte ihr sogar gleichgültig zu, bevor er wieder im Haus verschwand. Das Mädchen stand starr, stierte auf die Tür, die sich hinter dem Pfarrer geschlossen hatte. Ihr Mund formte lautlos das Wort «Mörder». Dann begann sie zu zittern. Zuerst mit der Unterlippe, dann die Hände, schließlich wurde der ganze Körper wie im Fieber geschüttelt. Die kleine Hacke fiel ihr aus der Hand, und sie biss sich auf die Unterlippe, dass sie blutete.

Erst als die Hebamme kam, das Mädchen am Arm ins Haus führte und ihr Tropfen von Baldrian und Johanniskraut gab, wurde sie ruhiger. Die Hebamme nahm die Hand des Mädchens, strich behutsam darüber: «Du hast viel mitgemacht in deinem Leben», sagte sie leise. «Ich bete, dass sich dein Herz nicht verhärtet hat. Ich bete für deine Seele. Und für die deines Kindes.»

Da wurde der abweisende Blick, den das Mädchen auf die ältere Frau gerichtet hatte, weicher und flehend. Die Hebamme verstand. Sie war schon lange auf der Welt, hatte viel gesehen, zahlreiche Menschen gekannt. Sie wusste, was das Mädchen meinte mit ihrem Blick, der so verzweifelt und voller Hoffnung zugleich auf ihr ruhte.

«Ich habe ein paar Blumen auf das Grab deines Kindes hinter der Friedhofsmauer gepflanzt», sagte sie und strich dem Mädchen über die Wange. «Vergissmeinnicht.»

Da wurde der Blick des Mädchens klarer. Sie fasste nach der Hand der Hebamme. «Danke», flüsterte sie.

Manchmal kamen Leute in das Haus der Hebamme. Dann musste das Mädchen im Keller verschwinden. Dort gab es einen Raum, der dunkel und kühl war und zum Aufbewahren der Kräuter und Tränke diente.

Die Leute, die im Schutz der Dämmerung in das Haus der Hebamme kamen, waren nicht aus der Vorstadt. Sie waren gut genährt, ihre Kleidung gepflegt, bei manchen sogar recht kostbar. Es waren Städter, die nur selten einen Fuß in die Vorstadt setzten. Das Mädchen verbarg sich hin und wieder hinter der Kellertür, die aus groben Latten genagelt war und durch deren breite Ritzen sie in die Küche sehen und hören konnte, was die Hebamme mit den Leuten aus der Stadt zu schaffen hatte.

Die Städter raunten der Hebamme etwas ins Ohr. Die Hebamme nickte, holte aus einer stets verschlossenen Truhe ein Säckchen oder ein Tonfläschchen, das mit einem Holzstopfen verschlossen war, und reichte es den Leuten. Die wühlten mit leuchtenden Gesichtern in ihren Geldkatzen und legten glänzende Münzen auf den Tisch. Immer kamen sie in der Abenddämmerung, wenn die Gassen der Vorstadt leer waren. Sie kamen, kurz bevor die Stadttore geschlossen wurden. Sie kamen allein oder zu zweit, niemals in Gruppen. Sie sprachen wenig, erledigten rasch ihre Geschäfte und verschwanden, so schnell es ging. Vor dem Haus zogen sie große Kapuzen über die Köpfe und hielten sich beim Gehen dicht an den Hauswänden.

Am Tag nach einem solchen Besuch gab es meist Fleisch, selten sogar ein Stück Kuchen.

Einmal blickte das Mädchen die Hebamme an, dann sah sie zur Truhe und hinüber zur Kellertür.

«Du willst wissen, was in der Truhe ist, nicht wahr?» Das Mädchen nickte. «Und wissen willst du auch, was die Städter hier bei mir in der Vorstadt wollen.»

Wieder nickte das Mädchen.

Die Hebamme sah sie an. «Es ist gut, dass du so wenig sprichst und dein Herz nicht auf der Zunge trägst. So wirst du niemandem erzählen, was du hier siehst. Aber alles wissen musst du auch nicht. Es ist manchmal besser, bestimmte Dinge nicht zu wissen.»

Das Frühjahr brachte wechselhaftes Wetter und Temperaturstürze, die der Hebamme schwer zu schaffen machten. Schon am frühen Morgen war ihr Gesicht rot, ihr Atem ging stoßweise. Sie musste sich oft ausruhen.

«Die Wetterumschwünge machen mich matt», klagte sie dem Mädchen. «Ich schaffe meine Arbeit kaum. Gott sei Dank sind in diesem Frühjahr nicht viele Säuglinge zu erwarten. Aber selbst das Gemüseputzen fällt mir schwer. Vom Garten ganz zu schweigen.»

Das Mädchen verstand, nahm das Gemüse, putzte es, kochte das Mittagessen, verschwand hernach im Garten. Die Hebamme mochte es nicht, wenn das Mädchen in der Nähe war, während sie ihre Tränke und Salben braute.

Doch in diesem Frühjahr rief sie das Mädchen aus dem Garten ins Haus. «Du musst mir helfen», sagte sie. «Mir ist schwindelig, die Knie ganz weich. Manchmal sehe ich schwarze Kreise vor meinen Augen.»

Das Mädchen nickte.

Die Hebamme wies auf einen Topf, der über der Feuerstelle leise brodelte. «Gieß das Wasser ab. Dann seih die Kräuter vorsichtig durch ein Tuch.»

Das Mädchen tat wie ihm geheißen. Der Sud roch würzig. Während sie mit Krug und Tuch hantierte, atmete sie die Dämpfe des Sudes ein. Plötzlich überfiel sie eine große Müdigkeit. Sie gähnte, ihre Bewegungen wurden langsamer.

«Mach das Fenster auf», forderte die Hebamme. «Und atme kräftig ein und aus. Dann trink einen Becher Wasser und arbeite weiter. Sobald dich die Müdigkeit überfällt, geh zum Fenster und atme.»

Das Mädchen nickte, doch der Müdigkeit konnte sie kaum Herr werden. Die Küche verschwamm vor ihren Augen, die Stimme der Hebamme drang zu ihr wie aus weiter Ferne. Nur den Krug und das Tuch sah sie überdeutlich. Die kleingeschnittenen Kräuter verwandelten sich vor ihren Augen in mannshohe Pflanzen. Sie roch herrliche Düfte. Überhaupt war ihr so leicht und froh zumute wie in ihrem ganzen Leben noch nicht. Kräftig atmete sie den Dampf über dem Sud ein, ließ sich treiben in eine Welt immergrüner

Pflanzen, die einen so lieblichen Geruch verströmten, dass das Mädchen am liebsten für immer in diesem Garten, der ihr wie das Paradies erschien, geblieben wäre.

Als sie mit schwerem Kopf erwachte, lag sie in der Kammer, welche die Hebamme für sie eingerichtet hatte. Ihr Schädel schmerzte, und vor ihren Augen tanzten bunte Kreise. In ihrem Magen rumorte es, und das Mädchen schaffte es gerade noch bis zur Schüssel, ehe sie sich erbrach.

Die Hebamme kam herein, tupfte ihr die Stirn mit einem Essiglappen ab, hieß sie ans Fenster treten und kräftig atmen.

«Es gibt Kräuter, die das Leben leichter machen», sagte sie leise. «Die Kräuter waren es, die dir die fröhliche Laune beschert und die Welt bunt gefärbt haben. Und die Kräuter sind es auch, die es dir jetzt übel ergehen lassen.» Das Mädchen sah die Hebamme an, hörte genau zu und nickte, damit diese weitersprach. Dabei lächelte sie, als wüsste sie genau, wovon die ältere Frau sprach.

«Es gibt viele Kräuter, die heilen können. Ein Übermaß davon kann zum Tode führen. Wer immer mit Kräutern hantiert, sollte die Menschen lieben.»

Die Hebamme brach ab, betrachtete das Mädchen, sprach eindringlich: «Wer sich auf den Umgang mit Kräutern versteht, ist Herr über Leben und Tod. Aber es lässt sich auch Geld damit verdienen. Geld, das wir dringend benötigen.»

Der Blick der Hebamme schweifte ab, drang durch das offene Fenster und verlor sich in der Ferne. «Es tut dem Menschen nicht gut, sich zum Herrn über Leben und Tod aufzuschwingen. Man muss vorsichtig sein mit diesen Dingen. In jedem Kraut steckt ein Teil der göttlichen Kraft.»

Dann wandte sie sich an das Mädchen, fasste es bei den Schultern, sah es eindringlich an. «Geh mit den Kräutern stets vorsichtig um. Hüte sie wie deinen Augapfel und wisse, dass in ihnen neben der göttlichen auch die teuflische Kraft steckt. Ich wollte nie solche Tränke brauen, wollte nur heilen und den Kindern auf die Welt helfen. Aber nur damit kann ich uns nicht ernähren. Hast du mich verstanden?»

Das Mädchen nickte. «Ich verspreche, sorgsam zu sein.»

Am Abend verließ sie zum ersten Mal das Haus, ohne zu sagen, wohin sie ging. Am nächsten Tag ging sie erneut. Als sie kam, war sie aufgewühlt, ihre Kleidung schmutzig und an den Säumen nass.

«Wo bist du gewesen?», fragte die Hebamme. «Was hast du gemacht?»

Ein merkwürdiges Lächeln erschien um den Mund des Mädchens. Sie zuckte mit den Schultern, ihr Gesicht verschloss sich.

Die Hebamme keuchte plötzlich. Schweiß stand ihr auf der Stirn, die Augen flackerten, sie taumelte. Das Mädchen fing sie halb auf, stützte sie und führte sie zur Bettstatt. «Schieb ein Kissen unter meine Füße. Sie müssen hoch liegen, damit sich das Blut verteilt. Dann wird mir besser werden.»

Das Mädchen rollte eine Decke zusammen und schob sie unter die Knöchel der Hebamme.

«Jetzt bring mir Wasser», bat die Hebamme. «Eiskaltes Brunnenwasser zum Trinken und Essigwasser für kalte Tücher.»

Das Mädchen tat wie ihm geheißen, führte der Frau einen Becher an die Lippen, legte ihr ein kaltes Essigtuch auf die Stirn, wickelte in Essigwasser getränkte Stoffstreifen um ihre Handgelenke. Langsam beruhigte sich der Atem der Hebamme, und die Schweißtropfen auf ihrer Oberlippe trockneten.

«Danke», flüsterte sie. «Mir geht es besser, ich fühle mich nur so unendlich erschöpft. Zum Scharfrichter wollte ich gehen und dort ein Töpfchen holen. Aber ich fühle mich zu schwach dafür. Geh du an meiner statt und sag dem Henker, dass ich dich schicke. Sag ihm, er soll dir das Töpfchen ruhig aushändigen.»

Das Mädchen nickte und machte sich auf den Weg. Sie ging durch die verstaubten Gassen aus Lehm, in welche die Sonne tiefe Risse getrieben hatte. Sie ging vorbei an den ärmlichen Katen, sah zerschlissene Wäschestücke auf Leinen hängen. Die meisten Katen hatten keine Fenster, sondern nur Löcher, die wie tote Augen in die Welt sahen. Eine Tür knarrte lose in einer Angel aus Leder. Zwei nackte kleine Kinder spielten mit einer toten Ratte. Eine dürre Katze kreuzte ihren Weg. Aus einem Haus drang Geschrei, dann hörte das Mädchen etwas klatschen, gleich darauf heulte eine Frau gellend auf.

Eine andere zog ein kleines Mädchen an den Haaren hinter sich her, ein Junge, der dem Mädchen kaum bis zur Brust reichte, trieb einige magere Gänse über die Straße. Ein altes Weib im schwarzen Kittel schlurfte über die Straße, bückte sich nach einem Kanten schimmligen Brotes, hob ihn auf und saugte daran. Vor einer anderen Kate saß eine Frau in der Sonne, hatte das Kleid über die Schulter gestreift. Ein Säugling saugte an einer ihrer Brüste, die wie lederne Lappen bis hinab zum Schoß hingen.

Das Mädchen richtete den Blick vor sich auf die staubige Gasse. Sie ging, ohne zu grüßen und ohne aufzublicken, am Haus des Henkers vorbei. Als die Glocke zum Angelus läutete, lief sie schneller, verließ die Vorstadt über die Mainbrücke und bog hinter der Brücke nach links ab.

Als sie Stunden später, kurz vor Toresschluss, denselben

Weg zurückeilte, war Stroh in ihrem Haar und der Saum ihres Kleides nass. Ihr Gesicht aber war von einer großen Genugtuung erfüllt.

Vor dem Haus des Henkers, welches weitaus prächtiger war als die anderen Häuser in der Vorstadt, hielt sie inne, klopfte mit einem Messingring an die Tür, bestaunte die Fensterscheiben aus Butzenglas, die gemauerten Wände, das mit Holzschindeln gedeckte Dach, die Blumenkästen vor den Fenstern im ersten Geschoss. Wie ein Palast wirkte das Henkershaus inmitten der geduckten Katen, und wie eine Königin, wohlgenährt, mit rosigen Wangen und glänzendem Haar, schien ihr die Henkersfrau, die ihr öffnete.

«Was willst du, Mädchen?», fragte die Frau.

«Die Hebamme hat mich geschickt. Ich soll etwas abholen.»

«Sie schickt dich?», fragte die Henkersfrau ungläubig. «Dir soll mein Mann das Töpfchen geben?»

Das Mädchen nickte.

Die Frau trat zur Seite, bat das Mädchen herein, hieß sie im Flur warten. Schließlich kam der Henker. «Was willst du?», fragte er.

Das Mädchen wiederholte, was die Hebamme ihr aufgetragen hatte.

«Wünsch ihr gute Besserung, der Hebamme», brummte der Henker, riss eine Tür auf und rief in einen dunklen Gang: «He, bring den Topf mit dem Menschenfett!» Das Mädchen erstarrte, und der Henker klopfte ihr lachend auf die Schulter: «Hältst besser den Mund über das, was du hier hörst und siehst.»

Kapitel 17

Bei der nächsten Gerichtssitzung am darauffolgenden Donnerstag waren die Ratsbänke so dicht besetzt wie lange nicht mehr. Nur auf dem Platz, den die Gewandschneiderzunft innehatte, saß niemand.

Richter Heinz Blettner legte die Fälle der letzten Woche vor. Eine Milchhändlerin hatte verdorbene Milch verkauft, ein Gerbergeselle hatte sich in eine Rauferei mit einem Gesellen der Färberzunft eingelassen, eine heimliche Dirne hatte einen verheirateten Mann verführt und eine Seidenstickerin ihre Nachbarin beleidigt. In allen Fällen stimmte der Rat den Urteilen des Richters zu. Die Milchhändlerin sollte einen Tag am Pranger verbringen, die beiden Raufburschen gestäupt, die Hure öffentlich ausgepeitscht werden, während der Hurenbock straffrei ausging, und die Seidenstickerin hatte sich bei der Nachbarin zu entschuldigen, und zwar öffentlich beim nächsten Gottesdienst. Der Schreiber stand hinter einem Pult und hatte das Strafenbuch der Stadt vor sich liegen. Sorgfältig trug er den Namen eines jeden Übeltäters ein, dann die Strafe, das Datum des Urteils und das Datum der Vollstreckung.

Als er damit fertig war, sah er hoch. Der zweite Bürgermeister, der zuständig war für das Recht in der Stadt, erhob sich und bat um Aufmerksamkeit für den nächsten Fall, nämlich den Tod des Gewandschneiders Voss. Er nickte dem Vorsteher der Syndici zu, und der Mann trat nach vorn an das Pult. Noch einmal verlas er die Protokolle des Stadtmedicus, des Scharfrichters und des Richters Blettner, dann verlas er das von den Rechtsgelehrten verfasste Gutachten. «Alles in allem sind wir zu dem Schluss gekommen, dass die Todesursache nicht feststellbar ist. Es kann sich sowohl um Mord als auch um Selbstmord gehandelt haben.»

Ein breites Grinsen zog sich über Richter Blettners Gesicht. Sieh einer an, dachte er zufrieden und verschränkte die Arme vor der Brust, die Gelehrten sind auch nicht schlauer als ich. Doch schon sprach der Zweite Bürgermeister ihn an. «Wie sollen wir nun in diesem Fall verfahren?»

Der Richter erhob sich, sah rasch jedem einzelnen Ratsmitglied in die Augen, dann sagte er: «Ich schlage vor, den Gewandschneider Voss weder wie einen Selbstmörder in einem Fass im Main zu versenken, noch ihn an der Seite seiner Familie in geweihter Erde zu bestatten. Er soll seinen Platz an der Friedhofsmauer haben, ein Priester darf den Leichenzug begleiten, muss jedoch stumm bleiben. Ein Laie, ein Begarde oder eine Begine, darf einen kurzen Segen sprechen. Das Grab selbst darf nur mit einem einfachen, namenlosen Kreuz geschmückt werden, dazu mit einer Kerze an Allerseelen.

Sollte eines Tages erwiesen sein, dass der Gewandschneider gewaltsam zu Tode gekommen ist, kann die Familie ihn leicht und mit allem Zeremoniell einer christlichen Bestattung in geweihte Erde umbetten.» Der Richter hielt kurz inne, dann bat er: «Wer diesem Urteil zustimmt, den bitte ich um das Handzeichen. Gibt es noch Fragen vorab?»

Als sich ein dicker Patrizier in der ersten Bank zu Wort meldete, hätte Blettner am liebsten die Augen verdreht. Hollenhaus fragte: «Was geschieht mit dem Nachlass des

Toten? Bei Selbstmord hat der Scharfrichter ein Anrecht darauf. Bei Mord die Familie.»

Richter Blettner kratzte sich am Kinn, dann sprach er: «Wir werden zehn Gulden aus dem Nachlass des Gewandschneiders für ein Jahr in der Stadtkasse verwahren. Ist nach Jahresfrist noch immer nicht entschieden, wie der Mann zu Tode kam, so kann sich der Scharfrichter das Geld auszahlen lassen. Die Familie ist, so denke ich, genug gestraft, die Zunft obendrein.»

Alle Blicke wandten sich nun dem leeren Platz auf der Zunftbank zu.

«Seid Ihr, edle Herren, bereit für das Handzeichen?», fragte der Richter. Zahlreiche Hände flogen in die Luft, der Schreiber notierte, und der Zweite Bürgermeister bestätigte, was Blettner vorgeschlagen hatte.

Dann war die Ratssitzung beendet, der Zweite Bürgermeister Jonas Schulte schlug Blettner auf die Schulter und fragte: «Kommt Ihr mit in die Ratsschenke? Ich habe da etwas mit Euch zu bereden.»

Hella war froh, dass auch die Syndici den Fall nicht hatten lösen können. Heinz hatte sich ganz richtig verhalten, und niemand konnte es ihm zum Vorwurf machen, dass er den Fall nicht selbst gelöst hatte. Dieses Mal jedenfalls war sein Seelenheil nicht in Gefahr. Froh war Hella auch, weil sie sich einmal keine Gedanken um Mord und Totschlag machen musste. Sie schlenderte allein über den Markt, während die Magd das Haus putzte. An einem Stand mit Kämmen und Spangen blieb sie stehen, betrachtete die Dinge aus Messing, die in der Sonne glänzten. Dann lief sie weiter, wich einer Frau aus, die ein Kalb an einem Strick hinter sich herzerrte. Zwei Kinder rannten lachend und kreischend an ihr vorbei. Das kleinere stolperte, stürzte und heulte schrill los. Sofort war Hella bei dem Kind, half ihm auf, nahm es tröstend in die Arme. Sie roch den Geruch von Kinderschweiß, der süß und mild war, strich über die klebrigen Bäckchen, über das im Nacken feuchte Haar. «Pst», machte sie. «Pst, gleich ist alles gut.»

Als das Kind sich beruhigt hatte, besah Hella die Wunde am Knie. Dann holte sie ein Taschentuch aus ihrem Kleid, spuckte herzhaft darauf und rieb den Dreck aus der Wunde. Das Kind wimmerte, aber Hella sprach weiter beruhigend auf es ein. Als sie fertig war, nahm sie das Kind bei der Hand. «Du warst sehr tapfer. Sollen wir dir einen süßen Kringel kaufen?»

Das Kind, ein kleiner Junge, nickte und strahlte sie aus leuchtend blauen Augen an. Hella trat mit ihm zu einem Bäckerstand, kaufte den Kringel und gab ihm den Kind. Der kleine Junge verstärkte sein Strahlen noch, flüsterte: «Danke schön», biss mit geschlossenen Augen hinein, kaute und lief, den Kringel wie eine Trophäe schwenkend, davon.

«Niedlich sind sie ja, die kleinen Bälger», meinte die Bäckersfrau. «Wenn sie nur nicht so viel Arbeit machen würden. Ich habe fünf davon und keine Stunde Ruhe.»

Hella nickte und wandte sich ab. Langsam schlenderte sie über den Markt, hatte plötzlich keine Blicke mehr für die Auslagen. Eine Nachbarin kam ihr entgegen, grüßte, doch Hella hörte nichts davon. Als sie mit leerem Korb wieder zu Hause war, setzte sie sich im Wohnzimmer in einen gepolsterten Lehnstuhl, stützte den Ellbogen auf die Lehne und das Kinn in die Hand und dachte nach.

Seit knapp drei Jahren war sie nun schon mit Heinz Blettner verheiratet, aber noch immer hatte sie kein Kind bekommen. Es hieß, eine kinderlose Ehe sei die Strafe Gottes für eine schwere Sünde. Aber solange Hella auch darüber nachdachte, welch schwere Sünde sie begangen haben mochte, sie kam nicht darauf. Allmählich, Hella wusste es, begannen die Leute zu tuscheln. «Sie hat einen trockenen Schoß», hieß es. Sie spürte, wie ihr die Tränen in die Augen stiegen. Das Gerede der Leute machte ihr wenig. Aber ihre eigene Sehnsucht nach einem Kind war so groß. Und auch Heinz wünschte sich sehnlichst ein Kind. Am liebsten einen Sohn, der seinen Namen fortführte und womöglich ebenfalls einmal Richter würde.

Hella weinte eine Weile. Als sie sich erleichtert fühlte, wischte sie die Tränen weg und dachte nach. Gustelies war der Meinung, Hella wäre viel zu dünn. Oben an den Schulter waren die Knochen zu sehen. Auch die Hüftknochen waren gut sicht- und fühlbar. «Iss mehr, Kind», sagte Gustelies immer, wenn das Thema auf Hellas Kinderlosigkeit kam. «Iss mehr und vor allem vieles aus Milch, dann wirst du bald schwanger werden.»

Aber soviel Hella auch aß, der Bauch, den sie bekam, war nicht einer Schwangerschaft geschuldet, sondern Gustelies' Sahnetörtchen. Pater Nau, ihr Onkel und Beichtvater, war der Ansicht, dass verstärkte Gebete zu sprechen und Opfergaben an die Jungfrau Maria in Form von dicken Kerzen aus weißem, teurem Wachs zu leisten waren, um der Fruchtbarkeit auf die Sprünge zu helfen. Aber Hella hatte inzwischen die ganze Liebfrauenkirche mit Wachskerzen illuminiert, ohne dass etwas geschehen war.

Vielleicht, dachte sie, sollte ich einmal den Stadtmedicus fragen. Dann fiel ihr ein, was Gustelies stets über die Lust sagte. Hella, der solche Worte aus dem Munde der Mutter missfielen, versuchte zwar stets, sich die Ohren zuzuhalten, aber einige Sätze waren so eindringlich, dass Hellas Hirn sie aufgesaugt hatte wie ein Schwamm. «Die Lust der Frau», hatte Gustelies behauptet und sich dabei – natürlich – auf Hildegard von Bingen berufen, «ist von Gott gesandt. Die Kirche ist es, die Lustfeindlichkeit verbreitet. Der beste Gottesdienst der Frau ist ein lustvoller Beischlaf mit ihrem Mann. Es heißt ja nicht umsonst: Fröhliche Kinder sind die, die mit einem Lachen und Lust gemacht sind.»

Ob es daran lag? Dass sie die Wollust, das Brennen und Glühen im Schoß im Grunde nicht kannte? Bisher hatte sie sich das zugutegehalten. Tugendhaftigkeit hätte sie es genannt, wenn es zu benennen gewesen wäre. Ob man Lust lernen konnte? Hella wurde rot, als dieser Gedanke in ihrem Kopf erschien, und verdrängte ihn sogleich wieder. Was blieb, war ihre Kinderlosigkeit. Und die Gründe dafür, das lag auf der Hand, waren bei ihr zu finden. Bei ihrer Unzulänglichkeit als Ehefrau.

Als die Glocken zu Mittag läuteten, stand Hella auf. Heinz würde gleich aus dem Malefizamt zu ihr kommen. Sie wollte nicht, dass er sah, wie sehr sie geweint hatte, denn sie wusste, dass auch er sich oft fragte, warum ausgerechnet sie keine Kinder hatten. Und sie wollte nicht, dass er ahnte, wie sehr sie manchmal daran zweifelte, eine richtige Frau zu sein. Hella hatte nicht vergessen, wie Pater Nau einmal gesagt hatte, dass die Welt ein Jammertal und ein Graus sei und dass daran der Ungehorsam der Frau einen entscheidenden Anteil hatte.

Diese Worte, obwohl sie dergleichen von Pater Nau gewöhnt war, hatten sie tief beunruhigt. War sie wirklich ein schlechtes Weib, weil sie sich in die Angelegenheiten ihres Mannes mischte und Ermittlungen anstellte? Weil sie ihm Widerworte gab und insgeheim wirklich nicht daran glaubte, dass das Weib dem Manne untertan sein musste? Missfiel dies Gott so sehr, dass er sie mit Kinderlosigkeit strafte?

Hella trat ans Fenster und sah hinaus. Der Himmel, am Morgen noch blitzeblau und ungetrübt, hatte sich mit dicken Wolken bezogen. Grau und tief wie ein alter Lappen hing er über den Dächern der Stadt. Der Krämer auf der gegenüberliegenden Seite der Gasse sah zum Himmel, dann begann er, die Auslagen einzuräumen. Ein Lehrjunge rannte durch die Straßen, eine junge Frau trug einen Weidenkorb, der mit rotbackigen Winteräpfeln gefüllt war, nach Hause.

Als sie Heinz um die Ecke kommen sah, seufzte Hella noch einmal, doch dann überzog ein Lächeln ihr Gesicht. Sie riss das Fenster auf, rief den Namen ihres Mannes und winkte. Gleich darauf hastete sie die Treppe hinab und stürzte sich in Heinz' Arme, kaum, dass dieser das Haus betreten hatte.

Am Abend saßen die beiden gemeinsam im Wohnzimmer. Hella hielt einen Stickrahmen in der Hand.

«Was soll das werden, was du da stickst?», fragte Heinz, der ihr gegenübersaß und die Beine bequem von sich gestreckt hatte. Hella lachte. «Ich habe keine Ahnung. Eine Frau muss sticken, das ist alles, was ich weiß. Also halte ich den Stickrahmen und fummele mit den Fäden herum, auf dass du daran deine Freude hast.»

Richter Blettner lachte bei diesen Worten schallend. «Leg den Stickrahmen weg, Liebes. Es gibt Dinge, für die man einfach nicht gemacht ist. Ich fürchte, Sticken gehört bei dir dazu.»

Hella zog einen Schmollmund. «Woher willst du das wissen? Bis jetzt habe ich ja noch nichts gestickt.»

«Ebendarum!»

Heinz stand auf, strich seiner Frau über das Haar, goss ihr und sich Wein aus einem Krug in die guten Gläser aus Böhmen, die sie vom Bürgermeister zur Hochzeit bekommen hatten.

Hella gähnte. «Ich bin müde», sagte sie. «Lass uns zu Bett gehen.»

Draußen machte der Nachtwächter seine Runde und schickte die Leute nach Hause. Allmählich erstarb der Lärm auf der Straße, machte tiefer Stille Platz. Irgendwo heulte ein Hund, woanders weinte ein Kind. Aus der Ferne war der grölende Gesang eines Betrunkenen zu hören.

«Geh, Liebes, geh zu Bett. Ich komme gleich, muss rasch noch etwas bedenken.»

Hella stand auf, nahm einen der beiden Kerzenleuchter zur Hand, küsste ihren Mann und ging hinüber in die Schlafkammer. Dort entzündete sie einen weiteren Leuchter, der auf einer Anrichte stand, und stellte den anderen daneben. Sie setzte sich vor der Anrichte, auf der ein Spiegel stand, auf einen Schemel und löste ihr Haar. Seidig und glänzend fielen ihr die dunkelblonden Strähnen über Rücken und Schultern. Mit einer Bürste fuhr Hella durch die glänzende Pracht. Dann goss sie Wasser aus einer Kanne in eine Schüssel, nahm eine duftende Seife aus einem Kästchen und wusch sich flüchtig, lauschte dabei auf Geräusche von draußen. Als sie Stiefelschritte hörte, ließ sie die Seife sinken. Sie wusste genau, dass es gleich an der Tür klopfen würde. Und sie wusste ebenso sicher, welche Nachricht der späte Gast bringen würde.

Hella warf ihr Kleid über, fasste das Haar im Nacken zusammen und befestigte eine Spange darin. Sie hatte die Schlafkammer gerade verlassen, als der Messingklopfer an der Tür betätigt wurde.

«Heinz!» rief sie. «Ich mache auf.»

«Gelobt sei Jesus Christus.»

«In Ewigkeit. Amen. Komm herein, Torwächter.»

Der Mann nahm sein Barett ab, folgte Hella in die Wohnstube. «Willst du einen Becher Wein?», fragte sie. Der Torwächter nickte und begrüßte dann den Richter.

Hella hatte die Tür offen gelassen und hörte, während sie in der Küche den Weinkrug füllte, das Gespräch.

«Nicht schon wieder, Torwächter. Weißt du, wie spät es ist?»

«Herr Richter, ich kann nichts dafür. Auch mir kommen viele Dinge nicht recht.»

«Also, was gibt es dieses Mal?»

«Auf dem Galgenberg liegt ein Toter.»

«Nein!»

«Doch, Herr Richter.»

«Hängt wieder ein Hund am Balken?»

«Jawohl, Herr Richter.»

In diesem Augenblick brachte Hella auf einem Tablett Weinkrug und Glas, goss dem Torwächter ein und setzte sich wie selbstverständlich in ihren Lehnstuhl.

«Wer ist es?», fragte sie.

Der Torwächter zuckte mit den Achseln. «Ein Pfarrer wohl. Einer von den neuen, lutherischen.»

«Wer hat ihn gefunden?», wollte der Richter wissen.

«Das ist es ja eben», entfuhr es dem Torwächter wie ein Seufzer. «Der Tagelöhner, der die erste Leiche gefunden hat, fand auch diese.»

«Soso. Scheint ja ein Glücksknabe zu sein, der Tagelöhner. Was hast du mit ihm gemacht?»

Der Torwächter knetete sein Barett. «Ich habe ihn eingesperrt.»

Der Richter riss die Augen auf. «Warum das, guter Mann?»

«Nun», stammelte der Torwächter. «Weil es mir merkwürdig erschien, dass immer der Tagelöhner die Toten findet. Einmal am Morgen, einmal am Abend. Vielleicht, so dachte ich mir, meldet er die Toten am Tor, weil er den Verdacht so am leichtesten von sich weisen kann.»

Der Richter nickte. «Deine Gedanken sind nicht die dümmsten.»

Von draußen drang die Stimme des Nachtwächters bis in die Wohnstube des Richterhauses.

«Zehn Uhr schon?», fragte der Richter verwundert und sah auf die Stundenkerze, welche auf dem Kaminsims stand und ebenfalls die zehnte Stunde anzeigte.

«Da können wir heute nicht mehr viel machen, Torwächter. Am besten ist es, du postierst dich vor dem Galgenfeld und passt auf, dass nichts dort draußen verändert wird.»

«Und das Mainzer Tor? Der Rat der Stadt hat verboten, dass es geschlossen wird. Der Rat der Stadt hat ebenfalls verordnet, dass das Tor stets von zwei Wächtern besetzt sein muss.»

«Du hast recht, guter Mann. Dann geh zu deiner Arbeit. Ich werde meinen Knecht zum Galgenberg schicken.»

Der Torwächter trank den Wein, bedankte sich artig, wünschte eine gute Nacht und verschwand.

Hella hatte unterdessen an die Kammer des Knechtes gepocht, die im obersten Stockwerk neben der Kammer der Magd untergebracht war.

Verschlafen öffnete der Mann. «Was ist, Herrin? Wie spät ist es?»

«Der Richter wird es dir sagen. Beeil dich und komm herunter.»

Wenig später stand der Knecht mit zerwühltem Haar und schlafroten Wangen vor seinem Herrn. «Ich? Allein? In der Nacht? Unter dem Galgen?», stieß er mit seltsam hoher Stimme hervor, als der Richter seinen Auftrag erteilt hatte.

«Ja. Du. Allein. In der Nacht. Unter dem Galgen», bestätigte Blettner.

Der Knecht trat einen Schritt zurück und schüttelte den Kopf. «Niemals!» Er kreuzte die Zeigefinger beider Hände vor seinem Gesicht, als wolle er den Teufel abwehren.

Der Richter zog verwundert die Augenbrauen hoch. «Warum denn nicht? Du kannst dir Decken mitnehmen, Schaffelle, Branntwein, was auch immer. Es hätte dich schlechter treffen können.»

Der Mann schüttelte den Kopf und hielt noch immer die Finger gekreuzt. «In der Nacht geht der Teufel am Galgen spazieren, heißt es», flüsterte der Knecht. «Er fängt die Seelen der Verbrecher ein.»

«Das ist doch töricht», fuhr der Richter auf. «Wer hat dir denn dieses Ammenmärchen erzählt?»

Der Knecht riss entrüstet die Augen auf. «Ammenmärchen? Das ist kein Ammenmärchen! Die ganze Stadt weiß davon.»

Der Richter winkte ab. «Wie dem auch sei. Sag meiner Frau, was du benötigst, und dann scher dich.»

Widerspenstig schüttelte der Knecht den Kopf, verschränkte nun trotzig die Arme vor der Brust. «Ich gehe nicht! Meine Seele ist heilig und soll heilig bleiben. Lieber lasse ich mich von Euch davonjagen, als auch nur eine Nachtstunde neben dem Galgen zu verbringen.»

Der Richter holte tief Luft, doch Hella legte ihm eine Hand auf den Arm. «Lass ihn», flüsterte sie. «Er hat Angst.

Mag sie auch unberechtigt sein, so leidet er doch darunter.»

Der Richter klappte den Mund zu, warf dem Knecht einen verächtlichen Blick zu. «Gut», sagte er. «Ist es dir angenehm, wenn schon nicht zum Galgen, so zum Büttel zu gehen und ihn auf den Galgenberg zu schicken, indem du ihm ein Schreiben von mir überbringst?»

Der Knecht atmete erleichtert aus, dann nickte er. «Danke, Herr, Ihr seid sehr gnädig. Danke, dass ich nicht dort hinaus muss an diesen gräulichen Ort.»

Der Richter brummte, setzte das Schreiben auf, versiegelte es und übergab es dem Knecht. Er löschte alle Lichter im Haus, sah noch einmal nach, ob das Herd- und das Kaminfeuer gut abgedeckt waren, dann ging er zu Hella in die Schlafkammer, tauschte seine Kleider gegen den Nachtrock aus und legte sich zu ihr ins Bett.

«Was denkst du?», fragte seine Frau. «Schon der dritte Tote, der unter dem Galgen gefunden wird, an dem ein Hund hängt. Glaubst du jetzt an Mord? Meinst du, der Torwächter hat recht?»

Der Richter antwortete nicht.

«Hast du mich gehört, Heinz?» Hella drehte sich zu ihrem Mann. Der lag, die Augen starr zur Decke gerichtet, die Arme unter dem Kopf verschränkt.

Leise sagte er: «Ich habe keine Ahnung, was das alles zu bedeuten hat, Hella. Aber ich fürchte, es kommen schreckliche Zeiten auf uns zu.»

Ganz leise hatte er gesprochen. So leise und mutlos, dass Hella sich wieder auf den Rücken drehte, ebenfalls die Arme unter dem Kopf verschränkte und zur Decke hinaufsah, die von einem schmalen Streifen Mondlicht erhellt war.

Kapitel 18

Das Mädchen trug den Topf vor sich, als hielte es eine Schüssel mit heißem Öl. Den Kopf hatte sie abgewandt, sodass sie das mit einem Leinentuch bedeckte Menschenfett nicht riechen konnte.

Sie lief eilig, wollte den Topf so schnell wie möglich loswerden. Als sie im Häuschen der Hebamme angelangt war, stellte sie den Topf laut knallend auf den Küchentisch.

Die Hebamme, die auf der Küchenbank geruht hatte, wurde wach, sah auf den Topf, dann in das Gesicht des Mädchens.

«Habe ich dich erschreckt?», fragte sie und zeigte auf den Topf.

Das Mädchen nickte.

Die Hebamme rappelte sich hoch, klopfte neben sich auf die Bank. «Setz dich zu mir.»

Das Mädchen gehorchte, vermied es jedoch, den Topf mit dem Menschenfett anzusehen.

«Wenn der Mensch stirbt, gleichgültig, ob von selbst oder durch den Henker, dann fliegt seine Seele in den Himmel. Der Leib allein ist sterblich, verwest und verfällt in der Erde. Erde zu Erde, Asche zu Asche, Staub zu Staub. So ist es doch, nicht wahr?»

Das Mädchen sah vor sich hin und zeigte keinerlei Regung.

«Was geschieht also, wenn ein Menschenleib tot ist? Er

zerfällt. Würmerfraß. Mehr bleibt nicht. Der Henker, der auch der Arzt der kleinen Leute ist, kocht aus manch totem Leib das Fett heraus, anstatt es den Würmern zu überlassen. Dieses Fett taugt hervorragend als Grundlage für Salben. Es zieht sehr schnell in die Haut ein, sorgt dafür, dass die guten Säfte ins Fließen kommen, die schlechten versiegen. Verstehst du?»

Das Mädchen sah hoch: «Was geschieht mit dem Wesen des Toten?»

«Willst du wissen, ob mit dem Menschenfett etwas von dem Toten in den Körper dessen übergeht, der das Fett benutzt?», fragte sie.

Heftiges Nicken war die Antwort.

«Hmmm», machte die Hebamme und schürzte die Lippen. «Eigentlich ist das nicht möglich, denn die Seele – ich sagte es schon – und damit die Gedanken haben den Körper längst verlassen, harren im Himmel oder in der Hölle auf ihr weiteres Schicksal. Nur der Leib, nichts als der nackte Leib bleibt, um zu faulen und zu zerfallen.»

Jetzt sah das Mädchen zu dem Topf, stieß leicht mit dem Finger dagegen.

«Kann es Sünde sein?», fragte die Hebamme. «Einen lebenden Menschen mit dem Fett eines toten zu heilen?»

Das Mädchen schüttelte den Kopf.

Die Hebamme stand auf. «Na also», sagte sie. «Alles, was in diesem Haus geschieht, mein Kind, ist gottgefällig. Da kannst du ganz sicher sein.»

Die Hebamme trat zum Küchenfenster, das auf den Garten hinausging. Sie winkte das Mädchen zu sich, deutete mit der Hand auf einen abgegrenzten Bereich, den sie das Mädchen bisher nicht hatte betreten lassen.

«Schau», sagte die Hebamme. «Dort wächst Alraune. Die

kleine Pflanze mit den sternförmigen violetten Blüten gilt als ein Zaubermittel. Im September werden sich die ersten davon zeigen. Heute aber brauche ich eine Wurzel. Geh dorthin und grab eine aus. Die Wurzel selbst ist dick und knollig, meist sogar gespalten, und hat mehrere Seitenwurzeln, die beinahe einen ganzen Arm lang werden können. Bring mir ein handgroßes Stück, Mädchen. Mein Rücken schmerzt heute so, dass ich mich wahrlich nicht bücken kann.»

Sie gab dem Mädchen einen leichten Stoß, doch das Mädchen rührte sich nicht.

«Was ist noch?», fragte die Hebamme.

Das Mädchen sah zu den noch blütelosen Alraunepflanzen, dann zur Hebamme, dann zum Menschenfett. «Was habt Ihr mit all diesen Dingen vor?»

«Die Alraune ist, wie schon gesagt, eine Pflanze von solcher Kraft, dass ihre Wirkung oft für Zauberei gehalten wird. Ein Trank davon lässt Kummer und Sorgen vergessen. Auch Schmerzen vertreibt die Pflanze, deshalb habe ich immer ein kleines Fläschchen dabei, wenn ich zu einer Entbindung gehe. Ein einziger Tropfen in Bier oder Wein gegeben bewirkt einen tiefen, ruhigen Schlaf. Du siehst, ich mache nichts, was anderen Schaden zufügt.»

Das Mädchen nickte, ging hinaus in den Garten, grub nach der Wurzel, brachte sie zurück, zerkleinerte sie nach Anweisung der Hebamme, kochte dicken Sud davon, ließ ihn abkühlen und füllte ihn in kleine Fläschchen ab.

Am Abend ging das Mädchen abermals allein weg und blieb viele Stunden fort. Als sie wiederkam, wusch sie sich lange, ehe sie ins Bett ging.

«Wo bist du gewesen?», fragte die Hebamme sie am Morgen darauf erneut.

Das Mädchen lächelte fein, dann wurde alles an ihr seltsam steif. Der Blick wurde starr, das Gesicht verschlossen, ihr Mund wurde zum Strich, die Augen zu Schlitzen. Sie legte sich schützend die Hände auf die Brust, über ihr Herz, doch ihre Lippen blieben verschlossen.

Die Hebamme seufzte, doch sie fragte nicht weiter. Stattdessen hieß sie das Mädchen aus dem Keller ein wenig von den getrockneten und zermahlenen Tollkirschen holen. Das Pulver vermischte sie mit etwas von dem Menschenfett, füllte es in kleine Tiegel und schützte die Öffnungen mit einem Stück Leinen, um welches sie Hanf wickelte.

Am Nachmittag klopfte es an der Tür, und eine junge Städterin mit hochmütigem Gesicht trat ein.

Die Hebamme schickte das Mädchen in den Keller hinunter, doch dieses Mal verschloss sie die Tür nicht hinter ihr, sondern ließ sie einen Spalt weit offen. Das Mädchen verstand, verbarg sich dahinter und lauschte.

Die Städterin stand in der Küche, das weiße, gepuderte Gesicht mit den ausrasierten Stirnhaaren von einer mit Goldfäden bestickten Haube gekrönt. Ihre Augen waren mit einem Kohlestift umrahmt, die Lippen mit roter Paste bestrichen, desgleichen die Wangen. Man sah, dass sie von anderer Qualität war als die Paste, welche die Huren benutzten. An den Fingern trug die Frau zahlreiche Ringe aus purem Gold, an denen glänzende Steine blinkten. Ihr Kleid war aus rotem Samt, am Oberkörper eng und ab der Hüfte bis auf den Boden fließend. Das Oberteil war wiederum mit Goldfäden bestickt, unter den Schlitzen in den Ärmeln leuchtete reine Seide hervor. Im Ausschnitt trug sie ein Kreuz ganz aus roten Steinen.

«Hast du, was ich bei dir bestellte?», fragte die Städterin hochmütig und sah direkt an der Hebamme vorbei.

«Ja, Herrin. Ich habe alles, was Ihr wolltet.»

Die Hebamme kramte in der Truhe, holte ein braunes Tongefäß hervor und stellte es auf den Tisch.

«Ich hoffe, du hast dieses Mal sauberer gearbeitet als beim letzten Mal. Ich hatte Kopfschmerzen am nächsten Tag, und übel war mir außerdem.»

«Das gehört dazu, Herrin. Das Mittel beschert nicht nur erotische Träume und das Gefühl, fliegen zu können, sondern führt manchmal, wenn man zu viel davon genommen hat, zu einem Zustand, der einem Kater nach zu viel Branntwein ähnelt. So wie die Dämpfe des Bilsenkrauts zu einem Zustand führen, der dem großer Trunkenheit ähnelt, aber nicht mit Lallen und Taumeln verbunden ist, sondern mit großer Heiterkeit und stiller Freude, in dem alle Sinne viel schärfer arbeiten.»

Die Städterin verzog den Mund, sodass die Mundwinkel nach unten zeigten. «Schwatz nicht, Weib. Ich habe gemacht, was du gesagt hast. Wer weiß, welches Zauberkraut du untergemischt hast.»

Die Hebamme behielt ihr freundliches Gesicht. «Es gibt weder Zauberkräuter, noch vermag es der Mensch zu zaubern. Jede Pflanze wirkt auf eine bestimmte Art. Wichtig ist das richtige Maß.»

«Hältst du mich für dumm, Weib?», keifte die Städterin. «Ich habe genau gemacht, was du gesagt hast.»

«Dann nehmt dieses Mal weniger davon. Trinkt am nächsten Morgen einen Becher frisches Brunnenwasser auf nüchternen Magen und atmet an der frischen Luft tief durch. Dann wird Euch besser.»

Die Städterin zog die Augenbrauen hoch, doch sie erwiderte nichts. Sie nahm das Töpfchen, legte mehrere Münzen auf den Tisch, deren Wert das Mädchen nicht erkennen konnte. Sie steckte das Töpfchen in einen Lederbeutel, der kostbar bestickt war, zog sich Handschuhe aus feinem, perlenbesetztem Stoff über die Finger und fügte hinzu: «Mein Bruder wird morgen zu dir kommen. Auch er will so ein Töpfchen. Sieh zu, dass du ihn gut bedienst.»

Die Hebamme schüttelte den Kopf. «Das geht nicht, Herrin. Ich muss das Kraut erst finden, muss einen Auszug herstellen und dann die Salbe daraus mischen. Das dauert mindestens zwei Tage.»

«Morgen in der Abenddämmerung», bestimmte die Frau, warf einen verächtlichen Blick auf die Einrichtung der Küche und ging.

Die Hebamme ließ sich seufzend auf die Bank sinken. Als die Kellertür knarrte und das Mädchen aus dem Keller kam, lächelte sie gequält.

«Hast du alles gehört?», fragte sie.

Das Mädchen nickte, fragte: «Was war in dem Töpfchen, welches Ihr der Städterin gegeben habt?»

«Schwarzes Bilsenkraut. Man kann es auf verschiedene Weise verarbeiten. Manche Gastwirte mischen Bilsenkrautsamen in das Bier, welches sie an die Gäste ausschenken, und leeren ihnen danach die Taschen. In der Heilkunde wird es verwendet, um Schmerzen zu betäuben. Ich mische es mit Menschenfett, welches auf die Haut aufgetragen wird, um erotische Träume hervorzurufen. Die Leute, die sich damit einschmieren, geraten in einen Traumzustand, der über die Maßen angenehm ist. Du hast neulich einen Trank aus Bilsenkrautblättern bereitet und bist allein vom Dampf in einen solchen Rauschzustand verfallen. Erinnerst du dich?»

Das Mädchen nickte, dann trat es zum Fenster, zeigte mit

dem Finger in Richtung Garten. «Die hohen Pflanzen dort hinten. Ist das Bilsenkraut?»

«Nein», sagte die Hebamme. «Bilsenkraut habe ich nicht im eigenen Garten.» Sie lachte ein wenig. «Die Leute, weißt du. Es gibt so manchen, der Neid und Missgunst in sich trägt. Ich möchte verhindern, dass jemand mich eine Zauberin nennt. Schwarzes Bilsenkraut wächst am Waldrand, am Wege, an Mauern und Plätzen, genau wie Stechapfel und Tollkirsche. Wir werden gleich morgen früh danach suchen. Es wird dauern, bis der Auszug hergestellt ist. Du wirst mir dabei helfen, Mädchen.»

Die Hebamme sah hoch und strich dem Mädchen lächelnd eine Haarsträhne aus dem Gesicht. «Hast du Lust dazu?»

Das Mädchen nickte eifrig.

«Gut», erwiderte die Hebamme. «Du weißt schon, dass es sich hierbei um Geheimnisse handelt, nicht wahr? Wir werden jetzt in die Kirche gehen und den Abendgottesdienst besuchen. Danach wirst du mir vor dem Altar schwören, dass du dein Wissen niemals zum Schaden deiner Mitmenschen verwenden wirst.»

Wenig später liefen die beiden Frauen langsam durch die dumpfe Gasse. Die Hebamme hatte sich auf einen Stock gestützt und stöhnte bei jedem zweiten Schritt, denn der Regen hatte über den Tag nur wenig nachgelassen und war ihr in die Knochen gedrungen. Vom Fluss stiegen Nebelschwaden auf. Braun und träge lag er in seinem Bett wie die faulste aller Mägde.

Als sie auf der Höhe der Kirche waren, in der das Mädchen so oft geschlafen hatte, griff sie nach der Hand der Hebamme. Doch die schüttelte den Kopf. «Du musst keine Angst haben. Dorthin», sie deutete mit dem Finger auf den

Bau, «musst du niemals mehr gehen. Ich bin sowieso beim alten Glauben geblieben, hab die Lutherischen nie verstehen können. Dem Herrgott scheint es auch so zu gehen: Der Pfarrer ist verschwunden, seine Schäfchen ohne Hüter. Und du, bist du eine Neugläubige?»

Das Mädchen schüttelte den Kopf, hob die Schultern, ließ sie wieder fallen.

«Wie auch immer», meinte die Hebamme. «Hauptsache, der Glaube an Gott ist da.»

Sie mussten die Wachen am Stadttor passieren, betraten dann nach wenigen Schritten die kleine Kirche, die für die armen Leute gedacht war. Die Hebamme betrachtete nachdenklich den Beichtstuhl, der schwarz und ein wenig drohend aus der Kirchenwand hervortrat. «Beichten sollt' ich», sagte sie leise und stupste das Mädchen an. «Und es wäre besser, wenn auch du beichten gingest.»

Das Mädchen nickte.

Plötzlich fiel die Abendsonne durch die schmalen Fenster der Apsis und verlieh dem Altar einen goldenen Schein. Ganz still saß das Mädchen während der Predigt und ließ die Sonnenstrahlen nicht aus den Augen, denn sie schienen ihr wie Zeichen. Zeichen dafür, dass das, was sie manchmal dachte und wünschte, sich eines Tages erfüllen und Gott ihr verzeihen würde.

«Du könntest wenigstens die Lippen bewegen, wenn du schon nicht mitsingen kannst», nörgelte die Hebamme, die neben ihr saß.

Erst als das Vaterunser gebetet wurde, kam Leben in das Mädchen. Nach jeder Wortgruppe zuckte sie zusammen, als hätte sie einen Schlag erhalten. Dann begann sie zu zittern, saß wie erstarrt, die großen, leicht hervorstehenden Augen auf die Statue der Jungfrau Maria gerichtet.

Nach dem Gottesdienst betrat der Priester den Beichtstuhl. «Warte hier auf mich», befahl die Hebamme. «Wenn ich fertig bin, gehst du hinein.»

Das Mädchen setzte sich auf eine nahe Kirchenbank und betrat wenig später den Beichtstuhl, als ihn die Hebamme mit zerknirschtem Gesicht verlassen hatte.

Das Mädchen bekreuzigte sich, kniete nieder, hielt sein Gesicht vor das Gitter und schwieg. Ihre Unterlippe zitterte. Sie öffnete den Mund, wollte sprechen, doch nur ein Krächzlaut erklang.

Der Priester sah sie an, machte aufmunternde Zeichen, doch noch immer sprach das Mädchen die Begrüßungsformel nicht.

Der Priester war es, der schließlich «Im Namen des Vaters und des Sohnes und des Heiligen Geistes. Amen» sagte und gleich darauf fortfuhr: «Gott, der unser Herz erleuchtet, schenke dir wahre Erkenntnis deiner Sünden und seiner Barmherzigkeit.»

Er schaute auf das Mädchen, sah die Tränen, die ihr sanft und perlengleich über das Gesicht flossen.

«Warum sagst du nichts? Bekenne deine Sünden!»

Das Mädchen schwieg, machte Anstalten, aus dem Beichtstuhl zu fliehen. Der Priester sah sie mit schiefgelegtem Kopf an. «Halt, bleib da. Wenn du nicht sprechen kannst oder willst, so müssen wir uns etwas anderes ausdenken», stellte er fest.

Das Mädchen nickte, lächelte ganz zaghaft.

«Hmm», überlegte der Kirchenmann. «Wie kann ich dann von deinen Sünden erfahren?»

Das Mädchen sah ihn hilflos an.

Dann begann der Priester, ihr Fragen zu stellen: «Hast du gelogen?»

Das Mädchen nickte.

«Wie oft?»

Das Mädchen hob sechs Finger.

«Hast du gestohlen?»

Das Mädchen verneinte.

«Betrogen? Deines Nachbarn Haus oder Gut oder der Nachbarin Mann begehrt? Hast du geflucht und Gottes Namen beschmutzt? Hast du Unzucht getrieben oder unzüchtige Gedanken gehabt? Hast du verleumdet oder beleidigt?»

Immer wieder schüttelte das Mädchen den Kopf.

Als sie fertig waren, fragte der Priester. «Soll ich für dich die Worte des Reuegebetes sprechen?»

Diesmal nickte das Mädchen.

«Ich bereue, dass ich Böses getan und Gutes unterlassen habe. Erbarme dich meiner, o Herr. Amen.»

Der Priester schlug das Kreuzzeichen, das Mädchen tat es ihm nach. Dann fuhr er fort: «Gott, der barmherzige Vater, hat durch den Tod und die Auferstehung seines Sohnes die Welt mit sich versöhnt und den Heiligen Geist gesandt zur Vergebung der Sünden. Durch den Dienst der Kirche schenke er dir Verzeihung und Frieden. So spreche ich dich los von deinen Sünden im Namen des Vaters und des Sohnes und des Heiligen Geistes.»

Der Priester trug dem Mädchen auf, in aller Stille zehn Rosenkränze zu beten und am Abend zu fasten.

Das Mädchen verneigte sich und ging aus dem Beichtstuhl hinaus. Vor dem Altar kniete sie nieder, faltete die Hände und sah den Gekreuzigten mit solch brennenden Augen an, dass die Hebamme erschrak.

«Hast du nicht gebeichtet?», raunte sie leise. Das Mädchen schüttelte hilflos den Kopf.

«Als ich den Priester sah, konnte ich kein Wort sprechen. Ich habe es versucht, aber es ging einfach nicht.»

Die Hebamme strich ihr sanft über die Wange. «Die Erinnerung an den anderen Priester. Sie war es, welche dir die Sprache geraubt hat, nicht wahr?»

Das Mädchen nickte. Wieder stiegen ihr Tränen in die Augen. Die Hebamme strich wieder über ihre Wange. «Ich weiß, dass du ein guter Mensch sein möchtest. Obwohl das Leben selbst nicht gerade gut mit dir umgegangen ist.»

Sie überlegte. «Vielleicht bitten wir den nächsten Bettelmönch, der an unsere Tür klopft, dass er deine Sünden aufnotiert. Dann kannst du dem Priester beim nächsten Mal das Notat übergeben und musst nicht mit ihm sprechen.»

«Schreiben könnt' ich selbst», murmelte das Mädchen.

Die Hebamme sah sie erstaunt an. Aber da ihr nur ein Ort einfiel, an dem das Mädchen schreiben gelernt haben konnte, sagte sie nichts weiter. Das Mädchen schwieg und wirkte so trostlos wie zuvor.

Am nächsten Morgen brachen die Frauen früh auf. Das Mädchen trug ein knöchellanges Kleid aus einfachem blaugrauem Tuch, welches ihr die Hebamme genäht hatte. Ihre Holzpantinen rieben an den Seiten. Obwohl der Tag gerade erst begonnen hatte, brannte die Sonne schon kräftig und trieb der Hebamme den Schweiß auf die Stirn. Aus den Wiesen stiegen dampfende Nebel auf. «Lass uns rasch in den Wald gehen. Diese Hitze macht mich ganz matt», seufzte sie.

Als sie den Waldrand erreicht hatten, tranken sie aus dem Krug mit Minzwasser und aßen jede einen Apfel, bevor sie weitergingen. Die Hebamme hielt bei jeder Pflanze und erklärte dem Mädchen die Wirkungsweise: «Das hier, das Kraut mit den langen Blättern und den weißen Blüten, nennt man Bärlauch. Es schmeckt sehr würzig, ein wenig nach Zwiebeln, Knoblauch und Schnittlauch. Nicht ganz so scharf, milder. Als Tee lindert es Durchfall und Blähungen. Und dort, siehe, das sind Veilchen. Einmal habe ich gehört, dass die Menschen in Britannien die Blüten kandieren. Meine Mutter hat sie in den Pudding gegeben. Kindern gibt man einen Trank davon gegen den Husten.»

Das Mädchen hörte zu, besah die Pflanzen und hoffte, nichts zu vergessen.

Endlich fanden sie das Schwarze Bilsenkraut, das dem Mädchen gerade über das Knie reichte. Aufmerksam betrachtete sie die Pflanze mit den länglichen Blättern, die grob gezahnt waren.

«In der Mitte der Blüte, so ungefähr ab Juni», erklärte die Hebamme, «kannst du die Frucht sehen, die in einem Kelch ruht. Darin findest du den graubraunen Samen, den manche Wirte ins Bier geben.» Das Mädchen griff nach dem kleinen Kneifchen, doch die Hebamme hielt sie an der Schulter zurück. «Diese Pflanze ist gefährlich, man kann nicht vorsichtig genug sein. Um eine Tinktur davon zu erhalten, muss die ganze Pflanze gekocht und dann ein Auszug hergestellt werden. Wenn man ein paar Tropfen davon zu sich nimmt, wird man fröhlich und könnte die ganze Welt umarmen. Danach fällt man in einen tiefen, tiefen Schlaf. Die Träume, die sich einstellen, sollen ganz und gar unglaublich sein. Einige erzählten, sie wären während des Traums von Teufeln zu unzüchtigen Handlungen gebracht worden, andere berichteten davon, durch die Lüfte geflogen zu sein.»

Die Hebamme sah sich um, dann sprach sie leise weiter: «Menschenfett, welches mit einigen Tropfen Bilsenkraut versetzt und auf die Haut aufgetragen wird, nennt man

Hexensalbe. Wohl, weil man auch dabei an Unzucht mit Teufeln und an das Fliegen denkt.» Sie kicherte, dann wurde sie wieder ernst. «Es ist gut, die Salbe und die Tropfen stets nur auf Bestellung anzufertigen. Ich möchte nicht riskieren, dass einmal irgendwer in unserem Haus etwas davon findet. Ein Prozess vor der Inquisition wäre uns gewiss.»

Sie gab dem Mädchen einen ledernen Handschuh, der ihr viel zu groß war. Die Hebamme erklärte: «Der gehörte früher dem Henkersknecht. Aber du musst keine Furcht haben. Die Leute sind dumm und abergläubisch. Scharfrichter und Stöcker sind Menschen wie du und ich.»

Da zog das Mädchen den Handschuh über, schnitt das Kraut, löste die Blätter und verstaute diese vorsichtig in einem Leinensäckchen. Dann setzten sich die beiden Frauen unter einen Baum, aßen Brot und Speck. Die Hebamme streckte sich lächelnd. «Es wäre gut, hier noch ein wenig auszuruhen», meinte sie. «Kühl ist es hier, ein prächtiger Platz zum Schlafen.»

Sie lehnte sich bequem an den Baumstamm und schloss die Augen. Kurz darauf schnarchte sie leise.

Das Mädchen stand behutsam auf und lief ein wenig im Wald umher, bis es zum Waldrand gelangte. Sie setzte sich, umfasste ihre Knie mit den Armen und schaute über die Wiesen, die sich bis zum Fluss dehnten. Die Sonne flimmerte, und der Himmel war so blau, dass er dem Mädchen vor den Augen verschwamm.

Lange saß sie so, hatte auch die Straße im Blick, die durch die Vorstadt direkt zum Stadttor führte. Sie sah Warenkolonnen, einzelne Reiter, Bauern, die mit leeren Karren vom Markt kamen, Frauen mit Körben und zwei Mönche, deren schmutzige Kutten im Sand schleiften. Einmal sah ein Mann aus einer Reitergruppe zu ihr herüber, hob die

Hand zum Gruß. Das Mädchen sprang erschrocken auf und verbarg sich hinter einem Busch. Seit sie in das Haus des Pfarrers gekommen war, hatte sie nur wenige Menschen gesehen. Damals, als ihr Kind gestorben war, war die Angst vor den Menschen in ihr geboren worden.

Sie seufzte, schmiegte sich an den Busch, fürchtete sich vor den Menschen und hatte doch zugleich Sehnsucht nach ihnen. Plötzlich hörte sie die Hebamme rufen. Sie rappelte sich auf und rannte durch den Wald bis zu der Bilsenkrautstelle.

Die Hebamme wirkte erfrischt. Sie trank aus der Wasserkanne, reichte sie dem Mädchen. «Zu Hause werde ich dir getrocknete Mohnblumen zeigen», erklärte sie dann. «Ich möchte dir erklären, wie man daraus ein Rauschmittel herstellt.»

Das Mädchen nickte, fasste die Hebamme beim Arm, damit sie nicht über die dicken Wurzeln stolperte. Zu Hause zeigte ihr die Hebamme eine Pflanze mit bräunlicher Blüte und grauen Blättern. «Hier, dies ist eine Mohnblume. Sie blüht im Sommer weiß bis violett.» Vorsichtig berührte das Mädchen diese Blüte, riss ein Blatt davon ab und fuhr sich damit sanft über die Wange.

Die Hebamme schaute wehmütig. «Du vermisst Zärtlichkeit, nicht wahr? Hast nicht viel davon bekommen bisher. Einen Mann werden wir dir suchen, wenn die Zeit gekommen ist. Ein Mann, der dich liebt, wird alle deine Wunden heilen.»

Das Mädchen riss erschrocken die Augen auf. «Ich möchte nicht weg von Euch.»

«Nein, nein», beruhigte die Hebamme. «Ich werde dich nicht weggeben. Wir warten, bis die Liebe dich findet, dann wirst du von selbst gehen wollen.»

Sie nahm die Mohnpflanze, schüttelte alle Blätter ab und zeigte auf die pralle Fruchtkapsel, die in der Mitte zum Vorschein kam.

«Mit einem kleinen Messer ritzt man die Kapsel an, wenn sie grün und prall ist. Ein Saft tritt aus, der wie Milch aussieht. Man lässt ihn über Nacht trocknen, dann kratzt man ihn ab, ritzt die Kapsel erneut ein. So lange, bis keine Mohnmilch mehr austritt. Aus dem getrockneten Saft kann man Tinkturen herstellen, die sowohl gegen starke Schmerzen helfen als auch tiefen Schlaf bringen.» Die Hebamme hob den Zeigefinger. «Aber Vorsicht! Schon ein klein wenig zu viel davon kann den Tod bringen. Die richtige Mischung jedoch bewirkt, dass sich die Menschen entspannt fühlen, das Leben nicht so schwer nehmen und Kummer und Sorgen vergessen.»

Sie hob die getrocknete Pflanze hoch. «Diese Kapsel ist braun und reif und enthält keine Rauschstoffe mehr. In der reifen Kapsel findest du schwarze Körnchen, die man zum Backen benutzen kann. Mohnkuchen zum Beispiel wird daraus gemacht. Für unsere Tränke aber sind nur die unreifen grünen Kapseln von Interesse. Man findet sie an Weg- und Feldrändern.»

Die Hebamme spähte aus dem Fenster, lauschte hinaus auf die Straße und flüsterte: «Ich habe noch einiges von dem Saft aus dem letzten Jahr. Man muss vorsichtig damit sein. Es ist nicht gut, die Leute allzu viel wissen zu lassen.»

Kapitel 19

Heinz Blettner schlief unruhig in dieser Nacht, und auch Hella wälzte sich schlaflos von einer Seite auf die andere. Draußen war es still. Ein Streifen Mondlicht drang durch die Ritzen der hölzernen Läden.

Die Dämmerung kroch schon um das Haus, ehe Hella endlich einschlief. Als sie erwachte, war Heinz bereits fort.

«Wo ist er hin?», fragte sie die Magd, die in der Küche die Morgengrütze bereitete. «Ist er zum Galgenberg hinaus?»

Die Magd zuckte gleichgültig mit den Achseln. «Fort ist er, und eilig hatte er es, mehr weiß ich nicht.»

«War er allein, oder hat ihn jemand begleitet?»

Wieder zuckte die Magd mit den Achseln. «Da müsst Ihr den Knecht fragen. Ich war die ganze Zeit in der Küche.»

Hella eilte durch den Hinterausgang in den Hof, der zwischen Haus und Stallgebäude lag. Sie rief nach dem Knecht, aber niemand antwortete ihr. Da öffnete sie zaghaft die Stalltür, denn sie hatte Angst vor dem Knecht, der stets übel gelaunt und mürrisch war. Aufatmend stellte sie fest, dass der Stall leer war. Also ist Heinz doch hinaus zum Galgenberg, überlegte sie.

Nach dem Frühstück machte sie sich auf den Weg zu ihrer Mutter. Gustelies war gerade dabei, den Talar und die Altartücher zu waschen. Sie stand hinter dem Haus, hatte einen Zuber auf Holzböcke gestellt, ihn mit Wasser gefüllt und die Wäsche unter Zugabe von feiner Asche darin eingeweicht.

«Es ist schon wieder ein Mord geschehen», rief Hella statt einer Begrüßung und stürzte ihrer Mutter in die Arme. «Ich habe solche Angst», flüsterte sie. «Ich habe solche Angst um Heinz.»

Gustelies fasste sie an den Schultern, schob sie von sich. «Wovor hast du Angst?», fragte sie leise.

«Ich weiß es nicht», erwiderte Hella, doch plötzlich stürzten ihr Tränen aus den Augen.

«Um Gottes willen, Kind, was hast du nur?» Gustelies nahm ihre Tochter bei der Hand, führte sie in die Küche und gab ihr einen Becher Milch zu trinken, in die sie zwei große Löffel Honig gerührt hatte.

Dann setzte sie sich ihr gegenüber. «Erzähl mir, was dich bedrückt», sagte sie, doch Hella brach erneut in Tränen aus und wurde von heftigen Schluchzern geschüttelt. Ruhig setzte sich Gustelies neben sie, fuhr ihr sanft mit der Hand über Haar und Rücken.

«Ich … ich … habe Angst, dass Gott uns mit Kinderlosigkeit straft, weil ich mich stets in Heinz' Arbeit gemischt habe. Das Weib sei dem Manne untertan, heißt es in der Bibel. Ich habe mich nie daran gehalten. Und jetzt ist schon wieder eine Leiche unter dem Galgen gefunden worden! Ach, Mama! Ich fürchte, ich werde niemals schwanger.»

«Ganz ruhig», tröstete Gustelies. «Und dann erklär mir noch einmal, was die Leichen mit eurer Kinderlosigkeit zu tun haben.»

Hella sah auf und wischte sich mit beiden Händen die Tränen aus dem Gesicht. «Ich bin ein ungehorsames Weib», sagte sie mit fester Stimme. «Und Gott straft mich für meinen Ungehorsam mit Kinderlosigkeit.»

«Ach was!», fuhr Gustelies auf. «Das ist kompletter Unfug! Das eine hat nichts mit dem anderen zu tun! Du bist auch nicht ungehorsam, höchstens ein bisschen eigenwillig. Gott hat dich so und nicht anders gemacht. Du hast in deinem ganzen Leben noch niemandem unrecht getan. Ganz im Gegenteil. Dein Eigensinn hat schon mehrfach dazu geführt, Unrecht zu strafen. So ist das.»

«Meinst du wirklich?», fragte Hella leise.

Gustelies nickte kräftig. «Ganz gewiss. Oder hat dir Pater Nau nach der Beichte schon einmal schwere Bußübungen auferlegt?»

Hella schüttelte den Kopf, dann kicherte sie leise. «Einmal nur», raunte sie. «Erinnerst du dich? Ich war noch ein Kind und hatte ihm die Ärmellöcher seines Priestergewands zugenäht.»

Sie lachte ein bisschen, aber als Gustelies sich bei der Erinnerung an diesen Vorfall vor Freude auf die Schenkel schlug, lachte auch sie lauter.

Im selben Augenblick kam Pater Nau zur Küchentür herein.

«Ah, meine Nichte», rief er aus. «Die Freude meiner späten Tage! Was treibt dich zu uns? Hast du etwa geweint?»

Hella senkte den Blick, und Gustelies antwortete an ihrer Stelle: «Sie hat Angst, dass der Herr, unser Gott, Heinz und sie mit Kinderlosigkeit straft, weil sie nicht immer ganz gehorsam ist.»

Pater Nau nickte. «Ja, der Ungehorsam des Weibes. Quelle allen Übels. So sagen die Kirchenlehrer. Ich aber sage, die Welt ist auch ohne Weiber ein Jammertal und das Leben ein Graus.»

«Meinst du, Gott straft uns so?», fragte Hella in bangem Ton.

Pater Nau trat zu ihr, hob die Hand, als wolle er ihr über das Haar streichen, doch dann ließ er sie wieder sinken und räusperte sich. «Ich kenne wirklich schlechte Weiber, die einen ganzen Stall voll mit Kindern haben, und jedes Jahr kommt ein neues dazu. Und ich kenne ehrbare Frauen, die sich noch nie etwas zuschulden kommen ließen und trotzdem ohne Kinder sind. Die Wege des Herrn sind unergründlich.» Er hielt inne, sah auf einmal streng drein und hob sogar den Zeigefinger. «Aber gehorchen musst du deinem Mann schon. Mordaufklärungen sind nicht Sache der Weiber.» Nun strich er Hella doch über den Kopf und ging sehr würdig davon.

«Da siehst du es!», teilte Gustelies mit, um sogleich zu fragen: «Was für eine Leiche fand man? Erzähl!»

Hella berichtete alles, was sie wusste, und bemerkte, dass Gustelies ganz unruhig auf ihrer Bank herumrutschte. «Meinst du, wir sollten ebenfalls zum Galgenberg gehen?», fragte sie, und ihre Wangen hatten sich dabei leicht gerötet.

Hella aber schüttelte den Kopf. «Nein. Ich will Gott nicht herausfordern. Ich werde dieses Mal meine Nase nicht in Heinz' Angelegenheiten stecken. Etwas Schönes kochen werde ich ihm. Jawohl, das werde ich.»

Gustelies sah für einen Augenblick bestürzt drein, aber dann fasste sie sich, öffnete die Tür zur Vorratskammer, nahm den Weidenkorb, der dahinter stand, und befahl: «Gut, dann gehen wir gemeinsam auf den Markt und kaufen ein. Es wird Zeit, dass du Heinz' Lieblingsgericht lernst.»

Hella fuhr zurück. «Gebackenes Kalbshirn im Eierteig?»

«Jawohl», erwiderte Gustelies ungerührt. «Die Hintererin hat mir neulich ein Rezept gegeben, das sie von ihrer Verwandten aus Augsburg bekommen hat. Die Welser, die reiche Augsburger Kaufmannsfamilie, sollen angeblich danach kochen.»

Hella schüttelte sich. «Kalbshirn, pfui!»

Gustelies fuhr herum: «Willst du nun Buße tun oder nicht? Außerdem ist Kalbshirn nicht nur gut für den Verstand, sondern es reinigt auch das Blut.»

Hella seufzte, nahm ihren Umhang. «Das hat bestimmt die heilige Hildegard herausgefunden. Also gut, lass uns gehen.»

Auf dem Markt kauften sie zwei Pfund Kalbshirn, ein noch warmes Weißbrot, Milch, Eier, frische Petersilie und Kerbel. Wieder im Pfarrhaus angelangt, begann Gustelies mit der Arbeit und erklärte dabei ihrer Tochter jeden Handgriff: «Gieß aus dem Eimer etwas Wasser in die Schüssel. Das Hirn muss gewässert werden. Sobald sich das Wasser verfärbt, gießt du es ab und füllst neues in die Schüssel. So lange, bis das Hirn ganz weiß ist.»

Hella rümpfte die Nase, fasste mit sehr spitzen Fingern nach dem Kalbshirn und schwenkte es sanft im Wasser hin und her, doch sie hielt den Blick dabei abgewandt. «Das Zeug ist einfach zu abscheulich.»

Es dauerte, bis Gustelies zufrieden war. «So», sprach sie. «Jetzt ziehst du mit einem Kneifchen vorsichtig die Haut vom Hirn, während ich einen Kessel Wasser aufsetze, zwei Zwiebeln und drei, vier Nelken, dazu ein Achtel Essig gebe. Wenn die Haut ab ist und das Wasser kocht, werde ich das Hirn kurz überbrühen.»

Hella nickte stumm und tat mit zusammengebissenen Zähnen, was die Mutter von ihr verlangt hatte.

Nachdem das Hirn gebrüht und erkaltet war, schnitt Gustelies die Masse in fingerdicke Scheiben.

«Zerbrösele das Weißbrot», trug sie ihrer Tochter auf. «Gib Milch dazu und sechs Eier, die Petersilie und den Kerbel, dann schabe ein wenig von der Muskatnuss dazu und streue eine Prise Zimt darüber. Vermische die Menge, damit ich die Scheiben darin wälzen kann.»

Hella, froh, nicht mehr mit dem Hirn hantieren zu müssen, tat, wie Gustelies ihr befohlen hatte. Als ihre Mutter jedoch, ein Küchenlied singend, das Kalbshirn in der Eier-Weißbrot-Masse wälzte, sah sie doch genau zu.

Einen Teil der panierten Hirnscheiben packte Gustelies anschließend in eine Tonschale. «Da, für Heinz. Heute Abend brätst du die Scheiben in heißem Schmalz gut aus und reichst Roggenbrot dazu. Die Scheiben für uns brate ich jetzt gleich. Du kannst mit Pater Nau und mir essen.»

Hella schüttelte dankend den Kopf. «Ich bin noch satt vom Frühstück, Mutter. Esst ihr mal lieber allein. Ich setze mich derweil auf die Bank im Pfarrgärtchen und genieße die Sonne.»

Gustelies sah aus dem Fenster. «Welche Sonne?», fragte sie. «Es ist trüb heute.» Doch dann verstand sie. «Gut, dann werde ich Pater Nau zum Mittag nur ein wenig weißes Brot mit guter Leberwurst bereiten und heute Abend kochen. Er ist sowieso der Meinung, dass warmes Essen am Abend Wunder tut, während ein heißes Mittagsmahl höchstens dazu führt, dass alles Blut aus dem Kopf in den Bauch fließt und er davon müde und träge wird.»

Sie machte sich an die Arbeit und brachte dann einen Teller in das Arbeitszimmer des Paters.

Als sie zurückkam, sagte Hella: «Kalbshirn zubereiten ist wahrlich eine große Buße. Ich glaube, so ein bisschen Ermitteln haben wir uns heute durchaus verdient.»

Gustelies lächelte, strich ihr über die Wange. «So gefällst du mir schon viel besser, Mädchen.»

Hella lächelte kurz, war aber mit ihren Gedanken schon wieder ganz woanders. «Was haben wir bisher?», fragte sie und gab sich gleich selbst die Antwort: «Eine tote Hure, einen toten Gewandschneider und nun noch einen toten Pfarrer.»

«Einen was?», fragte Gustelies entsetzt.

«Einen toten Pfarrer, einen von den lutherischen», entgegnete Hella, und Gustelies bekreuzigte sich. «Ich hab's ja immer gesagt, dieser Luther und seine Lehren machen die Menschen im Kopf ganz verrückt.»

Hella seufzte ein wenig. «Drei Tote also unter dem Galgen, am Galgen selbst jedes Mal ein toter Hund. Keine Spuren von Gewalt bei den ersten beiden, und ich nehme an, dass auch der Pfarrer kein Messer im Herzen hat.»

«Also Tod durch Ersticken oder Gift», stellte Gustelies fest.

Hella nickte ernst. «Womöglich beides. Es muss ein Gift gewesen sein, welches man weder sehen noch riechen kann. Eines, das die Menschen einfach und ohne Gegenwehr genommen haben.»

«Vielleicht waren Speisen oder Getränke mit Gift versetzt», fiel Gustelies ein. Doch plötzlich sprang sie auf. «Meine Wäsche! Ich habe vor lauter Mord und Totschlag ganz vergessen, dass ich die Altartücher und das Priestergewand eingeweicht habe!»

Rasch lief sie hinaus zu ihrem Zuber, goss das Aschewasser ab und schickte Hella in die Küche, um heißes Wasser vom Herd zu holen.

«Du kannst mir helfen beim Waschen», stellte sie fest. «Zu zweit geht es schneller. Und das Denken wird dabei auch nicht gestört.»

Wieder seufzte Hella, doch dann rührte sie die Seifenflocken, die Gustelies in das frische Wasser gestreut hatte, mit einem großen Holzlöffel um und gab die Wäsche hinein.

Eine Weile bewegte sie die Teile darin hin und her, dann kam Gustelies schon mit einem zweiten Waschbrett.

Hella krempelte sich die Ärmel ihres Kleides hoch, schob die Haube nach hinten und war kurz darauf bis zu den Ellbogen im Seifenwasser verschwunden.

Die beiden Frauen schrubbten das fromme Gut, dass der Herrgott seine Freude daran hatte. Bald schon stand Hella der Schweiß auf der Stirn. Gustelies hielt inne, wischte sich mit dem Unterarm trocken und fragte: «Weißt du, was ich nicht verstehe?»

«Nein, woher auch?»

«Was die drei Leichen miteinander verbindet.»

«Verbindet? Wieso?»

«Wenn wir davon ausgehen, dass alle drei Menschen ermordet wurden, so muss der Täter alle drei gekannt haben. Die Frage ist nur, woher?»

Jetzt war es Hella, die innehielt. «Und der Grund für die Taten, der ist auch nicht klar. Der Amedick hätte einen Grund gehabt, den Voss zu töten. Aber die Hure? Und beim Pfarrer kann er es kaum gewesen sein, nachdem er gerade bestraft und verjagt wurde, oder?»

Schweigend und nachdenklich schrubbten beide Frauen weiter. Oben ging ein Fenster auf, und Pater Nau beugte sich hinaus. «Ich mag vom Waschen nichts verstehen», rief er hinunter. «Aber mir scheint, wenn ihr so weitermacht, haben meine schönen Altardecken bald Löcher.»

Gustelies lachte leise, dann blickte sie nach oben und rief: «Du hast recht, Bruder. Vom Waschen verstehst du wirklich nichts. Kümmere du dich um deine Angelegenheiten und störe uns nicht länger.»

Von oben war noch ein Brummen zu hören, dann schlug das Fenster wieder zu.

«Wenn wir den Grund wüssten, so wüssten wir auch schon bald den Mörder», überlegte Hella. Dann fiel ihr der Tagelöhner ein, und sie erzählte ihrer Mutter davon.

«Hmm, wenn er es war, dann ist er nicht besonders klug», meinte Gustelies. «Es muss ihm doch klar sein, dass er einen Verdacht auf sich lenkt, wenn er alle naslang Leichen findet, wo andere Leute in dieser Zeitspanne nicht mal einen Knopf auf der Gasse finden.»

«Oder aber er ist besonders gerissen», fand Hella. «Er geht davon aus, dass er ungeschoren davonkommt, weil es gar zu offensichtlich wäre.»

Gustelies streckte den schmerzenden Rücken, dann bat sie: «Fass mal mit an. Ich will das Wasser abgießen. Wenn der Tagelöhner so gerissen wäre, wie du vermutest, mein Kind, dann wäre er nicht Tagelöhner. Ich bin sicher, er ist so unschuldig wie ein Säugling.»

Es dauerte noch eine ganze Weile, bis die Frauen mit der Wäsche fertig waren. Ihre Gedanken aber hatten sich im Kreis gedreht.

«Wir kommen so nicht weiter», fand Gustelies. «Geh dem Deinen um den Bart, stöbere in den Akten. Wir müssen mehr wissen.»

Sie reichte ihrer Tochter die Tonschale mit den panierten Kalbshirnscheiben, gab ihr einen Kuss auf die Stirn. «Versuche Heinz auszuhorchen», gab sie Hella als Ratschlag mit auf den Weg. «Und mach dir nicht länger Gedanken über eure Kinderlosigkeit. Der Herr wird's schon richten, glaub mir.»

Aber Hella hatte ihre Sorgen vom Morgen schon vergessen.

Als sie zu Hause die Hirnscheiben mit angeekelter Miene in eine Pfanne gleiten ließ, um sie in Fett auszubacken, kam Heinz nach Hause. Er küsste seine Frau in den Nacken, spähte über ihre Schulter. «Oh, was wird das denn Feines?»

«Kalbshirn im Eierteig», erklärte Hella und unterdrückte ein Schütteln.

«Hirn?», fragte Blettner und lachte. «Meinst du, daran fehlt es mir?»

«Wer weiß», gab Hella keck zur Antwort. «Lass dir nur gesagt sein, dass dieses Gericht ein großer Liebesbeweis ist. Ich habe mich bei der Zubereitung geekelt wie lange nicht mehr.»

Blettner ließ sich auf die Küchenbank sinken. «Du verstehst es wirklich, mir Appetit zu machen.»

Beide lachten, dann waren die ersten Scheiben fertig, die Heinz mit großem Appetit verschlang. Hella saß daneben, aß einen Kanten Brot, den sie, obwohl dies ganz und gar unüblich war für den Abend, dick mit Pflaumenmus bestrichen hatte.

Nach dem Essen legte Richter Blettner sein Gesicht in Kummerfalten und fasste nach Hellas Hand. «Es tut mir leid, Liebes», sagte er. «Ich muss noch einmal hinaus. Der Zweite Bürgermeister hat mich zu sich bestellt. Diese Mordfälle nehmen Ausmaße an, mit denen keiner gerechnet hat.»

«Also ist es doch Mord?»

«Ich weiß nun, nach der dritten Leiche, nicht mehr, was es anderes sein könnte», stellte Blettner fest und zuckte mit den Achseln. Dann küsste er seine Frau und ging.

Hella wollte nichts tun, was Heinz ärgern konnte. Sie stand in der Wohnstube, sah ihm aus dem Fenster hinterher und flüsterte ein ums andere Mal: «Nein, ich werde nichts tun. Nichts, nichts, nichts.»

Doch kaum war Heinz um die Ecke gebogen, schloss sie das Fenster, eilte zu ihrer Kleidertruhe und wühlte darin, bis sie den nachgemachten Schlüssel für sein Arbeitszimmer in den Händen hielt. Sie ging in die Küche, in der die Magd das Geschirr spülte. Der Knecht saß auf der Küchenbank und starrte missmutig vor sich hin.

«Ich brauche euch beide heute Abend nicht mehr», erklärte Hella. «Ihr habt frei.»

«Soll ich nicht noch den Kamin anzünden?», fragte die Magd.

«Soll ich kein Holz schlagen für morgen?», fragte der Knecht.

Hella zögerte, dann schüttelte sie entschlossen den Kopf. «Die Scheite, die neben dem Herd liegen, reichen für morgen früh. Nach dem Frühstück kannst du Holz schlagen.»

Der Knecht stand auf, wünschte Gottes Segen und verschwand auf die Straße.

«In die Schenke der Fuhrleute geht er», beklagte sich die Magd. «Bestimmt kommt er erst mitten in der Nacht nach Hause und macht auf der Treppe Lärm.»

«Hm», erwiderte Hella, die sich im Augenblick nicht um die Befindlichkeiten der beiden Bediensteten sorgte. «Du kannst auch gehen. Besuche eine Freundin, geh in die Kirche, was weiß ich.»

Die Magd zog zu Hellas Vorschlägen einen Schmollmund. «Zu meinem Liebsten werde ich gehen.»

Hella nickte, wünschte Gottes Segen und stieg rasch die Treppe in den ersten Stock hinauf. Sie hörte die Holzpantinen der Magd klappern und dann die Tür ins Schloss fallen.

«Endlich», seufzte Hella und steckte den Schlüssel ins Schloss zu Heinz' Arbeitszimmer.

Auf dem Schreibtisch lagen die Akten, die Heinz vorhin aus dem Malefizamt mit nach Hause gebracht hatte. Zuoberst lag das Protokoll des Medicus. «Keine Anzeichen von Gewalt, keine äußeren Verletzungen, keine Fremdgerüche, Mund, Nase, Ohren und Augen normal.»

Dasselbe hatte in den Akten der beiden anderen Toten gestanden. Auch im Protokoll des Scharfrichters stand nichts anderes als bei den beiden Malen zuvor.

Heinz selbst hatte seinem Schreiber diktiert: «Bei dem Toten handelt es sich um den Pfarrer der Dreikönigsgemeinde in Sachsenhausen, welcher dort seit fünf Jahren seinen Dienst versieht. Obwohl lutherisch, hat er seine Haushälterin nicht geheiratet. Nach Zeugenaussagen hatte er weder Freunde noch Feinde. Weitere Zeugen, insbesondere solche, die Angaben über seine letzten Lebenstage machen können, werden befragt. Ebenso müssen noch einmal die Zeugen der vorangegangenen Fälle befragt werden.»

Das Protokoll war noch nicht unterschrieben, und Hella erkannte daran, dass Heinz mit seinen Überlegungen nicht zu einem Ende gekommen war.

Ganz unten lag der Bericht über die Aussage des Tagelöhners Wilhelm Kunz, der die beiden Toten gefunden hatte. Der Schreiber hatte dessen Worte genauso notiert, wie Kunz sie gesagt hatte: «Ei, am Morsche vor vier Tach hab isch de Leisch von de Hur gefunne. Und gestern Amd lach da de Leisch von dem Pfaffe. Sonst hab isch ka Seele net gesehe. Derf isch gehe?»

Auf die Frage, wo der Tagelöhner arbeite, hatte er geantwortet: «Ei, mal hier, mal dort. Im Aacheblick bin isch im Hafe. Als isch de Hur gefunne hab, da habb isch beim Bau von de neue Brunne uffm Römer geholfe.»

«Gibt es dafür Zeugen?», las Hella die Frage ihres Mannes.

«Wie meine?»

«Ich frage, ob dich jemand gesehen hat.»

«Ei, nadürlisch. Im Hafe warn jede Menge Leut, alldieweil die dort aach schaffe due. Un am Brünnsche war es aach net anderster.»

«Wo wohnst du?»

«Isch hab a Kämmersche bei ner Witwe in Kahlbach.»

«Kann die bestätigen, dass du nachts das Haus nicht verlassen hast?»

«Ei, freilisch. Wohin soll isch aach in de Nacht gehe? Mer säscht, die Dämone sinn unnerwegs inne Nacht. Derf isch jetzt gehe?»

Die Unterschriften, bestehend aus dem Namen des Richters und den drei Kreuzen des Tagelöhners, zeigten an, dass die Aussage richtig zu Protokoll genommen worden war.

Hella legte die Papiere wieder so hin, wie sie sie vorgefunden hatte, und stützte das Kinn in die Hand. Sie schaute ins Leere, kaute ein wenig auf ihrer Unterlippe herum. Lange saß sie so. So lange und so in Gedanken versunken, dass sie die Heimkehr ihres Mannes nicht bemerkte. Erst als die Kerzenflamme vor ihr in einem Luftzug flackerte, schrak sie hoch und sah Heinz vor sich stehen.

«Ich ... ich ... wollte, ich habe ...»

Heinz hatte eine Hand in die Tasche seines Wamses gesteckt und spielte dort mit dem Schlüssel, der draußen gesteckt hatte und ihm nicht gehörte.

«Ich weiß, was du wolltest und hast», erwiderte er und fuhr sich mit der Hand über die Stirn.

«Du siehst müde aus», stellte Hella fest.

«Das bin ich auch, mehr als das. Der Zweite Bürgermeister hat mir aufgetragen, die Fälle so schnell wie nur möglich zu lösen. Der Landgraf Philipp I. von Hessen hat seinen Besuch beim Rat angekündigt.»

«Wann kommt er, der Großmütige?»

Heinz zuckte mit den Achseln. «Genau hat er sich nicht festgelegt. In zwei bis drei Wochen, meinte der Bürgermeister. Wenn der Landgraf erfährt, dass wir hier eine Mordserie haben, die wir nicht aufklären können, so wird er uns seine Leute aus Kassel oder Marburg schicken. Die aber wiederum könnten natürlich Spitzel des Landgrafen sein, die die Gelegenheit, ungestraft in den Akten der Stadt Frankfurt wühlen zu dürfen, nicht ungenutzt lassen werden. Frankfurt ist eine freie Reichs- und Messestadt. Wir sind dem Landgrafen zu nichts verpflichtet. Aber der will ja seit Jahren den Beitritt Frankfurts zum Schmalkaldischen Bund erzwingen.»

Hella winkte ab. «Das Politische interessiert mich nicht.»

«Kurz und gut: Der Fall muss so schnell wie möglich gelöst werden.» Und leiser fügte er hinzu: «Aber ich habe keine Ahnung, wie.»

«Setz dich», bat Hella. «Und höre mir zu. Ich habe mir den ganzen Abend lang Gedanken gemacht.»

Der Richter runzelte die Stirn. «Du weißt, ich mag es nicht, wenn du in meinen Akten wühlst.»

«Ja, ja. Also. Hörst du zu?»

Der Richter nickte.

«Als Erstes solltest du auch die unbewachten Seitenpförtchen in der Stadtmauer, die hinaus zum Galgenberg führen, überwachen lassen. Irgendwie muss der Mörder die Toten ja auf den Galgenberg bringen. Dann solltest du …»

«Warte!», unterbrach der Richter seine Frau. «Ich möchte mir deine Vorschläge notieren.»

Als er Hellas Lächeln sah, brummte er unwillig. «Ich möchte lediglich noch einmal in Ruhe darüber nachdenken. Mehr nicht. Du kannst fortfahren.»

«Aha, nachdenken. Nun also, du solltest bei der Gelegenheit dann auch darüber nachdenken, ob du einem Leichenbeschauer den Toten zeigst.»

«Einem Leichenbeschauer? Warum das denn? Unser Kaiser Karl V. hat erst zu Beginn dieses Jahres ein Gesetz unterzeichnet, in dem ausdrücklich angeordnet wird, dass ein Medicus die Leichenschau vornehmen soll. Wie du weißt, ist seit diesem Jahr eine neue Gesetzgebung, auch Constitutio Criminalis Carolina genannt, in Kraft.»

Hella winkte ab. «Das hat der Medicus ja auch getan. Ich habe sein Protokoll gelesen. Der Medicus ist noch jung. Viele Erfahrungen mit Ermordeten wird er nicht haben. Die Leute lassen ihn rufen, wenn sie Kopfschmerzen und Fieber haben. Der alte Leichenbeschauer aber hatte jahrzehntelang mit Toten zu tun. Vielleicht entdeckt er Dinge, die der Medicus übersehen hat.»

Bei diesen Worten zog ein Strahlen über Heinz Blettners Gesicht, aber als Hella hochsah, räusperte er sich und zog die Stirn in Falten. «Der Leichenbeschauer. Soso. Ich werde darüber nachdenken. Hast du sonst noch was?»

Hella schüttelte den Kopf. «Nein, nichts. Nur Fragen.»

Der Richter nahm ein kleines Messer aus einer Schublade und spitzte die Schreibfeder an. «Lass sie hören, deine Fragen. Womöglich kenne ich die Antworten. Aber», er ließ die Schreibfeder sinken und hob den Zeigefinger. «Schon die alten griechischen Philosophen meinten, dass die richtigen Fragen der erste Schritt zur Lösung sind.»

«Fein», erwiderte Hella und lehnte sich in ihrem Stuhl zurück. «Ich frage mich, was die drei Toten wohl miteinander verbunden hat. Es gibt eine Person, den Mörder nämlich, der alle drei kannte. Wer also kann eine Wanderhure, einen Vorstadtpfarrer und einen Gewandschneider kennen?»

«Der Henker», entfuhr es dem Richter. «Der Steuereintreiber. Der Medicus. Die Kräuterfrau. Der Abortreiniger. Marktleute.»

Hella nickte. «Zwei der Toten kamen aus der Vorstadt. Wir sollten also unser Augenmerk auf die Vorstadt richten. Meine zweite Frage lautet: Aus welchem Grund hat der Mörder seine Opfer zu Tode gebracht? Die dritte: Wie hat er es gemacht? Die vierte: Zu welcher Tageszeit? Die fünfte: An welchem Ort? Und die sechste: Auf welchem Wege transportierte der Mörder die Leichen auf den Galgenberg?»

Der Richter schrieb so schnell, dass die Feder über das Papier kratzte. Er ließ sich die letzte Frage noch einmal wiederholen, dann ließ er die Feder sinken, verschloss das Tintenfass und lehnte sich ebenfalls zurück.

«Du hast dir dieselben Fragen gestellt, die ich mir auch gestellt habe», sagte er nachdenklich. «Aber all diese Fragen bringen uns keinen Schritt weiter.»

Hella hatte sich wieder nach vorn gebeugt und die Hand ins Kinn gestützt. Sie sah in die Kerzenflamme. «Es gehört eine Menge Hass dazu, jemanden unter einen Galgen zu legen und über ihm einen Hund aufzuknüpfen.» Kaum hatte sie diese Worte ausgesprochen, blickte sie hoch. «Hat schon jemand den Abdecker gefragt, wer bei ihm in der letzten Zeit tote Hunde gekauft hat?»

Der Richter schüttelte den Kopf. «Bisher waren wir ja davon ausgegangen, dass es sich um einen Selbstmord und einen halben handelt. Es gab keinen Grund, den Abdecker zu befragen. Und auch jetzt glaube ich nicht, dass er uns weiterhelfen kann. Der Mörder ist klug. Dumm aber wäre er, hätte er die Hunde beim Abdecker erworben. Er wird sie von der Straße gefangen haben. Was denn sonst?»

«Hmm», machte Hella, dann stand sie auf. «Ich bin sehr müde, Heinz. Lass uns ins Bett gehen.»

Sie löschte die Kerze, dann begaben sich Mann und Frau ins Schlafgemach. Für einen Augenblick kam Hella ihr Kinderwunsch in den Sinn, aber dann entschied sie, dass die Schwangerschaft ruhig noch einen Tag warten könne. Sie war zu müde.

Doch als sie dann neben Heinz im Bett lag, fand sie keinen Schlaf.

«Musikanten», sagte sie. «Fahrendes Volk. Gaukler, Schauspieler.»

«Was ist mit Musikanten?», fragte Heinz schläfrig.

«Sie sind es, die alle drei Toten gekannt haben könnten.»

Kapitel 20

Wir müssen uns beeilen», sagte die Hebamme. «Setz einen Kessel mit Wasser auf. Wenn es kocht, gib das Bilsenkraut hinein und lass die Brühe so lange sieden, bis sich das Kraut bräunlich verfärbt.»

Das Mädchen tat, wie es die Hebamme geheißen hatte.

Als die ersten Dämpfe aus dem Kessel aufstiegen, band die Hebamme dem Mädchen ein Tuch vor Mund und Nase. «Bleib so weit weg, wie es nur geht. Schon die Dämpfe können dich in einen Rauschzustand bringen. Öffne die Fenster, mach auch die Tür auf. Es schadet nichts, wenn es Durchzug gibt.»

Die Hebamme ließ sich seufzend auf der Küchenbank nieder, legte die Beine auf einen Schemel und stöhnte genüsslich auf. Nach einer Weile sagte sie: «Jetzt nimm den Kessel vom Feuer. Warte, bis die Mischung abgekühlt ist, dann seihe die Flüssigkeit durch ein Tuch.»

Das Mädchen folgte den Anweisungen. Einen Teil der durchgeseihten Bilsenkrautmischung füllte sie in einen Krug, den sie mit einem Wachsstopfen verschloss. Den anderen Teil nahm die Hebamme mit hinunter in den Keller. «Ich werde einen Auszug mit Branntwein daraus herstellen», erwiderte sie.

Das Mädchen wollte mit, doch die Hebamme hielt es zurück. «Du hast für heute genug gelernt. Räume die Küche auf und bereite das Abendmahl vor. Wir sollten mit dem Essen fertig sein, bevor der Städter kommt.»

Das Mädchen räumte ordentlich jeglichen Hinweis auf das Bilsenkraut fort und fegte die Küche. Danach putzte sie junge Möhren und kochte aus Bauchspeck, Zwiebeln, Sellerie, Petersilie, Pastinaken und Möhren einen guten Eintopf.

Sie hörte, wie die Hebamme schwerfällig die Kellertreppe heraufkam. Im gleichen Augenblick hämmerte jemand gegen die Tür.

Das Mädchen lief, um zu öffnen. Ein Junge, etwas jünger als sie, stand keuchend und mit hochrotem Gesicht vor ihr. «Wo ist die Hebamme?», fragte er.

Das Mädchen wies mit der Hand zur Küche. Der Junge stürzte voraus. «Meine Mutter. Es geht los. Ihr müsst kommen. Sie sagt, das Kind liege falsch. Sie hat Angst. Schnell, Ihr müsst Euch eilen.»

«Ganz ruhig, mein Junge», seufzte die Hebamme und warf einen Blick nach dem Kessel, aus dem der Eintopf herrlich duftete. «Die Zeit deiner Mutter ist noch gar nicht gekommen. Vielleicht hat sie sich nur den Magen verdorben.»

«Nein!» Der Junge schüttelte heftig den Kopf. «Nein! Ich war dabei, als eine grüngelbe Flüssigkeit an ihren Beinen herablief. Viel davon. Eine große Pfütze.»

Seufzend stützte sich die Hebamme am Tisch ab. «Die Fruchtblase ist geplatzt und das Fruchtwasser abgegangen. Warte, ich hole meine Tasche.»

Sie lief, so eilig sie konnte, in ihre Kammer, holte ihre Tasche hervor und band sich eine saubere Schürze um. «Wir können gehen, Junge», sagte sie.

Dann wandte sie sich an das Mädchen. «Wenn der Herr

kommt, um seine Besorgung abzuholen, so gib ihm dies hier. Es ist ein Mittel gegen Kopfschmerz und Fieber.»

Mit einem Augenzwinkern reichte sie dem Mädchen ein kleines Fläschchen aus braunem gebranntem Ton, welches ebenfalls mit einem Wachspfropfen verschlossen war.

Das Mädchen nickte und lächelte.

«Ich weiß ja, dass ich mich auf dich verlassen kann», fügte die Hebamme hinzu. «Das Geld soll er dir geben oder aber morgen wiederkommen.» Dann nahm die ältere Frau ihre Tasche und eilte seufzend dem Jungen hinterher.

Das Mädchen aber setzte sich an den Tisch, legte die Hände vor sich auf das Holz und wartete. Als die Abenddämmerung wie ein großes graues Tier durch die schäbigen Gassen kroch, klopfte es. Das Mädchen stand auf und öffnete. Der Mann, der vor dem kleinen Häuschen stand, war groß gewachsen. Das braune Haar reichte ihm bis auf die Schultern. Seine grünen Augen blickten überrascht, um den schmalen Mund mit den scharfgezeichneten Lippen spielte ein Lächeln.

«Wer bist du?», fragte er.

Das Mädchen erwiderte nichts, winkte ihn jedoch mit der Hand ins Haus hinein. Der Mann folgte ihr in die Küche, sah sich neugierig um. «Wo ist die Alte? Die Hebamme meine ich.»

Das Mädchen wies mit der Hand zur Tür.

«Sie ist ausgegangen?», fragte der Mann.

Das Mädchen nickte und bot dem Mann mit einer Handbewegung einen Platz an.

Der Mann setzte sich, wischte sich den Schweiß von der Stirn. «Heiß ist es heute», sagte er. «Man könnte meinen, der Teufel gibt uns einen Vorgeschmack auf das Höllenfeuer.»

Das Mädchen füllte einen Becher mit brunnenkaltem Wasser und stellte ihn vor dem Mann ab. «Danke», murmelte er, nahm den Becher und trank das Wasser in einem Zug.

Dann betrachtete er das Mädchen von oben bis unten. Sein Blick erfasste ihr Haar, glitt an ihrem Körper hinab und wieder hinauf zu ihrem Gesicht.

Das Mädchen erschrak, aber es war ein wohliges Erschrecken. Sein Blick, dachte sie, fühlt sich wie ein Streicheln an.

«Redest du immer so wenig, oder magst du nur mit mir nicht reden?», fragte der Mann.

Das Mädchen öffnete den Mund, als wollte es etwas sagen, dann aber schüttelte es den Kopf und schwieg. Sie hätte sprechen können. Es war nicht wie in der Kirche, als der Anblick des Priesters ihr die Sprache verschlagen hatte. Diesmal war es so, dass der Anblick des Mannes sie bannte. Er war so schön. So schön und gut gekleidet. Er wirkte so reich und mächtig, und sie fühlte sich so arm und klein und hässlich, dass ihr die Worte in der Kehle erstarben.

Der Mann stand auf, stellte sich vor sie, fuhr mit dem Daumen leicht über ihre Lippen.

«Du hast einen schönen Mund», sagte er, und das Mädchen senkte den Kopf. Der Mann stand so nahe, dass sie seinen Geruch einatmete. Nach Frühling duftete er, nach frischem Gras und nach einem Duftwasser. Das Aroma stieg dem Mädchen in die Nase.

«Du bist schön», sagte der Mann mit leiser Stimme. «Schön und stumm. Ein Geheimnis.»

Das Mädchen lächelte. Noch nie hatte ihr jemand gesagt, dass sie schön war. Und keiner hatte sie je ein Geheimnis genannt. Das gefiel ihr. Sie wollte ein Geheimnis sein, nicht offen für jedermann. Ein Geheimnis, dachte sie, ist so gut wie ein Versteck. Zaghaft hob sie den Kopf und sah ihn an. Seine hellen Augen hielten ihrem Blick stand, sahen eindringlich in ihre Augen, als wollten sie versuchen zu lesen, was hinter ihrer Stirn stand. Das Mädchen konnte sich nicht abwenden. Wie an Fäden hing sie an seinem Blick.

Der Mann hob die Hand. Rasch und ein wenig ungeschickt griff das Mädchen nach dem Gelenk, presste sein Gesicht in diese warme weiche Hand.

«Oh, du bist aber anschmiegsam», lachte der Mann leise.

Da fuhr das Mädchen zurück und senkte den Blick.

«Komm her zu mir. Komm wieder her», lockte der Mann, doch sie blieb und rührte sich nicht.

Da trat er zu ihr, griff unter ihr Kinn, zwang ihren Blick in seinen. Schon hing sie wieder an Fäden. Sanft strich er mit der Hand über ihre Wange, fuhr mit dem Zeigefinger über ihre Augenbrauen, über die Lider, den Nasenrücken, zeichnete die Lippen nach. Das Mädchen hatte die Augen geschlossen und begann leicht zu zittern.

Da ließ er sie los und trat zurück, um sie zu betrachten. «Du bist wirklich ein Geheimnis, stummes Mädchen. Ein Geheimnis, das ich gern ergründen möchte.»

Von nebenan rief die Glocke der Kirche zum Abendgebet. Der Mann zuckte leicht zusammen. «Gleich werden die Stadttore geschlossen. Ich muss zurück.»

Das Mädchen öffnete die Augen. Dann holte sie das kleine Fläschchen aus der Tasche ihres Kleides und stellte es auf den Tisch.

«Für mich?», fragte der Mann.

Das Mädchen schob das Fläschchen näher an den Mann heran.

«Wie viel bin ich dir dafür schuldig?», fragte er.

Sie hob lächelnd die Schultern.

Die Kirchenglocken hatten aufgehört zu läuten. «Ich muss mich eilen.» Der Mann steckte das Fläschchen in die Tasche seines Wamses. Erst jetzt bemerkte das Mädchen, wie vornehm er gekleidet war. Als der Mann ihren Blick bemerkte, verbeugte er sich ein wenig.

«Ich heiße Sebastian», sagte er. «In der Stadt lebe ich und bin dort ein Kaufherr. Und du?»

Das Mädchen hob wieder die Schultern, ging ihm voran zur Haustür. Bevor sie öffnen konnte, trat der Mann zu ihr, umfasste mit beiden Händen so sanft ihr Gesicht, als hielte er eine kostbare Vase darin. «Ich komme morgen wieder», sagte er leise, «und bringe der Hebamme ihr Geld. Wirst du da sein?»

Das Mädchen nickte. Da zog ein Lächeln über das Gesicht des Mannes, der kein Junge mehr, aber trotzdem noch jung war. Dann machte er sich los und ging.

Das Mädchen stand unter der geöffneten Haustür und sah zu, wie er sein Pferd bestieg. Wenn er sich umdreht und mir winkt, dachte sie, ist alles gut. Für einen Augenblick fiel ihr der Fischer ein, welcher der Erste gewesen war, der sie gegrüßt und ihr gewunken hatte. Aber das schien dem Mädchen unendlich lange her. Fast wie aus einem anderen Leben.

Sie wollte sich gerade umwenden und zurück ins Haus gehen, als der Mann den Kopf nach ihr drehte, die Hand hob und winkte. Das Mädchen riss den Arm nach oben und winkte zurück. Freude durchströmte sie. Ganz warm wurde ihr. Als sie in die Küche zurückging, summte sie ein Lied vor sich hin.

«Er war also da und hat die Tinktur mitgenommen?», fragte die Hebamme am nächsten Morgen. Sie war erst spät in der Nacht heimgekehrt und wirkte auch jetzt noch erschöpft. Ihre Haut war blass, die Augen dunkel verschattet, der Blick betrübt.

«Ja, er war da. Er nahm das Fläschchen und sagte, er werde heute noch einmal wiederkommen. Wie ist es Euch ergangen? Habt Ihr das Kind gesund auf die Welt geholt?»

«Das Kind ist gestorben», erwiderte die Hebamme. «Ein Mädchen war es. Die Nabelschnur hatte sich um den Hals gelegt. Bei der Geburt hat sie sich daran aufgehängt. Ich habe sie nottaufen müssen.» Die Hebamme seufzte. «Es ist grauenhaft, wenn mir die Kinder unter den Händen wegsterben. Die Frau, es ist die Frau des Stöckers, hat bis zum letzten Augenblick draußen auf dem Feld gearbeitet. Wäre sie reich gewesen und hätte sich schonen können, würde ihr kleines Mädchen noch leben.» Sie schlurfte zur Vorratskammer, goss sich einen Becher Milch ein.

«Er war also da», nahm sie das Gespräch wieder auf. «Er war da, hat die Tinktur mitgenommen und kein Geld dagelassen.»

Das Mädchen nickte. «Am frühen Abend kommt er, hat er gesagt. Dann bringt er das Geld.»

Die ältere Frau betrachtete sie und fragte: «Du siehst so anders aus heute Morgen. Deine Wangen sind gerötet, die Augen glänzen. Was ist geschehen?»

Das Mädchen hob die Schultern, wiegte den Kopf von links nach rechts.

«Hat er dir gefallen, der Patrizier aus der Stadt?», wollte die Hebamme wissen.

Das Mädchen senkte den Blick und spürte, wie ihr die Hitze in die Wangen schoss.

Da sprang die Hebamme auf, rüttelte sie an der Schulter.

«Lass die Augen von dem Mann. Er ist nichts für dich. Ein reicher Patrizier ist er, ein Kaufmann und von altem Geschlecht. Er will mit dir spielen, dich benutzen und dann wegschmeißen wie einen alten Lumpen. Bleib weg von dem. Ich rate es dir.»

Das Mädchen stampfte mit dem Fuß auf, ballte die Fäuste und schüttelte trotzig den Kopf.

«So glaub mir doch», sprach die Hebamme. «Schon viel zu oft habe ich solche Geschichten erlebt. Du bleibst am Ende allein zurück. Allein und verlassen, während er sich in der Stadt eine Frau sucht, die von seinem Stand ist. Kummer wird er über dich bringen, Kind. Kummer und viel, viel Leid.»

Da riss sich das Mädchen los und lief hinaus in den Garten. Die Hebamme sah ihr nach und seufzte.

Als die Zeit der Abenddämmerung gekommen war, schickte die Hebamme das Mädchen in die Kammer, um ein Umschlagtuch zu holen.

«Am Himmel ballen sich Wolken zusammen», sagte sie. «Bald wird ein Gewitter kommen und die Luft abkühlen. Hol mir das Tuch, das blaue. Es liegt ganz unten in meiner Truhe.»

Das Mädchen nickte und eilte die Treppe nach oben. Die Hebamme zog ihre Holzpantinen aus, stellte sie unter die Küchenbank und schlich auf bloßen Füßen dem Mädchen hinterher. Als sie vor der offenen Kammertür angelangt war, sah sie das Mädchen in der Truhe wühlen. Da warf die Hebamme die Tür ins Schloss und drehte den Schlüssel.

Das Mädchen schrie auf, es war mehr Krächzen als Schrei, warf sich gegen die Tür und begann zu heulen.

«Verzeih mir», rief die Hebamme durch die Tür. «Ich will dir nichts Schlechtes. Im Gegenteil. Vor Leid will ich dich bewahren. Es ist besser, wenn du den jungen Patrizier nicht siehst.»

Wieder warf sich das Mädchen gegen die Tür, doch das Holz war dick, der Rahmen stabil, das Schloss aus Eisen.

Die Hebamme steckte den Schlüssel in ihre Kitteltasche, seufzte und ging nach unten. Sie hörte das Mädchen noch eine Weile oben toben, doch dann herrschte Stille.

Es dauerte noch ein wenig, bis es an der Tür klopfte und der Patrizier davorstand. «Ich komme, um dich auszuzahlen», sagte er.

Die Hebamme blieb in der Tür stehen. «Einen Viertelgulden schuldet Ihr mir.»

«Wills du mich nicht hereinbitten? Es ist schwül, und meine Kehle ist trocken.»

Die Hebamme machte Platz, ging in die Küche voran, goss Wasser in einen Becher wie gestern das Mädchen. Doch sie reichte dem Mann den Becher, ohne ihn zum Sitzen einzuladen.

«Bist du allein?», wollte der Patrizier wissen und sah sich suchend um.

«Ja, das bin ich. Die Tochter meiner Schwester war gestern da. Sie war es, die Euch die Tinktur gab.»

«Und wo ist sie heute?»

«Zurückgekehrt zu ihrer Familie. Aus der Wetterau stammt sie.»

«Sie ist hübsch», sagte der junge Mann freundlich.

«Ja. Hübsch und weit weg.»

Jetzt lachte der Patrizier auf. «Dachtest du, Hebamme, ich will ihr etwas tun? Hast du sie deshalb fortgeschickt?»

Die Hebamme zuckte mit den Achseln. «Woher soll ich

wissen, was in Euch vorgeht, hm? Sie musste zurück zu ihrer Familie. So ist das Leben bei uns armen Leuten. Da wird jede Hand gebraucht.» Sie machte sich an ihren Kräutertöpfen zu schaffen als Zeichen, dass sie nun keine Zeit mehr für den Städter hatte.

Der begriff und stand auf. «Grüß sie von mir, deine schöne Nichte», sagte er.

Als die Hebamme hörte, wie er wegritt, stieg sie die Stiege zu der Kammer des Mädchens hinauf und schloss die Tür auf. Dann blieb sie wie erstarrt stehen. Vom Mädchen war nichts zu sehen, das Fenster aber stand weit offen.

Kapitel 21

Nimm mich mit, wenn du mit dem Leichenbeschauer den Toten untersuchst», bat Hella. «Mich und Gustelies auch.»

«Bist du von Sinnen? Das ist kein Ausflug ins Grüne, meine Liebe. Ich muss arbeiten. Da stört ihr nur. Im Übrigen haben Frauen nichts im Haus des Scharfrichters zu suchen.»

«Wie du willst», erklärte Hella, nicht sonderlich gekränkt. «Wie du willst. Aber dann bestehe ich darauf, dass im Protokoll vermerkt wird, dass deine Frau dich auf den Leichenbeschauer aufmerksam gemacht hat.» Sie hielt inne und trat nahe zu ihrem Mann. «Versteh doch, Heinz, acht Augen sehen mehr als vier. Es gibt Dinge zwischen Himmel und Erde, für die sind Männer einfach blind. Stell dir vor, der Kragen des Priesters wäre gerissen. Nur eine Frau kann dir sagen, ob der Riss während des Tötens entstanden ist oder ob er schon vorher da war. Wenn er aber beim Mord entstanden ist, so weißt du, dass der Mörder ein großer Mann sein muss, weil er sein Opfer so kräftig beim Kragen packen konnte.»

«Hmmm», überlegte Richter Blettner. «Und was, wenn der Mörder klein war und das Opfer am Kragen gepackt hat, um es hinter sich herzuziehen?»

«Stimmt», gab Hella zu. «Aber es bleibt dabei: Frauen sehen manches, das Männern verborgen bleibt.»

Der Richter runzelte die Stirn. «Mir scheint, du bist zu oft mit der Geldwechslerin zusammen.» Dann verließ er die Schlafstube und ging in sein Arbeitszimmer, um die Akten in einer ledernen Mappe zu verstauen.

Hella folgte ihm, lehnte im Türrahmen. «Was ist nun? Nimmst du uns mit?»

Der Richter richtete sich zu voller Größe auf, bog die Schultern nach hinten und reckte das Kinn. «Ich mache mich lächerlich, wenn ich dem Leichenbeschauer mitteile, dass meine Frau und meine Schwiegermutter mitkommen möchten.»

Hella lächelte fein. «Wir machen es so, Heinz. Du fragst den Leichenbeschauer. Und wenn er einverstanden ist, nimmst du uns mit. Wenn nicht, so bleiben wir, wo wir sind.»

«Versprichst du das, Hella? Versprichst du, dass ihr uns nicht heimlich folgt und wie die Schachtelkasper plötzlich vor dem Scharfrichterhaus auftaucht?»

Hella lachte nun laut über Heinz Blettners ängstliche Miene. «Du musst keine Angst haben, Heinz. Ich will dich ganz bestimmt nicht lächerlich machen. Aber helfen möchte ich dir, wo ich nur kann. Du weißt ja, Frauen ...»

«... sehen Dinge, die den Männern verborgen bleiben.»

Hella kicherte. «Umgekehrt gilt dies natürlich auch.»

«So? Tatsächlich?»

«Ja. Wenn ein Mann schmutzige Fingernägel hat, weißt du sicher eher als ich, ob der Dreck von Erdarbeiten oder von dunklem Öl stammt.»

«Und ob ich das weiß!»

«Siehst du: Wenn Männer und Frauen zusammenarbeiten, erzielen sie die besten Ergebnisse.»

Jetzt zog Heinz erneut die Augenbrauen zusammen.

«Wahrhaftig, du bist zu oft mit diesem rothaarigen Geldwechslerweib zusammen.» Er hob den Zeigefinger. «Dieses Weib hat uns Gott, der Herr, geschickt, damit wir stets an den Teufel denken! Und deine Mutter, meine Liebe, ist nicht viel besser. Hat sie doch neulich sogar behauptet, der Mann sei für die Frau geschaffen und die Frau für den Mann. Pater Nau wäre beinahe ein Bissen im Halse stecken geblieben!»

Hella lachte lauthals los, umarmte ihren Mann und küsste ihn mehrmals auf beide Wangen. Dann sprach sie: «Ich laufe jetzt zu Gustelies. Wir treffen uns vor dem Haus des Scharfrichters.»

Richter Blettner seufzte noch einmal, dann fügte er sich in sein Schicksal.

Eine Weile später warteten Hella und ihre Mutter vor dem Scharfrichterhaus auf den Richter und den Leichenbeschauer. Hella betrachtete die ärmlichen Katen, die nackten Kinder, die davor im Dreck spielten. Unrat lag überall. Nachtgeschirre wurden achtlos neben den Katen geleert, räudige Hunde strichen durch die Gegend, magere Katzen flohen vor fetten Ratten. Hella schüttelte sich. «Der Herr möge mich davor bewahren, jemals hier leben zu müssen.»

«Die Leute haben ihr Los nicht gewählt. Wäre das möglich, gäbe es in diesem Land nur Könige, Erzbischöfe und Kurfürsten. Wer arm geboren ist, bleibt sein Leben lang arm.»

«Ja», sagte Hella und wandte den Blick nach dem Stadttor. «Sie kommen.»

Der Leichenbeschauer strahlte über das ganze Gesicht, als er Gustelies erblickte. «Ich freue mich sehr, Euch einmal wiederzusehen.»

«Ach?», fragte der Richter. «Ihr kennt euch?»

Gustelies wurde ein wenig rot, der Leichenbeschauer aber erwiderte: «Und ob wir uns kennen. Schließlich war ihr verstorbener Mann Richter. Sie ist nicht das erste Mal bei einer Leichenschau dabei. Und die werte Frau Tochter ebenfalls nicht. Frauen sehen mehr als Männer, das sagte sie immer und brachte so manchen Hinweis, den wir übersehen hatten.»

Der Richter verdrehte die Augen und drohte seiner Frau hinter dem Rücken der anderen mit dem Zeigefinger. Dann klatschte er in die Hände. «Dann los!»

Der Scharfrichter brachte den Schlüssel für den Nebenbau, dazu zwei Fackeln und mehrere Leuchter mit Talglichtern.

«Kannst du die Bretter von den Fenstern entfernen? Wir brauchen mehr Licht als das der Kerzen», sagte der Leichenbeschauer. Der Scharfrichter zog eine saure Miene.

Gustelies drängte sich vor. «Das ist viel Arbeit. Die Bretter müssen abgenommen und danach wieder vernagelt werden. So manches wird dabei zu Bruch gehen, die in Öl getränkten Tücher werden reißen. Der Henker hat Arbeit und die Kosten obendrein. Lass die Henkersfrau lieber die Wäscheleine über den Hof ziehen und Bettlaken daranhängen.»

«Was redest du da?», fragte Heinz Blettner. «Wir sind nicht hier, um dem Henker beim Waschtag zu helfen.» Sein Gesicht zeigte deutlich, dass er es längst bitter bereut hatte, Frau und Schwiegermutter mitgebracht zu haben.

«Lass die Henkersfrau Bettlaken aufhängen», wiederholte Gustelies ungerührt. «Dann tragt ihr die Böcke und das Holzbrett, auf dem die Leiche liegt, hinaus und habt so das beste Licht der ganzen Welt und wenig Mühe.»

Der Leichenbeschauer schaute Gustelies belustigt an. «Ihr habt Euch nicht verändert», sagte er. Dann wandte er sich zum Richter: «Ihre Gegenwart war mir stets sehr angenehm. Natürlich hielt ich das – ebenso wie Ihr – vor der Öffentlichkeit geheim. Doch ihre Einfälle schätze ich sehr. Lasst es uns machen, wie die Richterswitwe es vorgeschlagen hat.»

Gustelies verkniff sich ein triumphierendes Lächeln, um ihren Schwiegersohn nicht noch mehr aufzubringen. Der Scharfrichter stapfte erleichtert zu seinem Wohnhaus und trug seiner Frau auf, die Wäsche aufzuhängen.

Kurze Zeit später bewegten sich Bett- und Tischtücher sachte im Frühlingswind, während die Männer den Bock, das Brett und die Leiche vorsichtig nach draußen brachten.

Dann machte sich der Leichenbeschauer an die Arbeit. «Wann genau habt Ihr ihn gefunden?», fragte er.

«Vorgestern Abend.»

Der Richter wurde blass und wandte sich ab, denn der Leichnam verströmte bereits jenen Geruch nach Verwesung, der nicht nur in die Nase, sondern auch in Kleidung, Haare und Haut drang und den man, einmal nur gerochen, sein Lebtag nicht wieder vergaß. Während der Leichenbeschauer den Toten umrundete, ihm die Lider von den Augäpfeln zog, die Iris betrachtete, mit dem Handrücken über den toten Leib fuhr und am Kiefer, den Armen und Beinen rüttelte, gab er Erklärungen ab. «Es gibt drei besondere Merkmale, die jeder Tote aufweist. Das erste nennt man lateinisch ‹rigor mortis›, was ‹Muskelstarre› bedeutet. Diese allmähliche Starre beginnt schon wenige Stunden nach dem Tod und befällt nach und nach alle Muskeln. Dazu kommt ‹algor mortis›, das langsame Abkühlen des Blutes.

Das dritte, ‹livor mortis›, ist bei diesem Toten für uns das interessanteste. Wenn das Blut nämlich abkühlt und nicht mehr durch den Körper fließt, so sackt es ab und hinterlässt auf dem Körper des Toten Flecke.»

Der Leichenbeschauer sah auf den nackten Leichnam, dessen Körpermitte züchtig mit einer Bruche bedeckt war. Dann sprach er weiter und wandte sich insbesondere an den Richter: «Ansonsten gilt immer: Ist der Körper warm und sind die Muskeln beweglich, so erfolgte der Tod vor wenigen Stunden. Ist die Leiche warm und steif, so ist sie seit einer Tages- oder Nachtspanne tot. Zwölf bis achtundvierzig Stunden vorher ist der Tod eingetreten, wenn sich der Körper kalt und steif anfühlt. Dieser hier ist kalt, die Muskeln nicht mehr steif, also ist der Tod vor mehr als zwei Tagen eingetreten.»

Er lachte ein wenig. «Aber das habt Ihr ja schon ohne mich herausbekommen.»

«Halt!», rief der Richter. «Wiederholt das noch einmal, bitte.»

«Kalt und nicht mehr steif bedeutet den Eintritt des Todes vor mehr als zwei Tagen», wiederholte der Leichenbeschauer.

«Woher wisst Ihr das?», fragte der Richter und runzelte streng die Stirn.

«Das habe nicht ich herausgefunden, sondern schon die alten Griechen. Ihre These ist seit Jahrhunderten bestätigt. In jeder guten Klosterbibliothek und jeder Universität mit einem medizinischen Zweig werdet Ihr Literatur darüber finden.»

Der Richter nickte, holte eine Wachstafel heraus und notierte sich etwas darauf. Als er Hellas Blick sah, lächelte er. «Ich habe unterwegs immer eine Wachstafel dabei.

Meine Frau findet das altmodisch. Aber wie soll ich zum Beispiel hier auf Papier schreiben? Eine Wachstafel bietet viel mehr Halt.» Er notierte sich etwas, dann fragte er weiter: «Wenn wir den Toten vorgestern Abend, also vor gut sechsunddreißig Stunden gefunden haben, dann heißt das ja, dass der Mann zu diesem Zeitpunkt wenigstens zwölf Stunden tot war?»

«Das ist richtig», bestätigte der Leichenbeschauer. «Außerdem weist der Tote eine sichtbare Rötung von Mund, Nase und Bauch auf, was ebenfalls einen Hinweis darauf gibt, dass der Tod vor zwei bis drei Tagen eingetreten ist.»

«Kann er auch schon länger tot sein?», fragte Hella.

Der Leichenbeschauer schüttelte den Kopf. «Die Verwesung wäre dann schon weiter fortgeschritten. Der Tote würde stärker riechen. Nach zehn Tagen tritt aus Ohren und Nase eine stinkende Flüssigkeit, aber hier ist alles trocken. Das Wichtigste an dieser Leiche sind jedoch die Leichenflecke. In welcher Haltung wurde der Tote gefunden?», fragte er.

«Auf dem Rücken liegend mit ausgebreiteten Armen und Beinen.»

Der Leichenbeschauer bat die beiden Frauen, sich umzudrehen, rollte gemeinsam mit dem Henker den toten Pfarrer auf den Bauch und bedeckte dessen Gesäß mit einem Tuch.

Jetzt deutete er auf die dunklen Flecke, die sich insbesondere dort gebildet hatten, wo der Körper des Toten aufgelegen hatte. Der Leichenbeschauer versuchte, einen der tiefvioletten bis schwarzen Flecke, die aus dem Blut des Toten stammten, zu verschieben, und erklärte dabei: «Diese Male sind schon wenige Stunden nach dem Tod sichtbar. Zuerst sind sie rosa, dunkeln dann aber immer mehr nach, bis sie schließlich schwarz werden. Eine Tagesspanne lang sind sie beweglich, danach nicht mehr. Hier, seht, bei unserem Toten verschiebt sich nichts mehr.»

Gustelies trat etwas näher an den Toten heran und deutete mit dem Finger auf seinen Rücken. «Was ist das?», fragte sie.

Der Leichenbeschauer trat näher, besah die Stelle, schüttelte den Kopf. «Meine Augen sind älter geworden.» Er suchte in seiner Tasche nach einem Augenglas und betrachtete den Rücken des Leichnams noch einmal: «Ich sehe ein Muster», sagte er.

Gustelies nickte. «Das sehe ich auch. Sein Rücken sieht aus, als hätte er im Gras oder im Heu gelegen.»

Der Leichenbeschauer strahlte und wandte sich an den Richter: «Da seht Ihr es! Frauen …»

«Ich kann es nicht mehr hören!», unterbrach der Richter.

«Also dann in Kurzfassung: Die Richterswitwe, Eure Schwiegermutter, hat soeben den Tatort ermittelt. Der Pfarrer wurde im Heu oder im Gras ermordet, und zwar mit nacktem Oberkörper und vor mehr als zwei Tagen.»

Der Richter schüttelte ungläubig den Kopf. «Woher wisst Ihr das jetzt?»

«Nun, den Todeszeitpunkt habe ich anhand der Gliederstarre herausgefunden. Das Muster auf seinem Rücken entstand während und in den ersten Stunden nach seinem Tod. Der Mord geschah also im Gras oder im Heu, und der Tote hat noch einige Stunden dort gelegen.»

Hella, die die ganze Zeit geschwiegen hatte, tippte sich nun mit der Fingerspitze gegen die Nase und überlegte laut: «Wer geht ins Heu oder Gras, und das im Frühjahr mit nacktem Oberkörper?»

«Jemand, der sich mit seinem Liebchen treffen will», erkannte Gustelies.

Der Richter schüttelte den Kopf und nahm den Schreibgriffel, auf dem er herumgekaut hatte, aus dem Mund. «Das hieße ja, dass der Pfarrer entweder widernatürliche Unzucht betrieben hat oder der Mörder eine Frau war!»

Für einen Augenblick herrschte Stille nach diesem ungeheuerlichen Satz. Dann machte sich der Leichenbeschauer bemerkbar: «Meine Arbeit ist beendet. Alles, was ich weiß, habe ich gesagt. Ruft den Henker und sagt ihm, er soll den Toten wieder wegschaffen.»

«Halt, Leichenbeschauer! Die Todesursache. Woran ist Eurer Meinung nach der Mann gestorben?», fragte der Richter.

«Gift!», erwiderte der Leichenbeschauer. «Ganz eindeutig Gift.»

«Woher wisst Ihr das?»

«Nun, der Mann zeigt keine äußeren Verletzungen. Aber er ist tot. War es kein Schlagfluss, so tippe ich auf ein Kraut, welches das Herz zum Stillstand bringt. Überdies weist der Tote erweiterte Pupillen auf. War's das jetzt?»

«Noch nicht!», erklärte Gustelies. «Seht Ihr hier die Abschürfungen um Mund und Nase? Diese roten Flecken, die nichts mit den Totenflecken zu tun haben?»

Wieder trat der Leichenbeschauer ganz dicht an den Toten, besah die Flecken aus nächster Nähe. Dann holte er aus einer Tasche eine Pinzette hervor, fuhr dem Toten zuerst damit in die Nase, dann öffnete er den Mund und wühlte darin herum.

Hella musste sich wegdrehen, um nicht zu erbrechen. Gustelies aber sah dem Leichenbeschauer aufmerksam zu. «Was ist?», drängte sie. «Was macht Ihr da?»

«Ha!», rief der Leichenbeschauer in diesem Augenblick triumphierend und hielt die Pinzette nach oben, an der ein winziges Stück von brauner Farbe hing.

«Was ist das?», fragte Gustelies und trat näher.

«Das wisst Ihr wahrscheinlich besser als ich. Meiner Meinung nach handelt es sich hierbei um Leder.»

Gustelies nickte. «Das wäre möglich.»

«Aber was hat dies alles zu bedeuten?», wollte Heinz Blettner wissen.

«Nun, der Tote ist nicht an Gift gestorben, wie ich zunächst dachte. Der Mann ist erstickt worden. Eure Schwiegermutter hat die Abschürfungen um Mund und Nase entdeckt, die mit großer Wahrscheinlichkeit entstanden sind, als jemand dem Pfarrer etwas auf Mund und Nase gedrückt hat, woran er erstickt ist.»

Er hielt noch einmal die Pinzette nach oben. «Leder. Ich tippe auf Leder.»

«Hmmm», machte der Richter und kratzte sich am Kinn.

«Erstickt mit einem Teil aus Leder. War der Täter ein Gerber? Ein Täschner? Ein Handschuhmacher? Ein Metzger oder Goldschmied oder ein anderer, der während der Arbeit eine Lederschürze trägt? Ein Feuerknecht vielleicht? Jemand, der dicke lederne Handschuhe braucht?»

«Nun», erklärte der Leichenbeschauer. «Das herauszufinden ist Eure Aufgabe. Wichtig wäre nur zu wissen, ob die beiden Leichen davor ebensolche Male um Mund und Nase aufwiesen. Ich denke, wir sind nun fertig. Kann ich gehen?»

Heinz Blettner nickte, rief den Scharfrichter herbei, dann notierte er sich in aller Eile das, was er vom Leichenbeschauer gehört hatte.

Hella und Gustelies standen noch immer still und hingen ihren Gedanken nach. Schließlich erklärte Hella: «Ich erinnere mich noch gut an den Gewandschneider. Auch er hatte Abschürfungen um Mund und Nase.»

Sie sah den Scharfrichter an, und dieser nickte. «Stimmt. Ich habe damals sogar darauf hingewiesen. Und einen Lederbeutel hatte er auch dabei.»

Plötzlich stieß Hella ihre Mutter an. «Wir gehen heute auf den Markt und zu den Gauklern», sagte sie.

Gustelies nickte. «Es sind noch gebackene Kalbshirnscheiben von gestern übrig. Heute muss ich sie nur zum Aufwärmen an den Herd stellen.»

«Wieso zu den Gauklern?», fragte Richter Blettner und schüttelte den Kopf.

Gustelies lächelte: «Wir suchen noch immer jemanden, der alle drei Toten gekannt haben könnte, nicht wahr? Feuerschlucker haben oftmals lederne Schürzen an, handeln zuweilen mit Leder, welches sie aus Spanien mitgebracht haben, und sie kennen alle möglichen Leute, ganz ohne Unterschied zwischen arm und reich, klug und dumm, alt und jung, männlich oder weiblich.»

Hella fügte nachdenklich hinzu: «Der Mörder muss ein Mann gewesen sein. Nur ein Mann hat die Kraft, einen anderen Mann zu ersticken. Eine Frau schafft das nicht.»

Gustelies sah hoch, betrachtete ihre Tochter, als hätte sie diese noch nie zuvor gesehen, dann blickte sie hinauf zum Himmel und nickte plötzlich.

«Was ist?», fragte Hella.

«Nichts», erwiderte ihre Mutter. «Ich muss noch darüber nachdenken. Doch jetzt lass uns zu den Gauklern gehen.»

Eine Stunde später, den Kopf noch voll von dem, was sie vom Leichenbeschauer erfahren hatten, schlenderten Hella und Gustelies über den Markt. Sie ließen die Stände mit Stoffen, Hauben, Tuchen und Spangen links liegen, prüften keine Kohlköpfe, keine Butter, kosteten weder von der angebotenen Wurst noch vom Käse. Ihr Ziel war der Rand des Marktes, wo die Gaukler lagerten.

Eine kleine Truppe in bunten Gewändern, die Gesichter mit Bleiweiß zur Maske geschminkt, gab dort seine Kunststücke zum Besten. Eine junge Frau mit dunklem Haar und einer Kette aus fremdländischen Münzen am Arm tanzte, ein Mann in den besten Jahren spielte die Laute, ein anderer, ebenso alter, schüttelte den Schellenkranz.

Eine kleine Menge Menschen umstand die Gaukler, klatschte in die Hände, feuerte die Frau an, schneller zu tanzen, damit ihre Röcke höher flogen.

«Was guckst du denn so?», wollte Hella wissen.

«Da, sieh den Lautenspieler. Ist er nicht wunderschön?»

Hella sah hin, schob abschätzend die Unterlippe vor. «Nicht schöner und nicht hässlicher als die meisten anderen Männer in seinem Alter.»

«Pfft», machte Gustelies, und Hella sah, dass sie ihre Mutter gekränkt hatte.

«Er hat schöne braune Augen», sagte sie schließlich. «Und das gewellte Haar mit den vielen grauen Strähnen sieht auch nicht schlecht aus. Es passt zu ihm. Am schönsten aber finde ich das Leinenhemd mit den vielen Rüschen dran.»

«Du hast recht», erklärte Gustelies strahlend. «Er ist einfach schön. Alles an ihm ist schön. Hach!»

Während Hella ihre Mutter argwöhnisch von der Seite betrachtete, ihre glänzenden Augen und die leichte Röte ihrer Wangen, war unbemerkt Jutta Hinterer hinzugekommen.

«Ach, hier seid ihr!», tat sie laut kund. «Ich sah euch vorhin über den Markt gehen, aber nirgendwo stehenbleiben. Was treibt ihr bei den Gauklern?»

Hella erklärte: «Mutter ist gerade mal wieder dabei, sich unsterblich zu verlieben, und ich will einen Mord aufklären.»

Gustelies warf ihrer Tochter einen warnenden Blick zu. Misch dich nicht in meine Angelegenheiten, hieß das. Und außerdem: Wir sprechen uns noch, aber auf keinen Fall vor Jutta.

«Aha!», meinte Jutta und stieß Gustelies von hinten ein wenig an. «Welcher ist es denn?»

Gustelies beugte sich ein wenig nach hinten. «Der mit der Laute und den schönen Augen.»

Die Geldwechslerin lachte: «Du hast dir Tom ausgesucht.»

«Tom? Wieso denn Tom?»

Jutta verdrehte ein wenig die Augen. «So heißt der Lautenspieler.»

Jetzt wandte sich Gustelies um. «Ach?», fragte sie. «Und du kennst ihn?»

«Natürlich! Sie kommen jeden Tag zu mir, um das Geld zu wechseln. Nette Leute. Sind weit herumgekommen, sogar auf der Insel Britannien sind sie gewesen und haben dort vor dem König gespielt. Jetzt kommen sie aber direkt über das Frankenreich aus dem Land der Spanier.»

«Ach was? Und nun spielen sie in Frankfurt am Rande des Marktes? Na ja, das sieht nicht gerade nach einer erfolgreichen Laufbahn aus.»

«Still, Hella», fuhr Gustelies sie an. «Du verstehst nichts

davon. Künstler wie Tom gehen nicht nach dem Geld und dem Ruhm, sondern leben einzig für ihre Kunst.»

«Na, dann ...», meinte Hella und zuckte mit den Achseln.

«Und was wollt ihr jetzt von den Gauklern?», fragte Jutta.

Hella neigte sich zu ihr und raunte ihr ins Ohr: «Wir sind auf der Suche nach Leuten, die zu ihren Bekannten sowohl eine Wanderhure, einen Gewandschneider und einen lutherischen Pfarrer zählen. Viele sind uns nicht eingefallen, aber die Musiker gehören dazu. Wir wollen sie befragen.»

«Befragen also. Das fahrende Volk ist misstrauisch. Um ihnen Neuigkeiten zu entlocken, müsst ihr schon mehr aufbieten als zwei hübsche Gesichter. Von Tom zum Beispiel weiß ich, dass er sehr unter dem Tod der alten Wahrsagerin leidet. Sie hat wohl für die Truppe gekocht. Die junge Wahrsagerin kocht auch, aber eben nicht immer genießbar.» Jutta Hinterer warf lachend ihr langes rotes Haar nach hinten, das unter ihrer Haube hervorlugte. «Liebe geht durch den Magen, nicht wahr, Gustelies?»

«Und ob!», erwiderte diese. «Und ich weiß auch, was wir machen!»

«Was denn?», fragte Hella neugierig.

«Die Gaukler spielen heute Abend auf einem Fest, welches die Kirche St. Markus gibt. Heute ist der Namenstag ihres Heiligen, der fünfundzwanzigste April.»

«Vorher weißt du das?», fragte Hella verwundert.

«Weil ich einem Priester den Haushalt führe, deshalb. Wir drei gehen heute Abend gemeinsam auf das Fest. Und weil du, Jutta, den Tom gut kennst, kannst du ihm schon mal ausrichten, dass ich ihm einen Kuchen backen werde. Es wäre doch gelacht, wenn wir nicht alles in Erfahrung brächten, was diese Leute wissen!» Gustelies sprach es, fasste Hella am Arm, nickte der Geldwechslerin zu und eilte hinüber zum Markt, um die Zutaten für den Kuchen einzukaufen.

«Du solltest ebenfalls einkaufen», erklärte sie unterwegs ihrer Tochter. «Heinz wird es nicht gern sehen, wenn wir heute Abend zu diesem Fest gehen. Aber er kann leider nicht mitkommen. Ein Mann stört in diesem Falle ohnehin. Und einer, dem sein Beruf ins Gesicht geschrieben steht, erst recht. Back ihm einen Kuchen, damit er besänftigt ist.»

«Aber Heinz liebt das fahrende Volk. Nur zu gern hört er ihren Geschichten zu.»

Gustelies dachte kurz nach, dann stimmte sie zu: «Meinetwegen nimm Heinz mit, Pater Nau wird sicher auch dort sein. Ich werde mit Juttas Hilfe Bekanntschaft mit den Gauklern schließen. Du dagegen lässt dir von der Wahrsagerin aus der Hand lesen und fragst sie unauffällig aus.»

Noch einmal sah Gustelies zu den Gauklern und betrachtete unauffällig Toms Hose aus braunem Leder und die Weste des Schellenkranzschüttlers, die ebenfalls aus braunem Leder war.

Kapitel 22

Das Mädchen lief, bis es die Gassen hinter sich gelassen hatte. Ihr rechter Knöchel schmerzte, denn sie war beim Sprung aus dem Fenster nicht richtig aufgekommen.

Hinter der letzten Kate hielt sie an, setzte sich an den Wegrand und wartete. Es dauerte nicht lange, bis sie einen Reiter nahen hörte. Sie sprang auf und stellte sich mitten auf den Weg.

Der Reiter – es war Sebastian – zügelte sein Pferd so heftig, dass es vorne aufstieg. «Was soll das?», rief er, aber als sein Blick auf das Mädchen fiel, wurde sein Gesicht freundlicher. Er stieg vom Pferd, trat zu ihr und strich mit einer Hand leicht über ihr Gesicht.

«Du hast auf mich gewartet?», fragte er.

Das Mädchen nickte.

«Deine Tante sagte mir, du wärest zurück in dein Elternhaus gegangen, aber ich habe ihr nicht geglaubt. Im Flur hing ein Umhang, der der Hebamme viel zu klein sein müsste.»

Er lachte ein wenig, und auch das Mädchen lächelte. Da griff der Patrizier in seine Satteltasche und holte ein kleines Kästchen daraus hervor. «Da», sagte er. «Das ist für dich, meine stumme Schöne.»

Das Mädchen nahm das Kästchen, öffnete es. Zum Vorschein kam eine versilberte Haarspange. Sie drehte den

Schmuck hin und her, ihre Finger strichen über das kühle Metall.

«Freust du dich nicht?», fragte Sebastian.

Das Mädchen nickte heftig mit dem Kopf. Dann aber trat sie zu ihm und küsste ihn auf die Wange.

Er zog sie an sich, ganz dicht. Und sie hob ihren Kopf, sah ihm in die Augen, und wieder war ihr dabei, als hänge ihr Blick an Fäden, die sie zu ihm zogen. Dicht, immer dichter, bis sich schließlich seine Lippen auf ihren Mund senkten. Sein Kuss schmeckte warm und sonnig, die Lippen lagen weich auf ihren. So weich und zart wie Mohnblütenblätter, dachte sie. Dann aber wurde sein Kuss heftiger, und ihre Gedanken flogen im Abendwind davon.

Als die Glocken der nahen Kirche zur Abendmesse riefen, fuhren die beiden erschrocken auseinander. «Ich muss zurück in die Stadt», erklärte Sebastian. «Aber ich möchte dich unbedingt wiedersehen. Nein, ich muss dich wiedersehen.» Seine Stimme war weich und leise, als er dies sagte. Seine Blicke glitten wie Liebkosungen über ihr Gesicht.

«Morgen?», fragte er.

Das Mädchen nickte.

«Nach dem Mittagsläuten?»

Wieder nickte sie.

«Ich warte am Waldrand auf dich.»

Mit diesen Worten zog er sie noch einmal dicht zu sich heran, küsste sie, dann schwang er sich auf sein Pferd und ritt davon. Wie gestern sah ihm das Mädchen nach. Wenn er sich umdreht und mir winkt, dachte sie, dann ist alles gut. Dann werde ich morgen zum Waldrand gehen.

In diesem Augenblick wandte er sich um, riss sein Barett vom Kopf und schwenkte es übermütig hin und her. Da hob auch das Mädchen die Hand zum Gruß.

Als sie nach Hause kam, saß die Hebamme in ihrer Kammer und wartete auf sie.

«Du hast ihn getroffen, nicht wahr?», fragte sie das Mädchen. «Ich brauche dich nur anzusehen. Du strahlst wie die Sonne am Mittag. Und deine Lippen sind rot. Du hast ihn also auch geküsst.»

Das Mädchen lächelte, senkte dann aber den Kopf. Die Hebamme griff nach ihrer Hand, bog die Finger auseinander und erblickte die silberne Spange.

«Hast du die von ihm?» Die Hebamme seufzte, betrachtete das Mädchen lange. Dann sagte sie leise: «Ich habe dich noch nie so glücklich gesehen. Und ich gönne dir dein Glück von Herzen. Aber ich weiß, dass er dich schon bald verlassen wird. Einen Dreck wird es ihn scheren, was aus dir wird. Kummer und Leid möchte ich dir ersparen.»

Die Hebamme stand auf, trat zu ihr und strich ihr über die Wange. «Versprich mir, dass du dein Herz nicht an ihn verschenkst!»

Das Mädchen sah die Hebamme mit glühenden Augen und geröteten Wangen an. Ihre Lippen wirkten voll und sinnlich. Mit einem erneuten Seufzer verließ die Hebamme die Kammer des Mädchens.

Am nächsten Mittag, das Läuten war gerade verklungen, legte sich die Hebamme, die schon wieder unter dem Wetter litt, ein wenig hin. Das Mädchen aber machte sich auf den Weg zum Waldrand. Sie hatte sich am Morgen das Haar gewaschen und mit Essig gespült, damit es glänzte. Jetzt lief sie durch die warme Mittagssonne. Die Gassen lagen verlassen. Nicht einmal die Hühner wühlten im Dreck, sondern hatten sich schattige Plätze unter den Bäumen gesucht. Die Sonne flimmerte über den Feldern und Wiesen. Jeder Schritt, den das Mädchen tat, wirbelte den Staub der Gasse hoch, legte sich über ihre Füße und Beine. Doch das Mädchen spürte nichts von der Last des Tages. Sie fühlte nur, wie ihr das Herz vor Vorfreude gegen die Rippen trommelte, als könne es nicht erwarten, Sebastian wiederzusehen. Schnell und immer schneller lief das Mädchen. Ihre Füße trugen sie dorthin, wo er auf sie warten wollte.

Sebastian war schon da, hatte das Pferd an einen Baum gebunden, vor sich ein Leinentuch, auf dem kleine Kuchen, kandierte Früchte, eine Kanne Wein und zwei silberne Becher standen.

Er küsste sie. «Du schmeckst süßer als jedes Törtchen, berauschender als Mohnsaft», sagte er und zog sie zu sich in den Schatten der Bäume.

Das Mädchen betrachtete die Früchte. Einmal hatte sie Derartiges in der Stadt gesehen, aber das war lange her. Gekostet hatte sie noch nie davon.

Sebastian bemerkte ihren Blick und nahm eine Frucht, die er ihr an die Lippen führte. Das Mädchen schloss die Augen, schmeckte eine Süße, die ihr wie Honig im Mund zerfloss, dazu die leichte Säure der Frucht. Nie zuvor hatte sie etwas so Köstliches gegessen. Sie musste sich zwingen, jeden Bissen langsam im Mund zergehen zu lassen und nicht zu schlingen.

Dann küsste sie Sebastian, gab ihm ab von der Süße ihres Mundes. Aus zwei Mündern wurde einer. Seine Hände glitten über ihre Brüste, die sich gegen den Stoff wölbten, seinen sanften und zugleich festen Händen entgegen.

Schon streifte er ihr das Kleid von den Schultern, sein Mund glitt über ihren Hals, zwischen den Brüsten entlang. Das Mädchen hatte die Augen geschlossen, nun, als sein Mund die Spitzen ihrer Brüste umfing, schlug sie sie auf. Sie sah den blauen Himmel und am höchsten Punkt die

Sonne, die ihr mit ihrem Strahlenkranz wie das Rad, das Rad der Fortuna, erschien.

Sie begann zu zittern, zuerst die Unterlippe, dann die Hände. Noch fester umschlang Sebastian ihren schmalen Körper, wiegte sie hin und her. «Meine stumme Schöne», flüsterte er. «Sei ganz ruhig. Nichts geschieht, was du nicht möchtest.»

Da machte sie sich von ihm los, streifte Kleid und Unterkleid ab, bis sie nackt vor ihm stand. Er sah bewundernd zu ihr auf, ließ seine Hände sanft über ihren Körper gleiten. Dann presste er ihre Hände an seinen Mund und küsste sie, bevor er sie zu sich auf das weiche, kühle Moos hinunterzog.

Er hielt ihr einen Becher mit Wein an die Lippen, und sie trank davon, als wäre es Göttertrank. Die Farben um sie herum leuchteten strahlender, die Luft duftete intensiv. Dann begann sie zu fliegen, fühlte, was sie nie gefühlt hatte. Immer höher, immer weiter flog sie, bis sie das Sonnenrad, das Rad des Glücks, mit Händen zu greifen glaubte.

Später lag sie neben ihm, den Kopf auf seiner Brust, seine Hand weich auf ihrem Haar. Ihr Kopf war schwer, die Sinne berauscht, das Glück hatte sich in ihr eingenistet. Sie richtete sich auf, sah in sein Gesicht, sah die geschlossenen Lider, den weichen, scharf umkränzten Mund, die schmale Nase.

«Ich liebe dich», sagte sie plötzlich.

Sebastian schlug überrascht die Augen auf. «Du kannst sprechen!», rief er aus, doch in seinen Blicken stand neben Freude noch etwas, welches das Mädchen nicht benennen konnte. «Du sprichst also doch!»

«Ja», sagte sie. «Ich spreche, wenn ich glücklich bin. Bin ich es nicht, habe ich keine Worte. Die Angst lässt die Worte in mir verdorren.»

Er strich ihr das Haar aus der Stirn, drückte sie an sich, wiegte sie hin und her. Viel zu früh riefen die Kirchenglocken zum Abendgebet.

«Du musst gehen, nicht wahr?», fragte das Mädchen.

Sebastian nickte. Er stand auf, verstaute Silberbecher und Weinkanne in der linken Satteltasche, packte die Kuchen und Früchte in ein Leinensäckchen. «Nimm sie mit», sagte er. «Denk an mich, wenn du sie isst.»

«Das ist leicht», erwiderte das Mädchen. «Deine Küsse schmecken wie die Früchte, dein Atem ist süß wie die Kuchen.»

Lächelnd griff er in die rechte Satteltasche und holte einen Stoff heraus, den er dem Mädchen reichte. «Das ist Seide», sagte er. «Lass dir ein Unterkleid daraus nähen. Eines, welches du direkt auf der Haut trägst. Du sollst dir, wenn ich nicht bei dir bin, vorstellen, es seien meine Hände, die dich streicheln.»

Heiß wurde dem Mädchen, als ihre Phantasie seinen Worten folgte. Heiß durchströmte sie etwas Ungekanntes, sammelte sich in ihrem Schoß, machte sie feucht. Sie nahm den Stoff, ließ ihn über ihre immer noch bloße Haut fließen. Dann legte sie sich zu Boden, fuhr mit dem Stoff an sich herauf und hinab, schmiegte auch ihren Schoß daran.

Sebastian stand und betrachtete das Mädchen. Zuerst mit Verblüffung, doch schon bald änderte sich seine Miene, wurde weich, der Mund öffnete sich ein wenig, wirkte gierig. Er ließ sich neben sie sinken, bedeckte sie ganz und gar mit dem feinen Stoff, hauchte Küsse hindurch auf ihren Leib, bis sie zu seufzen begann. Sie schlang ihre Beine um seine Hüften, zog ihn mit den Armen zu sich herab. Sein Gesicht war über ihrem, sein Atem vermischte sich mit ihrem. «Ich liebe dich», sagte Sebastian in einem Tonfall, als wäre er selbst ganz und gar darüber verwundert. Er lachte, warf den Kopf zurück und rief laut: «Ich liebe dich!»

Das Mädchen zog ihn zu sich herab. «Für immer und ewig?»

Der Patrizier nickte. «Für immer und ewig. Mein ganzes Leben lang und über den Tod hinaus. Ich werde dich lieben, solange die Welt besteht.»

«Ich dich auch», flüsterte das Mädchen, das nun bewusst und ganz und gar freiwillig zum Weib geworden war. Sie sah ihm in die Augen, und diesmal schien es, als hinge sein Blick an ihr wie an Fäden. «Versprich mir, dass du mich lieben wirst, solange die Welt sich dreht», flüsterte sie. «Tust du es nicht, so wird mein Fluch über dich kommen.»

Der junge Mann lachte, sah nicht, dass ihre Augen sich verdunkelt hatten. «Ja, solange die Welt sich dreht und darüber hinaus. Vom Himmel bis zur Hölle und wieder zurück in alle Ewigkeit.»

«Das ist gut», flüsterte sie und hielt ihn so fest, dass er nach Atem rang. Sie nährte ihn mit ihrem Atem, hielt noch immer seinen Körper umschlungen. Als der feine Seidenstoff nicht mehr zwischen ihnen lag, nahm sie den Rhythmus seines Körpers auf, wurde eins mit ihm im uralten Tanz der Liebe und des Begehrens.

Kapitel 23

Nun? Was liest du aus meiner Hand?»

Hella saß einer Wahrsagerin auf einem Schemel gegenüber und hielt ihr die linke Hand entgegengestreckt. Die Wahrsagerin, eine noch junge Frau mit leuchtenden, bodenlangen Röcken und Bronzeringen in den Ohren, legte einen Finger über beide Lippen.

«Still! Ich muss nachdenken. Genau lesen, damit ich nichts Falsches sage.»

Hella wurde die Zeit lang. Im Grunde wollte sie nicht wissen, was in ihrer Hand zu lesen war. Unfug und Aberglaube, dachte sie. In Wirklichkeit aber hatte sie Angst. Angst vor dem, was zutage kommen würde. Wer wollte schon wissen, dass ihm ein früher Tod beschieden war oder eine lange, schmerzhafte Krankheit? Wer wollte wissen, dass er kinderlos bleiben würde oder der Mann früh starb? Niemand. Hören wollten alle nur das, was sie sich selbst wünschten.

«Also?»

«Gleich, junge Frau.»

Ringsum wurde der Namenstag des heiligen Markus gefeiert. Zu Beginn hatte ein festlicher Gottesdienst stattgefunden. Mönche aus dem nahen Kloster hatten die Statue des Markus feierlich durch die Kirche getragen, auf dass die Gläubigen den feingeschnitzten Mantelsaum berühren konnten. Dann kam die Predigt, danach das Abendmahl.

Nun waren im Kirchhof Tische und lange Bänke aufgestellt, zwei Garküchen verbreiteten den Geruch nach Fett und Gebratenem. Fässer mit Wein wurden geleert, und auch das Bier floss reichlich. Obwohl es April war, herrschte an diesem Abend eine laue Frühlingsstimmung vor. Die Sonne verabschiedete sich von der Bühne des Tages mit einem glühenden Abgang. Der Wind zupfte sanft an den Birkenblättern wie ein Musikus an seiner Harfe.

Heinz saß mit Pater Nau vor einer Kanne Wein auf einer der hölzernen Bänke. Daneben, aber ein kleines Stück entfernt, saßen sich Gustelies und die Hintererin gegenüber. Gustelies war sichtlich angespannt und hielt den Kuchen auf ihrem Schoß mit beiden Händen, während die Geldwechslerin dem Lautenspieler Tom und seinem Kollegen am Schellenkranz einen Gruß zurief und die beiden heranwinkte.

«Jetzt, junge Herrin, weiß ich, was Euch die Zukunft bringt», teilte die Wahrsagerin mit und strahlte Hella so stolz an, als hätte sie gerade einen Sieg errungen.

«Aha. Also. Ich höre.»

«Seht, da ist Eure Lebenslinie. Sie ist sehr lang und nur an einer Stelle unterbrochen. Das heißt, dass Ihr alt werdet und nur eine schlimme Krankheit zu überwinden habt.»

«Na, das ist ja ein Trost», bemerkte Hella. «Und weiter?»

«Neben der eigentlichen Lebenslinie verläuft noch eine schmalere, die darauf hindeutet, dass Ihr noch ein heimliches Leben habt.»

Die Wahrsagerin zwinkerte Hella bei diesen Worten vertraulich zu, bis Hella ärgerlich den Kopf schüttelte.

«Ich nehme an, dass es sich hierbei nicht zwangsläufig um eine heimliche Liebschaft handeln muss, oder?», fragte sie ein wenig bissig.

«Nein, nein. Ein Leben neben dem eigentlichen kann vieles bedeuten.» Die Wahrsagerin rutschte unruhig auf ihrem Schemel hin und her. «Und bei Euch, Herrin, vermag ich die Bedeutung nicht zu erraten. Eure Herzenslinie zeigt an, dass Ihr sehr treu seid. Da führen keine Seitenlinien ab, die auf heimliche Liebschaften hindeuten.»

«Na also. Was noch?»

«Kinder. Ich sehe zwei Kinder in Eurer Hand.»

«Oh! Bleiben sie gesund? Oder verliere ich sie bald? Wann werden sie kommen?»

Die Wahrsagerin schüttelte den Kopf. «Das, Herrin, steht nicht in Eurer Hand geschrieben. Aber Gott, der Herr, wird es schon richten.»

Plötzlich war Hella beklommen zumute. Zwei Kinder, hatte die Wahrsagerin gesagt. Zwei Kinder. Aber wann?

«Sag, Wahrsagerin, verkaufst du auch Mittel, die dem Kinderwunsch nachhelfen sollen?», fragte Hella mit ungewohnt zaghafter Stimme.

Die Wahrsagerin sah ihr fest in die Augen. «Mittel für die Liebe habe ich. Ist es das, was Ihr meint? Ist der Eure etwas lahm in den Lenden?»

«Wie kommst du darauf?», fuhr Hella sie an. «Der Meine ist nicht lahm in den Lenden. Es ist nur, dass wir so lange schon auf Kinder warten.»

«Ansonsten trinkt Rotwein. Schlagt ein Eigelb hinein und rührt kräftig um. Das Rezept habe ich von meiner Mutter. Es hat schon vielen geholfen.»

Hella nickte, bedankte sich, griff zu ihrer ledernen Geldbörse, die sie am Gürtel trug, und gab der Frau drei Groschen.

«Danke, Herrin. Gott möge Euch hüten und schützen.» Die Wahrsagerin steckte das Geld unter ihr Brusttuch und wartete darauf, dass Hella sich erhob und den Platz verließ, doch Hella dachte gar nicht daran.

«Jetzt weißt du so viel über mich. Ich jedoch weiß nichts über dich. Dabei hieltest du meine Zukunft in den Händen!»

Die Wahrsagerin blickte Hella irritiert an. Sie war es nicht gewohnt, nach sich selbst gefragt zu werden, das sah man ihr an.

«Was wollt Ihr denn wissen?», fragte sie schließlich zögernd.

«Ach, dies und das. Wie das so ist, wenn ihr auf Reisen seid. Wie es in Spanien zugeht? Ob ihr mit Federbetten schlaft wie die Menschen in der Stadt. Wo ihr die Kleidung einkauft.»

Die Wahrsagerin lachte. «Nein, wir schlafen auf Fellen. Unsere Kleidung ist aus Tierhäuten. Wir haben sie aus Spanien mitgebracht, aus Córdoba.»

«Oh, Kleidung aus Leder. Wie ungewöhnlich!»

«Da wir oft unterwegs sind, haben wir nicht immer Gelegenheit, unsere Kleidung zu waschen. Außerdem brauchen wir Sachen, die nicht so schnell verschleißen. Manchmal übernachten wir im Freien, sind Regen und Stürmen, Eis und Schnee ausgesetzt.»

«Das verstehe ich gut», erwiderte Hella. Dann wies sie auf den Rock der Wahrsagerin. «Dieser da ist jedoch aus Stoff.»

Die Wahrsagerin lachte. «Natürlich ist er das. Es ist warm, und Stoff ist nun einmal weicher als Leder. Wir Frauen tragen lederne Umhänge im Winter. Die Männer dagegen sind ganz verrückt danach.»

Jetzt lachten beide Frauen, dann winkte Hella der Wahrsagerin zu und ging langsam und nachdenklich, aber im tiefsten Inneren friedlich gestimmt durch die Aussicht auf zwei Kinder zu ihrer Mutter und der Geldwechslerin.

«Na, was bringt dir die Zukunft?», fragte Gustelies zwar, aber sie wartete die Antwort nicht ab, sondern wandte sich wieder an Tom und fragte mit lieblicher Stimme: «Da bist du viel herumgekommen? Warst du auch da, wo die Menschen ganz schwarz sein sollen?»

Tom sah Gustelies einen Augenblick länger als nötig in die Augen, ehe er erwiderte: «Nicht nur schwarze Menschen habe ich gesehen, ich traf auch auf Löwen und Elefanten. Tiere, die groß sind wie ein Haus und die Kraft von fünfzig Pferden haben. Ein einziger Schlag mit dem langen Rüssel des Elefanten kann Menschen töten.»

Der Mann mit dem Schellenkranz stellte sich Hella vor. Sie lachte, als bekannt wurde, dass er Helfried hieß. Hella und Helfried.

Er war ebenfalls ein gutaussehender Mann, jedoch erst auf den zweiten Blick. Hella fragte ihn nach diesem und jenem und beobachtete dabei, dass sein Gesichtsausdruck beständig wechselte. Erzählte Helfried von fremden Städten, begannen seine Augen zu leuchten. Sprach er jedoch von den harten Wintern auf der Landstraße, überzog ein Anflug von Angst sein Gesicht.

Da Gustelies keinerlei Anstalten machte, Tom auszufragen, sondern nur mit schmachtenden Blicken seinen Räubergeschichten lauschte und ihm ein um das andere Stück Kuchen zuschob, wollte wenigstens Hella die Morde nicht vergessen.

«Sagt», bat sie. «Wie lange seid ihr schon in unserer Stadt?»

«Zehn Tage», erwiderte Helfried. «Die Menschen hier sind freundlich. Nicht für alle sind wir Ehrlose. Wir sind dabei, unsere Wagen in Ordnung zu bringen. Hat der Sommer erst richtig begonnen, müssen wir durch die Lande ziehen und haben keine Zeit für Reparaturen.»

«Reparaturen, ja. Begegnet ihr vielen Leuten auf den Straßen? Kommt ihr mit ihnen ins Gespräch?»

«Die Straßen sind voller Menschen. Aber wir reden meist nur mit denen, die ebenso arm und geächtet sind wie wir. Mit den Wanderhuren zum Beispiel, den entlaufenen Söldnern, den fahrenden Schülern und manchmal mit den Bettelmönchen.»

Ohne es zu wissen, hatte Helfried Hella das Stichwort gegeben.

«Wanderhuren. Die armen Frauen. Es muss ein hartes Los sein, sich sein Geld am Straßenrand zu verdienen», meinte Hella.

«O ja», erwiderte Helfried. «Erst kürzlich trafen wir eine, die war auf dem Weg zu ihrer Tochter. Sie hatten einander aus den Augen verloren. Nun wollte sie dort suchen, wo sie ihr Mädchen zum letzten Mal gesehen hatte.»

Hella schüttelte sich ein wenig. «Es muss furchtbar sein, ein Kind zu verlieren. Haben sie einander gefunden?»

Helfried zuckte mit den Achseln. «In Frankfurt trafen wir sie vor dem Stadttor. Sie lag in bitterer Kälte neben einem Weg, bedeckt nur von ein paar Blättern. Wir haben sie mitgenommen und ihr einen Schlafplatz in einem unserer Wagen angeboten. Am Feuer erzählte sie, dass es ihr sehr bald bessergehen werde. Ihre Tochter sei tatsächlich hier, wohne sogar in einem kleinen Häuschen. Gleich morgen würde sie zu ihr gehen und keinerlei Not und Kälte mehr kennen.»

Hella hatte mit angehaltenem Atem gelauscht. «Wie sah sie aus, die Wanderhure?», wollte sie wissen.

Helfried hob die Schultern, schloss für einen Augenblick die Lider. «Sie hatte kaum noch Zähne im Mund, nur ein paar schwarze Stummel. Ihr Haar war lang und dunkel, aber schon von grauen Strähnen durchzogen, die Kleidung verschlissen, das Mieder nachlässig geschlossen, sodass man einen Großteil ihrer Brüste sehen konnte. Mehr weiß ich nicht.»

«Hatte sie etwas Besonderes an sich? Irgendein Merkmal, welches dir aufgefallen ist?»

Helfried verzog ein wenig den Mund. «Ihr Lachen war laut und derb, und sie kannte wohl mehr Flüche als wir alle zusammen.»

«Hast du danach von ihr gehört? Ist sie bei ihrer Tochter untergekommen?»

Helfried schüttelte den Kopf. «Am nächsten Morgen ging sie weg. Gesehen haben wir sie nicht mehr. Aber wir hörten, dass eine Wanderhure tot aufgefunden worden ist. Es hieß, sie habe sich selbst gerichtet. Nun, eine Sünde, ohne Zweifel. Aber wenn die Tochter das Weib abgewiesen hat und sie auch im Hurenhaus kein Auskommen fand, was blieb ihr übrig?»

Hella nickte bestätigend zu Helfrieds Worten. «Ja, was blieb ihr übrig?» Sie bemerkte, dass Helfrieds Stimmung plötzlich schlechter geworden war. «Was hast du?»

Er sah hoch. «Könnt Ihr, Bürgersfrau, mir sagen, warum es welche unter den Menschen gibt, denen es schlechtergeht als den anderen, obwohl sie genauso viel oder gar noch mehr arbeiten und leisten?»

Hella schüttelte den Kopf. «Nein, Gaukler, das kann ich nicht. Bist du ein Philosoph?»

Helfried schüttelte den Kopf, lächelte bitter: «Ein Musikus bin ich. Und um gute Musik zu machen, muss man vieles zugleich sein: Erfinder, Seelsorger, Philosoph, Apotheker der Herzen.» Er breitete die Arme aus. «All das bin ich, all dies mühe ich mich zu sein. Und doch haben wir an manchen Wintertagen nicht einmal Holz für das Feuer. Wir hungern, wir frieren zuzeiten, aber die Menschen in den Städten und Dörfern wollen uns fröhlich haben. Für sie sind wir Hanswurste. Was wir aber für uns sind und sein wollen, interessiert keinen.»

«Helfried hat recht», mischte sich nun Tom in das Gespräch. «Die Menschen sehen in uns diebische Nichtsnutze, die den Tag über herumlungern und am Abend für die Kurzweil, die sie selbst haben, noch Geld verlangen. Aber so ist es nicht.» Tom beugte sich zu Hella hinüber, nicht ohne Gustelies vorher noch einen tiefen Blick zuzuwerfen. «Helfried ist ein wahrer Künstler. Er komponiert und dichtet selbst Lieder, schreibt sogar die Noten dazu. Und …!» An dieser Stelle hob Tom den Finger und fügte hinzu: «Er tut dies obendrein in verschiedenen Sprachen! Er spielt dann die Laute, und ich singe dazu.»

Gustelies schob Tom und Helfried noch schnell ein Stück Kuchen zu: «Sing mir ein Lied», bat sie Tom. «Sing mir eins von Helfrieds Liedern.»

Die beiden Männer wechselten einen kurzen Blick, dann standen sie auf, stellten sich hinter Hella und Gustelies und begannen zu singen.

«Wie schön», flüsterte Hella, als das Lied zu Ende war und Helfried sich vor ihr verbeugte. Sie wollte Geld aus ihrer Börse nehmen, doch Helfried hielt ihre Hand fest. «Ich habe aus Freude für Euch gesungen», sagte er leise und trank einen Becher Wein in einem Zug aus.

Die Geldwechslerin, die andere Bekannte begrüßt hatte, war nun auch an den Tisch zurückgekehrt. «Freunde, wie sieht es aus? Sind die Weinkrüge leer? He, Herr Wirt, bringt neuen Wein. Wir sind doch nicht zum Vergnügen hier.» Sie lachte keckernd, hob ihre Röcke und setzte sich neben Hella. «Unterhaltet ihr euch gut?», fragte sie, warf dabei einen Blick auf Gustelies, die innerhalb der letzten Stunde um fünf Jahre jünger geworden zu sein schien.

Hella lächelte. «Ja, alles ist gut.»

Dann stützte sie die Unterarme auf den rohen Holztisch und fragte Helfried: «Bist du auch einem Gewandschneider begegnet?»

Helfried zuckte mit den Achseln. «Manchmal kommen die Städter hinaus in die Vorstadt zu unserem Lager. Sie lassen sich aus der Hand lesen, manche fragen nach Liebestränken. Ob ein Gewandschneider darunter war, weiß ich nicht. Ich habe mit Wahrsagerei und Liebe wenig zu tun.»

Schade, ging es Hella durch den Kopf, und sie wusste selbst nicht genau, ob sie damit die Nachrichten über den Gewandschneider oder Helfrieds Verhältnis zur Liebe meinte.

«Erinnerst du dich an einen lutherischen Pfarrer? Hast du ihn bei euch gesehen?»

Wieder schüttelte Helfried den Kopf. «Ich weiß es nicht. Fragt Tom oder die Frauen, die zu uns gehören.»

Dann schwieg Helfried, sah Hella an, sah durch sie hindurch, stand plötzlich auf, nahm die Laute über die Schulter und ging davon.

Hella sah ihm verblüfft hinterher.

«Denkt Euch nichts dabei», erklärte Tom. «So ist er immer, wenn ihm ein neues Lied eingefallen ist. Er geht jetzt, um es sich sogleich aufzuschreiben. Ein Papiermüller, dem wir zum Geburtstag aufgespielt haben, hat ihm dafür Papierabfälle geschenkt.»

«Aha», erwiderte Hella und rückte etwas näher an Gustelies heran, der das offenbar gar nicht recht war. Sie stieß ihre Mutter in die Seite, dann wandte sie sich an Tom. «Ist ein Gewandschneider bei euch gewesen?», fragte sie frei drauflos.

«Ein Gewandschneider? Warum wollt Ihr das wissen?», fragte Tom zurück, und seine braunen Augen verengten sich.

Hella winkte ab. «Ach, nur so. Aus einer Laune heraus. Ich habe ein Kleid bei ihm bestellt. Vielleicht hat die Wahrsagerin ihm gesagt, ob es gelingt.»

Tom lachte, aber das Lachen klang nicht echt. «Weiber!», sagte er und strich dabei ganz sanft und flüchtig über Gustelies' Hand, die über und über rot wurde. «Als ob es nichts Wichtigeres als Kleider gäbe!»

Nun lachte auch Hella, studierte dabei aufmerksam sein Gesicht, sah die Veränderungen. Der Mund wurde ein wenig schmaler, die Haut um die Nase fahler, das Kinn kantiger.

Sie wollte gerade nach dem Pfarrer fragen, aber eine Stimme sagte ihr, dass jetzt nicht der richtige Augenblick dafür war. Also erhob sie sich, grüßte, packte auch die Geldwechslerin am Arm und setzte sich zu Pater Nau und ihrem Mann. Jutta nahm neben ihr Platz.

«Ist Euch etwas aufgefallen?», fragte Hella leise die Geldwechslerin.

«Und ob! Während der Musikus wirklich vom Leben nichts mitbekommt, wusste der Lautenspieler recht genau, wen wir meinten.»

«Glaubt Ihr, die Gaukler haben etwas mit den Morden zu tun?», fragte Hella.

Jutta Hinterer hob die Achseln: «Ich traue Männern

ja von Natur aus jede Schandtat zu, aber ich frage mich, warum sie die Hure, den Gewandschneider und den Lutherischen hätten töten sollen.»

«Auch mir fällt kein Grund ein. Geld hatten ganz sicher weder die Hure noch der Lutherische. Und der Gewandschneider hatte mehr Schulden als Haare auf dem Kopf.»

Jutta sah noch einmal zu Tom, der Gustelies jetzt Geschichten erzählte, über die sie laut und mit zurückgeworfenem Kopf lachte.

«Seht Euch meine Mutter an», meinte Hella mit einer Mischung aus Belustigung und Ängstlichkeit. «Mir scheint, sie ist gerade dabei, sich zu verlieben.»

Die Geldwechslerin winkte ab. «Oh, das tut sie öfter. Warum auch nicht? So furchtbar viel Freude wird sie mit dem Griesgram von Pater Nau nicht haben.» Sie senkte die Stimme. «Oh, die Welt ist ein Jammertal und das Leben ein Graus», äffte sie ihn nach. Dann hob sie die Schultern. «Was willst du? Sie ist Witwe und noch keine alte Frau. Eine Sünde ist es nicht, was sie tut.»

«Stimmt. Und vielleicht gelingt es ihr trotz der rosa Wölkchen, die ihr aus den Augen quellen, diesen Tom noch etwas auszufragen», sagte Hella, aber in ihrem Inneren sah es ganz anders aus. Morgen, dachte sie, morgen werde ich sie zur Rede stellen. Es ziemt sich einfach nicht für eine Frau in ihrem Alter, sich noch einmal zu verlieben.

«Und? Was habt ihr in Erfahrung gebracht?», fragte Heinz Blettner, als er neben Hella im Bett lag. «Falls ihr überhaupt etwas in Erfahrung gebracht habt bei eurer Tändelei.» Seine Stimme klang nach unterdrücktem Ärger.

Hella lächelte, doch die Dunkelheit verbarg ihre Amüsiertheit. «Bist du etwa eifersüchtig?»

«Auf einen Gaukler? Im Leben nicht!»

«Helfried ist kein Gaukler», erwiderte Hella ein wenig gekränkt. «Helfried ist ein Musiker, der seine Lieder selber schreibt. Ein Künstler ist er. Jawohl.»

«Also gut. Ein Künstler. Ein Hungerkünstler wohl eher. Wusste der Künstler wenigstens Neuigkeiten, die uns bei den Morden voranbringen?»

«Die Wanderhure war für eine Nacht bei ihnen. Aber nicht, was du denkst. Am Straßenrand haben sie sie aufgelesen. Sie hatte auf dem gefrorenen Boden gelegen, nur mit ein wenig altem Laub bedeckt. Die Gaukler haben sich ihrer erbarmt.»

«Und weiter?»

«Bis Frankfurt ist sie mit ihnen gefahren. Sie hat erzählt, ihre Tochter lebe dort, habe ein kleines Häuschen. Zu ihr wollte sie und es endlich einmal warm und friedlich haben.»

«Aha. Was noch?»

«Nichts weiter. Das ist alles. Und ich finde, es ist reichlich viel.»

«Für einen Künstler vielleicht, für einen Richter nicht», bemerkte Heinz ungewohnt bissig. Doch als er sah, dass Hella sich von ihm abwandte und zur anderen Bettseite drehte, beugte er sich über sie und verzärtelte sie so lange, bis sie ihm wieder gut war. Dann fragte er weiter. «Vom Gewandschneider hat er nichts gewusst? Und vom Lutherischen?»

«Nein», erwiderte Hella. «Er hat gesagt, er erfahre nicht viel von dem, was sich tagsüber in und zwischen ihren Wagen zuträgt. Er komponiert. Wir sollten Tom oder besser noch die Wahrsagerin fragen.»

«Ihr wollt also noch einmal zu den Gauklern gehen?»

«Aber ja, Heinz. Wir müssen. Es ist eine der wenigen

Möglichkeiten, mit Leuten zu sprechen, die vielleicht alle drei Opfer gekannt haben.»

«Und am Ende die Mörder sind!»

«Ja», sagte Hella sehr leise. «Auch das kann sein. Selbst wenn ich es mir nicht vorstellen kann.»

«Die wenigsten Mörder sehen so aus, wie wir uns Mörder vorstellen. Fest steht aber, dass die Gaukler alle drei Toten gekannt haben könnten und dass sie Bekleidung aus Leder tragen. Und mindestens zwei der Toten könnten mit einem Ding aus Leder erstickt worden sein.»

«Was hast du unterdessen in Erfahrung gebracht? Welche Zeugen hast du befragt?»

Heinz räusperte sich. «Du weißt, dass ich darüber nicht sprechen darf.»

«Ja, ja. Also: Was weißt du?»

«Noch viel weniger als du, fürchte ich. Die Haushälterin des Lutherischen habe ich kommen lassen.»

«Weiter!»

«Sie hat erst seit kurzem bei ihm gelebt. Ein guter und gerechter Mann und Pfarrer sei er gewesen. Kein schlechtes Wort könne sie über ihn sagen. Sie hat ihn gelobt über den grünen Klee, doch ihre Augen waren klar und rein. Ganz so, als hätte sie nicht geweint um ihn.»

«Hast du sie gefragt, was er in den letzten Tagen gemacht hat?»

«Am Vorabend seines Todes sei er zu jemandem gerufen worden, der todkrank war und seine letzten Stunden nicht ohne christlichen Beistand verbringen wollte. Von dort ist er nicht zurückgekehrt.»

«Weißt du auch», fragte Hella, «wer der Todkranke war?»

«Nein, das weiß ich nicht. Den Henker habe ich beauftragt, herauszufinden, wer in Sachsenhausen in den letzten drei Tagen verstorben ist. Er muss es wissen, schließlich befehligt er den Stöcker, und dieser wiederum ist dafür zuständig, dass die Leichen begraben werden. Morgen erwarte ich eine Antwort von ihm.»

«Hatte der Lutherische Feinde?»

«Nicht mehr als die anderen Lutherischen auch. Beim Pöbel sind sie beliebt, den Klöstern ein Gräuel und dem Stadtrat gleichgültig.»

«Gut, dann werde ich also mit Gustelies morgen wieder zu den Gauklern gehen.»

Die Sonne war gerade aus dem Schlaf erwacht und hatte die Hügel des Taunus bestiegen, als Hella sich bereits auf dem Weg zu ihrer Mutter befand. Sie lief die Fahrgasse hinauf, bog in die Töngesgasse ein und bewältigte den kleinen Anstieg in der Krämergasse bis zur Liebfrauenkirche. In der Krämergasse waren die Händler gerade dabei, ihre Waren auf den unteren Fensterbrettern zum Verkauf auszustellen. Lehrlinge eilten hin und her, Frauen lüfteten die Betten und unterhielten sich lauthals über die Straße hinweg mit den Nachbarinnen. Mägde kamen mit vollen Wassereimern vom Brunnen, aus einem offenen Fenster drang der Gesang einer Küchenmagd, aus einem anderen hörte man Flüche.

Es war noch kühl an diesem Aprilmorgen, und Hella fröstelte in ihrem leichten Umhang. Erst als sie in Gustelies' Küche saß und einen mit Honig gesüßten Tee trank, wurde ihr wieder warm.

Gustelies hatte noch immer rote Wangen. Ihre Augen strahlten, die Haut wirkte viel glatter und rosiger als sonst.

«Na?», fragte Hella. «Hast du schön geträumt?»

«Wunderbar. Alles ist ganz und gar wunderbar», flötete Gustelies und knetete einen Kuchenteig. Dann schlug sie ihn flach, rollte ihn auf ein Blech und belegte ihn singend mit getrockneten Apfelscheiben und Rosinen.

«Hast du den Pater so verärgert, dass du ihm heute, mitten in der Woche, einen Kuchen backen musst?», fragte Hella, und ihre Worte klangen bissiger als beabsichtigt.

Gustelies sah erstaunt hoch, schüttelte den Kopf. «Ach was, der Pater. Für Tom backe ich. Er hat sich diesen Kuchen gewünscht, nachdem der gestrige ihm so gut geschmeckt hat. Wenn er fertig ist, werde ich ihn gleich zu den Gauklern bringen.»

Hella wollte den Mund halten. Sie hatte es sich fest vorgenommen. Sie wollte sich nicht mit ihrer Mutter streiten. Doch plötzlich öffnete sie die Lippen, und schon quollen die Worte dazwischen hervor, waren nicht mehr aufzuhalten. «Ich finde es unerträglich, wie du dich gestern aufgeführt hast. Wie eine Küchenmagd beim Maientanz. Es war einfach widerlich: diese schmachtenden Blicke und die glänzenden Augen. Lächerlich hast du dich gemacht. Dich und alle, die dich kennen.» Hella erschrak, schlug sich die Hand vor den Mund. Hätte sie gekonnt, hätte sie jedes einzelne Wort zurückgeholt und sich in die Kehle gestopft. Gleichzeitig aber war ein Trotz in ihr, der ihr recht gab und das Gesagte guthieß.

So stand sie nun, die Hand vor dem Mund, und sah mit erschrockenem und trotzigem Blick zugleich auf ihre Mutter.

Aus Gustelies' Gesicht war jedes Lächeln weggewischt. Ganz erstarrt wirkten ihre Züge. Der Mund wurde schmal, die Nase spitz. «Lächerlich», flüsterte sie. «Unerträglich.» Dann ließ sie sich schwer auf die Küchenbank fallen.

Hella sah die Veränderung im Antlitz ihrer Mutter, sah Schmerz darin und Kränkung. Plötzlich schämte sie sich über die Maßen. Sie stürzte zu Gustelies, fiel vor ihr auf die Knie, fasste nach ihren Händen. «Es tut mir leid», flüsterte sie. «Es tut mir so furchtbar leid.»

Gustelies sah über Hellas Kopf hinweg zur Wand. Dann sprach sie mit kühler Stimme: «Es gibt Dinge, mein Herzlieb, die ich nicht mit dir zu besprechen wünsche. Auch deine Bemerkungen dazu sind nicht willkommen.»

«Aber ich bin doch deine Tochter», barmte Hella, die wusste, wie sehr sie ihre Mutter gekränkt hatte.

«Eben. Du bist meine Tochter und hast dich stets geweigert, mehr zu sein als eben nur dies. Ich aber bin nicht nur deine Mutter, sondern auch eine Frau. Du, Hella, kannst mich nur als Mutter ertragen. Alles andere erweckt deine Eifersucht. Ich liebe dich sehr, trotzdem werde ich dir zuliebe nicht einen ganzen Teil meiner selbst verleugnen. Wenn du mich als Frau nicht ertragen kannst, dann bleib weg.»

«Dann bleib weg?», flüsterte Hella. «Meinst du das ernst?» Sie konnte nicht verhindern, dass ihr die Tränen über die Wangen rollten.

Gustelies schüttelte ihr Haar und sah endlich in Hellas Gesicht. «Bleib weg und schweig, wenn du mich als Frau erlebst und nicht ertragen kannst. Das meine ich.»

Nun wurde Hella über und über rot. Die Tränen rollten jetzt aus Scham. «Es tut mir leid», wiederholte sie. «Du hast recht, ich bin eifersüchtig auf Tom, eifersüchtig auf alles und jeden, der mir meinen Platz in deinem Herzen streitig macht.»

«Ich weiß», erwiderte Gustelies schlicht und stand auf. «Und nun lass uns das tun, was wir tun wollten. Ich werde meinen Kuchen fertigbacken und zu den Gauklern gehen.»

«Fein», erwiderte Hella, noch immer leise. «Darf ich dich begleiten?»

Gustelies fuhr herum, blitzte Hella an «Nein, mein Kind. Es gibt Dinge, bei denen die Mütter ihre Töchter ganz und gar nicht gebrauchen können. Hast du nicht gehört, was ich gerade gesagt habe?»

Ihr Gesicht verdüsterte sich. Auch in ihren Augen glänzten jetzt Tränen. «Ich bin doch noch nicht alt», sagte sie leise. «Ich habe doch auch noch ein bisschen Glück verdient, oder nicht? Sollen etwa die einzigen Worte, die ein Mann zu mir sagt, die Worte ‹Die Welt ist ein Jammertal und das Leben ein Graus› sein?»

Hella kam sich schäbig vor. Sie stand auf, um ihre Mutter in den Arm zu nehmen. «Alles Glück auf Erden sollst du haben. Und du bist nicht alt. Im Gegenteil, deine Seele ist nicht älter als meine. Und schön bist du auch noch immer.»

Gustelies sah besänftigt hoch und blinzelte die aufsteigenden Tränen weg.

«Aber wir müssen Heinz helfen, die Morde aufzuklären», sprach Hella weiter. «Und wir müssen uns beeilen damit, ehe noch weitere Morde geschehen.»

«Meinst du, das passiert?», fragte Gustelies.

«Ich weiß es nicht. Solange niemand weiß, warum der Mörder tötet, wissen wir nicht, ob und wann er damit aufhört. Heinz hat mir von Meuchlern aus anderen Städten erzählt, die mehr als einen auf dem Gewissen haben. Viele morden so lange, bis sie gefasst werden.»

«Ich verstehe», sagte Gustelies und schob endlich das Backblech in den Backofen. «Dann wirst du wohl mitkommen müssen.» Sie legte eine Hand auf ihren Busen, der gehörig bebte. «Du verdächtigst auch Tom, nicht wahr?»

Hella hob vage die Schultern. «Die Gaukler haben Leder. Und sie könnten alle drei Opfer gekannt haben. Die Hure, das wissen wir, hat bei ihnen übernachtet.»

Gustelies nickte, aber sie schwieg.

«Ich werde nicht lange bleiben», versprach Hella. «Sobald ich erfahren habe, was ich wissen muss, werde ich verschwinden und dir noch einen schönen Tag wünschen. Aber pass auf dich auf, Mutter. Gaukler sind wie Schmetterlinge, heißt es.»

«Ich kann schon auf mich aufpassen», teilte Gustelies lächelnd mit, aber Hella bezweifelte genau das. Im Gegenteil: Sie hatte sogar Furcht, ihre Mutter könnte vor lauter Liebe bestimmte Dinge übersehen oder einfach nicht wahrhaben wollen.

«Während wir auf den Kuchen warten, wirst du mir helfen, eine Hechtsuppe zu bereiten. Ein Fischer kam heute Morgen, der dem Pater noch etwas schuldig war, und brachte zwei tadellose Hechte. Nun, zwei sind ohnehin zu viel für uns. Ich denke, die Suppe wird auch noch für euch reichen.»

Hella, die noch immer ein leises schlechtes Gewissen ihrer Mutter gegenüber hatte, fragte interessiert: «Erklärst du mir, wie man Hechtsuppe macht?»

Gustelies ließ sich dazu nicht zweimal auffordern. «Ich habe die Hechte schon geschuppt und ausgenommen, sie gewässert und die Gräten vom Fleisch getrennt. Nun wirst du mir eine große Zwiebel schneiden, und ich werde unterdessen zwei Möhren, eine halbe Sellerie, zwei Stangen Lauch und zwei Pastinaken putzen und in grobe Würfel schneiden. Das geputzte Gemüse wirst du dann in Schweineschmalz anschwitzen, während ich die Hechtköpfe, die Haut und die Gräten gründlich zerkleinere. Das verlangt einige Übung. Am besten schneidet man zuerst mit dem Messer und zerkleinert die Stücke anschließend im Mörser. Danach werden Kopf, Gräten und Haut zu dem geputzten Gemüse gegeben. Dann gießt man einen halben Liter Wasser und einen halben Liter Wein hinzu und lässt das Ganze schön aufkochen. Wenn nötig, schöpft man den Schaum an der Oberfläche ab, gibt zwei Lorbeerblätter, Salz und einige Pfefferkörner hinzu und lässt alles eine knappe halbe Stunde ziehen. Danach gibt man das in Würfel geschnittene Hechtfleisch hinzu und lässt alles noch einmal kurz ziehen. Zum Schluss streut man gehackte Petersilie darüber, gibt einen Schuss saure Sahne hinein und serviert die Hechtsuppe mit frischem Brot.»

Hella hatte gut zugehört und schon einmal damit begonnen, die Zwiebel zu hacken, während Gustelies sich am Gemüse zu schaffen machte. Schon bald zogen köstliche Düfte nach Gekochtem und Gebackenem durch das Haus.

Eineinhalb Stunden später verließen die beiden Frauen das Haus. Gustelies trug einen Henkelkorb mit dem frischen, noch warmen Kuchen, Hella einen Krug mit geschlagener Sahne.

Tom winkte den beiden schon von weitem zu. Auch die Wahrsagerin hob die Hand. Dann kam Tom ihnen entgegengelaufen, fasste Gustelies am Arm und küsste sie links und rechts auf die Wangen.

«Na, na!», machte Gustelies und versuchte empört dreinzublicken, doch ihre Augen straften sie Lügen.

«Das ist eine französische Sitte», erklärte Tom mit gespielter Zerknirschung. «Immer, wenn ich eine so schöne

Frau wie Euch sehe – und das passiert bei Gott nicht alle Tage –, kommt der Franzose in mir zum Vorschein.»

Hella lachte und ging schneller, um die beiden allein zu lassen. Hinter der letzten Kate hatten die Gaukler ihre Wagen zu einem Viereck aufgestellt, in deren Mitte ein Feuerplatz angelegt war. Zwischen den grünen Wagen mit den grauen Planen flatterten an Wäscheleinen bunte Gewänder.

Die Mitglieder der Gauklertruppe saßen um das Feuer herum. Ein paar kleine Kinder spielten, zwei Frauen putzten Bohnen, eine dritte nähte an einem bunten Wams. «Gelobt sei Jesus Christus», rief Hella.

«In Ewigkeit. Amen», antworteten die Gaukler.

«Kommt, setzt Euch zu mir», rief die Wahrsagerin, griff sich eine Decke und breitete sie neben sich aus. «Der Boden ist noch kühl.»

Hella dankte und setzte sich, stellte den Krug in die Mitte. Schon waren auch Tom und Gustelies herangekommen. Der Apfelkuchen wurde bejubelt, dann hörte man nur noch wohliges Schmatzen.

«Ihr seid ein wahrer Schatz», lobte Tom. «Allein für diesen Kuchen würde ich Euch Herz und Hand schenken, wäre ich kein Fahrender.»

Gustelies lachte geschmeichelt, und Hella wunderte sich noch einmal über die seltsame Verwandlung ihrer Mutter. Selbst das Haar, von der Haube nur unzureichend verborgen, glänzte heute wie flüssiges Gold.

Das Verliebtsein tut ihr gut, gestand Hella sich ein, doch ein Unbehagen blieb in ihr.

«Wie hat Euch gefallen, was ich Euch gestern aus der Hand gelesen habe?», fragte die Wahrsagerin.

«Gut hat es mir gefallen. Wenn ich auch nicht alles glaube. Sag, kommen auch manchmal Männer zu dir, um ihr Schicksal zu erfahren?»

Die Wahrsagerin winkte ab.

«Oft sogar. Manchmal scheint es mir, dass die Frauen eher Gott, die Männer eher mir vertrauen.» Sie lachte fröhlich, warf das Haar nach hinten und ließ die Ohrgehänge klimpern.

«Was sind das für Leute?», fragte Hella. «Städter wohl eher nicht, oder? Ich kann mir vorstellen, dass besonders die Armen wissen möchten, ob sie ihr Leben lang arm bleiben werden.»

«Im Gegenteil. Es ist genau andersherum. Die Städter kommen und wollen wissen, ob sie so reich bleiben werden. Sie haben Angst vor der Armut. Es ist die größte Angst überhaupt, die sie haben. Lieber krank, lieber dumm als arm. Neulich erst, stellt Euch vor, kam ein Mann aus der Stadt, der wissen wollte, ob er jemals seine Schulden loswürde. Auch seine Lebenslinie wollte er sehen.»

«Und?»

«Ich sagte ihm nicht, was ich sah: Seine Lebenslinie brach plötzlich ab. Eigentlich hätte er schon tot sein müssen.»

Hella spürte, wie ihr Herz schneller schlug. «Was war er von Beruf, der Unglückliche?»

«Gewandschneider war er wohl oder ein Haubenmacher. Seine Fingerkuppen waren wie von Nadeln zerstochen. Er hatte Angst, das habe ich gemerkt. Aber neben der Angst war da auch so etwas wie Hoffnung.»

«Ist dir sonst noch etwas aufgefallen an ihm?», fragte Hella.

«Außer der Furcht, meint Ihr? Na ja, er sprach davon, dass er ein neues Leben beginnen wolle, aber nicht wisse, wie. Ob es gelingen könnte, wollte er wissen. Ich sah in seiner Hand aber keinen Hinweis auf ein neues Leben, sondern nur auf den Tod.»

«Weißt du, wovor er Angst hatte?»

Die Wahrsagerin schüttelte den Kopf. «In seinen Augen sah ich sie sitzen, die Angst. Mehr nicht.»

Hella nickte und fragte nun nach den Kindern, um nicht allzu neugierig zu erscheinen. Erst nach einer ganzen Weile brachte sie das Gespräch zurück auf die Toten unter dem Galgen.

«War auch einmal ein Pfarrer bei dir?», fragte sie.

«Aber ja. Oft schon.»

«Das ist merkwürdig, dachte ich doch, die Geistlichen vertrauen auf Gott, dessen Wege ohnehin unerschöpflich sind.»

«So manch einer möchte auch wissen, was ihm auf Erden blüht.»

«Und die Lutherischen? Kommen die auch zu dir?»

Die Wahrsagerin kniff die Augen zusammen. Ihr Gesicht war plötzlich abweisend. «Warum wollt Ihr all das wissen? Seid Ihr gekommen, um uns etwas anzuhängen?»

«Aber nein!» Hella schüttelte heftig den Kopf. «Ich interessiere mich für die Menschen und für das Schicksal, welches mit ihnen verknüpft ist. Deshalb frage ich so viel. Verzeih meine Neugier. Ab jetzt werde ich den Mund halten.»

Die Miene der Wahrsagerin wurde ein wenig milder.

Tom hatte nach der Laute gegriffen und begann ein Lied zu spielen. Die anderen Gaukler sangen dazu. Es war ein wehmütiges Lied, in dem die Rede von einem Zuhause war, welches man ersehnt, aber doch nie findet.

Das Lied war noch nicht zu Ende, als sich jemand der Wagenburg näherte, der Hella vage bekannt vorkam. Doch sie konnte das Gesicht des Mädchens nicht genau erkennen, der Körper der Wahrsagerin versperrte ihr die Sicht darauf.

«Gott zum Gruße», rief sie, blieb zwischen zwei Wagen stehen.

«Gott auch dir zum Gruße, Agnes», erwiderte die Wahrsagerin und stand auf, sodass die Sicht für Hella frei wurde. Auch die junge Frau sah sie an, lächelte ein klein wenig und sagte: «Gelobt sei Jesus Christus, Frau Richterin.»

Hella nickte und erwiderte wie gewohnt und ohne nachzudenken: «In Ewigkeit. Amen.»

Da fuhr Tom zu ihr herum: «Ihr seid eine Richtersfrau?»

Hella schluckte, hätte am liebsten alles abgestritten, doch sie konnte nicht lügen. «Ja», sagte sie. «Ich bin das Weib des Richters und hier, um etwas von euch über die drei Morde zu erfahren, die in Frankfurt verübt worden sind. Es geht dabei um eine Wanderhure, einen Gewandschneider und einen lutherischen Pastor. Was wisst ihr darüber?» Sie war aufgestanden, da sie wusste, dass niemand sie nun noch hier dulden würde.

Die Gaukler tuschelten untereinander, dann sprach Tom zu ihr: «Niemand von uns hat etwas mit diesen Verbrechen zu tun. Die Wanderhure haben wir beherbergt. Ein Gewandschneider aus der Stadt ließ sich aus der Hand lesen. Den lutherischen Pfarrer kennen wir nicht.»

Er hatte so bestimmt gesprochen, dass Hella keine weiteren Fragen wagte. Sie deutete mit der Hand auf Gustelies. «Diese meine Nachbarin hat nichts davon gewusst, dass ich euch ausfragen wollte. Sie ist gekommen, weil sie einen von euch besonders mag.»

Mit diesen Worten wandte sich Hella um und ging davon. Einmal sah sie zur Seite zwischen die beiden Wagen, wo die junge Frau gestanden hatte, die einst zu ihr gekommen war, um ihr Kerbel zu verkaufen. Die Stelle war jetzt leer.

Hella ging nicht direkt nach Hause, sondern ins Malefizamt. Dort sagte ihr der Schreiber, dass Heinz in der Ratsschenke zu finden sei. Einen Augenblick zögerte Hella. Es war wirklich zu dumm, dem eigenen Ehemann in die Schenke nachzulaufen, aber schließlich tat sie es doch.

Heinz saß allein, hatte eine Kanne mit verdünntem Wein vor sich stehen und starrte auf den Tisch. Als er Hella sah, erschrak er kurz, dann lächelte er schmerzlich.

«Der Rat hat verfügt», sagte Heinz Blettner, als Hella sich unter den missbilligenden Blicken der Umsitzenden niedergelassen hatte, «dass der Fall so schnell wie möglich aufgeklärt werden muss. Der Landgraf wird morgen vier Bedienstete seines Hofes schicken, die in spätestens drei Tagen hier sind. Der Rat hilft mir, wo es geht. Das Schlimme aber ist, dass ich nicht weiß, was ich tun, wo ich suchen soll.»

Hella nahm seine Hand, strich sanft darüber. «Nur die Wanderhure und der Gewandschneider waren bei den Gauklern, sagen diese. Hat der Stöcker inzwischen berichtet, wer in der Vorstadt auf den Tod gelegen oder gar gestorben ist?»

Heinz nickte. «Niemand. In der ganzen letzten Woche hat es nur einen Armbruch bei einem Kind gegeben. Keine Schwerkranken, keine Gestorbenen. Wer immer dem Pfarrer mit dem Ansinnen kam, einem Sterbenden Beistand zu leisten, hat gelogen.»

«Und die Wachen an den Toren? Haben die etwas gesehen, was uns weiterhilft?»

Heinz Blettner schüttelte den Kopf. «Auch sie wissen nichts.»

Hella stützte die Ellbogen auf den Tisch, legte das Kinn in die Hände. «Vielleicht haben wir die ganze Zeit falsch gedacht. Um jemanden zu ersticken, braucht es Kraft. Einen starken Mann. Der Leichenbeschauer hat zumindest beim toten Lutherischen erweiterte Pupillen festgestellt. Kann es nicht sein, dass die Leichen vorher mit Gift in den Schlaf versetzt und erst danach erstickt wurden?»

«Du darfst nicht vergessen, dass der Lutherische mit nacktem Oberkörper seinen Tod im Heu gefunden hat», warf Heinz ein. «Welcher Mann zieht sich vor einem anderen Mann aus? Es könnte also sehr gut sein, dass auch eine Frau als Täterin in Frage kommt.»

«Die Wahrsagerin?», überlegte Hella laut.

Heinz schwieg, und auch Hella versank in ihren Gedanken.

«Angenommen, ich wollte dich ermorden», sprach Hella nach einer Weile vor sich hin und sah dabei über Heinz hinweg. «Wie würde ich das wohl anstellen? Zuerst würde ich mir das Gift besorgen. Dann würde ich dich vor die Tore der Stadt locken, damit ich deine Leiche nicht so weit tragen muss.»

Heinz hatte bei der Aussicht, von Hella ermordet zu werden, die Augenbrauen zusammengezogen. Jetzt aber entspannte er sich. «Wir sollten also feststellen, wo in der Gegend ein Heuschober ist? Meinst du das?»

«Ja», erwiderte Hella knapp. «Und jetzt sollten wir überlegen, wo wir Gift herbekommen.»

«Aus der Apotheke», schlug Heinz vor.

«Aus der Natur», fügte Hella bei.

«Von einem Kräuterweib», fiel Heinz noch ein.

«Oder einer Wahrsagerin, die sich auf Liebestränke versteht.»

«Wir sollten also alle Kräuterweiber befragen?»

«Es schadet nicht. Selbst wenn es nichts nützt. Irgendetwas musst du tun, Heinz. Denk auch du noch einmal darüber nach, wer die Person – Mann oder Weib – sein könnte, die alle drei Opfer kannte und getötet hat. In welcher Beziehung standen die Opfer zueinander? Schick noch einmal jemanden zur Gewandschneiderei Voss. Fragen soll er, ob die Vossens lutherisch oder altgläubig sind. Wir müssen noch mehr über das Leben der Toten herausfinden. Vom Pfarrer wissen wir zum Beispiel fast gar nichts. Was war er, bevor er lutherisch wurde? Ein Mönch vielleicht? Stammt er aus der Stadt, oder ist er ein Zugezogener? Wie hat es ihn in die Vorstadt verschlagen? Wie lange lebte er dort? Wie lebte er, bevor die Haushälterin zu ihm kam? Es gibt so viele Fragen, Heinz, die noch geklärt werden müssen.»

Heinz Blettner richtete sich kerzengerade auf. «Ich war heute Morgen höchstselbst in der Vorstadt. Der Lutherische kam aus dem Sächsischen. Er war ein Anhänger Martin Luthers und ist ausgezogen, dessen Lehre zu verbreiten. Ein Doktor der Theologie soll er sogar gewesen sein. Aber niemand wusste Genaueres über ihn, alles nur Gerüchte. Ein stiller Mann, der selten lachte und selten wütete, soll er gewesen sein. Ausgeglichen, gottesfürchtig. Mehr nicht. Nur ein Fischer berichtete von einer sehr jungen Frau, die im letzten Winter bei ihm gearbeitet haben soll. Doch außer ihm wusste niemand etwas über sie.»

«Das ist nicht viel. Wirklich nicht», stellte Hella gerade betrübt fest, als plötzlich die Tür der Ratsschenke aufgerissen wurde und Gustelies hereinstürmte. Sie erntete nicht minder entsetzte Blicke als Hella, doch setzte sie sich ungerührt, griff nach dem Becher und stürzte den verdünnten Wein in einem Zug herunter. Dann sagte sie: «Stellt euch vor, ich weiß jemanden, der alle drei Opfer gekannt haben könnte.»

«WER?», fragten Hella und Heinz wie aus einem Mund.

«Eine junge Frau, die Küchenkräuter verkauft. Ich habe sie bei den Gauklern gesehen. Ganz harmlos stand sie da mit ihrem Korb voller Kresse und Petersilie, junger Brennnesseln und Bärlauch. Dann aber verschwand sie mit der Wahrsagerin in einem der Wagen. Ich sagte, dass ich mal dorthin müsste, wo der Kaiser zu Fuß hingeht, schlich mich zu dem Wagen und lauschte. Die junge Frau verkaufte an die Wahrsagerin Liebestränke. Und nicht nur das. Ich hörte ganz deutlich, wie die Wahrsagerin nach einem Trank vom Schwarzen Bilsenkraut fragte. Die Kräuterfrau zierte sich erst ein wenig, aber nach einer Weile sagte sie zu, morgen Vormittag den Trank zu bringen.»

Hella zuckte mit den Achseln. «Was heißt das schon? Dass ein Kräuterweib, welches auch in der Stadt umhergeht, die Gaukler ebenfalls mit Kräutern versorgt. Die Herstellung von Tränken und Pulvern aus Bilsenkraut ist nur den Apothekern erlaubt, aber wer will das schon kontrollieren. Das beweist gar nichts.»

«Nein, nein», widersprach Heinz. «Was Gustelies da gehört hat, ist wichtig. Eine junge Frau, die Kräuter und Rauschmittel herstellt, könnte wahrhaftig mit jedem der drei Toten Kontakt gehabt haben. Wir sollten uns einmal mit ihr unterhalten.»

«Wir?», fragte Hella. «Was heißt wir? Du meinst sicher, dass Gustelies und ich zu ihr in die Vorstadt gehen sollen, nach Kräutern fragen und dabei ganz unauffällig alles in Erfahrung bringen, was dir und dem Fall dient.»

«Genau.» Heinz strahlte.

Gustelies aber fügte an Hella gewandt hinzu: «Hast du nicht gemerkt, dass die junge Frau – Agnes ist ihr Name – dich absichtlich vor den Gauklern bloßgestellt hat? Sie wollte, dass du gehst. Und sie hat es erreicht. Ich möchte wissen, warum.»

«Und ich», teilte Heinz mit und machte Anstalten aufzustehen, «werde die Büttel zu den Gauklern schicken.»

«Wieso das?», fragte Gustelies erschrocken.

«Ich werde sie verhören. Sie sind verdächtig, kannten zwei der Toten und haben Leder.»

«Ja, schon, aber doch keinen Grund für die Morde.»

«Das, liebe Schwiegermutter, werde ich herausfinden. Ich werde sie so lange verhören, bis ich weiß, was ich wissen muss. Wenn es nottut, werde ich sie sogar ins Verlies bringen. Denn an ihre Unschuld glaube ich nicht. Schon manch einer wurde getötet, weil er etwas gesehen hatte, was ihm besser verborgen geblieben wäre. Liebestränke zum Beispiel oder Mittel zur Verhütung. Wie heißt gleich das Zeug, welches unter Strafe steht, aber doch immer wieder von den Kräuterweibern und Wahrsagerinnen benutzt wird?»

«Gartenraute», flüsterte Gustelies.

«Gartenraute, aha, das war es», stimmte Heinz Blettner zu. «Könnte die alte Hure nicht vielleicht daran gestorben sein? Und der Gewandschneider wollte vielleicht ein wenig Gartenraute von der Wahrsagerin, weil die Magd sein Kind doch nicht wollte? Und der Lutherische kam zu den Gauklern und hat gedroht, sie dem Malefizamt zu melden.»

«Gartenraute bekommt man auch bei den einheimischen Kräuterweibern. Dazu braucht es keine Fahrende», warf Gustelies ein. Sie war inzwischen ziemlich blass geworden.

Hella rückte unruhig auf der Bank hin und her. Ich sollte den Mund halten, dachte sie, sonst lässt Heinz die Gaukler sofort verhaften. Aber dann sprach sie doch: «Bräuchte ich ein solches Kraut, würde ich natürlich zu einer Fahrenden gehen. Immerhin möchte ich es für eine Abtreibung benutzen. Abtreibungen aber werden mit dem Tod bestraft. Ich wäre dem Kräuterweib ausgeliefert. Sie könnte mich jederzeit damit erpressen. Deshalb würde ich Gartenraute IMMER bei einer Fahrenden kaufen und es erst anwenden, wenn die Fahrende längst über alle Berge ist.»

«Die Wahrsagerin also?», fragte Richter Blettner. «Ich hatte ebenfalls eine solche Ahnung.»

«Ja», erwiderte Hella. «Die Wahrsagerin. Aber nicht allein. Sie brauchte einen Gehilfen.»

Kapitel 24

Auch dieses Mal wartete die Hebamme schon auf das Mädchen, als dieses am Abend nach Hause kam.

«Du warst wieder mit ihm zusammen, nicht wahr?»

Das Mädchen nickte, kicherte plötzlich, hob die Röcke und tanzte stumm nach einer unbekannten Melodie. Die Hebamme kam näher, griff dem Mädchen unters Kinn und zwang ihren Blick nach oben. «Was hast du gegessen? Was getrunken?», fragte die Alte, und ihre Stimme klang besorgt und erregt zugleich. «Antworte mir!»

Das Mädchen machte sich aus dem Griff los, holte die Kuchen und die kandierten Früchte aus ihrem Leinenbeutel. Die Hebamme nahm und beroch jedes einzelne Stück. Von einem Törtchen biss sie ein winziges Stück ab, kaute darauf herum, spie es dann in den Spülstein. Sie raffte die Törtchen und Früchte zusammen, trug sie in den Garten und vergrub sie ganz unten im Komposthaufen.

Das Mädchen war ihr gefolgt und schaute stumm zu.

«Du hast ein Rauschmittel eingenommen», erklärte ihr die Hebamme. «Vielleicht etwas aus Schlafmohn. Ich vermute, der Städter hat dir etwas in die Kuchen, die Früchte oder den Wein getan. Hast du mit ihm geschlafen?»

Das Mädchen nickte.

«Wolltest du das?»

Das Mädchen nickte wieder, hob gleichzeitig die Schultern und schüttelte den Kopf. «Ich weiß es nicht», flüsterte sie. «Ich weiß gar nichts. Alles war so schön und so warm. Und Sebastian roch so gut, seine Hände waren so sanft. Am Himmel erschien das Rad der Fortuna. Es war zum Greifen nahe. Da wollte ich auch, was er wollte.»

Die Hebamme war zusammengezuckt, als sie die Worte des Mädchens hörte. Jetzt zog sie sie an sich, strich ihr über das Haar. «Ich freue mich, dass du jetzt glücklich bist. Und ich fürchte mich vor dem, was der Mann mit dir anstellt.»

Das Mädchen kicherte wieder, da packte die Hebamme sie an den Schultern und schüttelte sie. Das Mädchen lachte darüber, konnte sich nicht beruhigen. Selbst als die Hebamme sie mit dem Kopf in einen Zuber mit kaltem Wasser stieß, lachte sie weiter. Doch als sie mit nassem Kopf dastand, begann sie plötzlich zu weinen. Sie wischte in ihrem Mund herum, spuckte, erbrach sich sogar.

Die Hebamme ging ins Haus, brachte einen Becher Milch. «Trink das, dann geht es dir gleich besser.»

Als der Becher leer war, betrachtete die Hebamme noch einmal die Pupillen des Mädchens, die nicht mehr so unnatürlich geweitet waren. Dann führte sie sie ins Haus, zog ihr die Kleidung aus und brachte sie zu Bett.

Am nächsten Morgen, als die Augen des Mädchens wieder so klar waren wie Brunnenwasser, sagte die Hebamme nach dem Frühstück: «Hör gut auf das, was ich dir zu sagen habe. Dein Städter, dein Sebastian, gibt dir von dem Saft, den ich für ihn gebraut habe. Dieser Saft ist ein Rauschmittel. Er macht süchtig. Wenn du weiter davon nimmst, wirst du bald nicht mehr ohne den Mohnsaft leben können. Du wirst abhängig davon.» Sie machte eine Pause und sah das Mädchen eindringlich an. «Abhängig vom Schlafmohn und abhängig von dem, der es dir gibt.»

Das Mädchen schwieg. Was sollte sie darauf auch sagen? «Hast du mich verstanden?», fragte die Hebamme.

Das Mädchen nickte. Da stand die Hebamme auf, nahm den Schlüssel, der für die Kellertür war und stets offen an einem Brett gehangen hatte, vom Haken, verschloss die Kellertür, nahm ein Lederband, führte es durch das Oberteil des Schlüssels und hängte ihn sich um den Hals.

Das Mädchen sah das, wusste, was es bedeutete – und zuckte die Achseln.

Leise, sodass die Hebamme sie nicht hören konnte, murmelte sie: «Was schert mich deine Angst? Alt genug bin ich, um selbst bestimmen zu können, was mir guttut und was nicht. Sebastian tut mir gut. Er liebt mich. Das ist mehr, als du hast.»

«Was hast du gesagt?», fragte die Hebamme.

«Ich habe gesagt, dass ich nicht glauben kann, dass Sebastian mir etwas Böses will. Er liebt mich. Genau wie ich ihn.»

«Wenn das so ist, dann soll er dich heiraten und dir ein angenehmes Leben bieten, anstatt dich im Wald hinter den Bäumen versteckt zu nehmen. Tanzen gehen soll er mit dir, sich mit dir zeigen, dich in Samt und Seide hüllen. Wer es ehrlich meint, versteckt sich nicht.»

Als das Mittagsmahl beendet und das Geschirr blank im Spülstein zum Trocknen stand, machte sich das Mädchen wieder auf den Weg. Diesmal war sie zu früh dran. Sie setzte sich unter einen Baum und wartete. Nach einer halben Stunde sah sie endlich, wie sich ein Reiter näherte. Wieder hatte Sebastian Kuchen und kandierte Früchte dabei.

«Ich darf nichts davon essen», sagte das Mädchen. «Die Hebamme hat es mir verboten. Sie meint, du hättest die Sachen mit Mohnsaft versetzt.»

Sebastian nickte. «Recht hat sie, die Alte. Mit Mohnsaft, den ich von ihr kaufte.» Er breitete die Arme aus. «Was ist daran schlecht? Es gibt Dinge, die das Leben leichter und bunter machen. Wer uns hindern will, das Leben zu genießen, kann nur vom Neid getrieben sein. Welche Freuden hat sie denn, die Alte, he? Hat sie einen Mann? Hat sie Freunde? Hat sie Geld? Schönheit? Nein! Nichts von alldem hat sie. Hässlich, arm und einsam ist sie. Sie neidet dir, meine Schöne, alles, was du hast.»

Das Mädchen schüttelte den Kopf. Ganz leise sagte sie: «Nein, sie ist nicht so.»

Doch der junge Mann wischte ihre Worte fort wie lästige Fliegen. «Natürlich ist es, wie ich es sage. Was hat sie denn vom Leben?»

Das Mädchen schwieg. Als Sebastian sie in die Arme nahm, ihr Gesicht umfasste, sie liekoste, küsste, verzärtelte, wurde sie weich. Vielleicht hat er recht, dachte sie. Was gibt es Schöneres als die Liebe? Und wann hat die Hebamme wohl zum letzten Mal in den Armen eines Mannes gelegen?

Als Sebastian ihr eine kandierte Frucht reichte, schüttelte sie den Kopf, doch als er ein Törtchen in seinen Mund nahm und sich ihr näherte, aß sie die Süßigkeit von seinen Lippen. Wieder war ihr, als könne sie plötzlich fliegen. Der Himmel war blau, so blau und so unheimlich nah. Die Sonne stand als Glücksrand inmitten des Blaus und schien nur darauf zu warten, von dem Mädchen gedreht zu werden.

Sebastians Lippen waren weich, seine Hände sanft. Ihre Lust stieg als Schrei in das Himmelsblau, vermischte sich mit dem Gesang der Vögel.

Kurz bevor das Abendläuten Sebastian zurück in die

Stadt rief, fragte das Mädchen: «Nimmst du mich mit? Mit zu dir und in die Stadt? Als deine Frau?»

Sebastian lachte, nahm ihr Gesicht in seine Hände, stupste seine Nase gegen ihre. «Was weißt du denn von den Städterinnen?», fragte er. «Was weißt du davon, wie sie sich kleiden, sich frisieren, worüber sie reden?»

«Nichts.»

«Siehst du. Ich bin sicher, du würdest dich nicht wohlfühlen unter ihnen. Du bist ein Kind der Natur, bist nur inmitten des Waldes glücklich.»

Das Mädchen schüttelte den Kopf. «Nein, so ist es nicht. Ich bin kein Naturkind, lebte nicht immer bei der Hebamme. Alles, was ich weiß, weiß ich von ihr. Nimm mich mit in die Stadt. Ich werde mich schnell gewöhnen und schon bald nicht mehr von den anderen Frauen zu unterscheiden sein.»

Sebastian ließ sie los und sah sie forschend an. «Wenn ich dich mit in die Stadt nähme, nur zu einem Besuch, was würdest du dann für mich tun?», fragte er.

«Ich würde dich noch mehr lieben», erwiderte das Mädchen strahlend.

«Ich möchte, dass du mir von dem Mohnsaft dafür bringst. Du wohnst bei der Hebamme. Sicher habt ihr das Zeug in Hülle und Fülle. Mir verkauft sie nichts mehr. Vorhin war ich dort. Sie hat mir die Tür vor der Nase zugeworfen.»

«Sie hat die Säfte und Tränke, die Elixiere und Tinkturen alle weggeschlossen. Im Keller sind sie. Ich komme nicht daran. Sie hat bemerkt, dass ich davon gekostet habe. Da hat sie den Saft vor mir versteckt.»

Sebastian überlegte einen Augenblick. Dann sagte er: «Aber du weißt, wie man den Saft herstellt, nicht wahr?»

Das Mädchen schüttelte den Kopf. «Nicht genau. Ich weiß nur, wie man den Saft gewinnt. Über die Herstellung der Tinktur weiß ich nichts.»

Jetzt wurde Sebastians Gesicht ernst, verlor alles Lachen, alle Zärtlichkeit. «Ich nehme dich mit in die Stadt, wenn du mir von dem Saft bringst.»

«Für immer und als deine Frau?», fragte das Mädchen.

Sebastians Gesicht versperrte sich plötzlich wie eine Kellertür. «Was denkst du dir?», fragte er.

Sie lächelte. «Ich denke, dass wir es gut miteinander hätten, du und ich.»

«Bring mir den Saft, dann sehen wir weiter», sagte Sebastian. Dann stand er auf, schwang sich auf sein Pferd und ritt davon. Dieses Mal wandte er sich nicht um, um dem Mädchen zu winken.

«Morgen nach Einbruch der Dunkelheit am Hafen», rief ihm das Mädchen hinterher. «Komme nicht zu mir. Ich werde in die Stadt kommen.» Noch immer hoffte sie, er würde sich umdrehen und ihr winken, doch Sebastian war schon hinter der nächsten Wegbiegung verschwunden.

Traurig ließ sie sich im Gras nieder. Eben noch war sie dem Himmel so nahe gewesen, dass sie geglaubt hatte, das Rad der Sonne mit den Händen greifen zu können. Doch nun war alles dunkel in ihr, das Glück meilenweit entfernt. Ihr Blick fiel auf die drei Küchlein, welche Sebastian dagelassen hatte. Sie nahm eines, roch daran, betrachtete es, wie man ein seltenes Tier betrachtet, dann biss sie davon ab, schlang es in sich hinein, nahm das nächste, stopfte es sich in den Mund. Sie hatte den letzten Bissen noch nicht ganz zerkaut, da wurde der Himmel wieder blauer, die Vögel sangen lauter, und inmitten des Blaus erschien die Sonne wie ein riesiges Rad, das nur darauf wartete, von dem

Mädchen gedreht zu werden. Plötzlich stand das Rad in Flammen, dann brannten die Flammen auch im Inneren des Mädchens, verbrannten zu einem undurchdringlichen Schwarz, welches sie ganz und gar einhüllte.

«Kotz! Los, streng dich an!», hörte sie wie aus weiter Ferne die Stimme der Hebamme. Das Mädchen versuchte die Augen zu öffnen, doch ihr war so übel, ihre Sinne so vernebelt, dass sie es nicht vermochte.

Sie spürte, wie jemand an ihren Armen riss, ihr ins Gesicht schlug, doch alles nur wie aus weiter Ferne. Sie wollte schlafen, wollte sich in die Dunkelheit schmiegen wie in ein weiches Kissen. Doch irgendjemand ließ sie nicht. Irgendwer zerrte sie hoch, presste ihr die Kiefer auseinander, kitzelte sie mit einer Feder im Rachen. Das Mädchen würgte, erbrach sich schließlich in einem Schwall. Sie wollte zurück in die weiche Dunkelheit, aber sie wurde auf die Füße gezerrt, jemand packte sie am Oberarm, zerrte sie hin und her. Jetzt hörte sie auch, was die Stimme, die sie als die der Hebamme erkannte, zu ihr sagte: «Geh im Kreis herum, immer im Kreis. Schön gehen. Einen Fuß vor den anderen setzen. Ja, so ist es gut. So ist es fein.»

Dann hielt sie ihr einen Krug mit Wasser an die Lippen. Das Mädchen versuchte zu schlucken, denn ihr Mund war ganz trocken. Staubig beinahe fühlte er sich an, die Zunge ein trockner, übelschmeckender Lappen. Doch das Wasser rann ihr über das Kinn hinab.

«Langsam», sagte die Hebamme. «Du musst ganz langsam trinken.»

Das Mädchen mühte sich. Es wollte die Trockenheit loswerden, wollte die spröden Lippen benetzen. Endlich gelang es ihr. Sie schluckte gierig.

«Langsam, ganz langsam», hörte sie die Hebamme. Endlich floss das Wasser in ihren Mund, endlich konnte sie schlucken, die geschwollene Zunge benetzen.

Sie wollte nicht im Kreis umhergehen, sondern sich sinken lassen, zurückkehren in die Dunkelheit, jetzt, wo ihr Durst gestillt war, doch die Hebamme zerrte an ihr, stieß ihr von hinten in die Knie, sodass das Mädchen einknickte. Gleich wurde sie wieder emporgezerrt, weitergestoßen. «Lauf, Mädchen, lauf.»

Es schien ihr, als wäre sie meilenweit gelaufen, als ihre Umgebung plötzlich wieder sichtbar wurde. Die Dunkelheit wich zurück, das Gesicht der Hebamme drang als Schemen hervor.

Das Mädchen sah sie an, fragte: «Wo bin ich?»

«Gott sei Dank», erwiderte die Hebamme, und das Mädchen sah, wie sie sich bekreuzigte.

«Im Wald bist du. Als es Nacht wurde und du nicht nach Hause kamst, habe ich dich gesucht. Der Schlafmohn hat dir den Geist vernebelt, der Tod hockte schon auf deiner Schulter.»

«Es ist Nacht?»

«Bald graut schon der Morgen. Es hat lange gedauert, bis du zu dir gekommen bist.»

Das Mädchen schwieg, schüttelte sich ein wenig, doch ihr Kopf schmerzte, schon wieder war der Mund so trocken, ihre Zunge schien zu groß dafür und schmeckte übel.

«Wo ist Sebastian?», fragte sie. Im selben Augenblick kehrte die Erinnerung an ihn zurück. Er war in die Stadt geritten, ohne ihr zu winken. Mohnsaft solle sie ihm besorgen, dann würde er sie mit sich nehmen. Für immer? Das Mädchen wusste es nicht mehr. Ihr war so unglaublich schlecht. Und sie war müde.

«Ich will nach Hause», wimmerte sie.

Und die Hebamme trug sie mehr, als dass sie selbst lief, im Morgengrauen über die Wiesen zurück in ihr Haus und legte sie schlafen.

Als sie am nächsten Tag erwachte, lag die Hebamme noch im Bett. Das Mädchen holte Wasser und kochte die Frühstücksgrütze. Dann, als sie Hebamme noch immer nicht aufgestanden war, ging sie in deren Kammer und setzte sich zu ihr auf die Bettkante.

«Es geht mir nicht gut», sagte die Hebamme. «Ich glaube, meine Zeit ist langsam gekommen. Ich bin alt. Älter als manch anderer. Ins einundsechzigste Jahr gehe ich schon.»

Das Mädchen schwieg, streichelte der Hebamme die Hand. Ein paar Tränen tropften auf die Bettdecke.

«Weine nicht, meine Kleine. Weine nicht. Der Tod ist nicht schlimm, nur das Sterben macht Angst.»

«Ich weiß», flüsterte das Mädchen.

Die Hebamme erwiderte nichts darauf. «Versprich mir», bat sie. «Versprich mir, mein Kind, dass du von dem Patrizier lässt. Versprich es mir!»

Das Mädchen nickte. «Ich verspreche es. Einmal noch muss ich zu ihm und dann niemals wieder.»

«Er wird dich nicht heiraten.»

«Ich weiß. Aber einmal noch muss ich ihn sehen.»

«Lass auch das eine Mal. Lass ihn», bat die Hebamme. «Bleib heute bei mir. Ich brauche dich.»

«Ich werde nicht lange weg sein», erwiderte sie. «Aber es gibt Dinge, die lassen sich nicht aufschieben.»

Den ganzen Tag saß das Mädchen am Bett ihrer Ziehmutter. Sie legte ihr kühlende Lappen auf die Stirn, flößte ihr stärkende Tränke ein. Als die Hebamme in unruhigen

Schlaf gefallen war, löste das Mädchen vorsichtig das Lederbändchen mit dem Schlüssel von ihrem Hals. So leise es ging, schlich sie durch das Haus, holte eines der mit Mohnsaft gefüllten Fläschchen und verbarg es in ihrer Rocktasche. Dann setzte sie sich wieder neben die Hebamme, um über deren Schlaf zu wachen. Als die Dämmerung über die Stadt hereinbrach, weckte sie die Frau.

Behutsam beugte sich das Mädchen hinunter und küsste sie auf die Stirn. «Ich habe Euch lieb», flüsterte sie. «Ihr wart die Einzige, die es immer gut mit mir gemeint hat. Aber einer allein ist zu wenig. Habt Dank für alles, was Ihr Gutes an mir getan habt.»

Die Hebamme sah mit verschwommenem Blick auf das Mädchen, dann lächelte sie ein wenig. «Auch ich habe dich lieb», flüsterte sie rau. «Du warst mir die Tochter, die ich nie hatte. Gott schütze dich.»

Dann fiel sie erneut in einen Schlaf, der ein Vorbote des Todes war.

Lange stand das Mädchen an ihrem Bett, prägte sich jeden einzelnen Zug des lieben Gesichtes ein. Dann strich sie ihr noch einmal sanft über die Wangen und verließ das Haus.

Mit gesenktem Blick und eng an den Katen entlang eilte sie durch die Vorstadt. Blind war sie für alles ringsum, taub für jeden Gruß und jedes Geräusch. Als die Glocken den Abend einläuteten, verfiel sie in einen Laufschritt und erreichte das Tor zur Stadt als Letzte an diesem Tag. Sie wandte sich nach links, lief ihm Schatten der hereinbrechenden Nacht nahe am Flussufer zum Hafen. Blicklos hastete sie an den Winden und Lastkähnen, an den Kontoren und Speichern entlang, bis sie, das Hafengelände eben verlassend, auf einen wackeligen Schuppen stieß, in dem der Schäfer der Stadt im Winter das Heu lagerte. Ohne zu zögern, öffnete sie das mit einem Eisenriegel nur notdürftig gesicherte Tor und ging hinein. Obwohl es drinnen stockdunkel war, wusste sie, dass Sebastian bereits auf sie wartete.

Leise rief sie seinen Namen.

«Hier bin ich», hörte sie seine Stimme, die unfreundlich, beinahe schon kalt klang. «Hast du den Mohnsaft bei dir?»

Es dauerte eine kleine Weile, bis das Mädchen den Liebsten gefunden hatte. Ihre Lippen suchten seinen Mund, doch Sebastian stieß sie zur Seite. «Hast du den Mohnsaft?», wiederholte er.

«Ja. Ich habe, was du wolltest. Nimmst du mich nun mit in die Stadt? Machst du mich zu deiner Frau?»

Der Mann lachte. Lachte so höhnisch, dass dem Mädchen eiskalt wurde.

«Hast du jemals geglaubt, ein Patrizier wie ich würde eine wie dich zur Frau nehmen? Eine, die sich dem Erstbesten für ein Törtchen an den Hals wirft?»

«Hast du mich denn nie geliebt?», fragte das Mädchen mit zitternder Stimme.

«Geliebt? Nein. Gefickt habe ich dich, das ist alles.»

Das Mädchen schwieg, presste nur eine Hand auf ihre Brust, um das schreiende Herz darin zu beruhigen.

«Gib mir den Saft», verlangte Sebastian. «Ich gebe dir einen ganzen Gulden dafür. Und dann: Alles Gute im weiteren Leben.»

«Nein!», sagte das Mädchen mit fester Stimme. «Nein! Einmal noch will ich mit dir schlafen. Einmal noch sollst du mir aus einem Silberbecher Wein auf die Lippen träufeln. Einmal noch will ich das Rad der Fortuna sehen und mit den Händen danach greifen.»

Dann zog sie ihn zu sich, nahm seine Lippen in ihren Mund, ließ ihn kaum zu Atem kommen. Sie lockte, reizte, flüsterte, schmeichelte, verzärtelte ihn, bis er ihr keuchend das Mieder aufriss. Als er an seinen Beinkleidern hantierte, versperrte sie sich. «Den Wein», erinnerte sie. «Ich möchte Wein mit dir trinken. Alles soll so sein wie beim ersten Mal. Nur auf die Kuchen kann ich verzichten. Wein aber will ich. Und deine Schwüre, dass du mich liebst. Immer und ewig und über den Tod hinaus.»

Sebastian lächelte, leckte sich über die Lippen: «Eines muss man euch Vorstadtmädchen lassen. Ihr wisst, was Männer wollen. Ich wünschte, die Patrizierinnen hätten nur halb so viel Sinnlichkeit und Kunstfertigkeit wie du.» Er küsste sie herzhaft. «Sollst haben, was du dir wünschst. Schließlich hast du mir bisher viel Freude gemacht.»

Das Mädchen biss sich auf die Lippen, presste eine Hand auf ihr Herz und schwieg.

Der Patrizier holte eine silberne Flasche aus seinem Wams, schraubte sie auf, goss Flüssigkeit daraus in den Verschluss. «Da, trink, es ist Branntwein.»

Das Mädchen hatte die offene Flasche mit dem Mohnsaft schon in der Hand. Sie trank, schluckte laut, träufelte währenddessen den Mohnsaft hinein, hielt dann dem Liebsten die Flasche an den Mund.

Der lachte und trank. Dann gab das Mädchen ihm das Mohnfläschchen. «Gib mir den Gulden», sprach sie dazu.

Sebastian lachte. «Bist doch eine Hure», sagte er zufrieden. «Kannst die Liebe vergessen, sobald der Gulden rollt.»

«Nichts anderes hast du von mir erwartet», erwiderte das Mädchen. «Und leg noch einen halben Gulden obendrauf. Musst heute bezahlen für meinen Schoß.»

Sie strich ihm dabei über die Leibesmitte, sodass er den halben Gulden gar nicht schnell genug aus seiner Geldkatze holen konnte. Dann konnte er nicht länger an sich halten.

Doch kaum war sein Samen an des Mädchens Schenkeln getrocknet, sein Kopf auf ihren warmen Bauch gebettet, schlief er ein und schlief schon bald so fest, dass nichts und niemand ihn wecken konnte.

Das Mädchen riss an seinem Arm, schlug auf seine Wangen. Nichts. Sebastian lag da wie tot. Nur die Feder, die das Mädchen ihm vor den Mund hielt, zeigte mit leisen Bewegungen an, dass er lebte.

Das Mädchen sah auf den Mann. Ihr Herz schrie noch immer vor Schmerz. Sie hatte ihn geliebt. Und er hatte sie verraten. Das tat so schrecklich weh. Plötzlich verengten sich die Augen des Mädchens zu Schlitzen. Ihr Herzschlag beruhigte sich, wurde gleichmäßiger. Sie holte aus ihrem Leinenbeutel, den sie bei sich getragen hatte, das Tugendhaus. Das lederne Leibchen, in welches der Pfarrer sie nachts geschnürt hatte. Das Tugendhaus. Sie hatte es damals, als sie ihr Kind bekam, mit in die Kirche genommen, hatte es in der Hand gehabt, als sie blutend im Schnee lag, hatte es später im Haus der Hebamme in eine Truhe gesteckt. Das Tugendhaus. Sinnbild all dessen, was sie niemals sein würde. Sinnbild all dessen, was sie vergebens erstrebte. Rein wollte sie sein in Gedanken und Taten. Gottesfürchtig. Ihrer Mutter so unähnlich wie möglich. Aber das Leben hatte anderes mit ihr vor. Warum nur?, fragte sie sich. Warum bin ich auserwählt, alles Schlechte in mir zu haben? So zu sein, dass die Menschen nur das Schlechteste in mir vermuten? Was habe ich getan? War mein Leben verpfuscht von Anfang an? Wird der, der aus einem unreinen Schoß gekrochen ist, niemals rein werden können?

Sie nahm das Tugendhaus und presste es ihrem Liebsten, ihrem Verräter, auf Mund und Nase. Nur kurz wehrte er sich. Der Mohnsaft hatte ihn betäubt. Schließlich spürte sie, wie seine Muskeln unter ihr erschlafften, wie sich auch der Schließmuskel löste und sich sein Darm entleerte. Da lachte das Mädchen. Sie stand auf, versteckte das Tugendhaus in einer Ecke unter dem Heu, dann schürzte sie ihr Kleid und öffnete die Tür. Sie war nicht groß und nicht breit, doch die Arbeit im Garten, die schweren Wassereimer, die sie täglich vom Brunnen geholt hatte, hatten sie stark gemacht. Sie lauschte in die Nacht, und als alles still war, so still, dass ihre Atemzüge ihr wie Posaunenklänge erschienen, verließ sie die Scheune, nahm ein Stück Speck und tröpfelte Mohnsaft darauf. Am Hafen wimmelte es in der Nacht von wilden Hunden, die darauf hofften, dass beim Be- und Entladen der Schiffe das eine oder andere Fressbare für sie abgefallen war, welches sie nun ungestört von den Tritten der Hafenarbeiter verschlingen konnten.

«Komm, kommt her zu mir», lockte das Mädchen mit leiser Stimme und schwenkte dabei das Speckstück. Es dauerte nicht lange, da näherte sich der erste Hund. Misstrauisch blieb er einige Schritte vor ihr stehen. Da warf sie ihm das Speckstück hin, und schon stürzte sich der Köter darauf. Es dauerte nicht lange, bis der Mohnsaft wirkte und er auf die Seite fiel. Darauf hatte das Mädchen gewartet. Sie nahm den Hund auf den Arm und trug ihn zum Mainufer. Dann lief sie zurück zur Scheune, immer darauf achtend, dass kein Geräusch und kein Licht die Nähe eines Hafenwächters anzeigte. Das Mädchen packte den Toten bei den Knöcheln und zog ihn hinunter zum Mainufer. Sie kannte das Boot, welches dort vertäut war. Es gehörte dem Fischer, der sie damals aus dem Wasser gerettet hatte. Nun lud sie den Mann, von dem sie geglaubt hatte, dass er sie liebte und der nun tot war, weil er diese Liebe verraten hatte, in den Kahn, packte den betäubten Hund dazu, stieß den Kahn mit letzter Kraft ganz in den Fluss hinein, sprang selbst hinzu, nahm das Ruder und schlug damit kräftig in das dunkle Wasser. Sie brauchte nicht lange, bis sie unterhalb des Galgenberges angelangt war. Das Mädchen ruderte langsam ans Ufer, zog das Boot mit seiner schweren Last an Land. Dann lief sie zielstrebig zu einem kleinen Gebüsch und holte dahinter eine einrädrige Karre hervor. Sie lud Hund und Mann auf die Karre, ächzte dabei, stöhnte, musste innehalten und Atem schöpfen, musste die vor Anstrengung zitternden Knie beruhigen, sich den Schweiß aus den brennenden Augen wischen, doch immer noch war Kraft in ihr. Es war eine Kraft, die nichts mit Muskeln zu tun hatte. Eine Kraft, die aus ihrem Inneren kam. Wenn ein Mensch in Lebensgefahr war, so entwickelte er Bärenkräfte, hatte das Mädchen die Leute sagen hören. Nun, bei ihr war es anders. Ihr Leben war nicht in Gefahr. Sie war schon lange tot, schon viele Male gestorben und wieder auferstanden. Dieses Mal war ihre Auferstehung in Gefahr.

Endlich waren Mann und Hund auf dem Karren, endlich der Karren den leichten Hügel hinauf bis zum Galgenberg gezogen. Oben angelangt, musste sich das Mädchen setzen. Sie spürte, wie die Kraft, die aus ihrem Inneren kam, schwächer wurde. Es war, dachte sie, wie bei der Hebamme, die mit jedem Atemzug schwächer geworden war. Das Mädchen faltete die Hände, betete für die Hebamme und dafür, dass sie sie noch lebend antraf. Sie raffte sich auf und drapierte den Leichnam unter dem Galgen. Den Kopf direkt am Balken, die Arme ausgebreitet wie Jesus am Kreuz. Dann stieg das Mädchen, den betäubten Hund und ein Hanfseil über der Schulter, auf den Karren, kletterte dann am Balken hinauf zum Querbalken. Wie ein Zirkusmädchen legte sie sich auf den Querbalken, den Hund nun vor sich, und legte ihm die Schlinge des Hanfseils um den Hals. Als eine seiner Muskeln zuckte, strich sie ihm sanft über den Kopf. «Bist das Niedrigste aller Geschöpfe», flüsterte sie. «Bist der, der noch niedriger ist als ich. Bist einer von denen, die den Samen aus meinem Schoß geleckt haben. Sag selbst, gibt es jemanden, der sich noch mehr erniedrigen könnte? Nun, du sollst Zeichen sein für die Niedrigkeit des Toten unter dir. Du, selbst niedrig und elend, hängst ÜBER ihm.»

Der Hund rührte sich nicht. Das Mädchen schlang das andere Ende des Hanfseils um den Querbalken, dann stieß sie den Hund hinunter. Sie hörte, wie sein Genick brach, und bekreuzigte sich. Dann kletterte sie den Balken hinab, nahm die Karre, eilte nun zurück zum Boot, brachte es – der Fischer war ihr Freund – zurück an die alte Stelle und wartete neben dem Stadttor, bis es geöffnet wurde. Über die Brücke lief sie zum Haus der Hebamme, wurde immer schneller, je näher sie ihm kam. Sie stürzte zur Haustür hinein, rief nach der Hebamme, rief nach ihr wie eine Ertrinkende.

Doch sie bekam keine Antwort. Kein Gegrummel aus der Küche, keine Geräusche aus dem Garten. Langsam stieg sie die Stiege zur Kammer der Hebamme hinauf. Sie öffnete die Tür – und prallte zurück. Die Hebamme lag auf dem Bett, das Haar ausgebreitet, doch das Gesicht so starr und wächsern, dass das Mädchen auf der Stelle wusste, dass die Hebamme tot war. Sie starrte auf die Frau, ging langsam, Schritt für Schritt, näher, setzte sich schließlich auf die Bettkante. Sie nahm die Hand der Frau, streichelte sie zärtlich.

Als die Tränen kamen und das Schluchzen sie schüttelte, legte sie sich neben die tote Hebamme ins Bett, ihren Kopf auf die Brust der Toten gebettet, und benetzte den Stoff mit ihren Tränen.

Kapitel 25

Hella hatte sich fest vorgenommen, gleich nach dem Mittagessen in die Vorstadt zu gehen und mit Agnes zu reden. Sie glaubte nicht daran, dass das Mädchen sie vor den Gauklern bloßstellen wollte. Wahrscheinlich ging es ihr um die Liebestränke, die sich besser ohne Zeugen verkaufen ließen. Trotzdem wäre es gut zu wissen, wen sie alles mit ihren Kräutern belieferte. Und gut wäre es auch, zu erfahren, ob sie sich auf Abtreibungen verstand oder zumindest mit Gartenraute handelte. Hella hatte wenig Hoffnung, dass das Mädchen ausgerechnet einer Richtersfrau erzählen würde, was sie wusste, aber sie wollte es wenigstens versucht haben.

Außerdem hatte sie sich vorhin von Gustelies ganz genau erklären lassen, wie Gartenraute aussah, angewandt wurde und roch. Gustelies hatte ihr erzählt, dass Gartenraute auch viele gute Eigenschaften hatte. In richtigem Maße angewandt, wirkte sie krampflösend und beruhigend, regte den Appetit an und förderte den Schlaf. Doch schon die kleinste Prise zu viel konnte den Tod bedeuten. Die wenigsten Hebammen, Apotheker und Ärzte benutzten Gartenraute. Zu unberechenbar war ihre Wirkung, zu unsicher die richtige Dosierung.

Nun wollte Hella zu Agnes, um sie nach einem Schlafpulver aus Gartenraute zu befragen. Doch sie kam nicht dazu. Wolken zogen auf und hingen wie Blei über der Stadt.

Hella musste sich eilen, die Wäsche, die zum Trocknen im Hof hing, abzunehmen. Die Hemden und Beinkleider, die Bruchen, Laken, Tischdecken und Unterkleider waren noch feucht. Also heizte sie ein Kohlebecken und glättete die feuchten Sachen mit einem heißen Stein. Als sie damit fertig war, hatte es sich eingeregnet. Vor dem Fenster in der Fahrgasse gingen gleichförmige, dünne Regenfäden nieder. Das Straßenpflaster glänzte, die wenigen Menschen auf der Gasse hatten sich ihre Kapuzen tief in die Stirn gezogen. Nur ein paar herrenlosen Hunden schien der Regen nichts auszumachen. Sie suchten in den Abfallgräben nach Essbarem.

Hella seufzte. Die Untätigkeit gefiel ihr nicht. Also holte sie ihren Umhang und machte sich auf den Weg in die Vorstadt. Am Haus des Henkers betätigte sie den Messingklopfer. Die Scharfrichtersfrau öffnete ihr.

«Gelobt sei Jesus Christus.»

«In Ewigkeit. Amen. Was führt Euch zu uns, Blettnerin? Kommt schnell herein, ehe Ihr ganz und gar durchweicht.»

Hella zögerte kurz. Dem Scharfrichter auch nur die Hand zu geben hieß, dass man sich verunreinigte. So sehr, dass dies kein Wasser abwaschen konnte. Was aber bedeutete es, das Scharfrichterhaus zu betreten, dem Weib des Henkers in die Küche zu folgen und aus ihrer Hand einen Becher dampfenden Kräutertee zu nehmen?

«Was führt Euch zu uns?», fragte die Henkersfrau noch einmal.

Hella seufzte wohlig und stellte den leeren Becher zurück auf den Tisch. «Zu einem Kräutermädchen wollt' ich. Doch ich weiß nicht, wo sie wohnt.»

«Ein Kräutermädchen? Ihr meint nicht die alte Dorothee, die am Ende der Gasse wohnt und auch Reisig verkauft?»

Hella schüttelte den Kopf. «Eine junge Frau. Einige Jahre jünger als ich. Agnes ist ihr Name.»

Die Henkersfrau lachte. «Die Agnes meint Ihr. Nein, eine richtige Kräuterfrau ist sie nicht. Sie hat keine Ahnung von Heilkunde, stellt weder Salben noch Tränke her. Sie wohnt im Haus der Hebamme.»

«Sonst weißt du nichts?»

Die Henkersfrau schüttelte den Kopf. «Nein, nichts. Aber ich weiß nicht alles, denn mit dem Weib des Scharfrichters spricht auch in der Vorstadt nicht jeder.»

«Wo wohnt sie, die Agnes?»

«Drüben in Sachsenhausen. In der Gasse, die zum Wald führt. Im vorletzten Haus.»

Hella wollte sich gerade verabschieden, als ein Stadtbote erschien und noch vom Pferd, geradezu aus dem Stegreif verkündete, der Scharfrichter solle sich umgehend auf dem Galgenberg einfinden.

Hella hielt das Pferd des Boten am Zügel fest. «Warum soll er das?», fragte sie. «Ist wieder ein Toter gefunden worden?»

Der Bote rutschte unruhig auf dem Sattel hin und her. «Ich darf Euch doch nichts sagen, Richtersfrau.»

«Aha», machte Hella. «Auf dem Galgenberg ist also etwas gefunden worden, von dem du mir nichts sagen darfst. Ist das so?»

Der Bote nickte.

«Dürftest du mir sagen, wenn sich dort eine tote Katze oder ein herrenloses Fass gefunden hätte?»

«Aber ja», nickte der Bote. «Nur von Leichen ...» Er schlug sich erschrocken die Hand vor den Mund.

Hella lachte. «Reitet zurück. Ich werde niemandem sagen, dass dir etwas herausgerutscht ist.»

Die Henkersfrau hatte unterdessen den Scharfrichter benachrichtigt, der im Anbau beschäftigt gewesen war. Der Stöcker brachte bereits das gesattelte Pferd.

Einen Augenblick überlegte Hella, ob sie den Scharfrichter bitten sollte, sie mitzunehmen. Doch dann sah sie das Bild vor sich, welches sie abgeben würden: Heinz würde den Scharfrichter herangaloppieren sehen, an dessen Rücken sich seine Gattin klammerte. Sie musste ein wenig kichern, dann winkte sie der Henkersfrau zu und machte sich allein auf den Weg zum Galgenberg.

Da sie bereits in der Vorstadt war, war der Weg zum Galgen nicht mehr weit. Hella lief ein Stück am Mainufer entlang, sah einem Fischer zu, der trotz des Regens auf Krebsfang ging und seinen Kahn vorsichtig in die Mitte des Flusses steuerte. Die Strömung war an dieser Stelle nicht besonders stark, sodass der Mann seine Netze ruhig ausbringen konnte. Etwas in ihr befahl ihr, sich dieses Bild unbedingt einzuprägen. Doch sosehr sie auch überlegte, sie wusste nicht, warum der Fischer mit dem Kahn in der Mitte des Mains so wichtig sein sollte. Trotzdem blieb sie stehen und prägte sich jede Einzelheit ein, bis der Fischer ihr einen Gruß zurief. Sie winkte ihm, dann ging sie weiter. Immer am Fluss entlang. Erst als sie in Höhe des Galgenberges war, wandte sie sich nach rechts. Ein Boot war an Land gezogen und lag umgedreht auf der Wiese. Wieder war es Hella, als müsse sie sich das Bild des Bootes tief einprägen. Und wieder wusste sie nicht, warum.

Nachdenklich stieg sie den kleinen Weg hinauf, achtete dabei auf jeden Schritt, den sie tat. An einer Stelle war das Gras neben dem Weg etwas niedergedrückt. An einer anderen Stelle direkt auf dem Weg waren Hufabdrücke zu sehen. Der Henker ist also schon da, dachte Hella und lief aufmerksam weiter. Kurz bevor sie den Galgen erreicht hatte, sah sie plötzlich einen schmalen Streifen niedergedrücktes Gras. Ein Streifen, der von einem einrädrigen Karren stammen konnte. Einem Karren, wie er oft am nahen Hafen benötigt wurde.

Sie hockte sich hin, besah die niedergedrückten Halme sehr genau, die sich an manchen Stellen schon wieder erhoben. Auch dies sollte ich mir gut einprägen, dachte sie. Dies ist die erste Spur, die hinauf zum Galgen führt.

Der Weg vom Fluss führte an die Rückseite des eingezäunten Galgenberges. Hier war keine Pforte, sondern nur eine kniehohe Mauer, die es zu überwinden galt. Hella betrachtete die Mauer äußerst gründlich. An der Stelle, die dem Weg genau gegenüberlag, kniete sie sich sogar hin und untersuchte die Mauer Fingerbreit für Fingerbreit. Doch die behauenen Bruchsteine glänzten vor Nässe und unterschieden sich in nichts von den Steinen rechts und links neben ihnen.

Vorsichtig stieg Hella über die Mauer, ging dahinter auf die Knie und untersuchte den Boden. Da, gleich hinter der Mauer, fand sie einen halben Schuhabdruck. Sie nahm ihr Taschentuch aus dem kleinen Lederbeutel, den sie mit sich führte, und ließ das Tuch neben der Stelle sinken. Dann robbte sie vorsichtig auf allen vieren weiter.

Der Leichenbeschauer sah Hella als Erster.

«Das lobe ich mir. Eine Ehefrau, die sich auf allen vieren ihrem Herrn nähert! Ich wusste gar nicht, Richter, dass Ihr eine so strenge Herrschaft in Eurem Hause führt.» Dazu lachte er schallend.

Heinz Blettner fuhr herum und sah ebenfalls seine kriechende Frau. «HELLA! Was in Gottes Namen tust du da? Steh auf, aber hastig!»

Hella rappelte sich hoch, entnahm ihrem Lederbeutel einen kleinen Kamm und legte ihn ins Gras. Verblüfft sahen ihr Richter, Leichenbeschauer, Henker und Stadtmedicus zu.

«Ihr müsst Eure Sachen nicht auf dem Galgenberg verteilen», versuchte der Medicus zu scherzen. «Das Osterfest ist vorbei.»

Hella warf ihm einen vernichtenden Blick zu, unter dem er errötete. «Nichts für ungut, Blettnerin.»

«Was in aller Welt tust du hier?», fragte der Richter noch einmal, und Hella hörte ihm an der Stimme an, dass er kurz davor war, aus der Haut zu fahren.

Ein Bild drängte sich plötzlich in ihre Gedanken. Sie schloss die Augen, hob einen Finger und gebot den Männern Schweigen. Dann öffnete sie die Augen und erklärte: «Der Mörder oder die Mörderin ist nicht durch das Stadttor gekommen, sondern über den Main. Deshalb haben die Wächter niemals jemand Verdächtiges gesehen. Der Mörder oder die Mörderin hat die Leiche am Hafen getötet. Dort gibt es Uferwiesen mit Gebüsch, in denen die Hübschlerinnen ihre Schäferstündchen abhalten. Mag sein, dass sich in den Hafenscheuern auch Heu oder Stroh findet. In der Nacht, nach der Sperrstunde, hat der Mörder oder die Mörderin ein Fischerboot genommen, die Leiche hineingepackt und ist bis hierher gerudert. Dann hat er oder sie die Leiche auf eine einrädrige Karre gelegt und vom Fluss bis hier hochgezogen. Er oder sie hat die Leiche unter dem Galgen hingelegt, den toten Hund an den Galgen gehängt und ist denselben Weg wieder zurück. Die Karre hat er oder sie wahrscheinlich auch mit in den Kahn geladen.»

Die Männer schwiegen stumm und starrten sie mit großen Augen an. Dem Stadtmedicus war die Kinnlade heruntergeklappt, der Leichenbeschauer betrachtete Hella wohlgefällig, der Henker mit Überraschung, der Richter mit einer Mischung aus Missbilligung und Stolz.

«Hast du Taschentuch und Kamm dorthin gelegt, weil dort noch Spuren zu sehen sind?», fragte er in einem bemüht geschäftstüchtigen Ton.

Hella nickte. «Gleich hinter der Mauer sah ich einen halben Fußabdruck. Dort, wo mein Kamm liegt, meinte ich Schleifspuren zu erkennen.»

Der Richter lief los, die anderen wollten hinterher.

«Bleibt stehen», rief Hella und stellte sich dem Henker, dem Medicus und dem Leichenbeschauer in den Weg. «Bleibt stehen, Ihr zertrampelt sonst die Spuren.»

Der Medicus knurrte unwillig, der Scharfrichter aber sagte rau: «Recht hat das Weib.» Dann stellte er sich mit gespreizten Beinen, die Arme vor der Brust verschränkt, neben den Galgen.

Inzwischen fragte Hella: «Wer hat die Leiche gefunden?»

Der Medicus meldete sich: «Ich war das. Ein Tagelöhner ist sich mit der Sense ins Bein gefahren. Ich war auf dem Weg zu ihm.»

Der Richter hatte die Gespräche gehört. Nun war er es, der auf dem Boden kauerte. «Medicus», rief er. «Ich brauche Euch nun nicht mehr. Geht Euch um den Tagelöhner kümmern und schreibt mir alsbald ein Protokoll.»

Der Medicus war hin und her gerissen. Hella sah seinem Gesicht an, dass er liebend gern hier noch ein wenig Maulaffen feilgehalten hätte. «Kümmert Euch der Kranke denn gar nicht?», fuhr sie ihn an. Da zuckte der Arzt zusammen, grüßte und suchte das Weite. Hella sah ihm kopfschüttelnd nach. Dann wandte sie sich um. «Wer ist der Tote? Weiß man das? Woran ist er gestorben? Hängt wieder ein Hund?»

«Ein Patrizier ist es. Der älteste Sohn vom Ratsherrn Eibisch.»

Hella schlug sich die Hand vor den Mund: «Ein Patrizier? Der Sohn vom Kaufherrn Eibisch?»

Der Leichenbeschauer nickte. «Das wird nicht leicht werden für den Euren. Der ganze Rat wird ihn unter Druck setzen. Wie gut, dass Ihr die Spuren gefunden habt.»

«Und … Und hängt wieder ein Hund?»

«Alles wie gehabt. Der Kopf direkt am Balken, der Körper mit gespreizten Armen und Beinen, sodass der Galgenschatten wie ein Kreuz auf ihn fallen kann.»

«Die Todesursache?»

«Der Mann hat geweitete Pupillen. Diese kommen wahrscheinlich von einer Rauschdroge, doch an dieser ist er nicht gestorben, sonst wäre sein Körper verkrampft. Dafür sind wieder Erstickungsspuren um Mund und Nase zu finden.»

«Und er hat nicht gemerkt, dass er erstickt wurde, weil er im Rausch war, und hat sich dementsprechend auch nicht gewehrt.»

«Ganz recht», erwiderte der Leichenbeschauer.

«Seit wann ist der junge Eibisch schon tot?»

Der Leichenbeschauer wiegte den Kopf. «Der Leichnam fühlt sich kalt und steif an. Der Tod ist also vor zwölf bis achtundvierzig Stunden eingetreten. Angesichts der Leichenflecken denke ich aber, dass der Mann gestern Abend oder in der Nacht ums Leben gekommen ist.»

Inzwischen war der Richter wieder herangekommen.

«Du hast vermutlich recht, Hella. Der Tote könnte über den Flussweg hierhergeschafft worden sein. Ich habe die Spuren genau protokolliert und sogar Zeichnungen angefertigt.»

Der Regen war unterdessen weiter in gleichförmigen Fäden vom Himmel gefallen. Hella bemerkte, dass ihr die Nässe bis auf die Haut gekrochen war. Sie fror. Auch Heinz Blettner hatte die Schultern zusammengezogen und war ganz in seinen Umhang gekrochen. Er sah seufzend zum Himmel, dann wandte er sich an den Scharfrichter und den Leichenbeschauer. «Ich erwarte Eure Protokolle bis morgen früh im Malefizamt. Scharfrichter, schafft die Leiche weg. Einen gesegneten Abend, die Herren.»

Er zog sein Barett, der Leichenbeschauer und Henker taten es ihm nach. Dann nahm er Hellas Hand und zog sie zur anderen Seite des umzäunten Areals, wo ein Stadtknecht mit den Pferden wartete. Als sie an der Leiche vorüberkamen, blieb Hella stehen und bekreuzigte sich. Die Männer taten es ihr nach.

Als sie die Pferde erreicht hatten, bat der Richter den Boten: «Sag dem Zweiten Bürgermeister Bescheid, dass es sich bei dem Toten um den Sohn des Patriziers Eibisch handelt. Der Bürgermeister wird die Todesnachricht vielleicht selbst überbringen wollen. Aber eile dich nicht. Ich möchte erst nach Hause und die Sachen wechseln.»

Der Bote nickte, half dem Richter aufs Pferd, half Hella, sich hinter ihren Mann zu setzen, dann fragte er: «Ich habe seit heute Morgen nichts gegessen. Soll ich gleich zum Herrn Bürgermeister?»

Der Richter schüttelte den Kopf. «Geh nach Hause und iss. Der junge Eibisch ist und bleibt tot, gleichgültig, ob du jetzt oder später isst.»

Dann ritten die Blettners gemeinsam zurück in die Stadt. Als die Magd ihre Herrschaften so durchnässt sah, schrie sie leise auf: «Herr im Himmel. Ihr werdet noch krank. Ich bereite Euch gleich einen Zuber mit heißem Wasser und einen heiße Honigmilch dazu.» Schon eilte sie, brachte einen Zuber in die warme Küche, goss Wasser hinein. Als der Zuber voll war, sagte Hella: «Du kannst gehen. Ich werde meinem Mann beim Baden helfen. Wenn wir fertig sind, rufen wir dich.»

Die Magd nickte, knickste leicht, dann eilte sie die Stufen hinauf in ihre Kammer.

Hella zog sich die nassen Kleider vom Leib. Heinz tat dasselbe. Dann saßen sie beide gemeinsam im heißen Zuber. Hella hatte ihre Füße so gesetzt, dass Heinz darauf saß, seine Füße ragten hinter ihren Schultern aus dem Wasser. Obwohl ein gemeinsames Bad im Zuber für die beiden stets ein großes sinnliches Vergnügen mit Gelächter und Gezärtel war, saßen sie heute einander stumm gegenüber und hingen ihren Gedanken nach.

Schließlich bemerkte Heinz: «Eibisch wird mir keine ruhige Minute mehr lassen. Himmel und Hölle wird er in Bewegung setzen, damit ich den Mörder seines Sohnes finde.» Er seufzte laut.

Hella biss leicht in seinen großen Zeh, dann erwiderte sie: «Wir haben heute viel herausgefunden. Wir wissen, auf welchem Wege der Mörder oder die Mörderin ihre Opfer zum Galgen bringt. Wir wissen auch schon, dass die Morde im Heu oder Gras geschehen sind. Vielleicht an den Uferwiesen. Noch einmal musst du Befragungen vornehmen. Geh ins Hurenhaus. Vielleicht hat jemand den Patrizierssohn am Mainufer gesehen. Frag auch nach dem Pfarrer, dem Gewandschneider und der Wanderhure. Wir wissen auch, dass der Mörder immer am späteren Abend oder in der Nacht tötet. Und wir wissen vor allem, dass die Gaukler unschuldig sind. Denn als dieser Mord geschah, saßen sie im Verlies.»

«Ja, ja», stöhnte der Richter. «Aber noch immer wissen wir nicht, aus welchem Grund der Mörder tötet, wissen nicht, in welchem Zusammenhang die Opfer miteinander stehen.»

Hella bewegte die Arme im heißen Wasser, dann überlegte sie laut: «Der Mörder hängt einen Hund an den Galgen. Diese Besonderheit haben wir bisher noch kaum beachtet. Der Hund ist ein Zeichen von großem Ehrverlust. Was aber ist ein großer Ehrverlust?»

«Für einen Mann ist es das, wenn seine Frau ihm Hörner aufsetzt. Oder wenn seine Laufbahn nicht so gelingt, wie er sich das vorstellt. Wenn seine Werkstatt oder sein Geschäft überschuldet ist. Wenn er seiner Frau nicht mehr beiwohnen kann und dies ruchbar wird. Wenn er Spielschulden nicht bezahlen kann.»

«Für eine Frau bedeutet Ehrverlust», fügte Hella hinzu, «wenn ihre Tugend beschmutzt ist, wenn sie als liederlich gilt, aber auch, wenn ihre Kinder nicht gut geraten, wenn sie keine gute Hausfrau ist. Oder aber auch, wenn der Mann ein bekannter Schürzenjäger ist. Denn dann heißt es gleich, sie wäre eine mit einem trockenen Schoß, die nicht wüsste, was ein Mann braucht.»

«Könnte man also sagen, dass ein Ehrverlust immer mit Scham und Schande einhergeht?»

Hella nickte.

«Ehrverlust stellt sich aber doch nur in der Gesellschaft her. Darum aber kann es dem Mörder oder der Mörderin ja nicht gehen. Ich denke, mit dem Hund ist etwas anderes gemeint. Was müsste geschehen, damit ich in deinen Augen meine Ehre verliere?», fragte Heinz.

Hella spürte auf einmal, wie ein Kribbeln durch ihr Inneres kroch. «Das ist die richtige Frage!», stieß sie aufgeregt hervor. «Genau das ist die Frage, die wir beantworten müssen, um die Beweggründe des Mörders herauszufinden.»

«Also: Wann würde ich meiner Ehre in deinen Augen verlustig gehen?»

«Hmm», machte Hella und tippte sich mit dem Zeigefinger gegen das Kinn. «Wenn du mich verraten, vor anderen lächerlich machen würdest. Wenn du mich demütigen würdest. Wenn du Versprechen nicht einhieltest, mich nicht schützt und mich geringhältst. Wenn du die Macht, die der Mann nun einmal von Gott über die Frau erhalten hast, ausnutzen würdest. Reicht das? Mir fällt sicher noch mehr ein, wenn ich darüber länger nachdenke.»

«Wenn du Macht missbrauchst oder jemanden verrätst?», fragte der Richter nach.

Hella nickte. «Und wann würde ich vor dir meine Ehre verlieren?»

Jetzt war es der Richter, der nachdachte. Beim Denken bewegte er seine Füße hin und her, sodass kleine Wellen des mit Rosenöl versetzten Badewassers über Hellas Schultern glitten. «Wenn du mich verrätst, mich lächerlich machst, mich demütigst. Und natürlich auch, wenn du die Macht, die du über mich hast, missbrauchst.»

Hella lachte auf. «Seit wann haben Frauen Macht über Männer?»

Der Richter lächelte, betrachtete seine nackte Frau und sagte: «In Momenten wie diesem, wenn du so nackt vor mir sitzt, dann kannst du von mir verlangen, was immer du willst.»

Jetzt lachte auch Hella, rappelte sich hoch, legte ihrem Mann die Arme um den Hals und küsste ihn.

Als die Magd später die Küche aufräumte, fragte sie sich, was um Herrgotts willen ihre Herrschaften wohl getan hatten, denn die halbe Küche stand unter Wasser, der Zuber aber war nur noch halbvoll. Doch sie kam nicht darauf.

Als Heinz angezogen war, küsste er seine Frau auf das nasse Haar. «Ich gehe zum Zweiten Bürgermeister. Wahrscheinlich muss ich ihn danach zum alten Eibisch begleiten. Es kann spät werden heute Abend.»

«Ich weiß nicht, was ich dir wünschen soll, Heinz. Vergiss nicht, dass wir heute sehr viel herausgefunden haben. Sogar die Beweggründe des Mörders sind jetzt greifbar geworden.»

«Dank dir, Liebes.» Heinz küsste seine Frau noch einmal, dann ging er.

Der Zweite Bürgermeister erwartete ihn schon im Malefizamt. «Was für ein Unglück!», klagte er und presste sich die Hände an die Schläfen. «Ausgerechnet der Sohn des Eibisch! Aber das hat ja so kommen müssen.»

«Was meint Ihr damit?», fragte Heinz.

Der Bürgermeister sah sich im Zimmer um, als erwarte er, dass den Wänden Ohren wüchsen. «Wisst Ihr nicht, was man sich über ihn erzählt?»

Heinz schüttelte den Kopf.

«Es heißt, er sei süchtig nach Mohnsaft und anderen Rauschmitteln, die einem den Kopf vernebeln und alle Dämonen der Welt vor den eigenen Augen aufsteigen lassen. Manche sagen sogar, er flöge zur Walpurgis gemeinsam mit den Hexen zum Brocken.»

«Gewäsch!», fuhr Heinz dazwischen. «Das erzählen sich die Weiber am Brunnen. Schenkt Ihr denen etwa Glauben?»

Der Bürgermeister zuckte mit den Achseln. «Unser Kaiser Karl V. wird nicht umsonst einen Dominikanermönch zum Inquisitor bestellt haben, der solchen Dingen auf den Grund geht. Natürlich, ich gebe es zu, Männer neigen nicht zum Hexentum. Ein Weib wird den Eibisch verführt haben. Und mit den Weibern hat er es ja auch gehabt. In jeder Gasse ein Liebchen, heißt es. Und kein Unterschied zwischen einer Patrizierstochter und einer Magd. Genommen hat er, was ihm vor den Hosenlatz kam. So einer war das. Kein Wunder also, dass er jetzt tot unterm Galgen liegt.»

«Süchtig nach Schlafmohn also», wiederholte der Richter. Dann fragte er: «Wo bekommt man diesen Saft, diesen Mohnsaft?»

Der Bürgermeister zuckte mit den Achseln. «Weiß ich's? Mein Lebtag hatte ich nichts zu tun mit solchem Zeug. Die Kräuterweiber werden damit handeln. Vielleicht auch die Ärzte. Es soll ja auch Schmerzen lindern, hörte ich.»

«Ärzte, Bader, Chirurgen, Kräuterfrauen also», wiederholte der Richter und machte sich Notizen.

Der Bürgermeister lief in der schmalen Amtsstube hin und her wie ein gefangenes Tier. «Der Eibisch wird uns schön einheizen. Er ist reich und mächtig. Warum musste es ausgerechnet seinen Sohn treffen?» Er blieb stehen, stützte eine Hand auf den Schreibtisch und sah den Richter aus funkelnden Augen an. «Was habt Ihr überhaupt schon herausgefunden? Der vierte Mord passiert in dieser Stadt, und was macht Ihr?»

«Wir wissen ungefähr, wo die Morde geschehen sind. Wir

wissen, wie die Toten auf den Galgenberg kamen und dass sie wohl alle zuerst mit einer Rauschdroge betäubt und hernach erstickt wurden. Wir ahnen die Gründe, aber noch immer haben wir keinen Anhaltspunkt, wer der Mörder oder die Mörderin sein könnte.»

«Aha. Das wisst Ihr nicht. Aha. Und wer, frage ich Euch, soll das für Euch herauskriegen?»

«Ich arbeite daran. Gleich morgen werde ich Bader, Ärzte, Apotheker und Kräuterweiber nach dem Mohnsaft befragen. Dann werde ich mir den vermeintlichen Tatort ansehen. Vielleicht findet sich dort ein Hinweis auf den Täter.»

Der Bürgermeister schnaubte, doch er hatte selbst keine andere Idee. «Ihr wisst, dass der Landgraf Unterstützung geschickt hat, nicht wahr?»

Der Richter nickte.

«Und Euch ist auch bewusst, dass diese vermeintliche Unterstützung nur in unseren Ämtern rumschnüffeln will, damit der Landgraf etwas gegen die Stadt in die Hand bekommt und uns so zum Beitritt zum Schmalkaldischen Bund bewegen will?» Wieder nickte der Richter, und der Bürgermeister sprach weiter: «Und Euch ist natürlich auch klar, dass die freie Reichs- und Messestadt diesem unsäglichen Bund, der das ganze Land zur neuen Lutherlehre bekennen will, nicht beitreten kann, weil es sich die Stadt ansonsten mit dem Erzbischof von Mainz, unserem kirchlichen Oberhaupt, verscherzt. Der Erzbischof hat die besten Kontakte zum Kaiser, schließlich ist er der Reichskanzler und wichtigste Kurfürst. Der Kaiser ist gegen den Schmalkaldischen Bund, ist gegen die Lutherischen. Leicht wäre es für ihn, der Stadt das Messeprivileg zu entreißen und es stattdessen Mainz zu verleihen. Es geht um viel mehr als um ein paar Morde, Richter. Diese Sache ist ein Politikum geworden!»

Heinz Blettner sah, dass der Bürgermeister wirklich in Nöten war. Aber dass der Landgraf die Morde dazu benutzen wollte, Frankfurt in den Schmalkaldischen Bund zu pressen, nun, das konnte und durfte nicht seine Sorge sein.

«Wir müssen dem Patrizier und Ratsherrn Eibisch die Nachricht vom Tode seines Sohnes überbringen. Es ziemt sich bei einer so hochgestellten Persönlichkeit wie dem alten Eibisch, dass der Bürgermeister ihm kondoliert. Wollen wir also zusammen aufbrechen? Während Ihr kondoliert, kann ich mit dem Gesinde sprechen.»

Der Bürgermeister fuhr sich mit der Hand unter den Kragen seines Leinenhemdes, als sei ihm zu heiß.

«Muss das sein? Ich meine, wäre es nicht besser, wenn Ihr allein ginget und ich käme dann morgen, nach dem ersten Schock, um das Beileid der Stadt auszudrücken?», fragte der Bürgermeister. Sein Gesicht war ziemlich blass geworden in den letzten Minuten.

«Natürlich ginge das», erwiderte Heinz, ohne mit der Wimper zu zucken. «Aber uns drängt die Zeit, wie Ihr wisst. Wenn Ihr mitkommt, so kann ich sogleich die Mägde und Knechte befragen und schon die nächsten Untersuchungen in Gang bringen, ohne morgen noch einmal wiederkommen zu müssen. Denkt an die Leute des Landgrafen. Ihr sagt selbst, Zeit ist jetzt alles!»

Der Bürgermeister trat unschlüssig von einem Bein auf das andere. Sein Gesicht zeigte deutlich, dass er sich diesen Abend anders vorgestellt hatte. Ihm graute schlicht vor dem Besuch bei Eibisch.

Schließlich nickte er aber, riss die Tür auf und befahl

einem Boten, er solle eine Sänfte kommen lassen. Wenig später wurden die beiden Herren durch die leeren Gassen der Stadt getragen. Es regnete noch immer, und das Pflaster war glitschig. Aus den Wirtshäusern drang Lärm, aus den Wohnstuben der warme Schein der Kerzen. Von den Garküchen her roch es nach Gebratenem. Vor einem dreigeschossigen, tiefgestaffelten Haus mit den kostbaren Butzenscheiben stiegen sie aus. Der Bürgermeister wies den Richter an, den Klopfer zu betätigen. Sogleich öffnete eine Magd, die eine weiße Schürze über einem dunklen Kleid trug.

«Zum Kaufmann und Patrizier Eibisch wollen wir. Es ist dringend.»

«Der Herr ist noch im Kontor. Tretet ein und wartet hier, bis ich Euch gemeldet habe.»

Es dauerte nur wenige Augenblicke, die der Richter und der Bürgermeister in der Diele, die beinahe schon eine Empfangshalle war, warten mussten. Heinz besah sich aufmerksam die Teppiche, welche die Wände bedeckten, die kostbaren Schnitzereien, mit denen die beiden großen Schränke versehen waren, und das kleine Tischchen aus Kirschbaumholz, auf dem die Hüte des Hausherrn lagen.

«Guten Abend, die Herren, Gott zum Gruße. Kommt herein, kommt herein.» Die dröhnende Stimme Eibischs drang durch den Flur. Der Kaufmann, angetan mit einem Wams aus Samt, kam händereibend auf die beiden zu. «Begleitet mich in mein Arbeitszimmer», bat er und trug der Magd auf: «Bring eine Kanne vom Roten aus dem Burgund. Und die Gläser dazu.»

Die Magd nickte und eilte davon, der Richter und der Bürgermeister stiegen hinter dem Kaufmann die Treppe hinauf und nahmen kurz darauf auf bequem gepolsterten Armlehnstühlen in einem großen Arbeitszimmer Platz. Wieder sah der Richter sich um, betrachtete die Landkarten an der Wand, die Warenproben in den Regalen, den großen Arbeitstisch, der von Kontorbüchern übersät war. Der Kaufmann thronte mächtig, mit breiten Schultern, einem kantigen Schädel und einem Bauch, der über das Beinkleid quoll, hinter seinem Arbeitstisch. Als die Magd den Wein eingeschenkt und das Zimmer verlassen hatte, fragte er, nunmehr nicht mehr so jovial wie eben: «Es ist ungewöhnlich, dass der Zweite Bürgermeister und der Richter einem anständigen Kaufmann in den Abendstunden einen Besuch abstatten. Was ist geschehen?»

Der Richter sah zum Bürgermeister, der Bürgermeister nickte ihm zu. Feiger Hund, dachte Blettner, dann räusperte er sich: «Wir kommen mit einer schlimmen Nachricht, Herr. Euer Sohn Sebastian wurde heute am Nachmittag vom Stadtmedicus tot unter dem Galgen gefunden. Wir gehen davon aus, dass er ein Opfer des Mörders war, welcher derzeit sein Unwesen in der Stadt treibt.»

Er schluckte, sah vorsichtig zu Eibisch. Dessen Gesicht hatte sich knallrot verfärbt, die Lippen bebten. Sein Mund öffnete und schloss sich wieder. Heinz sah, wie er die Fäuste, die auf dem Tisch lagen, ballte und wieder losließ, ballte und wieder losließ.

Dann, Heinz erschien es, als wären Stunden verstrichen, räusperte sich der Kaufmann und sagte mit merkwürdig hoher Stimme: «Ihr müsst Euch irren, meine Herren. Mein Sohn kann nicht tot sein. Er ist ein Patrizier, wird in Kürze das Handelshaus übernehmen. Erst vor vier Wochen hat er sich verlobt. Nein, einer wie mein Sohn wird nicht ermordet.»

Heinz schwieg, sah den Bürgermeister an. Der sagte nun: «Es tut mir leid, Ratsherr.»

Mehr nicht. Jetzt sprang der Patrizier auf, lief zur Tür, riss sie auf und rief mit lauter Stimme: «Sebastian? Sebastian! SEBASTIAAAAAAAN!»

Niemand antwortete. Der Richter und der Bürgermeister hörten, wie der Kaufmann den Gang entlangrannte, eine Zimmertür aufriss. Kurz darauf hörten sie einen Aufschrei, der in ein Schluchzen mündete.

«Lasst uns gehen», sagte der Bürgermeister mit dumpfer Stimme. «Wir können hier nichts mehr tun.»

Die beiden Männer standen auf, gaben der Magd Bescheid, sie solle sich um ihren Herrn kümmern, dann verabschiedeten sie sich wortkarg voneinander.

Kapitel 26

Hella lief allein über die Alte Brücke nach Sachsenhausen. Für einen Augenblick bereute sie es, Gustelies nicht mitgenommen zu haben. Doch die Mutter konnte heute nicht. Pater Nau bekam Besuch aus Mainz. Ein Schreiber aus der Kanzlei des Erzbischofs hatte sich angekündigt, um im Beisein eines Notars den Opferstock in der Kirche zu öffnen und die Gelder nach Mainz zu bringen. Zuvor aber wollte der Hohe Herr aus Mainz gern ein wenig von Gustelies' berühmtem Wildbraten kosten und sich dazu eine Pilzpfanne schmecken lassen. Auch auf den Nachtisch, so hatte er durch einen Boten bestellen lassen, freue er sich schon sehr. Ob noch etwas von dem köstlichen Pflaumenmus da wäre?

Gustelies hatte bereits den gesamten vorigen Tag am Herd verbracht, und kein Mord und kein Totschlag vermochten es, sie heute aus der Küche zu vertreiben. «Ich will, dass mein Pater einen guten Eindruck beim Erzbischof hinterlässt. Wer weiß, vielleicht wird er eines Tages der Priester des Bartholomäusdoms, und ich werde fortan bei den Königswahlen ganz vorn sitzen?»

So war Hella allein gegangen. Sie hatte selten Angst. Höchstens vor Ratten, manchmal, wenn sie sie in der Nacht quieken hörte. Und jetzt. Ein bisschen. Gerade so viel, dass sie die Angst als Druck auf der Brust wahrnahm. Ich bin eine Gans, schalt sie sich selbst. Warum habe ich denn Angst? Wovor denn? Vor einem jungen Mädchen, welches kaum größer und stärker ist, als ich es bin? Ich will ihr doch nichts Böses. Nur fragen will ich sie, ob sie sich mit Mohnsaft auskennt. Nach der Gartenraute muss ich sie nicht mehr fragen, denn nun ist ja klar, dass die Gaukler unschuldig sind. Ganz früh am Morgen, noch vor Sonnenaufgang, hatte Heinz den Befehl gegeben, die Gaukler freizulassen und ihnen Geleit bis zum Stadttor zu geben. Hella wusste, dass er sie mit ein paar Gulden für die grundlosen Verdächtigungen entschädigt hatte. Gulden, die er niemals aus der Stadtkasse zurückerhalten würde. Flüchtig dachte Hella an ihre Mutter. Ob sie sehr um Tom trauern würde? Dann wischte sie diesen Gedanken beiseite. Um Gustelies kümmere ich mich später, beschloss sie und wandte ihre Gedanken wieder dem Mädchen aus der Vorstadt zu, welches Agnes hieß. Agnes, was «die Reine, die Keusche» bedeutete.

Ich werde sie fragen, überlegte Hella, ob ich etwas von ihr kaufen kann. Das ist alles. Wenn die Rede darauf kommt, so wüsste ich schon gern, wer ihre anderen Kunden sind, wo sie herkommt und ob sie vielleicht einen Gewandschneider und einen Patriziersohn kennt. Es ist heller Tag, es gibt nichts, wovor ich mich fürchten muss.

Plötzlich trat ihr eine Frau in den Weg. Eine Hausfrau mit geputzer Haube und roten Wangen. «Seid Ihr die Richtersfrau?», fragte sie.

Hella nickte. «Das bin ich.»

«Eine Beobachtung wollt' ich melden, jetzt, wo der junge Eibisch hingemeuchelt ist. Aber ins Amt gehe ich nicht damit. Wer einmal dort auftaucht, dem klebt man ganz schnell Dreck an den Stecken. Euch sag ich's, niemandem sonst.»

«Was habt Ihr beobachtet?», wollte Hella wissen. «Und wer seid Ihr?»

«Wer ich bin, das tut nichts zur Sache. Nun, vor ein paar Tagen sah ich den jungen Eibisch hier in der Vorstadt. Er saß auf seinem Pferd. Ein junges Mädchen stand vor ihm. Dann stieg er ab, küsste sie auf beide Wangen. Am helllichten Tag! Stellt Euch das nur einmal vor! Dabei sah sie gar nicht wie eine Hure aus.»

«Vor ein paar Tagen, sagt Ihr?», fragte Hella nach.

«Vorgestern vielleicht. Oder am Tag davor. Ich weiß es nicht mehr genau.»

«Wisst Ihr noch, Bürgersfrau, wie das Mädchen aussah?»

Die wackere Hausfrau nickte. «Ganz genau weiß ich das noch. Sie hatte dunkelbraunes Haar, welches ihr bis zu den Ellbogen reichte. Offen hing es ihr über der Schulter. Ganz ohne Band oder Spange. Ihre Augen waren groß und dunkel. Mir scheint, sie standen ein bisschen vor. Nicht ganz wie Froschaugen, aber doch ein wenig so. Sie trug ein rotes Überkleid mit etwas Weißem darunter. Ziemlich mager war sie.»

«Und wie alt?», fragte Hella.

Die Hausfrau zuckte mit den Achseln. «Jünger als Ihr. Vielleicht vierzehn oder fünfzehn Jahre.»

«Habt Ihr sie vorher schon einmal gesehen?»

Die Hausfrau schüttelte den Kopf. «Noch nie. Ich habe selten in der Vorstadt zu tun, lasse nur meine Wäsche dort nähen. Aber kennen tue ich niemanden von dort. Ich bin eine anständige Bürgersfrau. Nur die Wäsche lasse ich in der Vorstadt machen. Sonst nichts. Zehnmal billiger kommt mich das als in der Stadt. Na ja, und dass unsere Gewandschneider allesamt Betrüger sind, ist Euch ja bestimmt nicht neu. Die alte Liese war früher Magd bei einer

Herrin. Sie versteht sich auf eine gute Näharbeit. Wo war ich?»

«Ich fragte, ob Ihr das Mädchen vorher schon einmal gesehen habt?»

«Nicht dass ich wüsste. Wie gesagt, ich bin manchmal in der Vorstadt, aber gesehen habe ich sie noch nie dort.»

Hella bedankte sich sehr höflich bei der Hausfrau, dann ging sie langsam weiter. Die Beschreibung hatte auf das Kräutermädchen gepasst. Langes, dunkles, offenes Haar, dunkle Augen, die ein wenig hervorstanden. Ein rotes Kleid.

Für einen Moment verharrte Hella mitten auf der Brücke. Sollte sie nicht zurück ins Malefizamt gehen und Heinz Bescheid geben? Oder sich wenigstens von einem Boten begleiten lassen? Sollte sie nicht vielleicht bis morgen warten und noch einmal gemeinsam mit Gustelies herkommen? Sie stand, scharrte mit dem Fuß über den Boden. Dann richtete sie sich kerzengerade auf, bog die Schultern nach hinten und ging nun raschen Schrittes über die Brücke, die Gasse entlang und an der Kirche vorbei, bis sie an das Haus des Mädchens kam.

Sie klopfte, doch niemand öffnete ihr. Hella beugte sich zu den Fenstern, versuchte in die Stube zu spähen, doch ein Vorhang aus – wie es ihr schien – roter Seide, der ganz und gar nicht in die Vorstadt passen wollte, versperrte ihr die Sicht. Sorgsam auf jeden Laut achtend, ging Hella um das Haus herum und stand plötzlich vor einem Garten, in dem es üppig blühte. Das Mädchen hockte mitten in den Beeten, wo sie mit einer Hacke den Boden bearbeitete.

«Gelobt sei Jesus Christus», rief Hella laut und sah, wie das Mädchen zusammenzuckte.

«In Ewigkeit. Amen», antwortete sie, stand auf, wischte

sich die Hände an der Schürze ab und kam näher. «Wollt Ihr zu mir?»

Hella nickte. Sie sah in das Mädchengesicht und erschrak vor der Leere darin. «Bist du nicht Agnes, die mir vor einigen Wochen Kerbel gebracht hat?»

Das Mädchen nickte, erwiderte jedoch Hellas Lächeln nicht.

«Nun, ich bin dieses Mal gekommen, weil meine Mutter unerträgliche Schmerzen leidet. Sie hat Koliken, sagt der Arzt. Ich kenne niemanden außer dir in der Vorstadt und wollte fragen, ob du nicht einen Trank weißt, der die Schmerzen meiner Mutter lindern könnte.»

«Ich verstehe mich nicht auf die Heilkunst», erwiderte das Mädchen. «Küchenkräuter könnt Ihr haben. Getrockneten Thymian, Salbei, Rosmarin, Liebstöckel. Sogar Lorbeer habe ich.»

«Und Mohnsaft?», fragte Hella vorsichtig. «Oder einen Auszug von Bilsenkraut?»

Das Mädchen kniff die Augen zusammen. «Nein, so etwas habe ich nicht.»

«Nun, ich hörte anderes in der Stadt. Sebastian Eibisch soll bei dir gekauft haben, als er noch am Leben war», klopfte Hella auf den Busch und ließ das Mädchen dabei nicht aus den Augen.

Das ohnehin reglose Gesicht des Mädchens verschloss sich noch mehr. «Ich habe hier mit einer Hebamme gelebt. Sie ist gestern gestorben. Gleich hier nebenan auf dem Friedhof wird sie begraben werden. Wenn Ihr wollt, geht hin und fragt den Totengräber, der wird Euch das bestätigen können. Mag sein, dass die Hebamme sich auf diese Sachen verstand.»

«War der junge Eibisch manchmal hier bei euch?»

Das Mädchen schwieg. Hella konnte regelrecht sehen, wie es hinter ihrer Stirn arbeitete. Schließlich sagte sie: «Mag sein, dass er hier war. So mancher aus der Stadt kam zu uns. Vorgestellt haben sie sich nicht bei mir.»

«Ihr kennt ihn also nicht, den jungen Eibisch?»

Das Mädchen schüttelte den Kopf. «Nein, ganz sicher nicht.» Plötzlich ruckte ihr Kopf nach vorn. Aus den zusammengekniffenen Augen sprühten Funken. «Ich bin keine Heilerin, Richtersfrau. Wenn Ihr keine Kräuter für die Küche kaufen wollt, so kann ich Euch nicht helfen. Ihr müsst Euch anderswo umsehen.»

Hella schrak zurück, doch eine Frage hatte sie noch: «Weißt du jemand anderen, der vielleicht ein solches Schmerzmittel für meine Mutter hätte?»

«Nichts weiß ich. Gar nichts. Lebt wohl und Gottes Segen.»

Brüsk wandte sich das Mädchen ab. Hella sah, wie sie die Hacke achtlos in ein Beet schleuderte und beinahe in das Haus hineinrannte.

Da hatte es auch Hella plötzlich eilig. Mit langen Schritten hastete sie zurück in die Stadt und ins Malefizamt. Sie klopfte an Heinz' Stube, doch dort war niemand. Also eilte sie zur Ratsschenke und fand dort ihren Mann im Gespräch mit einem Kaufmann, der ortsfremd war.

«Heinz!», rief Hella leise und winkte ihrem Mann. Der aber winkte zurück, bedeutete ihr, an den Tisch zu kommen. Schließlich stand er doch auf und kam ihr entgegen.

«Heinz», presste Hella zwischen den Lippen hervor, vor Aufregung keuchend. «Heinz, ich war in der Vorstadt. Das Kräutermädchen hat praktisch zugegeben, den jungen Eibisch gekannt zu haben. Sie wohnt im Haus einer Hebamme, die zu Lebzeiten bekannt dafür war, dass sie mit Liebestränken und Rauschmitteln handelte. Das Haus befindet sich direkt neben dem lutherischen Pfarrhaus, dessen Pastor ebenfalls ermordet wurde.»

Heinz packte Hella an beiden Schultern und drückte ihr einen Kuss auf die Wange. «Die Geldwechslerin war bei mir im Amt. Das Weib ist mir nicht geheuer. Allein, wenn ich an ihr freches Gerede denke! Sei es, wie es ist. Sie war bei der Vossin und hat dort ein Kleid in Auftrag gegeben. Wie es der Teufel so will, kam dabei die Sprache auf das Kräutermädchen. Und siehe da, auch bei der Vossin war sie schon und hat ihr Küchenkräuter angeboten.»

«Und die Gaukler, bei denen die Wanderhure war, kennen sie auch!»

Die beiden strahlten sich an, dann fragte Hella: «Wirst du sie verhaften lassen?»

Heinz schüttelte den Kopf. «Die Tatsache, dass das Mädchen alle drei Opfer kannte, reicht für eine Verhaftung noch nicht aus. Aber ich werde auf der Stelle einen Boten schicken, der sie ins Malefizamt laden soll.»

«Dann trink deinen Wein aus, verabschiede dich von dem Mann da und stelle die Vorladung aus.»

Heinz nickte, sah dann zu dem Tisch hinüber, an dem er gerade gesessen hatte, und flüsterte: «Er gibt sich als Kaufmann aus, aber er kennt nicht einmal den Unterschied zwischen einem Krämer- und einem Kaufmannspfund. Er wird ein Spion des Landgrafen sein, der mich aushorchen will. Morgen, heißt es, werden die Leute vom Landgrafenhof in der Stadt eintreffen.»

Er nahm Hellas Gesicht in seine Hände und drückte ihr einen Kuss auf die Lippen. «Dank dir ist es möglicherweise doch noch gelungen, rechtzeitig die Täterin zu finden. Du glaubst doch, dass sie es war, oder?»

Hella nickte, aber ihr war dabei ganz und gar nicht fröhlich zumute.

«Ich gehe noch einmal zu meiner Mutter. Vielleicht ist der hohe Besuch schon wieder abgereist. Holst du mich heute Abend bei ihr ab? Ich wette, sie hat noch Reste vom Wildbraten.»

Heinz riss die Augen auf. «Immer wieder gern.»

Dann küsste er Hella noch einmal, strich ihr sanft über die Wange und ging zurück an den Tisch.

Hella aber verließ die Ratsschenke, überquerte den Römerberg und lief die Krämergasse hinauf bis zum Liebfrauenberg, auf dem auch die Liebfrauenkirche stand.

Sie klopfte am Pfarrhaus, und kurz darauf öffnete ihr Gustelies mit wutrotem Gesicht.

«Was ist los, Mama?», fragte Hella.

«Dieser Schreiberling vom Erzbischof, dieser Haderlump, dieses Schlitzohr, dieser, dieser …»

Gustelies holte einmal tief Luft und zog ihre Tochter ins Haus. «… dieser Schelm von einem Schreiberling. Der betritt mein Haus nicht noch einmal, das sage ich dir!»

«Was ist den vorgefallen? Hat ihm dein Wildbraten nicht geschmeckt?»

Gustelies winkte ab. «Oh, er hat gefressen wie ein Ochse, doch es verging kein Bissen, bei dem er nicht gemeckert hat. ‹Habt Ihr auch eine Prise Fenchelsamen dabei?›, hat er gefragt. ‹Natürlich, mein Herr.› – ‹Merkwürdig, ich schmecke gar nichts davon. Und habt Ihr echten Elisenlebkuchen in die Soße gerieben? Oder nahmt Ihr etwa den einfachen, den es überall zu kaufen gibt? Ich glaube, Ihr nahmt den einfachen. Mit Elisenlebkuchen schmeckt das Ganze, wie soll ich sagen, würziger.›»

Gustelies hatte die Stimme des Schreiberlings nachgeäfft. «Sag selbst», wandte sie sich an ihre Tochter. «Der Mann ist die Frechheit in Person. Bei der Pilzpfanne verhielt er sich nicht anders. Selbst an der Süßspeise mit Veilchen hatte er etwas auszusetzen. Aber dann, kurz bevor er zurück nach Mainz aufbrechen wollte, kam er in die Küche und bat darum, ihm etwas vom Braten, der Pfanne und der Nachspeise einzupacken. Nun, ich habe ihm so wenig eingepackt, dass er im Grunde nur einen Leinenbeutel voll Bratenduft hat. Die Süßspeise habe ich so verpackt, dass sie beim kleinsten Sprung des Pferdes aus dem Töpfchen und in den Beutel laufen muss, und bei der Pilzpfanne habe ich jede Menge Mehlschwitze und nur eine Handvoll Pilze ausgesucht. Dem werde ich zeigen, wie man mit einer guten Köchin umzugehen hat! Mögen die Pilze in seinen Därmen rumoren!»

Hella lachte, umarmte ihre Mutter und drückte sie fest an sich.

«Für mich bist du die beste Köchin der Welt. Und für Pater Nau und Heinz ebenfalls. Sag, ist noch etwas da vom Braten? Heinz freut sich schon darauf.»

Jetzt strahlte Gustelies wieder. «Natürlich ist von allem noch reichlich da. Meinst du etwa, ich hätte aufgetischt, was die Pfannen hergaben? Nein, nein, die besten Stücke liegen in der Vorratskammer. Der Pater wird sich freuen, wenn er heute Abend noch einmal davon essen kann.»

Gustelies ließ sich auf die Küchenbank sinken. «Wie seid ihr mit den Morden vorangekommen?», fragte sie mit einer Stimme, die Besorgnis ausdrückte. «Auf dem Markt habe ich gehört, dass der Patrizier Eibisch überall verkünden lässt, er werde demjenigen, der den Mörder seines Sohnes findet, hundert rheinische Gulden schenken. Außerdem will er dafür sorgen, dass der unfähige Richter, der zugelassen hat, dass in dieser Stadt vier Morde geschahen, mit Schimpf und Schande aus dem Amt gejagt wird.»

Hella senkte den Kopf. «Ich weiß», sagte sie. «Ich habe auch davon gehört. Wie gut, dass Heinz beim Gewandschneider die Syndici eingeschaltet hat. Nun trägt er nicht allein die Schuld.»

«Gibt es nichts Neues?», fragte Gustelies. «Wie …» Gustelies schluckte, ehe sie weitersprach: «Wie geht es den Gauklern im Verlies? Wie geht es Tom?»

«Heinz hat sie freigelassen. Gleich nach dem Öffnen der Stadttore sind sie aus Frankfurt abgereist.» Hella sah Gustelies' Gesicht, sah die Traurigkeit darin. «Aber», sprach sie schnell weiter, «Tom hat Heinz einen Gruß an dich aufgetragen. Einen Gruß, den ich dir hiermit ausrichte. Er sagte, wären die Zeiten besser, hätte er sich ein Eheweib wie dich gewünscht.» Die Schwindelei schien ihr weniger schwer zu wiegen als die Enttäuschung ihrer Mutter.

Gustelies errötete. Die Traurigkeit schwand aus ihrem Gesicht und machte einer heiteren Wehmut Platz.

«Und sonst? Gibt es sonst nichts Neues?», fragte sie.

«Doch. Es ist wahrscheinlich, dass das Kräutermädchen etwas mit den Morden zu tun hat. Sie kannte alle vier Opfer und hat zudem Zugang zu bestimmten Giften, denn sie wohnt bei einer Hebamme, die jedoch gestern verstorben ist. Gewiss findet sich in ihrem Haus Gift jeder Art. Und sie kannte den jungen Eibisch. Eine brave Hausfrau hat ihn vor ihrem Haus gesehen.» Plötzlich hielt Hella inne. «Ich muss noch einmal zurück zum Malefizamt. Ich muss Heinz sagen, dass er das Haus der Hebamme durchsuchen muss.»

Hella war aufgesprungen, aber Gustelies drückte sie auf die Bank zurück. «Hier bleibst du. Heinz hat die Jurisprudenz studiert, er ist kein dummer Junge, der sich von seiner zehn Jahre jüngeren Frau erzählen lassen muss, wie er seine Arbeit zu verrichten hat. Todsicher ist er schon von selbst auf eine Haussuchung gekommen.»

Hella lächelte schwach. «Du hast recht, Mama. Aber wenn ich einmal mit einem Fall beschäftigt bin, dann ist es so, als wäre es ganz der meine.»

Gustelies verzog das Gesicht. Dann winkte sie ab und fragte: «Wenn es das Mädchen war, warum hat sie die drei Männer und eine Frau getötet?»

Hella zuckte mit den Schultern. «Ich weiß es nicht. Womöglich ist ihr von den Männern unrecht getan worden. Ihr Gesicht, Mama, du hättest es sehen sollen. Sie ist erst vierzehn oder fünfzehn Jahre alt, aber ihr Gesicht war leer wie das eines Söldners, der aus dem Krieg kommt und zu viel Grauen erlebt hat.»

Gustelies nickte. «Es gibt viele Mädchen in der Vorstadt, die schon in frühester Jugend zu viel Schreckliches erleben.»

Hella starrte vor sich hin. Sie hatte die Hände vor sich auf den Tisch gelegt und saß wie versteinert.

«He, was ist mit dir?», fragte Gustelies.

Hella sah hoch: «Und wenn nun die Hure die Mutter des Mädchens war? Wenn sie ihr etwas Schreckliches angetan hat und deshalb von ihr umgebracht wurde? Wenn die beiden nun zusammen in einem Hurenhaus gelebt haben …» Hella musste daran denken, was man von den Hurenhäusern erzählte: dass dort Jungfrauen meistbietend an einen Freier versteigert wurden. Sie musste auch daran denken, dass der Gewandschneider ein guter Gast im Hurenhaus gewesen war.

«Der Voss. Meinst du, den könnte sie dort getroffen

haben? Ihm – vielleicht gegen ihren Willen – zu Diensten gewesen sein? Und deshalb wurde er ihr zweites Opfer.»

«Und wie bringst du den Pfarrer in deiner für Agnes erdachten Geschichte unter?», wollte Gustelies wissen.

Hella zuckte mit den Achseln. «Ja, der Pfarrer. Er war ihr Nachbar. Keine Ahnung, was der ihr angetan haben könnte.»

Sie schwieg einen Augenblick, schüttelte den Kopf und fuhr fort: «Ich glaube, ich will es auch gar nicht wissen. Sicher scheint mir nur, dass das Mädchen von etwas sehr Starkem angetrieben wurde. Vielleicht war ihre innere Qual zu groß, oder sie wollte gleichsam ihre Erinnerungen vernichten. Wer so jung ist und etwas Derartiges tut, muss an der Seele verwundet sein.» Sie biss sich auf die Lippen. «Der Patrizier würde auch ins Bild passen. Er könnte dem Mädchen Liebe vorgegaukelt haben, um seine Lust zu stillen und Rauschmittel zu bekommen, und sie später wie einen Putzlumpen weggeworfen haben. Heißt es nicht, er stand kurz vor der Hochzeit mit einer Patrizierstochter?»

Eine kleine Weile saßen die beiden Frauen da und hingen ihren Gedanken nach. Dann aber raffte sich Gustelies auf. «Vielleicht wird das Mädchen vor dem Richter reden. Vielleicht kann Heinz ihr Vertrauen gewinnen. Er wird wissen wollen, warum sie getötet hat.»

Hella wiegte den Kopf hin und her. «Am liebsten würde ich mit ihr sprechen», sagte sie leise. «Sie ist noch so jung. Vielleicht könnte ich ihr sogar helfen.»

Gustelies schüttelte den Kopf. «Diesem Mädchen kann niemand mehr helfen. Dafür ist es jetzt zu spät.»

Sie hantierte mit einigen Küchengeräten und beobachtete ihre Tochter aus den Augenwinkeln. Schließlich sagte sie:

«Während wir auf Heinz und Pater Nau warten, erkläre ich dir rasch, wie man einen Wildbraten macht.»

Hella nickte ergeben und seufzte, aber Gustelies hörte ihr gar nicht zu. «Für vier kräftige Esser nimmst du zwei Pfund Wildfleisch. Am besten Reh und Wildschwein. Du häutest und putzt das Fleisch und stellst einen Kessel Wasser auf den Herd. Nimm nicht zu viel Wasser. Eine Kanne voll vielleicht. Dahinein gibst du zwei geputzte Möhren, zwei Pastinaken, eine kleine Sellerieknolle und zwei Zwiebeln. Natürlich alles schön in kleine Stücke geschnitten. Das Ganze würzt du mit einer Prise von einer Muskatnuss, ein paar Wacholderbeeren und ein paar Pfefferkörnern. Wenn das Wasser kocht, gibst du einen Löffel Fenchelsamen und Kümmel sowie ein Lorbeerblatt hinzu. Wenn alles aufgekocht ist, gießt du einen Schuss Essig hinein und dazu einen halben Becher Rotwein. Alles wird noch einmal aufgekocht und abgekühlt über die Wildfleischstücke gegossen. Du lässt das Fleisch einen Tag und eine Nacht in der Beize stehen, anschließend kochst du alles noch einmal auf und lässt den Braten eine Stunde in der Hälfte der Flüssigkeit garen, die andere Hälfte brauchst du für die Soße. Jetzt gibst du Butter in einen Tiegel und bereitest mit Mehl daraus eine Schwitze, löschst diese mit Rotwein ab, gibst die andere Hälfte der Beize hinzu. Du nimmst einen großen Lebkuchen, am besten Elisenlebkuchen, und bröselst ihn in den Sud. Dann rührst du drei Löffel Honig in die Soße, gibst zerstoßene Wacholderbeeren, Pfefferkörner und Fenchelsamen hinzu und nimmst die Soße vom Herd. Zum Schluss gibst du einen Schuss Sahne hinein, rührst die Soße glatt und gibst sie über das Fleisch. Hast du alles verstanden?»

Hella nickte, doch gleich darauf fragte sie: «Was meinst du? Wird das Mädchen die Morde gestehen?»

Gustelies zuckte mit den Achseln. «Ich rate es ihr. Sonst wird der Richter Verhöre unter der Folter anordnen müssen, und der Scharfrichter wird die Daumenschrauben holen. Am Ende wird sie sowieso dort hängen, wo sie ihre Morde verübt hat: am Galgen.»

Hella seufzte und nickte. «Sie dauert mich, Mutter. Ich weiß nicht warum, aber sie dauert mich von Herzen.»

Die beiden Frauen hatten nicht gehört, dass Pater Nau die Küche auf leisen Sohlen betreten hatte. «Die Welt ist ein Jammertal und das Leben ein Graus», sagte er statt einer Begrüßung, strich seiner Nichte dann aber über das Haar. «Ein jeder Mensch ist ein Sünder. Durch Evas Sündenfall wird er in Sünde empfangen und durch ein sündiges Weib geboren. Wie kann der Mensch dann gut werden, frage ich. Nein, nein, die Welt ist ein Jammertal ...»

«... und das Leben ein Graus», beendete Gustelies den Satz und hob drohend den Zeigefinger vor Pater Naus Nase: «Wenn die Welt, mein Lieber, wegen der Sünden der Menschen auf ihre Vernichtung zusteuert, wie du nicht müde wirst zu beteuern, dann wird die weibliche, heilige Kraft des Herrn wirksam und Wunder tun. Gott ist Mann und Weib zugleich. Nirgendwo steht in der Bibel, dass Gott ein Mann ist. So ist das, und nun setz dich und trink mit uns einen Becher gewürzten Rotwein. Heute Abend kommt Heinz, da werden wir noch einmal von dem Wildbret essen.»

«Oh, gewürzter Rotwein!», rief Pater Nau aus. «Die Freude meiner späten Tage!» Dann wandte er sich an Hella. «Seit deine Mutter sogar den Messwein vor mir verschließt, ist das Leben noch grauenvoller als sonst.»

«Grauenvoll? Dass ich nicht lache! Was ist das für ein Priester, der seinen Schäfchen heimlich den Messwein wegtrinkt?»

Pater Nau sah bedrückt drein, dann hob er beide Arme: «Was soll ich machen? Dem Grauenvollen im Leben ist am besten mit Rotwein zu begegnen!»

Gustelies machte eine wegwerfende Handbewegung, da klopfte es an der Tür. Hella ging, um zu öffnen, fiel Heinz um den Hals und sah ihn ängstlich an. «Was ist mit dem Mädchen?»

Heinz schob seine Frau behutsam in die Küche, ließ sich dort auf die Küchenbank fallen und deutete wortlos auf den gewürzten Wein des Paters. Sofort sprang Gustelies auf, um ihrem Schwiegersohn einen Becher zu füllen.

«Erzähl!», forderte sie ihn auf, als er ausgetrunken hatte.

«Ich schickte einen Boten mit einer Vorladung, dazu zwei Schreiber, die das Haus durchsuchen sollten. Das Mädchen machte erst Anstalten, wegzulaufen, doch dann fügte sie sich dem Stadtknecht. Ich ließ sie im Amt warten, um sie mürbe zu machen. Nach einer Stunde erst holte ich sie in meine Stube. Sie gab an, die Toten allesamt zu kennen, nur von der Wanderhure wollte sie nichts wissen. Ich betrachtete sie genauer, sagte ihr dann auf den Kopf zu: ‹Leugne nicht länger, es hat keinen Sinn. Die Wanderhure war deine Mutter. Die Ähnlichkeit ist unverkennbar.› Da wurde das Mädchen blass, schlug die Hände vor das Gesicht und schüttelte den Kopf. Nein, ihre Mutter sei das nicht. Sie wüsste nicht, wer ihre Eltern seien, schon immer habe sie bei der Hebamme gelebt. Ich fragte sie, ob sie die drei Männer und die Wanderhure getötet habe. Da sah sie auf, verneinte und erwiderte: ‹Gott wird ihnen die gerechte Strafe erteilen. Ich bin nur ein Mensch, ein Werkzeug Gottes.› Da ließ ich sie gehen.»

«Du hast was? Du hast sie gehen lassen?»

Der Richter nickte. «Ich musste. Das Gesetz sieht es so vor. Erst wenn sich ein Zeuge der Morde findet oder aber jemand bestätigt, dass die Wanderhure tatsächlich die Mutter des Mädchens war und sie somit alle vier Opfer kannte, habe ich Grund, sie ins Verlies zu stecken. Heute aber musste ich sie gehen lassen. Nach dem Hurenmeister habe ich geschickt, und der hat mir mitgeteilt, dass er erst seit einem Jahr dieses Amt versieht. Seine Vorgängerin, eine Hurenwirtin, ist nach Mainz gegangen. Sie habe ich nun vorladen lassen. Wenn wir Glück haben, trifft sie schon morgen in Frankfurt ein und gibt mir die Handhabe, das Mädchen zu verhaften.»

«Hast du ihr Haus durchsuchen lassen?», fragte Gustelies.

Richter Blettner warf sich in die Brust. «Selbstverständlich!»

«Und? Was ist dabei herausgekommen?», wollte Hella wissen.

«Im Keller fanden meine Leute ein Laboratorium und einige Fläschchen, die nun einem Apotheker zur Begutachtung vorliegen. Nach einer ersten kurzen Überprüfung meinte der Apotheker, dass Schlafmohnsaft und Bilsenkrauttinktur bei einer Hebamme nichts Ungewöhnliches seien, sondern Dinge, die sie bei der Ausübung ihres Berufes braucht. Ihr seht, ich habe wirklich im Augenblick nicht die geringste Handhabe gegen das Kräutermädchen.»

Hella sah auf die Tischplatte und fuhr mit dem Zeigefinger die Maserung nach. «Meinst du, es könnte auch jemand anders gewesen sein?», fragte sie leise.

Der Richter wiegte den Kopf hin und her. «Zumindest haben wir niemanden, der so verdächtig scheint wie das Mädchen.»

Gustelies stand auf, um den Braten aus der Vorratskammer zu holen. Dabei sagte sie: «Also, wenn ich das Mädchen und die Täterin wäre, würde ich mich umgehend aufmachen und von hier fliehen. Schon ein paar Meilen hinter Sachsenhausen ist die Frankfurter Gerichtsbarkeit nicht mehr zuständig. Und ehe der Landesherr das Mädchen fassen kann, um sie auszuliefern, wird sie schon längst über alle Berge sein.»

«Gott ist überall, und er straft jede Sünde. Vor Gott kann man sich nicht verstecken», wusste Pater Nau und nutzte Heinz' Unaufmerksamkeit, um seinen leeren Rotweinbecher gegen den halbvollen des Richters zu tauschen.

«Ich lasse natürlich ihr Haus bewachen», teilte der Richter mit. «Sobald sie versucht zu entkommen, kann ich sie in Haft nehmen. Ein Stadtknecht steht vor ihrer Tür. Er wird so lange dort ausharren, bis die Hurenwirtin aus Mainz ihre Aussage gemacht hat und der Apotheker bestätigt, dass die Mittel nicht frisch hergestellt, sondern gut Bestandteil der Hebammenarbeit gewesen sein könnten.»

«Jetzt ist genug von Mord und Totschlag die Rede gewesen», bestimmte Gustelies und stellte vier Schüsseln auf den Tisch, dazu einen Korb mit frischgebackenem Roggenbrot. «Lasst uns essen. Ich glaube, wir brauchen heute alle eine Stärkung.»

Kapitel 27

Das Mädchen sah aus dem Fenster und hin zu dem Mann, der auf seinem Wams das Wappen der Stadt Frankfurt trug und eine Arkebuse umgehängt hatte.

Es war schon dunkel, und der Wind hatte aufgefrischt, wehte aprilkühl durch die staubigen Gassen. Wolkenberge hatten sich am Himmel aufgetürmt und bedeckten den blassen Mond. Das Mädchen sah, dass der Mann fröstelte und sich tief in sein Wams verkroch.

Sie lächelte, ging in die Küche und goss Rotwein in einen Topf, der über dem Herdfeuer hing. Sie gab ein wenig Zimt, Muskat und Honig hinein und rührte kräftig um. Dann fingerte sie ein Fläschchen aus ihrer Kitteltasche, aus dem sie einige Tropfen in den Würzwein fließen ließ. Sie füllte den heißen Wein in eine Kanne, stellte diese auf ein Tablett, einen Becher aus Ton dazu und verließ das Haus.

«Hier, für dich», sagte sie dem Stadtknecht. «Du bist schon ganz durchgefroren.»

Der Stadtknecht trat von einem Bein auf das andere, drehte den Kopf, als könne er so dem Duft des köstlichen Weines entgehen. «Ich darf nichts von dir annehmen», sagte er. «Das ist verboten.»

«Verboten?» Das Mädchen lachte. «Erkälten wirst du dich, krank werden und kein Geld nach Hause bringen können. Wäre ich dein Weib, so würde ich dir verbieten, den Trank zurückzuweisen.»

Der Stadtknecht spähte die Gasse hinab. Alles lag still. Aus den meisten Häusern war ein Lichtschein zu sehen. Irgendwo am Fluss bellte ein Hund.

«Du hast recht», sagte er mit strenger Stimme. «Es ist der Sache nicht gedient, wenn ich krank werde.» Dann nahm er den Becher und stürzte ihn in einem kräftigen Zug hinunter. Das Mädchen blieb stehen und wartete. «Gut schmeckt er, dein Wein.»

«Willst du noch einen Becher?»

Schon hatte sie Würzwein eingefüllt und dem Stadtknecht gereicht. Der trank wieder in einem Zug, stellte den Becher ab, fuhr sich mit dem Handrücken über den Mund. «Du verstehst dich wohl darauf, guten Würzwein zu machen? Ich wünschte, du würdest meiner Alten das Rezept geben. Das, was sie mir zu Hause vorsetzt, schmeckt wie Essig.»

Das Mädchen lachte ein wenig, ließ aber den Mann nicht aus den Augen. Der wischte sich über die Stirn, zwinkerte, schnappte nach Luft. «Mir wird so wohl von deinem Wein», sagte er mit belegter Zunge und leise lallend. «So wohl wird mir. Und so warm.» Er riss am Kragen seines Wamses, lächelte noch einmal, dann verdrehte er die Augen und fiel wie ein nasser Sack zu Boden.

Das Mädchen fasste ihn unter den Achseln und zog ihn in das Haus. Dann nahm sie sein Pferd, führte es hinter das Haus und band es dort an einen Baum. Zum Schluss verriegelte sie das Haus gründlich, nahm einen Sack, der unbeachtet neben der Tür gestanden hatte, und schlich sich, dem Mondlicht ausweichend, eng an den Katen entlang bis hinunter zum Fluss. Dort drehte sie mit aller Kraft einen Kahn um und schob ihn ins Wasser. Sie richtete sich auf, bevor sie das Boot bestieg, sah hoch zu einer Kate in der

Nähe des Flusses. «Dank dir, Fischer», flüsterte sie. «Noch ein letztes Mal nehme ich mir deinen Kahn. Du wirst ihn wiederbekommen. Verzeih, dass ich dir Mühe mache.»

Sie legte den Sack in den Kahn, stieg hinzu, nahm die Ruder und bewegte den Kahn so leise es ging in die Flussmitte. Dort ließ sie sich von der Strömung ein ganzes Stück treiben. Heiter war ihr zumute. Hätte sie das Glück gekannt, so wäre sie vielleicht glücklich gewesen. «Nicht mehr lange», flüsterte sie. «Bald schon, ganz bald bin ich bei dir. Und dort kannst du mir nicht entkommen, Sebastian.»

Als sie auf der Höhe des Galgenberges angelangt war, ruderte sie das Boot zum Ufer, vertäute es, nahm den Sack und sprang hinaus. Dann lief sie geduckt den schmalen Pfad hinüber zum Galgenberg. Sie stieg über das kleine, kniehohe Mäuerchen und lief, bis sie unter dem Galgen stand. Dort öffnete sie den Sack, holte einen toten Hund daraus hervor, den sie am Nachmittag dem Abdecker gestohlen hatte. Sie kletterte am Galgen hinauf, hängte den Hund dorthin, wo sonst die Mörder hingen. Dann, als sie wieder unten war, setzte sie sich unter den Galgen, so, dass sein Schatten wie ein Kreuz auf sie fiel. Dann nahm sie das Fläschchen aus ihrem Kittel, holte den Wachsstopfen heraus und goss sich den gesamten Inhalt in den Mund. Einmal noch sah sie hoch zum Mond, dessen runde Scheibe ihr wie das Rad der Fortuna erschien. Sie begann zu fliegen, konnte mit den Händen nach dem Rad greifen und es endlich, endlich drehen.

Epilog

Als der Richter am nächsten Morgen das Haus der Hebamme betrat, wusste er schon, dass das Mädchen tot unter dem Galgen lag.

Nein, er war nicht froh, dass der Fall nun gelöst war. Und auch Hella hatte um das Mädchen geweint, das sie nicht kannte, von dem sie aber glaubte, dass sie nicht nur eine Mörderin gewesen war.

Auf dem Tisch in der Küche lag ein Blatt Papier. Heinz nahm es in die Hand und las:

«Ich wusste schon immer, dass töten ganz leicht ist. Leichter als auferstehen. Ich bin schon fünfmal gestorben, und fünfmal auferstanden vom Tod. Ein sechstes Mal schaffe ich es nicht.

Töten ist leicht. Beim ersten Mal hat ein Wort gereicht, um mich zu töten. Beim letzten Mal ebenfalls.»

Nachwort

Dieser Roman ist das Ergebnis von Phantasie und Recherche. Hella und Gustelies hat es so nie gegeben, auch Pater Nau und Heinz Bletter sind Figuren, die so, wie sie im Buche stehen, nicht existieren. Sämtliche anderen Personen sind ebenfalls frei erfunden. Ich habe mich bemüht, die historische Kulisse so originalgetreu wie möglich zu gestalten, historische Persönlichkeiten wie zum Beispiel Philipp I. von Hessen geschichtlich korrekt darzustellen und einen Alltag in der Frühen Neuzeit zu zeigen, den es so nicht gegeben hat, aber durchaus so gegeben haben könnte.

Damit all diese fiktiven Männer und Frauen zum Leben erweckt werden konnten, brauchte ich die Hilfe anderer Menschen. Das sind zunächst die Mitarbeiter und Mitarbeiterinnen der Deutschen Bibliothek und der Universitätsbibliothek in Frankfurt, des Instituts für Stadtgeschichte in Frankfurt, des Historischen Museums Frankfurt, des Hessischen Staatsarchivs in Darmstadt und des Instituts für Rechtsmedizin der Johann Wolfgang Goethe Universität Frankfurt.

Besonderer Dank gebührt Herrn PD Dr. Karl Härter vom Max-Planck-Institut für europäische Rechtsgeschichte für die Abklärung der rechtsrelevanten Themen, Frau Andrea Kammann und Frau Eva Baronsky für gewissenhaftes Lesen des Manuskriptes, wichtige Hinweise und Anregungen und natürlich für ihre Freundschaft.

Danke schön sage ich meiner Lektorin Sünje Redies für ihr Engagement von der Romanidee bis zum letzten Satzzeichen, meiner Agentin Anja Kleinlein und meinem Agenten Joachim Jessen für steten Zuspruch, Ermutigung und Kritik.

Schreiben ist eine ziemlich einsame Tätigkeit. Deshalb sind Freunde und Familie für mich besonders wichtig. Ein großes Dankeschön an alle, die es während der Entstehung des Romans mit mir ausgehalten haben.